을유세계문학전집·90

돈키호테 성찰

일러두기

* 저자 원주는 본문 하단에 달았고, 내용 이해를 돕기 위해 역자가 단 역자주와 이 책의 대본으로 삼은 훌리안 마리아스의 주해본에 있는 훌리안 마리아스의 주석은 모두 미주로 하였다.

을유세계문학전집 · 90

돈키호테 성찰

MEDITACIONES DEL QUIJOTE

호세 오르테가 이 가세트 지음 · 신정환 옮김

을유문화사

옮긴이 신정환

한국외국어대학교 스페인어과와 동 대학원을 졸업하고 스페인 마드리드대학교(Complutense)에서 중남미 문학을 전공하여 박사 학위를 받았다. 현재 한국외대 스페인어통번역학과 교수로 재직 중이다. 저서로 『두 개의 스페인』, 『라틴아메리카 문화의 이해』, 『환멸의 세계와 매혹의 언어』, 『지중해, 문명의 바다를 가다』(이상 공저) 등이 있고, 역서로는 『돈키호테의 지혜』, 『세르반테스 모범 소설』(이하 공역), 『히스패닉 세계』, 『마술적 사실주의』 등이 있다. 스페인·중남미 문학과 바로크 미학을 중심으로 여러 편의 논문을 썼다. 한국바로크학회 회장(2011~2017)과 한국비교문학회 회장(2016~2017)을 지냈다.

을유세계문학전집 90

돈키호테 성찰

발행일·2017년 7월 30일 초판 1쇄 | 2023년 2월 25일 초판 4쇄
지은이·호세 오르테가 이 가세트 | 옮긴이·신정환
펴낸이·정무영, 정상준 | 펴낸곳·(주)을유문화사
창립일·1945년 12월 1일 | 주소·서울시 마포구 월드컵로16길 52-7
전화·02-733-8153 | FAX·02-732-9154 | 홈페이지·www.eulyoo.co.kr
ISBN 978-89-324-0472-1 04870 978-89-324-0330-4(세트)

• 값은 뒤표지에 표시되어 있습니다.

차례

라미로 데 마에스투에게, 형제애를 담아*

독자……*

이 책은 '불신자들의 땅에 살고 있는(in partibus infidelium)'* 철학 교수가 그다지 중요하지 않은 다양한 주제에 대해서 '성찰'이라는 제목 아래 쓴 여러 개의 글을 싣고 있다. 어떤 글들은 '돈키호테(Don Quijote) 성찰' 시리즈에 걸맞은 수준 높은 주제를 담고 있는가 하면, 다른 글들은 보다 편안한 주제를, 또 어떤 글들은 사소한 주제를 다루기도 한다. 그러나 이 글들은 직접적이든 간접적이든 모두 스페인의 환경을 다룬다는 공통점을 가지고 있다.* 강연에서 말하거나 신문에 기고하거나 정치권에서 발언했던 이 글들은 작가로서 동일한 행위를 실행하고 동일한 결과를 얻어 내기 위한 다양한 방식이다.* 나는 이 행위가 세상에서 가장 중요한 것이라고 인정받기 원하는 것은 아니다. 단지 나는 그것이 내가 할 수 있는 유일한 방식이라고 믿으며 스스로에 대해 자부심을 느낀다. 나를 그러한 행위로 이끄는 성향은 내 마음속에 가장 강렬하게 존재하는 것이다. 나는 스피노자가 사용한 근사한 이름을 상기하며 이를 '지적 사랑(amor intellectualis)'*이라 부를 것이다. 독자들이여! 이 책은 바로 이러한 지적 사랑의 글들이다.

이 책에서 정보의 가치가 있는 것은 조금도 없다. 또한 글의 개요를 발췌해 놓은 것도 아니다. 그것은 17세기의 인문주의자라면 '구원(salvaciones)'*이라 명명했을 것을 다루고 있다. 이 책에서 모색하는 것은 다음과 같다. 인간이든, 책이든, 그림이든, 풍경이든, 과오든, 고통이든 간에 그것을 하나의 기정사실로 받아들이는 동시에 가장 가까운 지름길을 통해 그것을 충만한 의미로 인도하는 것이다. 우리는 삶이 끊임없는 썰물을 통해 우리 발밑에 내던져 놓은 난파선의 잔해 찌꺼기들처럼 다양한 종류의 사물들이 무수한 태양 빛의 반사 속에 제자리를 찾듯이 사물들에 질서를 주고 싶다.*

모든 사물은 내부적으로 충만함에 도달할 수 있는 징후를 가지고 있다. 따라서 고상하고 개방된 영혼은 그것을 완전하게 하고 의미의 충만함을 얻도록 돕고 싶은 욕심을 느낄 것이다. 그것이야말로 사랑, 즉 사랑하는 대상의 완전함을 추구하는 사랑이다.*

우리는 렘브란트의 그림에서 변변치 않은 백색 혹은 회색의 화폭이나 허름한 가재도구가 다른 화가들 같으면 성인의 머리 둘레로만 그려 넣는 빛나는 후광에 휩싸여 있는 것을 종종 볼 수 있다.* 화가는 우리에게 부드러운 말로 이렇게 충고하는 듯하다. "일상의 사물들은 축복받을지라! 그것들을 사랑하고 또 사랑하라!" 각각의 사물은 누추하고 비루한 옷으로 내면의 보물을 숨기고 있는 요정이며, 풍요로운 출산을 위해 사랑받아야 할 처녀이다.

'구원'은 찬사도 아니고 찬양도 아니다. 오히려 그 안에는 엄격한 검열이 있을 수 있다. 중요한 것은 그 주제가 영혼의 기본적인 성향, 그리고 인간 관심사의 고전적인 소재들과 즉각적인 관계를 맺고 있다는 점이다. 그것들과 일단 얽히기만 하면 그 주제는 변형되고 육화되고 구원된다.

그래서 때로는 험하고 척박한 이 글들의 정신적인 땅 밑으로는, 마치 또렷하게 들리는 것을 두려워하듯 부드럽게 웅얼거리는 소리와 함께 사랑의 교리가 흐르고 있다.

무슨 이유인지는 모르겠지만, 내가 볼 때 스페인 사람들의 심성은 언제부터인가 증오로 가득 차게 되었고 거기 웅크려 있으면서 세상에 대해 전쟁을 부추기고 있다.* 어쨌거나 증오는 가치들을 말살하는 길로 이끄는 질환이다. 무언가를 증오할 때 우리는 그 무언가와 우리 마음 사이에 거대한 강철 용수철을 집어넣고 사물과 우리 영혼 사이의 일시적인 융화마저도 불가능하게 한다. 우리는 증오의 용수철에 의해 접촉되는 사물의 부분만 알게 되고 다른 부분은 우리에게 알려지지 않거나 잊히면서 점차 우리와는 무관한 것이 되어 버린다. 사물은 매 순간 점점 축소되고 소진되면서 가치를 잃어버린다. 이런 식으로 스페인 사람들에게 우주는 점점 더 경직되고, 건조하고, 천박하고, 황량한 것이 되어 버렸다. 그리고 우리의 영혼은 의심 많고 회피적인 태도로 인생 여정을 지나면서 마치 메마르고 굶주린 개처럼 험악한 표정으로 삶을 바라본다. 스페인 역사를 통틀어 이런 모습을 그린 작품들 중 하나로 아마도 마테오 알레만이 '불만의 알레고리'를 서술한 끔찍한 대목을 포함시킬 수 있을 것이다.*

이와는 반대로, 사랑은 비록 일시적이라 할지라도 우리를 사물과 연결시킨다. 우리 스스로 한번 자문해 보자. 만일 한 사물이 사랑받는 존재가 될 때 어떤 새로운 일이 일어날까? 우리가 한 여인을 사랑할 때, 학문을 사랑할 때, 조국을 사랑할 때 느끼는 것은 무엇인가? 다른 무엇보다도 우리는 다음과 같은 점을 발견할 수 있다. 즉 우리가 사랑하는 그것이 우리에게 뭔가 꼭 필요한 것으로 인식된다는 점이다. 다시 말해 사랑받는 존재는 우리에게 필수 불가결한 것으로 비치는 존재이다. 필수 불가결한 것이란 그것 없이는 살 수 없는 것, 우리가 존재하는데 그것이 빠진 삶은 인정할 수 없는 것, 우리 자신의 일부분으로 간주되는 것이다. 따라서 사랑은 다른 사물들을 우리 안에 빨아들이고 융합하면서 우리의 개체를 확장시킨다. 이러한 결속과 교감은 사랑받는 존재의 본성에 우리가 보다 깊숙이 들어가게 해 준다. 우리는 그것을 전체적으로 완전히 볼 수 있게 되고, 그것은 자신의 모든 가치를 우리에게 드러낸다. 그때 우리는 사랑받는 존재 역시 다른 사물의 일부이며 그것을 필요로 하고 그것에 결속되어 있다는 사실을 깨닫는다. 사랑받는 존재에게 필수 불가결한 것은 우리에게도 필수 불가결한 것이다. 이런 방식으로 사랑은 굳건하고 본질적인 구조 아래 사물과 사물을 연결시키고 그 모두를 우리와 연결시킨다. 플라톤에 따르면 사랑은 "우주 안의 모든 것이 분리되지 않고 조화롭게 살아갈 수 있도록"* 세상에 내려온 신성한 건축가이다.

분리는 곧 죽음이다. 분리시키고 갈라놓고 떼어 놓는 증오심은 세계를 절단 내고 개체를 가루로 만들어 버린다. 이스두바르-니므롯(Izdubar-Nimrod)의 칼데아 신화에서 반은 헤라이고 반은 아프로디테인 이슈타르 여신은 니므롯에게 모욕을 당하자 하늘의 신 아누에게 천지 사물을 엮어 주는 사랑의 법칙을 한순간 정지시키고 우주적 에로티시즘의 교향악을 잠시 멈추기만 해도 모든 피조물을 파괴해 버릴 수 있다고 협박한다.*

스페인 사람들은 원한 맺힌 가슴이 방패막이를 하고 있는 삶을 살아가고, 사물들은 거기에 부딪혀 무자비하게 튕겨 나가고 있다. 몇 세기 전부터 우리 주변에서는 많은 가치들이 끊임없이 사라지고 있다.

우리는 17세기의 한 풍자 시인이 시 「세계 창조에 대해」의 작가인 무르톨라를 조롱하며 말한 것이 우리의 얘기라고 할 수 있다.*

> 조물주는 무에서 모든 것을 창조하였네.
> 이 사람(인간)은 모든 것에서 무를 창조하였네, 그러니까 결국
> 누구는 세상을 만들었고, 누구는 그것을 파괴하였네.

나는 나보다 젊은 독자들에게, 그래서 내가 별 부담 없이 편하게 인사할 수 있는 유일한 독자들에게 이 글들을 통해 제안하려 한다. 그대들의 마음에서 모든 증오의 습성을 쫓아내고 사랑이 이 우주를 다시 지배할 수 있도록 강렬하게 열망하라.

이 제안을 하면서 내가 할 수 있는 일이라곤 이해하고자 하는 생생한 열망에 사로잡혀 있는 사람의 모습을 진지하게 보여 주는

것밖에 없다. 사랑의 여러 가지 활동 가운데 내가 다른 사람들을 전염시키려고 시도할 만한 것이 하나 있다면, 바로 이해하려는 노력이다. 내가 만일 나의 영향권 아래 있는 스페인의 영혼에 이상적인 감성의 새로운 면을 새기는 데 조금이라도 성공한다면 내 열망은 충족될 것이다. 사물들은 우리 내면에 반사시키기 좋은 표면을 발견하지 못하므로 별 관심을 끌지 못한다. 진짜 필요한 것은 무한히 많은 주제가 정신에 자극을 주도록 하기 위해 우리 정신의 반사면들을 증가시키는 일이다.*

플라톤의 대화편에서는 이해하고자 하는 이런 열망을 가리켜 '사랑의 광기'라고 부른다.* 나는 비록 사물을 이해하려는 힘이 모든 사랑의 원형이나 기원 혹은 절정이 아니라 할지라도 그것의 필수적인 징후는 된다고 믿는다. 나는 적군이나 적의 깃발을 이해하려는 노력도 하지 않으면서 자신의 친구나 국기를 사랑한다고 말하는 사람을 믿지 않는다. 그리고 내가 관찰해 보건대, 적어도 우리 스페인 사람들은 진실을 요구하는 데에 마음을 열기보다는 도덕적인 교리에 근거해 더 흥분하는 경향이 있다. 말하자면 우리는 바람직한 개혁과 교정보다는 엄격한 도덕적 잣대를 들이대기 위해 항상 판단력을 곤두세우면서 우리의 의지를 소진한다. 아마도 우리는 이 세상이 주는 큰 몫을 포기하면서 삶을 단순화하기 위해 도덕률을 하나의 무기처럼 수용한다고 말할 수 있을 것이다. 니체는 이미 특정한 도덕적 행위가 원한의 한 형태이자 산물임을 날카롭게 간파한 바 있다.*

이러한 원한의 산물이 우리의 공감을 얻기란 불가능한 일이다.

원한은 열등감의 분출이다. 그것은 우리 자신의 힘으로 현실에서 제거할 수 없는 사람을 상상 속에서 제거하는 것이다. 우리가 원한을 품었던 대상은 우리의 환상 안에서 시체와 같은 창백한 모습으로 나타난다. 우리는 고의적으로 그를 죽이고 말살한다. 그러나 현실로 돌아왔을 때 건재하고 평온한 그의 모습을 보게 되면 그 시체는 더욱 다루기 힘들고 우리 능력보다 더 강력하게 비쳐지며, 그 존재 자체가 우리의 허약한 조건을 비웃고 깔보는 인격화된 화신이 된다.

원한을 가진 자가 적에게 가상의 살해를 저지르는 것보다 더 현명한 방법이 도덕규범에 의존하는 것이다. 여기서 우리는 마치 영웅 소설의 주인공이라도 된 듯 스스로 도취되어 우리의 적이 한 치의 이성이나 최소한의 정의마저 가지고 있지 못하다고 믿기에 이른다. 가장 잘 알려진 상징적 예가 로마 제국의 마르코마니 전투이다.* 여기서 마르쿠스 아우렐리우스(Marcus Aurelius, 121~180) 황제는 투기장의 사자들을 동원하여 병사들의 앞장을 서게 했다. 적들은 놀라 뒷걸음질 쳤다. 하지만 그들의 족장이 큰 소리로 외친다. "겁먹지 마라, 저것들은 로마의 개들이다!" 이 말에 두려움을 떨치고 용기를 얻은 그들은 반격을 가하여 승리를 거둔다. 사랑 역시 전투를 치른다. 그것은 타협이 이루어진 어정쩡한 평화 속에서는 자라지 않는다. 하지만 그것은 사자를 사자로 맞아 싸우며 개에게만 개라고 부른다.

서로를 잘 이해하고 있는 적과의 싸움, 이것이야말로 진정한 관용이며 강인한 영혼에게서 나오는 행위이다.* 그런데 이런 일이 우리 민족 사이에서는 왜 그리 보기 힘든가? 아소린*은 18세기의 사상가 호세 데 캄포스*의 중요한 저서 한 권을 발굴했는데 거기에는 이런 구절이 있다. "가난한 사람들에게선 관용의 덕을 찾아보기 힘들다." 여기서 가난한 사람들은 약한 사람들을 말한다.

나는 이 글을 읽는 독자들이 마치 내가 도덕적인 이상과는 담을 쌓은 것으로 성급한 결론을 내리지 않기를 바란다.* 나는 경박한 관념의 유희를 위해 도덕성을 경멸하는 것이 아니다. 지금까지 내 지식의 반경에 들어온 부도덕한 교리는 상식을 결여하고 있다. 그리고 솔직히 말하자면, 나는 조그마한 상식이라도 그것을 얻는 데 도움이 되는 쪽으로만 내 모든 노력을 쏟는다.

그러나 도덕적 이상을 존중하기 위해 우리에게 필요한 것은 그것의 가장 큰 적인 사악한 도덕에 맞서 싸우는 것이다. 내가 볼 때, 아니 나의 생각만은 아니지만, 가장 사악한 적은 모든 공리주의 도덕이다. 그리고 규정을 엄격히 한다고 해서 그 도덕이 공리주의적 해악으로부터 깨끗해지는 것은 아니다. 우리는 전통적인 위선의 표징이라 할 수 있는 엄격함에 맞서 주의를 게을리하지 말아야 한다. 선의의 외양적 요소들을 엄격함의 기준에 따라 분류하는 것은 잘못되었고 비인간적이며 비도덕적이다. 만일 도덕을 받아들이는 개인이 자신의 삶을 더욱 편리하고 용이하게 하기 위해 도덕을 공리적으로 운용한다면 비록 그 자체로는 공리적이지 않았더라도 결국 도덕은 공리주의로 빠지고 말 것이다.

고결한 정신을 가진 사람들은 우리의 윤리적 이상을 정화하기 위해 여러 세기 동안 분투해 왔으며 이에 따라 그 이상은 갈수록 더 섬세하고, 복잡하며, 투명하고, 내밀해졌다. 덕분에 우리는 한 번 채택된 후 모두에게 적용되어 온 법규를 물리적으로 준수하는 것이 곧 선이라고 혼동하는 일은 피할 수 있었다. 반대로, 어떤 새로운 행위를 할 때마다 윤리적 가치 자체와의 즉각적 접촉을 갱신하려는 사람이 우리에게는 더 도덕적으로 비쳐진다. 우리의 행위가 매개적인 교리의 처방에 의해 결정된다면, 마치 최고로 정제된 향수처럼 섬세하고 휘발성이 강한 선의 본성은 그 행위에 내려앉을 수 없다. 이 향수는 오로지 완전성을 지향하는 생생하고 갱신된 직관을 통해서만 우리의 행위에 직접 뿌려진다. 따라서 혁신, 교정 그리고 윤리적 이상의 증대를 항상 받아들일 준비가 되어 있는 기본 의무를 자신의 의무 가운데 하나로 포함시키지 않는 모든 도덕은 비도덕적이다. 폐쇄적인 가치 평가 체계 안에서 우리의 자유 의지를 영원히 배제하라고 명하는 모든 윤리는 말 그대로 사악한 것이다. 소위 '개방된' 헌법에서와 마찬가지로, 윤리에는 도덕적 경험을 확장하고 풍요롭게 움직이는 원리가 존재해야 한다. 선은 마치 자연처럼, 인류가 수 세기의 탐험을 통해 헤쳐 나간 광대한 풍경과 같다. 이 점을 확실히 인식하고 있던 플로베르*는 이렇게 썼다. "이상은 모든 것을 자기 안에 포용할 때만 풍요롭다." 즉 도덕적으로 풍요롭다는 말이다. "그것은 사랑의 작업이지 배척의 작업이 아니다."

그렇다면 내 마음 안에서 이해는 도덕과 배치되지 않는다. 배치되는 것은 사악한 도덕과 완전한 도덕이며, 후자에게 이해는 마땅하고 최우선적인 의무이다. 이 의무 덕분에 우리의 진정성은 그 반경이 무한대로 확대되며, 이로써 우리가 정의로워질 가능성도 함께 확대되는 것이다. 이해하려고 노력하는 행위 속에는 모든 종교적 행위가 집적되어 있다. 개인적인 고백을 하자면, 나는 아침에 일어날 때마다 수천 년 동안 이어져 내려온 간단한 기도문을 암송한다. 그것은 리그베다*의 한 구절인데, 다음과 같은 짧은 대구로 이루어져 있다. "조물주여, 우리를 기쁘게 깨워 주시고 지식을 주소서." 이렇게 준비한 다음 나는 하루 일과가 선사하는 밝은 혹은 우울한 시간 속으로 들어간다.

이렇게 이해를 강요하는 것은 너무 부담스러운 것이 아닐까? 하지만 뭔가를 이해한다는 것은 우리가 그것을 위해 할 수 있는 최소한의 것이 아닐까? 그러므로 만일 스스로에게 정직하다면, 최소한의 것도 하지 않으면서 더 위대한 것을 한다고 누가 과연 자신할 수 있을까?*

이런 의미에서, 나는 철학이 사랑에 대한 보편 학문이라고 간주한다. 그것은 지적 세계에서 상호 연관된 완전체를 지향하는 가장 강력한 충동을 의미한다. 철학 안에서는 이해한다는 것과 단순히 안다는 것의 뉘앙스 차이가 명백히 드러난다.* 우리는 이해하지도 못하면서 알고 있는 것이 너무 많다! 사물에 대한 모든 지식은 사실상 불가해하며 이론의 도움을 빌려야만 해명될 수 있다.

관념적으로 말할 때, 철학은 정보나 박식과는 반대되는 것이다.*

그렇다고 내가 박식을 경멸하는 것은 결코 아니다. 정보가 담긴 지식은 의심할 여지 없이 학문의 한 방법이었다. 그것이 흥했던 시대도 있었다. 과거 유스튀스 립시위스,* 위에* 혹은 카소봉*이 살던 시절에 인문학적 지식은 폭포처럼 쏟아지는 역사적 사건들에서 의미의 통일성을 발견할 수 있는 확실한 방법론을 찾아내지 못했다. 그것은 현상들 속에 숨어 있는 통일성을 직접 탐구할 수 없었다. 한 개인의 기억 속에 최대한 축적되어 있는 가용한 정보를 무작위로 인용하는 것 외에는 방법이 없었던 것이다. 그 정보들에 외형적 통일성, 오늘날 '잡동사니 서랍'이라 부를 수 있는 통일성을 부여하면서 비로소 그중 일부가 자연 발생적인 조합을 통해 다른 정보와 결합하는 것을 기대할 수 있었고 거기에서 일말의 서광이 비치기 시작했다. 사실들이 단순히 존재하는 게 아니라 주체의 머릿속에서 그것들이 통합될 때 비로소 박식이라 부를 수 있다. 우리 시대에 박식으로 돌아가는 것은 인문학의 퇴보로서, 마치 화학이 연금술로, 혹은 의학이 마술로 돌아가는 것과 같다. 세월이 흐르면서 순수하게 박식한 사람들은 점점 찾아보기 힘들어졌고, 곧 우리는 최후의 만물박사들이 사라지는 것을 목격하게 될 것이다.

결국 사실들의 축적에 지나지 않는 박식은 학문의 주변부를 차지할 뿐이다. 반면 철학은 순수한 종합으로서 학문의 중심부를 구성한다. 축적 과정에서 자의적으로 수집된 자료들은 한 무더기이지만 각각의 자료는 서로 연결되지 못하고 따로따로 놀게 된다. 반면, 종합이 이루어지면 각각의 사실들은 잘 소화된 음식처럼 흡수되고 본질적인 활력만 남게 된다.

철학의 궁극적인 야망은 모든 진리를 말하게 해 주는 단 하나의 전제에 도달하는 것이라 할 수 있다.* 1천2백 쪽에 달하는 헤겔의 『논리학』 역시 충만한 의미를 가지고 다음 구절을 말하기 위한 준비에 지나지 않는다. "관념이야말로 절대적인 것이다." 이 문장은 무척 빈약해 보이지만 사실은 글자 그대로 무한한 의미를 지니고 있다. 만일 이 문장을 곰곰이 되씹는다면 그 의미의 모든 보화가 갑자기 빛을 발하며 당장 우리로 하여금 세계를 원대하게 조망할 수 있도록 비추어 줄 것이다. 이렇듯 완전하게 비추어 주는 것을 나는 '이해'라 불러 왔다. 물론 어떤 공식들은 나중에 잘못된 것으로 판명될 수 있다. 심지어 지금까지 설명이 시도된 모든 공식이 틀릴 수 있다. 하지만 그러한 이론적 잔해 속에서 철학은 하나의 강력한 열망이나 충동처럼 온전히 재탄생한다.

성적 쾌감이 신경 에너지를 순간적으로 분출하는 것이라면 미적 쾌감은 암시적인 정서를 순간적으로 분출하는 것이다. 마찬가지로, 철학은 지적인 이해력을 순간적으로 분출하는 것과 같다.

지금 이 '성찰들'은, 설령 가장 좋은 의미에서 말한다 할지라도, 박식에서 벗어나 오직 철학적 욕망에 떠밀려 써 내려 가고 있는 것이다. 그럼에도 불구하고 나는 독자들이 책을 읽으면서 지나친 기대는 하지 않았으면 고맙겠다. 이 글들은 철학이 아니다. 즉 학문이 아니다. 이것들은 단순히 에세이일 뿐이다. 에세이도 학문이라고 할 수는 있지만, 명백하게 증명될 수는 없는 학문이다.* 그런데 작가에게는 사전에 증명되지 않았다 해서 아무것도 쓰지 않는 것이야말로 지적인 명예에 문제가 된다. 작가에게는 작품 안에서 실마리가 될 수 있는 모든 현상을 없애 버림으로써 사실 여부의 확인을 괄호 속에 묶어 두는 것이 허락된다. 여기서 사실 여부를 알기 원하는 사람은 이를 찾게 될 것이고, 그 과정에서 사고를 잉태시키는 내적 열기가 확산되는 데 방해가 되지 않을 것이다. 전적으로 과학적 의도를 가진 책조차도 가급적 덜 교훈적이고 최소한의 노력을 요하는 문체로 쓰이기 시작한다. 각주는 가능하면 없애고 증명을 요하는 딱딱한 기계적 장치는 더 유기적이고 매끄러우며 개성적인 화법 안에 녹아든다.

이런 종류의 에세이는 이렇게 서술됨으로써, 그 이론이 설사 작가에게는 과학적인 확실성을 가지고 있다 하더라도, 독자들에게까지 진리로 받아들여지기를 기대하지 않는다. 나는 단지 '모디 레스 콘시데란디(modi res considerandi)', 즉 사물을 새롭게 바라보는 가능한 방법들을 제공할 뿐이다.* 나는 독자가 그 방법들을 스스로 연습해 본 뒤 만일 그것이 실제로 유익한 시각을 제공한다면 직접 경험해 보라고 권한다. 그렇게 되면 그는 자기 내면의 충실한 경험에 기대어 그것의 진위 여부를 검증할 수 있을 것이다.

내 의도는 이런 생각들을 과학적인 일보다 덜 심각하게 받아들이도록 하는 것이다. 다른 사람들이 그것을 받아들일지 여부는 신경 쓸 필요 없이, 단지 형제들의 영혼을 다른 형제들의 생각을 통해 일깨우면 족한 것이다. 비록 그 형제들이 서로 적대적일지라도 말이다. 이는 국가적인 문제에 관해서는 이념에 상관없이 폭넓게 협력하자는 나의 구실이자 호소일 뿐 그 이상도 이하도 아니다.

이 책에서는 거창한 주제 못지않게 매우 소소한 일들도 자주 언급된다. 스페인 풍경, 농부들의 말투, 민속춤과 노래, 옷과 가정용 집기의 색깔과 스타일, 언어의 특성, 그리고 전반적으로 볼 때 민족의 내밀한 특징을 드러내는 사소한 모습들을 자세히 다루고 있는 것이다.

중요한 주제와 가벼운 주제를 혼동하지 않도록 주의하면서, 그리고 조화로움이 혼돈으로 빠지지 않도록 하기 위해 위계질서의 필요성을 항상 염두에 두면서, 나는 우리의 반성적인 관심이나 성찰을 우리 곁에 존재하고 있는 것들에게로 돌리는 일이 시급하다고 생각한다.

인간은 주변 환경을 온전히 인식할 때 비로소 자기 능력을 최대한 발휘할 수 있다. 그는 환경을 통해 우주와 소통한다.*

환경(circunstancia)!* 그것은 우리 주위를 둘러싸고 있는 말 없는 사물들이다! 그것들은 우리와 매우 가까운 곳에서 겸손하고 간절한 표정으로 마치 자기들이 바치는 것들을 우리가 받아 주기를 기다리면서 조용히 얼굴을 내미는 듯하다. 그리고 겉으로 보기에 너무 소박하기만 한 자기들 선물을 부끄러워하는 듯하다. 그러나 우리는 그것들 사이를 활보하면서도 그 존재를 간과한 채 멀리 윤곽만 보이는 도시를 정복하기 위해 기획된 거창한 사업에만 눈길을 빼앗기고 있다. 마치 날쌔고 우직한 투창처럼 영광의 목표를 향해 돌진하는 영웅 옆에서 겸손하고 애처로운 표정으로 존재감도 없이 남몰래 그를 사모하며 따라다니는 소녀 이야기처럼 나를 감동시키는 책은 드물다. 그녀의 백옥 같은 몸속의 심장은 영웅을 위한 검붉은 불덩이가 되어 타오르고, 영웅의 영광을 기리는 향이 피어오른다. 우리는 영웅에게 한마디라도 해 주고 싶다. 열정에 불타면서 그 발치에 피어 있는 한 송이 꽃을 향해 단 한 번이라도 눈길을 보내라고 말이다. 정도의 차이는 있지만, 우리 모두가 바로 이 영웅이다. 그리고 우리 모두는 주변의 겸허한 사랑을 향유하고 있다.

나는 줄곧 투사였다.
그리고 이 말은 내가 인간이었다는 사실을 말해 준다.

이 말은 괴테*의 외침이다. 우리는 모두 영웅으로서 먼 곳의 무언가를 위해 투쟁하지만 우리가 가는 길의 향기로운 들꽃을 짓밟고 만다.

「경계에 대한 에세이」*라는 글에서 나는 여유로운 마음으로 이 주제에 대해 잠시 생각한 적이 있다. 나는 지난 19세기에 비해 현 20세기의 가장 심오한 변화 가운데 하나가 주변 환경에 대한 우리의 감수성이 변화한 데 있다고 믿는다.* 왠지 모를 불안감과 초조감이 19세기, 특히 그 후반기를 지배하면서 사람들로 하여금 삶의 주변적이고 일상적인 모든 것에 무관심하도록 만들었다. 시간이 흘러 좀 더 종합적인 윤곽을 그릴 수 있게 되면서 지난 세기의 본질이라 할 수 있는 정치적 성격이 더욱 뚜렷해졌다. 19세기에 서구인들은 이전까지만 해도 정치가나 왕실의 것으로만 한정되어 있던 삶의 형태인 정치를 배우기 시작한다. 정치적 관심사, 즉 사회적인 것에 대한 인식과 활동은 민주주의 덕분에 일반 대중에게도 전파되었다. 이제 사회적으로 발생하는 여러 문제가 예외 없이 일차적 관심 대상으로 떠오른 데 반해, 개개인의 삶은 전혀 심각하지도 않고 중요하지도 않은 문제처럼 뒷전으로 물러났다. 특히 중요한 것은 20세기 들어 개인성에 대한 유일하고 강력한 옹호자인 개인주의가 정치, 즉 사회적 교리가 되었으며 개인을 말살하지 말라는 요구에 그 모든 주장이 집중되고 있다는 점이다. 가까운 시일 내에 이것이 믿을 수 없는 사실로 보이리라는 것을 우리가 어찌 의심이나 했을까?

우리는 사회 행정, 국가 부강, 사회 문화, 사회 투쟁 그리고 집단생활을 풍요롭게 만들어 주는 과학과 기술에만 모든 힘을 쏟아왔다. 그러므로 우리가 가장 좋은 내부적 에너지 중에서 쓰고 남은 부분뿐만 아니라 일부분만이라도 주위의 우정을 쌓고 완벽한 사랑을 꾸려 나가며 혼신의 노력으로 가꾸어 나갈 가치가 있는 삶의 차원을 주변 사물의 기쁨 속에서 발견하는 데 쓴다면 경박해 보였을 것이다. 우리 마음 한구석에서 그러한 권리, 즉 문화적 의미를 인정받지 못한 채 자신의 얼굴을 부끄럽게 감추고 있는 수많은 개인적 욕구에 대해서도 같은 얘기를 할 수 있다.

내가 보기에, 모든 욕구는 그 잠재력만 완전히 계발된다면 새로운 문화적 영역이 될 수 있다.* 그렇게 된다면 인간이 더 이상 현재까지 발견된 과학, 법률, 예술, 종교 등 상위 범주의 가치들로만 한정되는 일은 없을 것이다. 그때가 되면 쾌락주의자 뉴턴*도 나올 수 있고, 욕망하는 칸트*도 태어날 것이다.*

문화는 한때 일상적이고 직접적인 것이었으나 지금은 성찰을 통해 시공간과 부패와 변덕으로부터 해방되어 정화된 대상들을 우리에게 제공한다. 그것은 관념적이고 추상적인 삶의 영역에 속하는 것으로서, 항상 우연적이고 문제적인 우리 개개인의 존재 위를 떠다닌다. 개인적 삶, 즉시성, 환경은 하나의 사물을 가리키는 다양한 이름이다. 다만 자신이 내포하고 있는 정신, 즉 로고스가 아직 추출되지 않은 삶의 일부일 뿐이다.*

그리고 정신으로서의 로고스는 '의미', 연관성, 통일성 이상의 것이 아니다. 따라서 개인적이고 즉각적이며 환경적인 모든 것이 우연적이고 의미 없는 것으로 비치는 것이다.

이렇게 사회생활은 다른 형태의 문화처럼 개인적이고 즉각적인 종류의 삶으로 우리에게 주어진다고 생각해야 한다. 오늘날 숭고한 광채로 장식되어 우리가 받아들이고 있는 것도 한때는 사람들의 마음을 사기 위해 움츠러들어야만 했다. 오늘날 진리로, 완벽한 아름다움으로, 매우 값진 것으로 인정되는 그 모든 것도 어느 날 문득 한 개인의 내적인 정신에서 변덕이나 기분과 별 차이 없이 태어난 것이다. 우리는 일단 습득한 문화를 더욱 발전시키는 것이 아니라 단순 반복함으로써 그것을 신성시하는 것을 피해야 한다. 문화적 행위란 특별히 창조 행위를 말하는 것으로, 아직 의미가 없는(i-lógico) 무언가로부터 로고스를 끌어내는 것을 말한다. 습득된 문화는 단지 새로운 정복을 위한 도구나 무기로서의 가치를 지니고 있을 뿐이다. 따라서 즉각적인 것 혹은 우리의 즉흥적인 삶과 비교할 때 우리가 배운 모든 것이 추상적이고 포괄적이며 도식적인 것처럼 보인다. 아니, 그렇게 보일 뿐만 아니라 실제로도 그렇다. 망치는 망치질 하나하나를 추상화한 것이다.

문화에서 일반적인 모든 것, 학습된 모든 것, 성취한 모든 것은 직접적인 것을 다루기 위해 우리가 취해야 할 우회 전술일 뿐이다.* 폭포 옆에 사는 사람들이 그 굉음을 의식하지 못하는 데에서 알 수 있듯이, 우리는 직접적으로 우리를 둘러싸고 있는 것과 어느 정도 거리를 두는 것이 필요하다. 그래야만 주변 환경이 우리의 눈에 의미를 가지고 나타나기 때문이다.

고대 이집트 사람들은 나일강 유역이 세상의 전부라고 믿었다.* 자기 주변 환경을 그렇게 인식하는 것은 끔찍한 일이고, 겉으로 보이는 것과는 반대로 그 의미를 축소시켜 버린다. 어떤 사람들은 한 사물이 세상의 전부이거나 세상에서 가장 좋은 것이라는 환상을 품지 않게 되면, 그 사물에 대해 더 이상 관심을 가지지 못하면서 자신의 근본적인 약점을 드러낸다. 이처럼 경직되고 유치한 관념론은 우리 의식에서 근절되어야 한다. 실제로 존재하는 것은 부분들뿐이다. 전체는 부분들을 추상화한 것이고 부분들을 필요로 한다. 마찬가지로, 다른 좋은 것들이 있지 않다면 더 좋은 것이라곤 있을 수 없으며, 전자에 대한 우리의 관심을 통해서만 후자는 최상급의 위치를 차지할 수 있는 것이다. 병사들이 없는데 어떻게 대장이 존재할 수 있겠는가?

우리는 세계의 궁극적 존재가 물질이나 정신처럼 확정적인 어떤 사물이 아니라 세계를 바라보는 관점일 뿐이라는 확신을 언제쯤 열린 마음으로 받아들일 것인가?* 신은 관점이며 분류 체계일 뿐이다. 사탄이 범한 죄는 관점의 오류였다.*

그렇다면 시점(point of view)들이 많아질수록, 그리고 각각의 단계에 대한 우리의 반응이 정확할수록 관점은 더욱 완벽해진다. 상위 가치들에 대한 직관적 통찰은 그보다 하위인 것들과의 접촉을 값지게 만들고, 가까이 있는 소소한 것들에 대한 사랑은 숭고한 것의 현실감과 효율성을 우리 가슴에 제공한다. 작은 것을 소중히 여기지 않는 사람은 큰 것도 소중히 여기지 않는다.

우리는 우리의 환경을 있는 그대로의 상태에서 찾아야 한다. 그것의 한계는 무엇이고 특성은 무엇인지, 세계를 보는 원대한 관점에서 그것의 온당한 자리는 어디인지 봐야 한다. 성스러운 가치들 앞에서 영원히 도취에 빠져 있지 말고 그중에서 우리 개인의 삶을 위한 장소를 정복해야 한다. 결론적으로 말해, 환경을 다시 흡수하는 일이야말로 인간의 구체적인 운명이다.*

우주를 향한 나의 자연스러운 출구는 과다라마산맥* 고갯길이나 온티골라 평원*을 통해 열려 있다. 이러한 주변 현실의 영역이 나라는 인간의 또 다른 절반을 이루고 있다. 오직 그 영역을 통해서만 나는 인격적으로 통일될 수 있고 온전한 나 자신이 될 수 있다.* 아주 최근의 생물학은 살아 있는 유기체를 육체와 거기에 맞는 특수 환경으로 구성된 통합체로 간주하여 연구하고 있다. 여기에 따르면, 생명의 과정은 육체가 환경에 적응하는 것으로만 이루어지는 것이 아니라 환경이 육체에 적응하기도 한다. 인간의 손은 도구를 확실하게 잡기 위해 그 물질적 대상에 스스로를 맞추지만, 각각의 물질적 대상 역시 그 손에 대해 일찍이 형성된 친연성을 감추고 있을 뿐이다.

나는 나 자신과 나의 환경이다. 따라서 내가 환경을 구해 내지 못한다면 나 자신도 구원되지 못한다.* 성서에서는 "태어난 장소는 축복받을지라"라고 말한다. 그리고 플라톤 학파에서 모든 문화의 과업으로 우리에게 제시하는 것은 눈에 보이는 것, 즉 '현상들을 구해 내는 것'이다. 다시 말해 우리를 둘러싸고 있는 것들의 의미를 찾으라는 말이다.

세계 지도를 염두에 두고, 우리의 시선을 과다라마산맥으로 돌려 보는 것이 필요하다. 아마 우리는 거기서 아무런 심오한 것도 발견하지 못할 것이다. 하지만 그러한 결점이나 불모성이 바로 우리의 시선에서 비롯되었다는 사실을 확신할 수도 있다. 마찬가지로 만사나레스강*에도 의미가 있다. 우리 도시의 지반을 핥으며 지나가는 이 빈약한 물줄기는 틀림없이 그 보잘것없는 수량의 물방울 속에도 우리 정신의 물방울을 간직하고 있을 것이다.

결국 지구상에서 신성한 신경망이 하나라도 지나가지 않는 사물은 없다. 문제는 그 신경에 도달하여 그것의 반응을 일으키는 일이 어렵다는 점이다. 자기가 있는 부엌에 들어오기를 주저하는 친구들에게 헤라클레이토스*는 이렇게 외쳤다고 한다. "들어와, 들어와! 여기에도 신들이 있다고." 괴테는 식물학과 지질학 탐사 여행 중에 야코비*에게 쓴 편지에서 이렇게 말한다. "나는 여기 언덕을 오르락내리락하며 풀과 돌 속에서 신성을 찾고 있네." 한편 루소는 카나리아 새장에 풀을 키웠다고 알려져 있는데, 이러한 사실을 언급한 파브르*는 자기 책상 다리에 붙어살고 있는 미세한 벌레들에 대한 책을 쓴다.

정신의 행위라 할 수 있는 영웅성을 가로막고 있는 것은 아무것도 없다. 그것이 삶의 일부 내용만 해당되는 특별한 것이라고 간주할 수 없기 때문이다. 지표면 바로 아래 어디서나 영웅이 탄생할 수 있으며, 누구든 자신이 밟고 있는 땅을 힘껏 차기만 해도 샘물이 솟아나길 기대할 수 있다고 말할 수 있다. 영웅 모세가 보기에는 모든 바위에서 샘물이 솟아날 수 있다.*

조르다노 브루노*에게 동물은 숭고하며, 세계는 신성하고 장엄하다.

피오 바로하*와 아소린은 우리를 둘러싸고 있는 두 개의 환경으로, 나는 두 사람에게 바치는 글을 쓴 적이 있다.* 아소린은 내가 방금 말한 다양한 각도에서 일상의 소소한 것들과 과거의 가치에 대해 성찰할 수 있는 기회를 제공한다. 첫 번째 것과 관련하여, 이제 우리가 근대에 숨어 있는 위선적인 성격을 해소해야 할 시간이다.* 그것은 과학, 예술, 사회 등 신성시되는 특정 관습에만 관심을 보이는 척하지만 속으론 아주 사소한 것, 심지어 생리학적인 것에까지 더할 나위 없는 친밀감을 간직하고 있는 위선을 말한다. 사실, 염세주의의 심연에 도달하여 우주 안에서 우리를 구원하기에 충분한 긍정적인 것을 하나도 발견하지 못할 때 우리의 시선은 일상의 소소한 사물들로 향하게 된다. 그것은 마치 죽어 가는 사람이 죽음의 순간에 자신에게 일어났던 아주 사소한 일들을 기억해 내는 것과 같다. 그때 우리는 이 지구상에 우리의 삶을 붙들어 매주는 것이 위대한 일이나 커다란 즐거움 혹은 거창한 야심이 아니라, 한겨울에 화롯불 옆에서 따스한 가정의 온기를 느끼는 순간, 술 한잔이 가져다주는 기분 좋은 느낌, 사랑하지도 않고 알지도 못하는 얌전한 한 아가씨가 총총히 걸어가는 모습 그리고 위트 넘치는 친구가 건네는 재미있는 농담이라는 것을 알게 된다. 그러기에 나는 절망에 빠져 나무에 목을 매러 갔던 사람이 자기 목에 줄을 거는 순간 나무둥치에 핀 장미꽃 향기를 맡고 자살을 포기했다는 얘기가 무척 인간적으로 다가오는 것이다.

고상한 삶을 위해 현대인이 성찰하고 깨달아야 할 생명력의 원천이 되는 비밀이 여기에 있다. 그런데 사람들은, 성적 충동의 경우처럼, 수없이 감추고 숨기려 해도 마침내 인생행로에서 승리를 거두는 수많은 어둠의 세력처럼 그것을 취급한다. 그래서 자기 자신에게 그것을 감추기를 강요하고 외면하는 것이다. 인간 이하의 성질도 인간 안에서 지속된다. 그것이 지속되는 의미는 무엇일까?* 셰익스피어가 한 희곡 작품에서, 마치 자신의 소네트로부터 방울방울 떨어지는 듯한 친밀하고 다정하고 진지한 말을 통해 표현하고 있는 감정을 접하고 우리가 취해야 할 로고스, 즉 확실한 자세는 무엇일까? 『자에는 자로(*Measure for Measure*)』에 나오는 등장인물은 이렇게 말한다.

남이 들으면 아니 될 일이지만,
자부심을 느끼던 위엄에 찬
내 태도조차도
이제 덤을 붙여서라도, 공중에

속절없이 나부끼는 깃털 장식과 바꾸고 싶다.*

이것은 부적절한 욕망이 아니던가? 게다가……!

아소린의 미학적 주제인 과거와 관련하여, 우리는 그 안에서 우리 민족의 끔찍한 질병 가운데 하나를 봐야 한다. 칸트는 『인류학(*Anthropologie*)』*에서 스페인에 대해 평가하고 있는데 그 말이 얼마나 심오하고 정확한지 나도 모르게 등골이 오싹해질 정도이다. 칸트에 따르면, 터키 사람들은 여행할 때 방문하는 나라의 특징적인 결점에 따라 그 나라의 성격을 규정하는데, 그 방법을 사용하여 칸트는 다음과 같은 표를 만든다. 1. 유행의 땅(프랑스) 2. 못된 기질의 땅(영국) 3. 선조들의 땅(스페인) 4. 과시의 땅(이탈리아) 5. 직함의 땅(독일) 6. 양반들의 땅(폴란드).

선조들의 땅! 결국 스페인은 우리의 것이 아니고, 이 시대를 사는 스페인 사람들의 자유로운 재산도 아니다. 이 땅에 살았던 과거의 사람들이 지금도 우리를 지배하고 있으며 우리를 억압하는 죽음의 과두 정치를 형성하고 있다. 아이스킬로스의 『제주(祭酒)를 바치는 여신들(*Choephori*)』에서 하인은 이렇게 말한다. "죽은 자들이 산 자들을 죽이고 있습니다."*

우리 민족에 미치는 과거의 이러한 영향력은 가장 민감한 문제들 가운데 하나이다. 이를 통해 우리는 스페인 반동주의의 심리학적 메커니즘을 발견하게 될 것이다.* 내가 지칭하는 것은 정치가 아니다. 그것은 단지 겉으로 드러난 것으로서, 우리 정신에 일반적으로 내포되어 있는 반동적인 본질 가운데 가장 사소하고 피상적인 양태일 뿐이다. 이 책에서 우리는 급진적 반동주의가 근대성에 대한 거부감이 아니라 과거를 다루는 방식에 의해 특징지어진다는 점을 보게 될 것이다.

간결한 표현을 위해 역설적인 문장을 하나 써 보겠다. "죽은 자에게 죽음이란 곧 삶이다." 이미 소멸해 버린 사물의 영역인 과거를 지배하는 길은 단 한 가지밖에 없다. 우리의 혈관을 열고 뽑아낸 피를 죽은 자의 빈 혈관에 주입하는 일이다. 과거를 마치 삶의 한 방식으로 다루는 이런 행위는 반동주의자라면 결코 할 수 없는 것이다. 반동주의자는 과거를 죽음의 상태 그대로 삶의 영역에서 빼내어 우리의 영혼을 다스리는 옥좌에 앉힌다. 셀티베로족*이 고대에 죽음을 숭배했던 유일한 부족으로 주목을 받은 것은 결코 우연이 아니다.

과거를 살아 있는 것으로 만들지 못하는 이러한 무능력함이야말로 진정한 반동주의의 특성이다. 반면, 새로운 것에 대한 반감은 다른 민족의 심리적 기질들에도 공통적으로 나타나는 것 같다. 기차로 여행하는 것을 극도로 싫어했던 로시니*가 흥겨운 소리를 내는 방울 마차를 타고 유럽을 돌아다닌 것을 반동적이라고 말할 수 있을까? 정작 심각한 것은 다른 데 있다. 즉 우리가 오염된 영혼의 범주를 가지고 있어서, 마치 독기를 내뿜는 호수 위를 날아가는 새들처럼 과거가 우리의 기억 속으로 떨어지면서 죽는 것이다.

피오 바로하의 글에서 우리는 행복과 '행위'에 대해 성찰해야 할 것이다. 다시 말해, 사실상 모든 것에 대해 조금씩 다 말해 볼 필요가 있다. 왜냐하면 이 사람은 사실 사람이라기보다는 교차로에 가깝다고 할 수 있기 때문이다.

바로하에 대한 글뿐만 아니라 괴테, 로페 데 베가,* 마리아노 호세 데 라라*에 대한 글, 그리고 심지어 『돈키호테 성찰』에서도 분명히 독자들에게는 이들이 지칭하는 구체적인 주제에 대해 상대적으로 언급되는 내용이 적은 것처럼 비쳐질 것이다. 물론 그것들은 비평서임이 분명하다. 하지만 나는 문학 작품들을 나쁜 작품과 좋은 작품으로 분류하면서 딱지를 매기는 것이 비평의 중요한 임무라고 생각하지 않는다. 나는 갈수록 판결을 내리는 데 흥미를 잃어 가고 있다. 나는 사물을 재판하는 대신 그들의 애인이 되고 싶다.*

나는 비평에서 선택된 작품의 잠재력을 극대화하려는 지극한 노력을 본다. 그것은 독자들을 작품에서 벗어나 작가에게 데려간 다음, 결국 자잘한 일화들 속에 작가를 가루로 만들어 버리는 생트뵈브*의 방식과는 정반대이다. 비평은 전기가 아니고, 작품을 완성시키는 역할을 하지 못하는 한 독립된 작업으로 정당화되지도 못한다. 이는 평범한 독자가 작품에서 강렬하고 명확한 인상을 받을 수 있도록 정서적이고 이념적인 도구들을 이용해 비평가가 자신의 작업에서 안내해 주어야 한다는 점을 뜻한다. 비평은 보다 긍정적인 의미를 지향해야 하고, 작가를 교정하기보다는 독자에게 보다 완전한 시각 기관을 갖추도록 도와주어야 한다. 독서가 완성되면서 작품 역시 완성된다.

마찬가지로, 피오 바로하에 대한 연구 비평을 통해 나는 총체적 시점들을 이해하게 되고, 이 덕분에 그의 책들은 잠재력이 발현된 의미를 획득하게 된다. 따라서 비평이 작가에 대해, 심지어 작품의 세부 사항에 대해 거의 언급하지 않는 것은 결코 이상한 일이 아니다. 작가에게는 없으나 그를 완성시키는 모든 요소를 모으고 가능한 한 그에게 가장 호의적인 분위기를 만들어 주는 것이야말로 비평이 할 일이기 때문이다.

『돈키호테 성찰』에서 나는 돈키호테주의에 대한 연구를 하려고 한다. 그러나 이 말에는 애매한 점이 있다. 내가 말하는 돈키호테주의는 시장에서 상업용으로 쓰이는 의미와는 아무 관계가 없다. '돈키호테'는 상이한 두 가지 의미를 가질 수 있다. 『돈키호테』는 책이고, 돈키호테는 책의 주인공이다. 좋은 의미든 나쁜 의미든 흔히 '돈키호테주의'라고 할 때 우리가 생각하는 것은 주인공이 보여 주는 돈키호테주의이다. 그러나 이 글에서 내가 탐구하려는 것은 책 전체가 보여 주는 돈키호테주의이다.

돈키호테라는 인물이, 마치 모든 신호를 잡아내는 안테나처럼 작품 중심에 우뚝 서서 독점적인 주목을 받는 바람에 작품의 다른 부분이 피해를 입었고 결국 돈키호테 자신도 피해를 입고 말았다. 분명히 말하건대, 약간의 사랑과 또 다른 약간의 겸손만 있다면 — 두 개가 아예 모두 없다면 불가능하지만 — 『그리스도의 이름들에 대하여』를 솜씨 있게 패러디한 작품을 내놓을 수 있을 것이다. 이 책은 신학적 열망에 가득 찬 루이스 데 레온 수사*가 플레차(Flecha) 농장에서 써 내려 간 중세 로마네스크 상징주의의 걸작이다. 그리고 '돈키호테의 이름들에 대하여'라는 이름의 작품도 나올 수 있을 것이다. 왜냐하면 어떤 면에서 볼 때 돈키호테는 신성하고 고독한 그리스도의 슬픈 패러디이기 때문이다. 즉 그는 근대적 고뇌에 사로잡혀 괴로워하는 고딕풍의 그리스도이다. 그는 순수성과 의지를 상실하고 또 다른 새로운 것을 찾아 방황하는 고통 속의 상상력으로 창조된 우리 동네의 희화화된 그리스도이다. 과거의 사상적 빈곤, 현재의 천박함 그리고 미래의 신랄한 적대감에 예민하게 반응하는 스페인 사람들이 삼삼오오 모여 있을 때마다 그들 사이로 돈키호테가 강림한다.* 기이한 그의 용모에서 발산되는 열기는 그들의 갈라진 마음들을 조화시키고 영적인 끈으로 묶어 놓고 민족주의자로 바꾸어 버리며, 개인적인 비탄을 넘어 민족의 집단적 고통으로 승화시킨다. 예수는 이렇게 말했다.

> 단 두세 사람이라도 내 이름으로 모인 곳에는 나도 함께 있기 때문이다.(「마태오의 복음서」 18:20)

그럼에도 불구하고 돈키호테를 별개의 존재로 떼어 놓고 생각하는 것은 엄청난 오류를 불러일으킨다. 어떤 사람들은 그럴듯한 예지력으로 우리에게 돈키호테가 되면 안 된다고 충고한다. 또 다른 사람들은 최근의 유행에 따라, 엉뚱한 행동으로 가득 찬 부조리한 세계로 우리를 이끈다. 일단 외견상 두 부류의 어디에도 세르반테스*는 존재하지 않는다. 그러나 세르반테스는 우리의 마음을 이러한 이분법 너머로 인도하기 위해 이 땅에 왔다.

우리는 종(種)을 통하지 않고서는 개체를 이해할 수 없다. 진짜 사물들은 물질이나 에너지로 만들어진다. 그러나 돈키호테라는 인물처럼 예술적 사물들은 문체라는 실체에서 만들어진 것이다. 각각의 미학적 대상은 문체라는 원형질의 개체화이다. 마찬가지로 돈키호테라는 개체도 세르반테스라는 종의 개체인 것이다.*

따라서 우리는 돈키호테에게 집중된 시선을 분산시켜 작품의 다른 부분에도 관심을 돌려 볼 필요가 있다. 방대한 작품을 전체적으로 살펴봄으로써 우리는 세르반테스의 문체에 대해 더욱 포괄적이고 명확하게 인식할 수 있을 것이고, 이 가운데 라만차의 기사는 작품 안에서 응축된 일부분에 지나지 않는다는 점을 알 수 있을 것이다. 즉 돈키호테의 정신이 아니라 세르반테스의 정신, 이것이야말로 내게는 진정한 돈키호테주의이다. 이는 또한 『알제리의 감옥』*이라는 작품이나 그의 실제 삶에서 볼 수 있는 세르반테스 정신이 아니라 『돈키호테』에서 볼 수 있는 세르반테스 정신을 말하는 것이다. 그럼에도 불구하고 내가 세르반테스주의가 아닌 돈키호테주의라는 말을 선호하는 이유는 그것이 작가의 전기적 사실이나 현학적 지식을 통해 샛길로 빠지는 위험을 피하기 위해서이다.

이 일은 너무나도 거창하여 작가는 마치 신들에 맞서 싸우는 것처럼, 자신의 패배를 이미 예감하면서 작업을 시작하고 있다.

자연의 비밀들이 가차 없이 드러나고 있다. 우주의 숲에서 조준을 마친 과학자는 사냥꾼처럼 문제를 향해 곧바로 달려든다. 토마스 아퀴나스* 성인과 마찬가지로 플라톤에게도 학자라는 존재는 사냥을 떠나는 사람, 즉 엽사(獵師, venator)이다. 만일 그가 무기와 의지만 가지고 있다면 사냥은 분명 성공한다. 즉 새로운 진리가 마치 화살을 맞은 새처럼 그의 발치에 떨어질 것이다.*

그러나 천재적인 예술 작품은 지식의 공격을 받아도 이런 식으로 자기 비밀의 문을 열지 않는다. 그것은 강압적으로 굴복하는 것에 저항하며, 자기가 원하는 상대에게만 자신을 허락한다고 할 수 있다. 자신에 대한 우리의 지극한 관심을 필요로 한다는 점에선 학문적 진실과 비슷하지만, 사냥꾼처럼 목표물을 향해 곧바로 달려드는 것은 거부하는 것이다. 그것은 무기에 굴복하지 않고, 굳이 한다면 성찰 의식에 굴복한다. 『돈키호테』 정도의 걸작은 예리고의 성처럼 접근해야 한다.* 우리의 생각과 감정은 넓게 동심원을 그리면서 서서히 압박해 들어가야 하며 마치 천상의 나팔소리가 울리는 것처럼 해야 한다.

한 권의 책을 쓴 끈기 있는 양반 세르반테스는 3세기 전부터 이 상향의 초원에 자리 잡고 앉아서 우수에 젖은 시선을 주위에 뿌리며 자신을 이해할 자손이 태어나기를 기다리고 있다.

또 다른 글로 이어질 이 성찰의 글들이 『돈키호테』가 간직하고 있는 최후의 비밀을 범하려 하는 것은 물론 아니다. 이것은 불멸의 작품에 운명적으로 매혹된 생각이, 멀리서 조급함 없이 그려내고 있는 관심의 넓은 동심원일 뿐이다.

그리고 한마디만 더 덧붙이자. 독자들은, 내 생각이 잘못되지 않았다면, 이 글을 읽으면서 조국을 근심하는 맥박이 구석구석에서 고동치고 있음을 알게 될 것이다. 이 글을 쓰는 저자나 이 글을 읽을 독자들 모두 이미 시효가 만료된 스페인을 부정하는 데에서 정신적인 새 출발을 꾀한다. 그렇게 받아들일 때, 부정이 부정으로 끝난다면 불경한 것이다. 신념이 있고 정직한 사람이 무언가를 부정할 때에는 새로운 긍정적 대안을 제시할 당위성을 약속하는 것이고, 그것을 시도함으로써 양해가 된다.

우리도 마찬가지다. 하나의 스페인을 부정하면서 우리는 또 다른 스페인을 발견하려는 명예로운 길목에 서 있다. 이 명예로운 과업은 우리에게 잠시도 쉴 틈을 주지 않는다. 따라서 우리의 개인적 성찰이 내밀하게 들어가면 들어갈수록, 우리는 영혼의 가장 가녀린 불빛까지 동원하여 새로운 스페인을 실험해 보는 자신의 모습과 마주하게 될 것이다.*

1914년 6월, 마드리드

“『돈키호테』도 어떻게 보면 단지 광대극에 지나지 않는 것이 아닐까?”

헤르만 코헨(Hermann Cohen), 『순수 의지의 윤리학(*Ethik Des Reinen Willens*)』 487쪽*

예비 성찰

에스코리알 수도원*은 언덕 위에 우뚝 서 있다. 이 언덕의 남사면(南斜面)은 떡갈나무와 물푸레나무가 울창한 숲으로 이어진다. 이곳을 가리켜 '에레리아'*라고 부른다. 이 웅대한 잿빛 건축물은 빽빽이 들어선 숲을 망토처럼 두르고 있어 계절이 변함에 따라 그 모습을 달리한다. 겨울에는 구릿빛, 가을에는 황금빛, 여름에는 짙은 녹색으로 변화하며, 봄은 마치 수도사의 완고한 영혼을 통과하는 에로틱한 영상처럼 강렬하고 재빠르게 휙 지나가 버린다. 숲속 나무들은 순식간에 밝고 신선한 초록색으로 단장한 나뭇잎으로 뒤덮인다. 대지는 에메랄드빛 풀 아래로 모습을 감추는데, 그 풀 역시 하루는 노란색으로, 다른 날은 라벤더의 자줏빛으로 옷을 갈아입는다. 지극한 고요함이 지배하는 장소가 있지만 그렇다고 해서 절대적인 침묵은 결코 아니다. 사물들이 돌아가면서 완벽하게 입을 다물지만 소리가 멈추어 버린 그 자리는 또 다른 무언가로 채워지길 기다리고, 그때서야 우리는 심장의 박동 소리,

관자놀이의 피가 맥박 치는 소리, 우리의 허파 속으로 스며들자마자 부지런히 달아나는 공기의 부글거리는 소리를 듣게 된다. 이 모든 것이 너무나도 구체적인 의미를 지니고 있어 우리를 불안하게 만든다. 심장이 한 번 뛸 때마다 우리는 그것이 최후의 박동이 될 것처럼 느껴지고, 뒤를 잇는 새로운 구원의 박동은 항상 우연한 것일 뿐 다음을 보장해 주지 못하기 때문이다. 그래서 마냥 장식적이고 근원을 알 수 없는 소리가 들리는 침묵이 차라리 더 좋다. 바로 여기가 그런 곳이다. 맑은 물이 재잘거리며 정처 없이 흘러가고 녹음 사이로는 검은 방울새, 분홍 방울새, 개똥지빠귀 그리고 때때로 아름다운 꾀꼬리에 이르기까지 작은 새들이 지저귄다.

덧없는 어느 봄날의 오후, 에레리아를 방문한 나의 머릿속에서 사색이 펼쳐진다.

1. 숲*

하나의 숲이 되려면 얼마나 많은 나무가 있어야 할까? 하나의 도시가 되려면 얼마나 많은 집들이 있어야 할까?

푸아티에*의 농부는 이렇게 노래했다.

지붕들이 너무 높아
거리를 내다보는 데 방해가 되네.

독일에도 나무들 때문에 숲이 보이지 않는다는 격언이 있다. 숲과 도시는 본질적으로 깊이를 간직한 두 개의 사물로, 자신을 드러내고 싶을 때는 표면으로 나서야만 하는 운명을 타고 태어났다.*

나는 지금 수십 그루의 떡갈나무와 물푸레나무에 둘러싸여 있다. 이것을 숲이라고 할 수 있을까? 분명히 그건 아니다. 이것들은 단지 내가 숲에서 보고 있는 나무들이다. 진정한 숲은 내가 볼 수 없는 나무들로 이루어져 있다. 숲은 보이지 않는 자연이다.* 그런 까닭에 모든 언어를 보면 숲이라는 단어는 무언가 신비로운 후광을 간직하고 있다.

나는 지금 자리에서 일어나 호젓한 오솔길로 접어들어 구관조들이 날아다니는 모습을 보고 있다. 좀 전에 보았던 나무들은 또 다른 나무들로 바뀌어 갈 것이다.* 안으로 접어들수록 숲은 해체되면서 연속적으로 눈앞에 나타나는 일련의 조각들로 흩어져 버린다. 그러나 내가 서 있는 곳에서 나는 결코 숲을 보지 못할 것이다. 숲은 나의 시선을 피해 도망친다.*

우리가 숲속 양지바른 공터에 다다르자 마치 그곳의 돌 위에 한 남자가 앉아 있었던 것처럼 느껴진다. 팔꿈치를 무릎에 받치고 손바닥을 이마에 대고 있던 그는 우리가 막 도착하는 순간 자리에서 일어나 떠나 버렸다. 추측하건대 아마도 이 남자는 잠시 서성거리다가 우리와 그리 멀지 않은 곳에 자리를 잡고 아까와 똑같은 자세를 취할 것이다. 만일 우리가 숲을 가로지르는 사람에 대해 숲의 주인이 행사하고 있는 마력의 힘에 순응하여 그 사람을 놀라게 해 주고 싶다는 욕심을 포기한다면 이 장면은 앞으로 영원히 반복될 것이다.

숲은 항상 우리가 있는 곳보다 좀 더 너머에 있다. 숲은 지금 우리가 있는 장소에서 방금 떠나 버렸고 여기엔 아직도 신선한 향내만 남아 있다. 감정의 윤곽을 살아 있는 형태로 생생하게 투영했던 옛사람들은 잘 피해 달아나는 요정들을 이 숲에 살게 했다. 이보다 더 정확하고 감동적인 것은 없다. 여러분이 숲속을 걸으면서 녹음 사이의 공터에 재빨리 시선을 돌려 보라. 그러면 마치 조그마한 나신이 도망치면서 남겨 놓은 공백을 서둘러 메우려는 듯 공기 중의 미세한 떨림을 발견할 수 있을 것이다.

숲속의 어느 장소에서 바라보든 간에 숲은 하나의 가능성이다.* 숲은 우리를 그 안으로 들어가게 해 주는 오솔길이다. 숲은 침묵의 팔에 안겨 우리에게 들려오는 조그만 소리의 발원지로서 몇 발자국만 걸어가면 모습을 드러내는 샘물이다. 숲은 저 멀리 나뭇가지 위에 새들이 앉아 부르는 노래 구절이며, 우리도 곧 그 나무에 도달할 수 있다. 숲은 우리에게 가능한 행위들을 모두 모아 놓은 것이지만 그것이 실현되는 순간 진정한 가치는 없어지고 만다. 우리 앞에 직접 모습을 드러내고 있는 숲의 일부분은 또 다른 부분이 자신의 모습을 감추고 멀어져 가기 위한 구실이 될 뿐이다.

2. 심층과 표층

"나무들은 우리에게 숲을 보지 못하게 만든다"라는 구절을 반복해서 쓰다 보면 아마 그 참된 의미가 이해되지 않을 수도 있다. 또한 그 표현에 담긴 의도적인 조롱이 어쩌면 말하는 사람에게로 창끝을 돌릴 수도 있다.

나무들은 숲을 보지 못하게 만든다. 그리고 사실 그 덕분에 숲이 존재한다. 눈에 드러난 나무들의 사명은 다른 나무들을 감추는 것이고, 눈에 보이는 풍경이 안 보이는 다른 풍경을 숨겨 주고 있다는 사실을 깨달을 때 우리는 비로소 숲속에 있음을 느끼게 된다.

감추어져 있다는 불가시성이 순전히 부정적인 성격을 가진 것만은 아니다. 그것이 하나의 사물에 흘러내리면 사물을 변형시키고 거기서 새로운 사물을 만들어 내는 긍정적인 성격도 가지고 있다.* 이런 의미에서, 앞의 구절이 말하듯 숲을 보려 하는 것은 어리석은 일이다. 숲은 그 모습 그대로 잠재해 있는 것이다.

이 세계에는 동등하게 존중받고, 똑같이 세상에 필요한 여러 운명체들이 있다는 사실을 알지 못하는 사람을 위한 좋은 교훈이 있다. 드러나는 순간 자신의 가치를 훼손하거나 상실하는 사물들이 있는가 하면, 반대로 모습을 감추거나 간과된 상태에서 완전함에 도달하는 것들도 있다. 부차적인 지위에 있으면서도 완전한 자아 확장에 이르는 사람이 있는가 하면 최고의 지위에 앉으려고 발버둥 치느라 자신의 모든 덕을 폐기해 버리는 사람들도 있다. 현대 소설 한 권을 읽었는데, 거기엔 머리는 별로 안 좋지만 도덕적 감수성이 뛰어난 소년이 등장한다. 그는 학교에서 항상 꼴찌를 하지만 '어쨌든 누군가는 꼴찌를 해야 하지 않겠어?'라고 생각하며 스스로를 위로한다. 이것은 우리를 좋은 길로 인도해 주는 훌륭한 사례가 된다. 고귀한 정신은 첫째가는 자리뿐 아니라 마지막 자리에도 있을 수 있는데, 왜냐하면 첫째와 꼴찌 모두 세상에 똑같이 필요하고, 서로에게도 필요한 존재이기 때문이다.

어떤 사람들은 심층의 사물에게 표층의 사물처럼 나타나라고 요구하면서 그것의 진정한 깊이를 알려고 하지 않는다. 그들은 다양한 종류의 명료함(claridad)이 있다는 사실을 받아들이지 않고 단지 표층이 보여 주는 특수한 형태의 명료함에만 집착한다.* 그들은 표층 아래 숨어 있는 것이 심층의 본질이고, 그것이 표층 밑에서 맥박 치다가 표층을 통해서만 모습을 드러낸다는 점을 알아차리지 못한다.

내 생각에는, 각각의 사물이 우리가 원하는 방식이 아니라 그들에게 있는 고유한 조건을 무시하는 것*이야말로 진정한 죄악인

데, 이것이 근본적으로는 사랑의 결핍에서 비롯되는 것이기에 나는 이를 가리켜 '무정(無情)한 죄'라 부르겠다. 우리들의 나쁜 성향과 맹목성을 통해 세계를 축소하고 실재를 왜곡하며 실제로 존재하는 부분들을 상상 속에서 없애 버리는 것만큼 의롭지 못한 것은 없다.

이는 심층적인 것에 대해 표층적인 것과 같은 방식으로 드러나길 요구할 때 발생한다. 하지만 사물의 이치는 그렇지 않다. 그것이 감추어져 있다는 사실을 우리가 인식하는 데 꼭 필요한 만큼만 자신을 드러내는 사물들이 있는 것이다.

이러한 사실을 명백히 알기 위해 아주 추상적인 영역으로 들어갈 필요도 없다. 심층적인 모든 사물은 비슷한 조건을 가지고 있다. 예를 들어 우리가 보고 만질 수 있는 물질적 대상 역시 자신의 심층과 내면을 구성하는 3차원의 세계를 가지고 있다. 그러나 우리는 그 3차원을 볼 수도, 만질 수도 없다. 다만 확실한 것은 그 표층에서 내면에 숨겨진 무언가에 대한 암시를 만날 수 있다는 점이다. 하지만 그 내면은 결코 밖으로 나올 수도 없고, 물체와 같은 방식으로 자신을 드러낼 수도 없다. 그 3차원을 몇 개의 표층으로 잘게 나눠 보려 하는 것 역시 헛된 시도에 불과하다. 그것이 아무리 잘게 나눠진다 해도 각각의 단면은 일정한 두께, 즉 내부적으로 보이지도 않고 만져지지도 않는 심층적인 무언가를 가지고 있기 때문이다. 그리고 설사 우리의 시선이 통과할 수 있을 정도로 얇은 단면을 얻게 된다 할지라도, 우리가 보게 되는 것은 심층도 아니고 표층도 아닌 완벽한 투명 상태 혹은 투명 상태와 다릅없는 무(無)에 지나지 않을 것이다. 그러니까 결국 심층이 자신을 숨길 수 있는 표층을 필요로 하는 것처럼, 표층 혹은 표면 역시 자신이 그 위로 몸을 늘여서 덮을 수 있는 내면의 무언가가 필요한 것이다.

내가 하는 말은 너무나도 자명한 사실이지만 그렇다고 부가적인 설명 없이 넘어갈 수는 없다. 왜냐하면 눈앞에 직접 오렌지를 들이대는 식으로 모든 것을 명쾌하게 보여 달라고 우리에게 요구하는 사람들이 아직도 있기 때문이다. 그런데 문제는, 만일 그들이 순전히 감각적인 기능을 통해 본 것으로 이해했다고 생각한다면, 그들은 물론이고 아무도 오렌지를 본 사람이 없다는 사실이다.* 오렌지는 둥그런 구체로서 겉면과 이면을 가지고 있다. 그런데 오렌지의 겉면과 이면을 눈앞에 동시에 보여 달라고 요구하는 것이 가능할까? 우리는 눈으로 오렌지의 한 부분을 본다. 그러나 이 과일의 전체 모습은 우리의 감각에 주어지지 않으며, 더 많은 부분이 우리의 시선으로부터 감추어져 있다.

따라서 사물이 자신을 드러내는 데 여러 가지 방법이 있다는 것을 말하기 위해 난해하고 형이상학적인 문제에 의존할 필요는 없다. 각각의 사물은 모두 나름의 질서 속에서 해명될 수 있다. 눈에 보이는 것만이 해명 가능한 것은 아니다. 우리 몸이 가지고 있는 3차원 역시 다른 두 차원과 마찬가지로 완벽하게 해명될 수 있는 것이다. 그럼에도 불구하고, 순전히 시각이라는 수동적 방법 외에 사물을 보는 방법이 없다면 그 사물 혹은 그것의 특질은 우리에게 존재하지 않을 것이다.

3. 시냇물과 꾀꼬리

마치 도망치는 요정을 쫓듯, 지금은 사념이야말로 숲의 정수를 쫓는 변증법적 목신(牧神)이다. 사념은 어떤 사상의 맨몸을 더듬으며 육체적 사랑과 비슷한 쾌감을 체험한다.

모든 가능성의 총체로서 항상 부재하며 감춰져 있는 숲의 도피적 성격을 인식할 때 숲에 대한 우리의 생각은 완전무결할 수 없다. 만일 심층적이고 잠재적인 것이 우리에게 존재해야 한다면 그 모습이 드러나겠지만, 그 깊이와 잠재성의 성질은 잃지 않는 방식으로 이루어질 것이다.

앞서 말했듯이, 심층은 표층적 특질을 통해 드러날 수밖에 없는 운명을 타고 태어났다. 그것이 어떻게 이루어지는지 보기로 하자.

내 발밑에 흐르는 물이 돌멩이와 부딪혀 살짝 신음 소리를 내고는 떡갈나무 뿌리를 에워싸고 굽이도는 수정 물줄기를 이룬다. 떡갈나무 둥지에는 마치 공주님이 궁전에 들어오듯 지금 막 꾀꼬리 한 마리가 들어왔다. 꾀꼬리가 목청껏 내지르는 지저귐은 너무나도 음악적이라 나이팅게일의 노래에서 뽑아낸 음악 같다. 그 짧고 갑작스러운 소리는 순식간에 지각 범위 내의 숲속을 가득 채워 버린다. 마찬가지로 고통의 맥박 역시 우리의 의식 세계를 삽시간에 채우고 있다.

나는 지금 바로 앞에 이 두 소리를 가지고 있다.* 그러나 그것들만 있는 것은 아니다. 그들은 순수한 충만함과 고유한 광휘 덕분에, 함께 뒤섞여 있는 다른 많은 음성과 소음보다 두드러지는 음향의 선이나 점에 지나지 않을 뿐이다.

내 머리 위에 날개를 접은 꾀꼬리의 지저귐과 내 발치에 흐르는 물소리를 들으며 무념무상의 상태에서 다른 소리에도 귀를 기울여 보면 나는 꾀꼬리 소리와 안간힘 쓰며 거친 바닥을 졸졸 흐르는 물소리를 또다시 듣게 된다. 이 새로운 소리들은 대체 무엇인가? 나는 그중에서 꾀꼬리의 지저귐을 즉시 알아들을 수 있다. 하지만 그 소리에는 총기도 없고 힘도 없다. 좀 전에 들었던 소리만큼 활기가 없고 공기를 가로지르며 폐부를 찌르는 낭랑함도 없어서 아까만큼 주변을 들썩이지도 않고 그냥 은밀하고 소심하게 미끄러지는 소리일 뿐이다. 나는 또한 샘물이 올라오는 다른 소리를 느낀다. 그러나 안타깝게도 그 소리를 듣노라면 마음이 아프다. 그것은 병약한 샘물일까? 아까 들은 것과 똑같은 소리임에도 불구하고 그것은 더 자주 끊기고 더 가늘며, 마치 희미하게 꺼져 가는 듯 내면의 소리도 빈약하기만 하여, 때로는 내 귀에 도달할 힘도 없는 듯싶다. 그것은 비틀거리며 사라지는 약하고 가여운 소리이다.

이것이 바로 단순한 인상처럼 느껴지는 새로운 소리들의 정체이다. 하지만 나는 소리를 들으면서, 방금 보았듯이, 그 단순한 존재를 묘사하기 위해 걸음을 지체한 것이 아니다. 깊이 생각할 여지 없이 나는 소리를 듣자마자 그것을 관념적 해석의 행위로 포장하여 멀리 던져 버린다. 그래서 나는 먼 곳의 소리를 듣는 듯하다.

내가 만일 이 두 쌍의 소리를 내 귀에 수동적으로 받아들이는데 그친다면 그것들은 아무 차이 없이 가까운 곳에 존재하고 있을 뿐이다. 그러나 두 쌍의 소리가 보여 주는 울림의 차이는 나로 하여금 그것들을 구분하게 하고 공간적 차이를 유추하게 한다. 따라서 행위를 통해 그 소리들을 실질적으로 구별하는 것은 바로 '나'다. 만일 이 행위가 없다면 거리는 사라질 것이고 모든 것은 아무런 차별성 없이 똑같은 자리를 차지하고 있을 것이다.

여기서 우리는 현존하는 어떤 사물들의 실질적인 특질은 바로 거리이며, 그 특질은 오로지 주체의 행위를 통해서만 얻어진다는 점을 알게 된다. 소리는 멀리 있지 않다. 단지 내가 그것을 멀게 만들 뿐이다.

우리는 나무의 시각적 거리나, 숲의 심장부를 찾아가는 오솔길에 대해서도 비슷한 생각을 할 수 있다. 이 모든 거리의 깊이는 나의 협력을 통해 존재하는 것으로, 나의 정신이 하나의 감각과 다른 감각 사이에 설정하는 관계의 구조에서 탄생한다.

결국 눈과 귀를 그냥 열어 두기만 해도 우리에게 제공되는 현실의 전체적인 한 부분, 즉 순수 인상의 세계가 있다. 우리는 그것을 명백한 세계(patent world)라고 부를 수 있다. 그러나 인상들이 구조화되어 이루어진 배후 세계도 있는데, 명백한 세계와의 관계에서 볼 때 눈에 잘 띄지는 않지만 그렇다고 실재성이 떨어지는 것은 아니다.* 분명한 것은, 이 상위의 세계가 우리 앞에 존재하기 위해서는 눈을 뜨는 것만으론 부족하고 더 큰 노력의 행위가 수반될 필요가 있다는 점이다. 하지만 이 노력의 정도가 그 세계의 실재성을 증가시키거나 감소시키지는 않는다. 심층 세계는 표층 세계만큼 명백하다. 다만 더 많은 우리의 노력을 요구할 뿐이다.

4. 배후 세계

내 몸에 건강의 세례를 베푸는 이 은혜로운 숲은 내 영혼에도 커다란 가르침을 주어 왔다. 숲은 스승의 권위가 있고, 선생님들이 그렇듯 나이 지긋하고 침착하며 다재다능하다. 게다가 숲은 암시라는 방법을 실행한다. 그것은 독보적인 교수법으로서 섬세하고 효율적이다.* 우리에게 진리를 가르치길 원하는 사람은 그것을 직접 말하지 말고 그냥 간결한 몸짓을 통해 암시해 주기 바란다. 그 몸짓은 공기 중에 관념의 궤적을 그리기 시작해 우리가 그걸 타고 내려올 수 있도록 해 주고, 결국은 우리 스스로 새로운 진리의 산기슭에 도달할 수 있게 해 준다. 진리란 일단 알려진 후에는 실용적인 옷을 입고, 더 이상 진리가 아니라 유용한 처방으로 우리의 관심을 끌게 된다. 그러니까 진리를 깨치는 순간의 순수하고 돌연한 각성은 오로지 그것을 발견하는 순간에만 얻을 수 있다.* 따라서 그것의 그리스 이름인 알레테이아(alétheia)는 원래 훗날의 아포칼립시스(apocalipsis)와 같은 의미로 발견, 계시 아니면 베일을 걷거나 뚜껑을 제거한다는 뜻을 가지고 있었다.* 우리에게 진리를 가르쳐 주기를 원하는 사람은 우리 스스로 그것을 발견할 수 있는 곳까지 우리를 데려다주어야 할 것이다.

숲은 나에게 실재의 1차원이 있음을 가르쳐 주었는데, 그것은 강렬한 방식으로 내게 부과되는 것으로서 색깔, 소리, 감각적 쾌감과 고통 같은 것들이다.* 그 앞에서 나는 수동적 입장이 될 수 밖에 없다. 그러나 이 실재 뒤에 또 다른 실재들이 나타나는데, 그것은 마치 우리가 첫 번째 고개에 올랐을 때 더 높은 산들의 윤곽이 펼쳐지는 모습과 같다. 산들의 윤곽이 다른 산들의 윤곽과 중첩되어 있고, 갈수록 더 심층적이고 암시적인 실재의 새로운 차원들은 우리가 직접 산에 올라 자신에게 다다르기를 기다리고 있다. 그러나 이 상위의 실재들은 수줍음을 잘 타서 마치 사냥감을 덮치듯 우리에게 달려들지 않는다. 반대로, 그것들은 오직 한 가지 조건하에서만 자신의 모습을 드러낸다. 즉 우리가 진정으로 원하여 자기들을 향해 가려고 노력하는 것이다. 이렇게 볼 때 그것들은 어느 정도 우리의 의지에 따라 살고 있는 셈이다. 학문, 예술, 정의, 예절, 종교는 배고픔이나 추위처럼 인간을 무자비하게 침범하는 실재의 범주들은 아니다. 그것들은 오로지 자신들에 대한 의지를 가진 사람만을 위해 존재한다.

신앙심 깊은 사람이 꽃이 만발한 들판이나 밤하늘의 천체에서 신의 얼굴을 보았다고 말할 때 오렌지 하나를 보았다고 말하는 것보다 더 은유적으로 표현되지는 않는다. 만일 수동적으로 바라보는 것 외에 보는 방법이 없다고 가정한다면 이 세계는 단지 반짝이는 점들의 무질서한 무더기에 지나지 않을 것이다. 그러나 수동적인 것에서 벗어나 능동적으로 바라보는 것도 있으니, 보면서 해석하고 해석하면서 보는 것이다. 이를 관찰이라고 한다.* 플라톤은 이렇게 관찰되는 시각들을 위하여 하나의 신성한 단어를 찾아냈는데, 바로 '이데아(idea)'이다. 그렇다면 오렌지의 3차원은 하나의 이데아이고, 신은 들판의 최상의 차원이라 할 수 있다.*

여기서 말하는 신비주의는 우리가 빛바랜 색을 바라보고 있다고 말할 때의 신비주의보다 더 심오한 것이 아니다.* 빛바랜 색을 보고 있다고 말할 때 우리가 보고 있는 것은 정확히 무슨 색인가? 우리는 한때 더 진했던 푸른색을 염두에 둔 채 바로 눈앞에 있는 푸른색을 보고 있다. 이처럼 현재의 색깔을 한때 그러했던 과거의 것과 함께 보는 것은 거울을 통해서는 결코 볼 수 없는 능동적 시각인데, 이것이 바로 '이데아'이다. 한 색깔의 퇴락 혹은 퇴색은 그것이 겪게 되는 새로운 가상의 성질로서 일시적 심층성과 같은 무언가를 부여한다. 굳이 논리적으로 설명하지 않더라도, 우리는 순간적으로 한눈에 그 색깔과 역사, 그것이 생생했던 시간과 현재의 쇠락을 발견한다. 그리고 우리 안의 무언가가 곧바로 그 몰락과 쇠퇴의 운동을 반복하는데, 이는 왜 우리가 빛바랜 색깔 앞에서 우울해지는지를 설명해 준다.

심층성의 차원은 그것이 공간적이든 시간적이든, 시각적이든 청각적이든 항상 표층을 통해 나타난다. 따라서 이 표층은 엄밀히 말해 두 개의 가치를 가지고 있다. 하나는 물질적 차원에서 드러나는 그대로 우리가 그것을 받아들이는 것이고, 다른 하나는 가상적인 제2의 생명 안에서 그것을 바라보는 것이다. 두 번째 경우, 표층은 표면에 계속 머물면서도 심층의 의미로 확장된다. 우리는 이를 가리켜 원근법이라고 한다.*

원근법은 시각적 깊이를 가능케 해 주는 도구로, 우리는 거기서 피상적 시각이 순수한 지적 행위와 섞이는 극단적인 경우를 보게 된다.

5. 왕정복고기와 박식함

내 주위로 숲이 자신의 깊은 내면을 드러내 보인다. 한 권의 책이 내 손에 있다. 그것은 관념적인 밀림, 바로 『돈키호테』이다.

여기 심층성을 대표하는 또 다른 경우를 보고 있으니, 그것은 책이 가지고 있는, 이 위대한 책이 가지고 있는 심층성이다. 『돈키호테』는 전형적인 원근법 책이다.*

스페인 역사에서 『돈키호테』의 깊이를 인정하지 않았던 시대가 있었는데 역사책에는 왕정복고기(Restoration)*라는 이름으로 분류되어 있다. 이 시기 동안 스페인의 심장은 가장 낮은 맥박 수를 기록하기에 이른다. 당시의 우리 삶에 대해 내가 강연했던 내용을 인용해 보겠다.

왕정복고기란 무엇입니까? 카노바스*에 따르면, 그것은 스페인 역사의 연속이었습니다. 만일 왕정복고기가 역사의 합법적 과정으로 평가된다면 스페인 역사는 얼마나 불행할까요! 다행

히도 사실은 정반대였습니다. 왕정복고기는 국가의 생명이 중단되었음을 의미합니다. 19세기 전반기의 스페인 사람들은 깊이와 성찰과 지적 성숙 대신 용기와 의욕과 에너지만 가지고 있었습니다.* 만일 그 반세기 동안 쓰인 연설문과 책들을 불태워 버리고 대신 그 저자들의 전기로 대체한다면 우리는 백배 많은 양을 얻을 수 있을 것입니다. 예를 들어 리에고*와 나르바에스*는 사상가로서는 보잘것없는 사람들이었다고 분명히 말할 수 있지만 살아 있는 존재로서는 의욕에 타오르는 불꽃과도 같은 인물들이었습니다.

1854년경이 되면 표면 아래로 왕정복고가 시작되면서 폭발적인 에너지의 영광이 스페인의 슬픈 표정 위에서 꺼지기 시작했습니다. 국가의 활력이 마치 자신의 임무를 다한 발사체처럼 지상으로 떨어지고 있었습니다. 스페인의 삶은 자기 위에 포개지면서 스스로에게 구멍을 냈고, 이렇게 자신의 삶에 공백을 낸 것이 왕정복고기였습니다.

우리보다 더 완전하고 조화로운 정신을 가진 민족이라면 활력의 시대가 안정과 평온과 성찰의 시대로 풍요롭게 넘어갈 수 있을 것입니다. 그 과정에서 지성은 좋은 정부, 경제, 자원과 기술의 개발과 같이 평화롭고 조용한 이해관계를 증진하고 조직할 책임이 있습니다. 그러나 우리 민족은 지성적인 것보다는 투쟁 쪽에 더욱 빛을 발한다는 데 그 특징이 있습니다.

스페인의 삶에 대해 우리 한번 솔직히 말해 봅시다. 스페인의 삶은 지금까지 단지 활력을 통해서만 가능했습니다.*

만일 우리 민족이 활력을 잃어버린다면 한순간 깊은 혼수상태에 빠져 버릴 것이고 유일한 생명의 기능이라곤 자신이 살아 있음을 꿈꾸는 것 외에는 없을 것입니다.

이처럼 왕정복고기에는 부족한 것이 하나도 없었던 것처럼 보입니다. 그 시기에는 위대한 정치가들, 위대한 사상가들, 위대한 장군들, 위대한 정당들, 위대한 팀들, 위대한 전투들이 있었습니다. 테투안*의 우리 군대는 곤살로 데 코르도바* 시대와 마찬가지로 무어인들과 싸웠습니다. 우리의 군함들은 펠리페 2세 시대처럼 북쪽의 적*을 찾아 파도를 갈랐습니다. 페레다*는 또 다른 우르타도 데 멘도사*였고, 에체가라이*는 부활한 칼데론 데 라 바르카였습니다. 그러나 이 모든 일이 꿈속에서 일어났습니다. 그것은 삶을 꿈꾸는 행위 외에 진짜라곤 없는 삶의 이미지였습니다. 신사 여러분, 왕정복고기는 유령들의 파노라마였고, 카노바스는 이 위대한 환상의 사업가였습니다.*

어떻게 된 일이었을까? 모든 사람이 그런 허위적인 가치에 만족하는 일이 어떻게 가능했을까? 수량의 세계에서는 최솟값이 측정 단위가 되지만 가치의 세계에서는 최댓값이 측정 단위가 된다.* 사물은 가장 가치 있는 것과 비교될 때 비로소 올바른 평가를 받을 수 있다. 진정한 최상의 가치들이 소멸되면서 그 뒤에 있던 차상의 가치들이 그 자리를 잇게 된다. 사람의 마음은 최고와 최상의 것이 공백 상태에 있는 것을 견디지 못한다. 비록 표현 방식은 다르지만, 옛 속담에서 말하듯, "장님의 나라에서는 애꾸가 왕"인 것이다. 자리의 순위는 날이 갈수록 능력이 미치지 못하는 사물과 사람들에 의해 자동적으로 채워지고 있는 실정이다.

진정 강하고 뛰어나고 완전하며 심오한 것을 느낄 수 있는 감수성이 왕정복고기에 사라지고 말았다. 스쳐 지나가는 비범한 천재성 앞에서 전율을 느낄 수 있는 능력도 퇴화되었다.* 니체라면 이 시대가 가치 평가의 본능이 퇴보하는 국면에 있었다고 말할 것이다. 위대한 것이 위대하게 느껴지지 않았고, 순수한 것이 마음을 감동시키지 않았으며, 완전함과 위대함의 특질이 마치 자외선처럼 사람들에게는 보이지 않았다. 이후 평범하고 경박한 것들이 점차 득세한 것은 당연한 결과였다. 언덕이 산으로 부풀려지고 누녜스 데 아르세* 같은 작가도 시인 행세를 하게 되었다.

당시의 문학 비평을 한번 공부해 보기 바란다. 메넨데스 펠라요*나 발레라*의 글을 꼼꼼히 읽어 보면 이러한 관점의 결핍을 알아차리게 될 것이다. 그들은 기꺼운 마음으로 범용성을 찬양했는데, 이는 그들이 심층성을 체험한 적이 없었기 때문이다.[1]

내가 체험이라고 말하는 이유는 비범함을 논하는 일이 단순히 찬사를 늘어놓는 것이 아니라 경험에서 비롯된 발견이며 종교적 체험과 같은 현상이기 때문이다. 슐라이어마허*는 종교성의 본질을 순수하고 단순한 의존의 감정에서 발견한다. 인간이 내면의 자아에 대해 지나친 성찰에 빠지면 자신은 물론 다른 모든 것에 대한 통제력을 잃고 우주를 배회하는 느낌을 갖게 된다. 그리고 무언

1 내가 두 작가를 변덕스럽게 경멸한다고 생각하면 틀린 말이다. 나는 단지 그들 작품의 중대한 결점을 지적하고 있을 뿐이며, 그 결점 못지않게 장점들도 많은 것이 사실이다.

가에 절대적으로 의존하는 느낌이 드는 것이다. 이 '무언가'가 무엇인지는 각자 원하는 대로 불러도 상관없다. 이런 식으로, 건강한 정신이 독서 혹은 생활 속에서 '절대적인' 우월성의 느낌에 의해 압도당하는 상태에 놓이게 된다. 다시 말해 모든 면에서 그 한계가 우리 이해력의 궤도를 초월하는 작품이나 성격을 만나게 된다는 것이다. 이러한 최고 가치들의 징후가 바로 무한성[2]이다.

이런 분위기에서 어떻게 세르반테스가 자신의 정당한 자리를 찾으리라 기대할 수 있겠는가? 그의 신성한 책은 현학적인 학자들에 의해 신비주의 수도사들이나 과도하게 넘치는 극작가들 그리고 꽃을 피우지 못한 불모의 서정 시인들 속에 섞여 버리고 말았다.*

물론 『돈키호테』의 심층성은 다른 모든 심층성과 마찬가지로 눈에 드러나는 것과는 거리가 멀다. 보는 것과 동시에 관찰하는 경우가 있는 것처럼, 읽는 데에도 지적으로 내면을 읽어 내는 독서, 즉 사색하는 독서가 있다.* 이러한 독서의 대상이 될 때 비로소 『돈키호테』의 깊은 의미가 발현된다. 그러나 안타깝게도 왕정복고기를 대표하는 모든 인물에게 진지하게 사색의 정의를 내려 달라고 하면 그들은 예외 없이 이렇게 말할 것이다. 사색은 사서 고생하는 짓이라고.

---

2 나는 얼마 전 봄날 오후에 엑스트레마두라 지방의 평원을 걸었다. 광대한 올리브 나무들이 늘어선 가운데 독수리들의 위엄 있는 비행이 그 풍경을 더욱 인상적으로 만들어 주었고 저 멀리 가타산맥의 푸른 능선이 펼쳐져 있었다. 그때 나의 둘도 없는 친구인 피오 바로하가 사람들은 이해하지 못하는 것만 숭배하기 때문에 결국 숭배는 몰이해에서 발생하는 효과라고 나를 납득시키려 들었다. 하지만 실패로 끝났다. 그가 실패했다면 다른 사람이 나를 납득시키기란 더더욱 어려운 일이다. 물론 숭배 행위의 뿌리에는 몰이해가 있다. 하지만 그것은 긍정적인 몰이해이다. 즉 우리가 천재를 더 잘 이해할수록 우리가 이해해야 할 일은 더욱 많아지는 것이다.

6. 지중해 문화

인상은 직물의 표면이라고 할 수 있어서, 좀 더 심오한 실재로 인도해 주는 관념의 통로가 바로 여기에서 비롯되는 것처럼 보인다. 성찰이란 단단한 땅으로 이루어진 육지가 끝나는 해안처럼 점차 표층을 벗어나는 운동으로서, 우리는 물질적으로 기댈 점조차 없는 미약한 요소들로 된 세계에 던져지는 느낌을 갖게 된다.* 우리는 무중력 상태의 천구(天球) 안에서 스스로의 노력으로 매달려 있으면서 우리 스스로에 의지해 앞으로 나아간다. 우리가 조금만 부스럭거려도 모든 것이 밑으로 쏟아지고 우리 역시 거기에 휩쓸려 버릴 것이라는 강력한 의구심이 줄곧 우리를 쫓아다닌다. 성찰할 때 우리의 마음은 모든 긴장을 극복하고 기운을 유지해야 하는데 그것은 고통스럽고도 불가피한 노력이다.

성찰 과정에서 우리는 사색의 덩어리들 사이로 길을 만들면서 나아가고 개념들을 이쪽저쪽으로 분리하며 매우 유사한 개념들 사이에 존재하는 미세한 간극을 우리 시선으로 꿰뚫게 한다. 이처럼 하나의 개념이 자기 자리를 잡으면 개념들 사이에 관념의 용수철을 벌려 놓아 다시는 서로 혼동하지 않도록 한다. 이렇게 하면, 우리는 밝고 확실한 윤곽이 드러나는 관념의 풍경 사이로 우리 취향에 맞게 자유로이 왕래할 수 있다.

그러나 지금까지 말한 노력을 수행하기 힘든 이들도 있는데, 관념의 지역에 풀어놓으면 지적인 멀미를 일으키는 사람들이다. 서로 뒤섞인 관념들의 뭉치가 그들의 길목을 막아 버리는 것이다. 그들은 어느 쪽으로도 출구를 찾을 수 없으며, 단지 고요하고 무거운 안개처럼 자신을 둘러싸고 있는 짙은 혼돈만 보일 뿐이다.

나는 소년 시절에 메넨데스 펠라요의 책들을 많이 읽었다. 그는 자신의 책에서 '게르만의 안개'에 대해 자주 언급하며, '라틴의 명료'를 그 자신과 대비시켰다.* 나는 한편으로 매우 뿌듯함을 느끼면서, 다른 한편으로는 내면에 안개를 지니고 살아갈 수밖에 없는 북쪽의 가여운 사람들에게 큰 동정심이 들었다.

수천 년 동안 수많은 사람들이, 겉보기에 아무런 불평 없이, 심지어는 어느 정도 만족하며 자신의 슬픈 운명을 짊어진 채 살아가고 있는 인내심은 내게 경외감을 불러일으키지 않을 수 없었다.

그러나 시간이 지나면서 나는 그 생각이 우리 민족을 불운 속에 빠뜨린 많은 결점들 가운데 하나인 부정확함에서 기인했다는 사실을 알게 되었다. '게르만의 안개'는 없으며 '라틴의 명료'는 더더욱 존재하지 않는다. 그것들이 무언가 구체적인 것을 의미한다 해도 그것은 이해관계가 개입된 오해일 뿐이다.

물론 실제로 게르만 문화와 라틴 문화의 본질적인 차이는 존재한다. 전자는 심층적 실재의 문화이고, 후자는 표층적 실재의 문화이다. 그것은 엄밀히 말해, 일반적인 유럽 문화의 상이한 두 차원이다. 하지만 그 둘 중에서 더 잘난 것은 없다.

그럼에도 불구하고, '명료-흐림'의 대립 항을 '심층-표층'의 항목으로 대체하기 전에 오류의 근원이 되는 것을 먼저 제거할 필요가 있다. 그 오류는 흔히 우리가 '라틴 문화'라고 이해하는 것에서 비롯된다.

그것은 쇠락에 빠진 프랑스, 이탈리아, 스페인 사람들의 마음속을 활보하면서 우리 자신을 위안하는 황금빛 환상일 뿐이다. 우리는 자신을 신의 자손이라고 믿는 약점을 가지고 있다. 라틴성은 우리 혈관과 제우스의 배꼽 사이에 우리 스스로 이어 놓은 혈통적 수로이다. 우리의 라틴성이란 하나의 구실이자 위선일 뿐 로마는 근본적으로 우리와 아무 상관이 없다. 일곱 개의 언덕은 에게해 위에 놓인 영광스러운 광채이자 신성을 발산하는 중심지인 그리스를 멀리서 지켜보기 위해 자리 잡을 수 있는 가장 편한 장소이다. 그리스는 우리의 꿈이다. 즉 우리는 스스로를 헬레니즘 정신의 계승자라고 믿고 있는 것이다.

약 50년 전까지만 해도 사람들은 그리스와 로마를 고대의 두 민족으로 구별하지 않고 말하곤 했다. 그러나 이후 인문학이 크게 발전하면서 야만인들이 모방하고 혼합한 것으로부터 순수하고 본질적인 것을 섬세하게 분리해 내는 법을 배우게 되었다.

날이 갈수록 그리스는 세계사에서 자신의 위치가 유례없이 중요한 것이었음을 힘주어 말하고 있다. 이러한 특권은 구체적이고 개념이 정리된 근거에 완벽하게 기반을 두고 있다. 즉 그리스는 유럽 문화의 본질적인 주제들을 만들어 냈고, 유럽 문화는 더 우월한 다른 문화가 존재하지 않는 한 역사의 주인공이라는 것이다.

그리고 역사 연구에서 새로운 진전이 있을 때마다, 오리엔트 세계가 그리스인들에게 끼쳤다고 생각했던 직접적인 영향력이 감소하면서 그리스는 오리엔트 세계에서 점점 더 분리되고 있다. 또 한편으로는 로마인들이 고전적인 주제들을 창안해 낼 만한 능력이 없었다는 사실도 점차 명백해지고 있다. 그들은 그리스와 협력한 것이 아니며, 엄밀히 말해 그 문화를 이해조차 하지 못했다는 것이다. 로마 문화, 특히 상류층 문화는 완전한 반사의 문화로, 서구의 일본이었다고 할 수 있다. 다만 모든 제도의 근원인 법률만은 예외였는데, 요즘에는 이마저도 그리스에서 배운 것이라는 사실이 드러나고 있다.

피레우스* 항구에 닻을 내린 로마와 유지하고 있던 통상적인 인연이 끊어지자 거칠기로 유명한 이오니아해의 거센 파도는 마치 침입자를 집에서 내쫓듯 로마를 몰아내고 지중해에 풀어놓아 버렸다.

이를 보면 우리는 로마가 단지 지중해의 한 민족에 지나지 않았다는 점을 알 수 있다.

이로써 우리는 라틴 문화라는 막연하고 위선적인 개념을 대체하는 새로운 개념을 깨닫게 된다. 즉 라틴 문화가 아니라 지중해 문화가 있을 뿐이라는 사실이다. 세계 역사는 몇 세기 동안 이 내해(內海) 유역에만 국한되어 있었다. 그것은 알렉산드리아에서 지브롤터까지, 지브롤터에서 바르셀로나, 마르세유, 오스티아, 시칠리아, 크레타에 이르기까지 바다에 인접한 좁은 땅에 거주하고 있던 민족들이 개입된 연안의 역사이다.[3] 특별한 문화의 파도는 로마에서 시작하여, 정오의 태양이 신성한 파동을 일으키는 가운데 해안 지대 전역에 전파되었다. 그러나 사실 이러한 현상은 바다 건너 다른 곳에서 시작되었을 수도 있었다. 운명의 여신이 다른 인종, 즉 카르타고에 역사의 주도권을 넘기기로 결심할 뻔한 순간이 있었던 것이다. 본질적으로 모든 면에서 다르지 않은 두 민족이 위대한 전쟁에서 싸움을 벌였다.* 우리의 바다는 태양 빛에 반사되어 빛나던 유혈 낭자한 창검들을 그 무한한 파도 속에 고스란히 간직하고 있다. 만일 그 전쟁에서 승리의 영광이 로마가 아닌 카르타고에 돌아갔어도 후세의 역사는 크게 달라지지 않았을 것이다. 두 민족이 헬레니즘 정신으로부터 똑같은 절대 거리에 위치해 있었기 때문이다. 그들의 지형적 위치가 비슷했기에 커다란 교역 루트 역시 바뀌지 않았을 것이다. 그들의 정신적인 성향 역시 비슷해서 동일한 사상이 동일한 정신적 통로를 따라 순례했을 것이다. 우리 지중해인들의 마음속에서는 스키피오의 자리에 한니발을 갖다 놓아도 두 사람이 바뀐 것을 알아차리지 못할 것이다.

그렇게 보면 북아프리카와 남유럽 민족들의 제도들 간에 유사성이 발견된다 해도 결코 이상한 일이 아니다.

---

3 내게 라틴 문화가 아닌 지중해 문화라는 개념을 낳게 한 동기는 크레타 문화와 그리스 문화의 관계에 의해 제기된 역사 문제에서 비롯된다. 크레타에는 오리엔트 문명이 흘러들었고, 이후 그리스 문명이 아닌 다른 문명이 등장한다. 따라서 그리스가 크레타적인 이상 헬라스는 아닌 것이다.

우리의 해안은 바다의 딸들이며, 바다에 속한 이들은 내륙을 등지고 살아간다. 바다라는 통일성이 지중해를 둘러싸고 있는 육지의 동일성을 유지하는 기반이 된다. 북쪽과 남쪽 연안에 각각 다른 가치를 부여하면서 지중해 세계를 구별하려 했던 시도는 역사적 관점의 오류였다. 개념적인 흡인력을 가진 두 개의 커다란 중심으로서 유럽과 아프리카라는 관념은 역사가들로 하여금 두 해안을 다시 개별적으로 받아들이게 했다. 이는 지중해 문화가 엄연히 하나의 실재로서, 유럽도 따로 없고 아프리카도 따로 없다는 점을 알지 못하는 것이었다. 유럽이 시작된 것은 게르만족이 역사 세계의 단일 조직에 온전히 편입되고 나서다.* 이때 아프리카는 비(非)유럽, 즉 유럽의 타자로 태어난다. 이탈리아, 프랑스 그리고 스페인이 게르만화하자 지중해 문화 역시 그 순수한 실재를 잃어버리고 대동소이하게 게르만화되고 말았다.

교역 루트는 이제 바다에서 벗어나 서서히 유럽의 육지로 옮겨갔다. 그리스에서 태어난 사상도 게르마니아로 방향을 틀었다. 긴 잠에 빠져 있던 플라톤 사상은 갈릴레이,* 데카르트, 라이프니츠, 칸트 등 게르만인들의 머릿속에서 깨어났다.* 형이상학적이기보다 윤리적인 아이스킬로스의 신은 거칠고 강하게 루터*에 반향을 일으켰고, 아티카의 순수 민주주의는 루소*에게 계승되었으며, 파르테논 신전의 뮤즈들은 오랜 시간 기다리다가 어느 좋은 날 게르만 혈통의 피렌체 청년 도나텔로*와 미켈란젤로*에게 재능을 전수했다.

7. 이탈리아 대위가 괴테에게 말한 것*

어떤 문화를 말할 때 우리는 그것을 만들어 낸 주체, 즉 인종에 대해 생각하지 않을 수 없다. 문화적 기질의 다양성도 결국에는 여러 가지 형태로 그것을 발생시킨 생리학적 차이를 전제로 한다는 데 의심의 여지가 없기 때문이다. 그러나 문화적 기질의 다양성과 생리학적 차이 사이에 존재하는 어느 정도의 인과 관계에도 불구하고 그들은 사실 서로 다른 별개의 문제라는 점을 알아야 한다. 즉 하나는 과학, 예술, 관습 등과 같은 역사적 산물의 특정한 형태를 설정하는 문제이고, 다른 하나는, 일단 이러한 것들이 설정된 후 그들 각각에 해당되는 해부학적 틀 혹은 더 일반적으로 말하자면 생물학적 틀을 찾는 문제이다.

오늘날 우리에게는 유기적 체질로서의 인종과 지성적, 정서적, 예술적, 법률적 성향 같은 역사적 존재가 되는 방식으로서의 인종 사이에 있을지도 모르는 인과 관계를 명확히 밝혀 줄 수단이 전혀 없다. 우리는 역사적 사건이나 산물을 그들 안에서 명백히 발견할 수 있는 양식이나 일반적인 성격에 따라 분류하는 데 그치는 순수 기술적(記述的) 작업에 만족해야 한다.

이때 '지중해 문화'라는 표현은 이 바다의 연안에 살았거나 살고 있는 사람들 사이의 민족적 관련성에 얽힌 문제를 있는 그대로 우리에게 드러낸다. 그 친연성(親緣性)이 어떻게 되든 간에, 그들 사이에서 생산된 정신적 산물이 그리스나 게르만의 것과는 구별되는 일정한 특성을 가지고 있다는 점은 분명한 사실이다. 지중해 문화를 구성하고 있는 주요 특징들과 기본 특색들을 재구성하는 일은 매우 유용한 작업이 될 것이다. 그 조사 과정에서 게르만족의 침입이 몇 세기에 걸쳐 순수한 지중해인으로 살아왔던 민족에게 남겨 놓았던 요소들은 섞이지 않도록 해야 할 것이다.

이러한 조사는 고도의 과학적 감수성을 갖춘 인문학자가 맡는 것이 좋다. 나는 단지 라틴성이라 불리고 지금은 지중해성이라는 이름으로 축소된 것에 딸린 전형적 특징으로 공인되는 '명료성'에 대해서만 언급하려 한다.

숲이 웅얼거리며 내게 말해 준 바에 따르면, 절대적인 명료성이란 존재하지 않는다. 실재의 각 차원 혹은 영역이 나름대로의 고유한 명료함을 가지고 있을 뿐이다. 명료함을 지중해의 고유한 특권으로 주장하기에 앞서, 과연 지중해적 생산은 특권의 제한이 없는지 먼저 자문해 보는 것이 좋을 것이다. 다시 말해 우리 남유럽 사람들이 내부의 빛으로 다른 모든 종류의 사물을 비춰 보는 것은 아닌지 자문해 보자는 것이다.

이 질문에 대한 대답은 자명하다. 지중해 문화는 철학, 기계 공학, 생물학 등 게르만의 학문에 비견하는 고유의 생산물을 내놓을 수 없다. 그 문화가 아직 순수했을 때, 즉 알렉산드로스 대왕 시대부터 야만족의 침입 시대까지 그 사실은 의심의 여지가 없었다. 이후 우리는 라틴 혹은 지중해 사람들에 대해 얼마나 확실하게 얘기할 수 있는가? 이탈리아, 프랑스, 스페인은 게르만족의 피가 범람하고 있다. 우리는 본질적으로 피가 순수하지 않은 인종으로, 우리 혈관에는 생리학적 모순이 비극적으로 흐르고 있다. 덕분에 휴스턴 체임벌린*은 혼돈의 인종에 대해 말할 수 있었다.

그러나 당연한 처사로서, 이렇게 막연한 민족성 문제는 모두 제쳐 두고, 중세부터 오늘날에 이르기까지 우리 지역에서 전개된 사상적 생산물을 상대적으로 지중해적인 것이라고 인정한다면 우리는 게르만족의 위대한 업적들에 필적할 만한 것으로 단 두 개의 사상적 봉우리를 만나게 된다. 바로 이탈리아 르네상스 사상과 데카르트 철학이다. 이제 이 두 역사적 현상 모두 본질적으로 게르만의 자산에 속하지 않는다는 점을 전제한다면, 우리는 이들의 덕목 가운데 '명료성'만 제외된다는 점을 깨닫게 된다. 라이프니츠, 칸트 혹은 헤겔의 철학은 어렵기는 해도 마치 봄날의 아침처럼 명료하다. 조르다노 브루노와 데카르트 철학은 앞사람들만큼 어렵지 않을지는 몰라도 그 대신 분명하지가 않다.

이들로부터 지중해 이념이 발전해 온 시간의 비탈을 따라 내려오다 보면, 우리는 라틴 사상가들의 특징이 형식적으로는 우아하되 그 밑에는 그로테스크한 개념들의 조합까지는 아니어도 극단적인 불확실성, 정신적 우아함의 결핍, 낯선 환경에서 유기체가 움직일 때 겪는 굼뜬 행동 등이 도사리고 있음을 발견하게 된다.

지중해적 지성을 단적으로 대표하는 인물이 바로 잠바티스타 비코*인데 그의 사상적 천재성은 어느 누구도 부인할 수 없다. 그러나 일단 그의 작품에 들어가 본 사람은 혼돈이 무엇인지 직접 체험하게 된다.

결국 프랑스의 통속적이고 장황한 문체나 프랑스 고등학교에서 가르치는 논증술을 명료하다고 할 수 없는 것처럼, 사상 분야에서 라틴적인 명료함이란 찾아볼 수 없는 것이다.

괴테가 이탈리아를 여행할 때 한동안 그 나라의 대위와 동행한 적이 있다. 괴테는 그에 대해 이렇게 말한다. "그는 자신의 나라 사람들을 대표하는 어떤 특징을 가지고 있다. (……) 특히 확연하게 드러나는 점을 몇 개 적어 둔다. 가끔 침묵하고 명상에 잠기는 내게 그가 해 준 말을 번역하면 다음과 같다. '무얼 그렇게 생각하십니까? 인간은 절대 생각하면 안 됩니다. 생각을 많이 하면 늙을 뿐이죠.' '인간은 한 가지 일에 너무 매달리면 안 됩니다. 머리가 돌아 버리기 때문입니다. 천 가지 일을 잡다하게 머리에 가지고 있어야 합니다.'"*

8. 표범 혹은 감각론*

한편 조형 예술 영역에서는 우리 문화를 순수하게 보이도록 하는 요소가 존재한다. 미술사학자 비크호프*는 이렇게 말한다. "그리스 예술은 로마에서 에트루리아 전통에 기반을 둔 라틴 예술과 대립되는 경향을 보인다."[4] 구체적인 외양 너머로 전형적이고 본질적인 것을 찾았던 그리스 예술은 오랜 옛날부터 로마에서 지배적이었던 환상적 모방 의지 앞에서 자신의 관념적 성향을 고수할 수 없었다.

우리에게 이보다 더 시사적인 사실은 없다. 그리스의 영감은 그 미학적 완전함과 권위에도 불구하고 이탈리아에 와서 정반대의 영감을 지닌 예술적 본성에 직면하자 깨지고 만다. 그 본성은 너무나도 강력하고 확고해서 토착 예술가들이 헬레니즘 예술에 빠질까 봐 걱정할 필요도 없었다. 예술 후원자들은 로마에 도착한

4 Franz Wickhoff, *Werke*(작품), III, pp.52~53.

그리스 예술가들에게 정신적으로 엄청난 압력을 행사하여 손안에서 조각칼이 미끄러지게 만들었고, 그 결과 잠재적인 관념 대신 구체적인 것, 명백한 것, 개인적인 것을 대리석 표면에 새기도록 만들었다.

바로 이 지점에서 우리는 훗날 리얼리즘이라는 부적절한 이름으로 불리는, 그러나 엄밀히 말하면 인상주의로 명명하는 것이 더 좋을 양식이 시작되는 것을 보게 된다.* 2천 년 동안 지중해 민족들은 자기 예술가들을 이 인상주의 예술이라는 깃발 아래 등록시켜 왔다. 때로는 노골적으로, 때론 은밀하고 부분적으로 감각적인 것 자체를 추구하려는 의지는 항상 승리를 거두었다. 그리스 사람에게는 눈에 보이는 것이 생각하는 것에 의해 지배되고 수정되어 관념의 상징으로 승화될 때에만 비로소 그 의미를 갖는다. 우리에게 이러한 승화는 오히려 하강이라고 할 수 있다. 즉 감각적인 것은 관념의 노예로서의 사슬을 끊어 버리고 독립을 선언한다. 지중해는 사물들이 자극에 취약한 우리의 신경 세포에 남겨 놓은 감각, 외양, 표층 그리고 순간적 인상들을 열렬히 그리고 영속적으로 정당화한다.

지중해 철학자와 게르만 철학자 사이를 갈라놓는 거리는 우리가 지중해의 망막(網膜)과 게르만의 망막을 비교할 때 다시 한 번 동일하게 발견된다. 단, 이번 비교에서는 우리에게 더 우호적인 결정이 내려진다. 우리 지중해 사람들의 사고는 명료하지 않지만 시력만큼은 명료하다는 것이다. 만일 우리가 『신곡(神曲)』*이라는 건축물을 구성하는 철학적이고 신학적인 알레고리의 복잡한 개념적

발판을 치워 버린다면 우리의 두 손에는 종종 11음절의 빈약한 육체 안에 갇혀 있는, 그러나 보석처럼 반짝이는 간결한 이미지들이 남게 된다. 그리고 우리는 그 이미지들을 위해 작품의 나머지 부분을 기꺼이 포기할 것이다. 그것은 초월적 의미가 없는 단순한 영상으로, 시시각각 변하는 자연의 색깔과 풍경과 아침 시간의 장면을 시인이 포착한 것이다. 세르반테스 작품에서 이러한 시각적 힘은 그야말로 타의 추종을 불허한다. 그 시각적 이미지는 너무나도 뚜렷해서, 굳이 사물을 묘사하려고 하지 않으면서도 그것의 순수한 색과 소리와 전체 몸뚱이가 서술 과정에 저절로 미끄러져 들어가는 것이다.* 이에 플로베르가 『돈키호테』를 언급하면서 이렇게 외친 것은 이상한 일이 아니다. "그 어디에도 기술되어 있지 않은 스페인의 길들이 어쩌면 이토록 잘 보인다는 말인가!"[5]

만일 세르반테스를 읽다가 괴테를 읽으면, 우리는 두 시인이 창조한 세계들의 가치를 비교하기에 앞서 결정적인 차이를 발견하게 된다. 즉 괴테의 세계는 우리 눈앞에 즉각적인 방식으로 제시되지 않는다. 사물과 등장인물들이 마치 자신의 기억이나 꿈에 나타나는 것처럼 멀리 일정한 거리를 두고 떠돌아다닌다.

하나의 사물이 설사 지금의 자기 자신으로 존재하기 위해 필요한 모든 것을 가지고 있다 하더라도 결정적인 요건이 하나 빠져 있으면 소용이 없다. 그것은 바로 눈앞에 보여야 한다는 것, 즉 현재성이다. 데카르트의 형이상학에 맞서기 위해 칸트가 말한, "가

5 Flaubert, *Correspondance*(서간문), II, p. 395.

능한 30탈러가 눈에 보이는 30탈러보다 못하지 않다"라는 유명한 구절은 철학적으로 정확하다.* 그러나 이는 동시에 게르만주의 스스로의 한계를 순진하게 고백하는 말이기도 하다. 지중해 사람에게 가장 중요한 것은 사물의 본성이 아니라 그것의 현존, 그 현재성이다. 즉 우리는 사물에 앞서 사물의 생생한 감각을 더 선호하는 것이다.

우리 라틴 사람들은 이를 리얼리즘이라 불렀다. 그러나 '리얼리즘'은 라틴적 개념일 뿐 라틴적 시각을 말하는 것이 아니므로 명료하지 않은 용어이다. 이 리얼리즘이란 말은 무엇에 대해 말하고자 하는가? 만일 우리가 사물과 그 사물의 외양을 구별하지 않는다면 남방 예술의 정수는 우리의 이해에서 멀어지고 말 것이다.

괴테 역시 스스로 말하고 있듯이 사물을 추구한다. "내가 세계를 이해할 수 있었던 것은 눈이라는 신체 기관 덕분이다."*[6] 에머슨도 이렇게 덧붙인다. "괴테는 온몸을 집중해서 관찰한다."*

아마 게르만 문화 내부로만 한정한다면 괴테는 밖으로 드러나는 것만을 존재한다고 인정하는 시각적 기질의 사람으로 평가할 수 있을 것이다. 그러나 남방의 우리 예술가와 대비할 때 사실 괴테는 보는 것이라기보다는 눈을 통해 생각하는 것이다.

"우리는 사물에 정통한 눈을 가지고 있다"*[7]라는 키케로의 말도 있듯이, 무언가를 볼 때 순수 인상에 속하는 것은 지중해에 가면 그 무엇보다 강력한 것이다. 따라서 그것은 그 자체로 만족하

---

6 Goethe, *Verdad y Poesía*, libro6(6권).

7 Cicero, *De paradox*.

는 경향이 있다. 눈동자를 통해 사물의 표면을 보고 살피면서 느끼는 즐거움은 우리 예술이 차별적으로 가지고 있는 특징이다. 그러나 이를 리얼리즘이라고 부르지는 말자. 왜냐하면 그것은 사물이나 실체가 아니라 사물의 외관을 강조하고 있기 때문이다. 따라서 그 명칭으로는 외양주의(外樣主義), 환영주의(幻影主義), 인상주의 등이 더 어울릴 것이다.*

진짜 리얼리스트는 그리스 사람들이었다. 그러나 이들이 말하는 리얼리즘도 사물을 회상하는 것을 의미했다. 회상은 대상으로부터 멀어지면서 그것을 정화시키고 이상화시키며, 특히 그 과정에서 거친 부분을 제거한다. 하지만 아무리 달콤하고 부드러운 것이라 할지라도 그것이 우리 감각에 직접 작용할 때에는 거친 부분이 있기 마련이다. 로마에서 시작된, 그리고 카르타고, 마르세유 혹은 말라가*에서도 시작되었을지 모르는 지중해 예술은 바로 있는 그대로의 거친 생경함을 추구했던 것이다.

기원전 1세기의 어느 날, 우리 취향에 비추어 볼 때 위대한 조각가였던 파시텔레스*가 자신의 모델로 쓰던 표범에게 잡아먹혔다는 소식이 로마에 퍼졌다. 최초의 순교자였다. 믿음의 대상은 무엇이었는가? 지중해의 명료함은 특별한 순교자들을 가지고 있다. 파시텔레스라는 이름 역시 우리 문화의 성인 열전에 감각주의의 순교자로 등록될 것이다.

한마디로 말해, 감각주의는 우리가 지중해 내해의 전형적인 성향으로 간주해야 하는 것이다. 우리는 단순히 감각 기관들을 지탱하는 몸뚱이로서 보고, 듣고, 냄새 맡고, 감촉을 느끼고, 맛보며,

신체적 쾌락과 고통을 느낀다. 일종의 자부심을 가지고 우리는 다음과 같은 고티에의 말을 반복한다. "외부 세계는 우리만을 위해 존재한다."*

외부 세계라! 그렇다면 비록 감각으로 느낄 수는 없지만 더 심층적인 영역에 있는 세계 역시 주체가 볼 때에는 외부 세계가 아니던가?* 의심할 여지 없이, 그것이 외부 세계일 뿐만 아니라 더욱 고도의 외부 세계라는 점에는 의심할 여지가 없다. 유일한 차이가 있다면 관념성이 우리의 노력 여하에 따라 얻어지는 데 반해 리얼리티, 즉 실재는 감각들의 틈새를 뚫고 들어와 야수나 표범처럼 난폭하게 우리를 덮친다는 점이다. 그리고 그러한 외부의 침입이 우리로 하여금 자신의 위치를 벗어나게 만들고, 우리 내면을 텅텅 비게 하며, 이로 인해 우리는 결국 사물의 무리들이 드나드는 통로에 불과한 존재로 전락할 위험에 직면하는 것이다. 감각의 지배는 이처럼 내면의 힘을 상실하게 만든다. 보는 것과 비교할 때 성찰한다는 것은 무엇을 의미하는가? 우리의 망막이 외부의 화살에 맞아 손상되는 순간, 우리 개개인의 내적 에너지가 그곳을 메움으로써 침입을 멈추게 하는 것을 말한다. 인상은 문명화된 질서 속에 사고의 형태로 종속되고 기록되며, 이런 방식으로 우리의 인격이라는 건축물을 형성하는 데 협조하며 들어온다.*

9. 사물과 그것의 의미

게르만의 안개와 라틴의 명료 사이에 떠들썩하게 전개된 이 모든 대결은 두 계급의 인간형을 인정하면서 수그러든다. 그것은 바로 사색형과 감각형이다. 감각형 인간에게 세계는 반짝거리는 표면이고 그 영역은 우주의 빛나는 표면을 포괄한다. 스피노자의 말을 빌리면, 그것은 파키에스 토티우스 문디(facies totius mundi), 즉 '세계의 모든 표면'이다. 반면 사색형 인간은 심층의 차원에서 살아간다.*

감각형 인간에게 망막, 입천장, 손가락의 살갗 같은 신체 기관이 중요하다면 사색형 인간에게는 개념이라는 기관이 중요하다. 개념은 심층이 정상적으로 작동하는 기관이다.*

예전에 나는 주로 시간적 심층인 과거와 공간적 심층인 거리에 주목해 왔다.* 하지만 그것들은 단지 심층이 가지고 있는 두 개의 예, 두 개의 특별한 경우에 지나지 않는다. 그렇다면 보편적으로 볼 때 심층은 무엇으로 이루어져 있을까? 내가 단순한 인상으로 명백하게 드러난 세계와 인상들의 구조로 이루어진 잠재적 세계를 대비해 보았을 때 그것은 비유의 형태로 이미 암시된 바 있다. 구조란 제2의 사물이다. 다시 말해, 그것은 사물들 혹은 단순한 물질적 요소들의 총합이자 그 요소들을 배열하는 질서이다.* 그 질서의 '실재'가 하나의 가치, 그러니까 자기 요소들을 가지고 있는 실재와 다른 의미를 가진다는 점은 명백하다. 이 물푸레나무는 초록색이고 내 오른쪽에 있다. 초록색이고 오른쪽에 있다는 것은 나무가 소유한 성질이다. 그러나 그것을 소유한다는 것이 초록색과 오른쪽이라는 각각의 성질에 대해 가지는 의미는 동일하지 않다. 태양이 이 언덕 너머로 지면 나는 우거진 수풀 사이로 마치 관념의 주름처럼 뚫려 있는 희미한 지름길 하나를 택할 것이다. 길을 걸으며 나는 르네상스 이전의 그림에서처럼 여기서 자라고 있는 조그만 노란 꽃들을 꺾을 것이고, 저 멀리 두견새가 대지 위에 황혼의 노래를 뿌리는 동안 수풀을 홀로 둔 채 수도원으로 발걸음을 옮길 것이다. 그러면 이 물푸레나무는 여전히 푸르긴 하지만 다른 특질 하나를 상실하여 더 이상 내 오른쪽에 있지 않을 것이다. 색깔은 물질적 특질인 데 반해, 왼쪽과 오른쪽은 사물이 서로의 관계 속에서 소유하는 상대적 성질이다. 이렇게 관계 속에서 얽힌 사물들이 구조를 형성하게 된다.

만일 사물이 홀로 고립되어 있는 상태 그대로의 것이라면 얼마나 하찮은 존재가 될까! 그것은 얼마나 빈약하고 쓸모없고 흐릿해질까! 각각의 사물에는 더 커질 수 있는 어느 정도의 비밀스러운 잠재력이 있다고 할 수 있는데, 그 힘은 다른 사물 혹은 사물들이 관계를 맺으며 들어올 때 비로소 해방되어 확장된다고 말할 수 있다. 하나의 사물은 다른 것들에 의해 풍요로워진다고 할 수 있고, 그것들은 마치 암수의 한 쌍처럼 서로를 갈구한다고 말할 수 있으며, 서로 사랑하여 공동체, 조직, 기구, 세계에서 결합하고 하나가 되기를 열망한다고 말할 수 있다. 우리가 '대자연'이라 부르는 그것은 모든 물질 요소가 들어가 있는 최고의 구조물이다. 고로 자연은 사랑의 작품인데, 왜냐하면 그것은 어떤 사물 속에 있던 다른 사물의 번식 혹은 창조와, 다른 사물 안에서 이미 예정되고 형성되어 있으며 실질적으로 포함되어 있는 사물의 탄생을 의미하기 때문이다.

경험해 본 적이 있겠지만, 우리가 눈을 뜰 때 최초의 순간에는 대상들이 거칠게 우리의 시야를 통과하게 된다. 그것은 마치 거품 풍선처럼 확장되고 늘어나다가 한 줄기 거친 바람에 의해 터져 버리는 것처럼 보인다. 그러나 조금씩 질서가 잡힌다. 우선 사태가 진정되고 나면 먼저 시각의 중심부에 들어오는 사물들, 조금 후에는 주변부를 차지하는 사물들에 초점이 맞춰진다. 이렇게 윤곽이 구별되고 초점이 잡히는 것은 사물들에 질서를 부여하는, 다시 말해 그것들 사이에 하나의 관계망을 설정하는 우리의 관심에서 비롯된다. 하나의 사물은 다른 사물들과의 관계 속에서가 아니라면 초점이 잡힐 수도 없고 규정될 수도 없다. 만일 우리가 하나의 대상을 계속 주목한다면 이것의 초점은 더욱 뚜렷하게 잡힐 것이다. 왜냐하면 우리는 거기에서 그것을 둘러싸고 있는 사물들이 반영되고 연계되어 있는 점을 발견하기 때문이다. 이상적인 것은 각각의 사물을 우주의 중심으로 만드는 것이리라.

이것이 바로 무엇인가의 '심층'이 의미하는 것이다.* 여기서는 다른 사물이 암시되면서 반영된다. 반영이란 한 사물이 다른 사물 안에 진정으로 존재하게 되는 가장 가시적인 형식이다. 한 사물의 '의미'는 다른 사물과 '공존(coexistence)'*하는 최상의 형식이고 이것이 심층의 차원이다. 한 사물의 '물질성'을 갖는 것만으로는 충분하지 않다. 나는 우주의 잔여물이 쏟아지고 있는 신비의 그림자가 가진 '의미'를 필요로 한다.

사물들의 의미에 대해 한번 자문해 보자.* 다시 말해 각각의 사물을 세계의 실질적인 중심이 되게 해 보자.

그런데 이것이야말로 사랑이 하는 일이 아니던가? 하나의 대상을 두고 우리가 그것을 사랑한다고 말하는 것과, 그 대상이 우리에게 우주의 중심이라고 말하는 것은 같은 표현이 아닐까? 그 우주에서는 모든 실들이 우리의 삶과 세계의 직물을 잣고 있다. 아! 물론이다. 물론이고말고. 사실 이런 생각은 매우 오랜 기원을 가지고 있다. 플라톤은 '에로스'에서 사물들 사이를 엮어 주는 힘을 보았다. 그는 말하길, 그것은 결합시키는 힘이고 종합을 향한 열망이다. 따라서 그의 주장대로라면, 사물의 의미를 추구하는 철학은 '에로스'에 의해 유도된다.* 성찰은 에로틱한 활동이고 개념은 사랑의 의식이다.

매력적인 아가씨가 땅을 찍어 누르는 하이힐을 신고 우리 곁을 지날 때 경험하는 근육의 경련이나 끓는 혈기를 철학적 감수성과 연관시키는 것이 조금 이상해 보일지도 모른다. 여성을 대하는 것뿐만 아니라 철학을 하는 것 역시 이상하고 헷갈리고 위험한 것이다. 그러나 다음과 같이 외치는 니체의 말이 어쩌면 옳을지도 모른다. "모두들 위험하게 살지어다."*

이 문제는 다음 기회에 다시 다루기로 하자.[8] 지금 우리의 흥미를 끄는 것은 하나의 사물에 대한 인상이 우리에게 그 재료와 육신을 줄 때 개념은 다른 것들과의 관계 속에 처해 있는 사물의 모든 것, 즉 한 사물이 구조를 형성하기 시작할 때 그것을 풍요롭게 만들어 주는 모든 최고의 보화를 내포한다는 점이다.*

우리는 사물들 사이에서 개념의 내용을 발견할 수 있다. 그렇다면 사물들 사이에는 당연히 그 경계도 존재한다.* 물체의 경계가 어디인지 우리가 자문해 본 적이 있던가? 그것은 물체 내부에 있을까? 물론 아니다. 만일 하나의 고립된 물체만 있다면 그것은 경계가 없을 것이다. 하나의 물체는 다른 것이 시작하는 곳에서 끝난다. 그렇다면 한 사물의 경계는 다른 사물에 있다는 말일까? 이것 역시 아니다. 왜냐하면 그 다른 사물 역시 먼저 있던 사물에 의해 제한되기 때문이다. 그렇다면 사물의 경계는 대체 어디에 있는가?

헤겔은 한 사물의 경계가 있는 곳에 그 사물은 없다고 말한다. 이 말에 따르면, 경계는 마치 재료들 사이를 채우고 끼어드는 새로운 가상의 사물들과 같다. 이러한 도식적 본성의 임무는 존재들

8 사랑과 성적 충동 사이의 거리를 포함해, 사색과 관심과 사랑 사이의 관계에 대한 광범위한 논지는 내 책 『돈 후안 성찰(*Meditaciones de Don Juan*)』과 『엘 에스펙타도르』 1·2권을 참조할 수 있다.

의 경계선을 긋고 그들이 공존하도록 끌어모으는 동시에 서로 섞여 사라지지 않도록 일정 거리를 지키게 하는 데 있다. 이것이 바로 개념이다.* 그 이상도 이하도 아니다. 이러한 개념 덕분에 사물들은 상호 존중하고 서로를 침범하지 않은 채 결합될 수 있다.

10. 개념

미래의 스페인을 가슴 깊이 사랑하는 모든 사람에게 개념이 하는 일에 대한 주제를 명확히 인식시키는 것은 매우 중요하다.* 처음 볼 땐 이것이 국가적 이슈로 다루기에는 너무 학문적인 문제로 비치는 것이 사실이다. 그러나 우리는 왜 하나의 문제에 대한 첫 시선을 포기하지 않고, 두 번째 그리고 세 번째 시선을 가지려 하면 안 되는가?

그렇다면 우리는 이렇게 자문해 보는 것이 좋을 듯하다. 무언가를 바라보는 것과 동시에 그 개념도 알게 된다면 그것이 우리의 시선 너머로 제공하는 것은 무엇인가? 우리를 둘러싸고 있는 숲이 우리를 신비스럽게 포옹하고 있다고 느끼는 것과 더불어 숲의 개념도 알고 있다면 우리가 얻는 것은 무엇인가? 개념은 우리에게 마치 분광체(分光體) 같은 질료에 부어진 물자체(物自體)의 반복 혹은 복제처럼 제시된다.* 이집트인들이 유기체의 복제를 각 존재의 분신으로 불렀다는 점을 생각해 보자. 물자체와 비교할 때 개념은 분광체에 지나지 않거나 그보다도 못한 것이다.

따라서 그 누구든 올바른 판단력을 가지고 있다면 사물의 운명을 분광체의 허깨비 같은 운명과 바꿀 생각은 들지 않을 것이다.* 개념이 질료적 사물을 축출하고 그 자리를 대신하는 새로운 종류의 섬세한 사물로 간주되는 일은 없을 것이다. 그렇게 보면 개념의 임무는 실제적인 인상, 즉 직관을 쫓아내는 데 있는 것이 아니다. 이성은 생명을 대체하려는 열망을 품을 수도 없고, 품어서도 안 된다.*

그런데 오늘날 무사안일한 사람들에 의해 통용되는 이성과 생명의 이러한 대립이 이제 의심의 대상이 되고 있다.* 그들은 이성이 마치 보고 만지는 것과 같은 종류의 생기적이고 자발적인 기능을 가지고 있지 않은 것처럼 생각하고 있다.*

좀 더 논의를 이어 가 보자. 개념에 그러한 분광체 같은 특징을 주는 것은 그 도식적 내용 때문이다. 개념은 사물에서 그 도식적 틀만 포착할 뿐이다. 그렇다면 생각해 보자. 우리는 그 틀을 통해 단지 사물의 경계, 즉 사물의 진정한 본질인 질료를 감싸고 있는 윤곽선을 얻게 되는 것이다.* 이미 지적한 대로, 이러한 경계는 하나의 물체가 다른 물체들과 맺고 있는 관계를 의미할 뿐이다. 만일 우리가 가지고 있는 모자이크에서 한 조각을 떼어 낸다면 그 자리의 윤곽은 인접한 조각들에 의해 경계가 그어진 빈 공간의 형태로 남을 것이다. 마찬가지로 개념은 관념적인 장소, 즉 실재들의 시스템 안에서 각 사물에 상응하는 관념적인 공간을 표현한다. 개념이 없다면 우리는 하나의 사물이 어디서 시작되고 어디서 끝나는지 알 수 없을 것이다. 다시 말해 인상으로서의 사물들은 덧없이 사라지는 것으로, 우리는 두 손에서 빠져나간 그것들을 결코 가질 수 없다. 개념은 사물들을 하나하나 고정시키고 묶어 놓은 뒤에 우리에게 그 포로들을 인계한다. 데메트리우스의 조각상을 묶어 놓지 않으면 밤마다 정원을 빠져나간다는 전설 속 이야기처럼 플라톤은 우리가 인상들을 이성으로 묶어 놓지 않으면 우리로부터 도망칠 것이라고 말한다.*

개념은 인상이 우리에게 주는 것, 다시 말해 사물들의 육신을 주지 못한다. 그러나 이는 개념에 뭔가 결핍되어 있어서가 아니라 개념이 애초에 그러한 일을 원치 않기 때문이다. 거꾸로 인상은 개념이 우리에게 주는 것, 다시 말해 사물의 형태와 그 물리적·도덕적 의미를 주지 못한다.

만일 우리가 지각(知覺, percepción)이라는 단어에 '포착'하고 '포획'한다는 그 어원의 의미를 되돌려 준다면 개념이야말로 사물의 지각과 포착을 위한 진정한 도구이자 기관이 될 것이다.*

그렇다면 개념의 사명과 본질은 그것이 새로운 사물이 되는 것이 아니라 사물들을 소유하기 위한 기관 혹은 기구가 됨으로써 비로소 끝날 것이다.*

오늘날 우리는 관념을 모든 현실의 궁극적 실체로 간주한 헤겔의 이념과 매우 동떨어져 있음을 느낀다. 관념이 세계 내에서 일어나는 모든 일에 책임을 지기에는 이 세계가 너무도 넓고 너무도 여유롭다. 그러나 이성을 왕위에서 끌어내린다면 다시 그것을 곱게 제자리에 갖다 놓자.* 물론 관념이 모든 것은 아니다. 하지만 그것

이 없으면 우리는 그 어떤 것도 충분히 소유하지 못한다.[9]

바로 이것이 단순한 인상을 넘어 개념이 우리에게 제공해야 하는 선물이다. 각각의 개념은 글자 그대로 사물들을 포착하는 기관이다. 오로지 개념을 통한 시각만이 완전한 시각이다.* 감각은 우리에게 대상의 산만하고 가변적인 질료만 주고, 사물 자체가 아니라 사물에 대한 인상을 줄 뿐이다.

9 이 책 재판부터 다음과 같은 저자의 주가 붙어 있다. "이성과 삶의 관계에 대해서는 『돈 후안 성찰』을 보라."

11. 문화 - 확실성

무엇이든 먼저 생각이 나야 우리의 통제하에 들어온다. 기본적인 것들을 장악해야만 좀 더 복잡한 것으로 나아갈 수 있다.

정신적인 영역의 지배와 팽창으로 이루어지는 모든 진보는 우리의 근거가 되는 다른 영역들을 평화롭고 확실하게 소유하는 것을 가정한다. 만일 우리 발아래 확실한 것이 하나도 없다면 더 큰 정복 사업은 모두 실패로 돌아갈 것이다.

이런 이유에서 인상주의적인 문화는 발전할 수 없는 운명에 처해 있다.* 그 문화는 시간이 흐르면서 위대한 인물과 작품들을 배출하겠지만 연속성을 갖지 못할 것이고 항상 똑같은 수준에 머물 것이다. 인상주의 천재는 선배가 이미 도달했던 곳이 아니라 무(無)에서 자신의 세계를 다시 시작하기 때문이다.

이것이 바로 스페인 문화의 역사가 아니었던가?* 스페인의 모든 천재들은 혼돈에서 다시 출발하곤 했다. 마치 이전엔 아무것도 없었다는 듯 말이다. 우리의 위대한 예술가들과 연기자들이 거칠고 독특하며 투박한 성격을 가지고 있는 이유도 이 때문임을 부인하지는 못할 것이다. 만일 이러한 특성을 무시한다면 그것은 이해할 수 없는 바보짓이 될 것이다. 그것은 우리에게 그 특성만으로 충분하며 다른 특성은 필요 없다고 믿는 것만큼이나 어리석은 짓이 될 것이다.

우리의 위대한 인물들이 가지고 있던 특징을 아담의 심리학으로 설명할 수 있다. 고야*는 아담, 즉 최초의 인간이다.

만일 그림 속의 의복이나 외적인 기법만 조금 바꾼다면 그의 그림에 나타나는 정신은 기원후 10세기, 아니 심지어 기원전 10세기의 것이라 해도 무방할 것이다. 만일 고야가 알타미라 동굴에 살았더라면 들소나 사슴을 그렸을 것이다. 나이도 없고 역사도 없는 인간 고야는 그 문화의 ― 아마도 스페인 자체의 ― 모순적인 모습을 대변한다. 그것은 진보와 확실성이 없는 야생의 문화이고 어제가 없는 문화이다. 그것은 자기가 딛고 있는 땅을 소유하기 위해 매일매일 기본적인 것과 끊임없이 투쟁하는 문화이다. 한마디로 그것은 변방의 문화이다.[10]

나의 말에 특별한 가치 평가의 의미를 부여하지 말기 바란다. 나는 스페인 문화가 다른 문화에 비해 우수하거나 열등하다는 말을 하려는 것이 아니다. 그것은 스페인적인 것을 평가하는 것이 아니라 이해하려는 것이다. 잘난 척하는 학자들이 스페인의 역사를 다룰 때마다 반복하는 무의미한 찬양은 이제 그만두자. 우리

---

10 내 책 『엘시드의 미학(*La Estética de 'Myo Cid'*)』에는 변방의 문화라고 해석한 스페인 문화에 대한 파노라마적 에세이가 포함되어 있다.

의 이해력과 지성의 방식을 시험해 보자. 단죄하지도 평가하지도 말자. 그렇게 한다면 언젠가는 스페인적인 것을 규정하는 일이 가치를 얻는 날이 올 것이다.

고야는 바로 내가 지금 말하려는 것을 완벽하게 보여 주는 경우이다. 우리의 감성 — 여기서 말하는 감성은 진지하고 신중한 성품을 가진 사람의 감성이다 — 은 그의 그림 앞에서 매우 강렬하고 날카로워진다. 그러나 그 감성은 예측할 수가 없다. 그 격렬한 역동성이 우리를 사로잡는 날이 있는가 하면, 그 변덕과 무의미함 때문에 짜증 나는 날도 있을 것이다. 아라곤 출신의 이 까칠한 화가가 우리 마음에 들이붓는 것은 항상 문제를 일으킬 뿐이다.

다루기 힘든 그의 고집은 모든 위대함의 징표일 수 있지만 정반대일 수도 있다. 그러나 한 가지 분명한 것은 우리 문화의 가장 위대한 업적이 애매함과 특유의 불확실함을 담고 있다는 사실이다.*

그런데 그리스 사람들의 가슴속에 새로운 진동처럼 울리기 시작해 이내 유럽 대륙의 다른 나라로 확산된 관심사는 확실하고 견고한 것에 대한 갈망이었다. 이오니아, 아티카, 시칠리아, 그리스 등지의 검은 눈동자를 가진 사람들이 성찰하고 입증하고 노래하고 예언하고 꿈꿨던 문화는 흔들리지 않고 확고한 것, 덧없이 달아나지 않고 고정된 것, 불분명하지 않고 명확한 것이었다.* 문화는 삶의 모든 국면이 아니라 확실하고 견고하며 명확한 순간을 말한다. 그래서 고대 그리스인들은 삶의 즉흥성을 대체하기 위해서가 아니라 그것을 확실히 하려는 도구로서 개념을 발명한 것이다.*

12. 명령으로 부과되는 빛

개념의 임무가 자신의 실제 용량만큼 축소되고 그것이 우리에게 결코 우주의 실체를 보여 줄 수 없을 것이라는 점이 명백해진 이상, 나는 앞서 다양한 종류의 명료성에 대해 언급한 것을 약간 다듬을지언정 지나친 지성주의자처럼 보이는 위험을 감수하지는 않을 것이다.* 표층을 명료하게 하는 특유의 방법은 심층을 명료하게 하는 방법과 분명 다르다. 인상의 명료성이 있고 성찰의 명료성도 있다.

그럼에도 불구하고, 이 문제가 논쟁 조로 우리에게 제기되고 가설적인 라틴의 명료성을 통해 독일적 명료성을 부정하려 한다면 나는 내 모든 생각을 고백하지 않을 수 없다.

그 생각—사실 생각이라고만 할 수 없다—은 내가 조상으로부터 물려받은 모든 유산을 하나의 강력한 통합체로 취합하자는 것이다. 나의 영혼은 물론 내가 잘 알고 있는 부모님으로부터 온다.* 나는 지중해에만 속하는 것이 아니다. 나는 이베리아반도의 한구석에 나 자신을 가두고 싶은 생각이 없다. 내 가슴이 비참함을 느끼지 않기 위해서는 모든 유산이 필요하다. 내가 원하는 것은 과거로부터 내려온 모든 유산이지, 기다란 바다색 터키석 같은 지중해 위로 내리쬐는 태양이 반사되는 황금빛 표면만을 원하는 것이 아니다. 나의 두 눈동자는 내 영혼 속으로 찬란한 광경들을 부어 넣지만 그 심층에서는 동시에 에너지 넘치는 성찰이 일어난다. 게르만족 밀림의 한가운데에 바람을 일으키는 내밀한 목소리들이 섞여 마치 소라고둥처럼 낭랑한 옛이야기들을 내 가슴속에 심는 사람은 누구인가? 왜 스페인 사람들은 시대착오적으로 자기 안에 웅크리고 살기를 고집하는 것일까? 그들은 왜 자신의 게르만 유산을 잊어버리는 것일까? 만일 그러한 요소가 없었다면, 이후 스페인의 운명은 분명히 더 어려워졌을지도 모른다. 지중해적인 용모 뒤에는 아시아 혹은 아프리카의 표정이 숨어 있는 것처럼 보이고, 아시아나 아프리카인의 눈과 입술의 표정 안에는 인간의 것이 아닌 동물적인 면이 내재해 있어서 언제든 얼굴 전체 모양을 일그러뜨리려 한다.*

내 안에도 마치 피투성이 침대에서 뛰쳐나오려는 것처럼 동물의 상태에서 벗어나려 하는 본질적이고 우주적인 열망이 있다.

만일 스페인 사람이라는 의미가 당신들에게 단지 반짝이는 해변의 인간이라는 점만을 의미한다면 제발 나를 스페인 사람이라고 부르지 말기 바란다. 내 영혼의 어스름한 지역에서 숨 쉬고 있는 성찰적이고 정서적인 금발의 게르만족에 맞서 까칠하고 사나운 열정으로 내 안에 숨어 있는 이베리아인을 꼬드기면서 내 몸

안에서 벌어지는 내전을 부추기지 말아 달라. 나는 내 안에 살고 있는 인간들 사이의 평화를 열망하며 이들이 서로 협력하는 길로 나가기를 꿈꾼다.

이를 위해 필요한 것이 위계질서이다. 그리고 두 개의 명료성 가운데 하나를 우위에 놓아야 한다.

명료성은 평온한 정신을 소유하고 있음을 의미하고, 우리 의식이 이미지들을 충분히 장악하고 있다는 것을 말하며, 포착된 대상이 우리를 피해 달아날지도 모른다는 위협 앞에 불안감을 느끼지 않는 것이다.

이 명료성은 우리에게 개념을 통해 주어진다. 이 명료성, 확실성, 이러한 소유의 충만함은 다른 유럽 작품들로부터 우리에게 잘 전해지며 스페인의 예술, 과학, 정치에는 일반적으로 결여되어 있는 것들이다. 모든 문화적 작업은 해명과 설명 혹은 주석을 통해 삶을 해석하는 것이다. 삶은 그 자체가 영원한 텍스트이고, 하느님이 설교하는 길가에서 불타고 있는 금작화(金雀花)이다. 문화는, 그것이 예술이든 과학이든 정치든 간에 하나의 해설로 삶을 자체 내에서 굴절시키며 더 윤기 흐르게 하고 질서를 주는 방법이다.* 따라서 문화적 작품은 생명 있는 모든 것에 부속된 문제적 성격을 결코 유지할 수 없다. 삶의 거친 격랑을 통제하기 위해 현인은 성찰하고 시인은 감동에 떨며 정치적 영웅은 자기 의지의 성문을 연다. 이 모든 노력의 결과가 우주의 문제점을 복사하는 데 그친다면 참으로 이상한 일이 될 것이다. 물론 그럴 수는 없다. 인간은 명료성을 추구하는 사명을 가지고 이 세상에 태어난다. 이러한 사명은 신에 의해 계시된 것이 아니고 외부의 그 누구에 의해서도, 그 어떤 것에 의해서도 부과된 것이 아니다. 그는 내부적으로 스스로 이를 수행하는데 이것이 바로 자신을 구성하는 뿌리다.*

그 가슴속에서 명료성에 대한 깊은 열망이 영속적으로 일어난다. 마치 괴테가 줄지어 선 높은 인간 봉우리들 가운데 자신의 자리를 만들면서 이렇게 노래했듯이 말이다.

> 나는 엄숙하게 선언한다. 어둠에서 명료성을 열망하는
> 저 사람들의 가문에 속한다는 것을.

그리고 그는 초봄의 어느 한낮에 죽음을 맞았을 때 마지막 말을 내뱉으며 최후의 소원을 말한다. 훌륭한 늙은 궁수의 마지막 화살이었다.

> 빛을, 더 많은 빛을!

명료성은 삶이 아니다. 하지만 그것은 삶의 완성이다.*

만일 개념의 도움이 없다면 어떻게 그것을 얻을 수 있을까? 삶 내부의 명료성, 사물들 위를 비추는 빛이 개념이다. 그 이상도 이하도 아니다.*

각각의 새로운 개념은 이전에는 말이 없고 보이지도 않았던 세계의 한 부분에 대해 우리에게 개방되는 새로운 기관이다. 당신에게 사상(이데아)을 주는 사람은 당신의 삶을 증진시키고 당신 주

변의 실재를 확장시켜 준다.* 우리가 눈을 가지고 보는 것이 아니라 눈을 통해 본다는 플라톤의 의견은 글자 그대로 맞는 말이다. 우리는 개념들을 가지고 본다. 플라톤의 이데아는 관점을 말하는 것이다.

반면에 삶의 여러 문제점들과 어두운 부분들이 넘쳐 나는 것은 종교로 하여금 문화의 불충분한 형태가 되게 만든다.* 삶의 문제점 앞에서 문화는 원리들을 담고 있는 보물단지임을 드러낸다. 우리는 그런 문제점을 해결하기에 충분한 원리들이 무엇인지에 대해 논쟁을 벌일 수 있다. 하지만 그것이 무엇이 되든 간에 그것들은 원리가 되어야 한다. 그리고 무언가가 되기 위해서는 일단 원리는 스스로의 문제점이 있으면 안 된다. 그렇다면 한번 보기로 하자. 종교적 원리들은 그것이 밝히고 지탱해 주려 하는 삶 자체보다 더 높은 등급에서 문제점들을 가지고 있다. 어찌 되었든 삶은 우리에게 하나의 문제로 다가온다. 그러나 그것은 해결 가능한 문제이며 혹은 적어도 풀릴 수 없는 것은 아니다. 종교는 우리에게 신비를 통해, 다시 말해 형식적으로 풀릴 수 없는 문제들을 통해 그 원리들을 설명하라고 한다. 그러나 신비는 우리를 더욱 캄캄한 어둠으로 몰고 간다. 신비에는 어둠이 난무한다.

13. 통합

예술 작품은 영혼의 여타 형식들보다 더 많은 것을 가지고 있으니 그것은 삶을 해명해 주는 임무이며, 다른 말로 하면 빛을 가져다주는 루시퍼의 능력이라고도 할 수 있다.* 스스로에 대한 해석의 열쇠 없이 개개인의 마음을 통해 삶의 일부분이 다른 부분에 대해 단순하게 반응한 것을 가지고 만들어지는 예술 양식은 잘못된 가치만 생산할 것이다. 위대한 양식에는 명확성이 결여된 삶을 관조하고 초월할 수 있는 은하계나 높은 산봉우리 같은 것들이 있다. 예술가는 꽃을 피우는 3월의 편도나무처럼 시를 읊는 것에 스스로를 국한시키지 않는다. 그는 자기 자신을 딛고 충일한 자발적 생명력 위에서 일어난다. 그는 마치 독수리가 장엄하게 활공하듯 자신의 심장과 주위 환경 위를 날아다닌다. 그 리듬, 색과 선의 조화, 지각 그리고 감정을 통해 우리는 그 안에서 강력한 명상과 성찰의 힘을 발견한다. 모든 위대한 양식은 매우 다양한 형식으로 한낮의 광채를 품고 있으며, 그 힘은 폭풍우를 잠재워 고요하게 만든다.

스페인 순혈주의 작품들에 전통적으로 결여되어 있는 것들이 바로 이런 요소들이다. 우리는 마치 삶을 대면하듯 그 작품들 앞에 선다. 어떤 이들은 바로 여기에 우리 예술의 위대함이 있다고 말한다. 그러나 나는 이렇게 대답한다. "바로 여기에 커다란 결함이 있다." 삶, 자발성, 슬픔 그리고 고뇌는 내 것으로 족하다. 그것들은 내 혈관을 통해 돌아다니는 것으로 족하다. 나의 육신과 뼈 그리고 그것들 위에 의식의 불빛이 사라져 버린 채 놓여 있는 불기만으로 나는 족하다. 지금 내게 필요한 것은 명료성이다. 내 삶 위에 동트는 여명이다. 그런데 전통적인 작품들은 단순히 내 육신과 뼈를 확장할 뿐이고 내 영혼 안에 있는 격정을 지겹게 반복하기만 한다. 그것들은 나와 수준이 비슷하다. 그러나 내가 갈구하는 것은 나를 넘어서는 어떤 것이고, 나보다 더 확실한 어떤 것이다.

유럽 정신사에서 우리 스페인이 재현해 낸 것에는 외형적인 인상만 가득하다. 개념이 우리의 특징이 된 적은 한 번도 없었다. 만일 우리의 과거에 깔려 있는 에너지 넘치는 인상주의 존재마저 포기한다면, 의심할 여지 없이, 그것 또한 우리 고유의 운명에 충실하지 못한 우를 범할 우려가 있다. 그러나 나는 결코 포기하자는 것이 아니라 정반대의 말을 하는 것이다. 즉 통합하자는 것이다.*

순혈주의 전통이 가지는 의미는 아무리 잘 봐줘야 개인이 방황할 때 주어지는 받침대, 즉 정신의 확고한 지반 정도라고 할 수 있다. 그러나 감각주의의 기반과 조직을 성찰의 계발에 두지 않는다면 우리는 진정한 문화를 가질 수 없을 것이다.

다른 모든 점에서도 그렇지만 특히 이런 측면에서 『돈키호테』는 대표적인 경우가 된다.* 풍자적인 어투의 이 변변찮은 소설보다 더 심오한 소설이 과연 있을까? 변변찮다고 하지만, 그럼에도 불구하고 『돈키호테』는 무엇인가? 그것이 삶에 대해 암시하고 있는 것을 우리는 잘 알고 있는가? 이 작품에 대해 짧은 순간의 깨달음을 주는 작업은 셸링,* 하이네,* 투르게네프* 등 외국 작가들에게서 나왔다. 그것들은 순간적이고 불충분하지만 명료한 것이었다. 그들에게 『돈키호테』는 신성한 호기심의 대상이었다. 그러나 우리처럼 운명의 문제는 아니었다.

한번 진지하게 생각해 보자. 『돈키호테』는 애매모호한 작품이다. 민족주의적 감성을 통해 이 작품에 쏟아졌던 모든 찬사들은 아무 도움이 되지 않았다. 세르반테스의 생애에 대한 모든 현학적인 연구들 역시 애매모호한 덩어리의 조그마한 부분조차 아직 밝혀내지 못했다. 세르반테스는 무언가를 풍자하고 있는가? 그렇다면 무엇을 풍자하는가? 탁 트인 라만차 평원 저 멀리에 홀로 서 있는 돈키호테의 삐쩍 마른 형상은 의문 부호처럼 굽어 있다. 그것은 마치 스페인의 비밀, 스페인 문화의 애매모호함을 지키고 있는 파수꾼 같다. 저 지하 감옥에서 이 가여운 세금 징수원은 무엇을 풍자하고 있는가?* 그리고 풍자란 무엇인가? 풍자는 곧 부정하는 행위인가?

삶의 보편적 의미를 상징적으로 암시하는 힘이 이토록 큰 작품은 일찍이 없었다.* 또한 그럼에도 불구하고 그것을 해석하기 위한 지표나 실마리가 이토록 부족한 작품도 일찍이 없었다. 이 때문에 세르반테스와 비교할 때 셰익스피어는 이념가라고 해도 될 정도이다. 셰익스피어는 우리에게 작품의 이해를 도와주는 일련의 미세한 개념들이라 할 수 있는 일종의 '성찰적 대위법'을 빼놓지 않고 제공한다.

지난 세기 독일의 위대한 극작가인 헤벨*은 내가 말하고 싶은 부분을 다음과 같이 명확하게 지적한다. "나는 내 작업에서 특정한 사상적 배경을 항상 의식해 왔다. 어떤 사람들은 내가 그 배경으로부터 출발해 작품을 쓴다고 비판한다. 그러나 그 말은 사실이 아니다. 사상적 배경은 경치를 보이지 않게 가로막는 산맥과 같은 것이다." 나는 셰익스피어 문학에도 이런 점이 있다고 믿는다. 그의 영감이 서린 문장에 들어 있는 일련의 개념들은 우리가 환상적인 시의 밀림을 지나는 동안 우리의 눈을 안내해 주는 매우 섬세한 기준과 같은 것이다. 정도의 차이는 있지만 셰익스피어는 항상 자기 자신이 나서서 설명한다.

세르반테스에게도 이런 현상이 일어나는가? 누군가 그를 리얼리스트라고 지칭한다면 이는 그가 단순한 인상에 머무르거나 일반적이고 이념적인 형식을 회피한다는 것을 의미하는 것은 아닌가? 그렇다면 혹시 이 점이 세르반테스가 가진 최고의 재능은 아닐까?

적어도 한 가지 확실한 사실은 스페인 문학에서 진정 이보다 더 심오한 작품은 없을 것이라는 점이다. 우리로 하여금 『돈키호테』에 매달리게 하는 가장 큰 이유는 "하느님, 대체 스페인은 무엇입니까?"*라는 거대한 질문이다. 별들이 반짝이는 광대하고 우주적인 냉기 속에 무한한 과거와 끝없는 미래 사이에 끼인 채 지구상의 수많은 종족 중에서 길을 잃어버린 스페인, 유럽의 영성적인 언덕이자 유럽 대륙 영혼의 뱃머리와 같은 이 스페인은 대체 무엇인가?

스페인의 운명을 밝혀 줄 단어, 정직한 가슴과 섬세한 정신을 만족시켜 줄 확실한 단어, 광채 나는 하나의 단어는 어디 있을까?

자신의 길을 재촉하느라 교차로에서 멈추지 않는 민족, 자기 내면의 문제를 제기하지 않는 민족, 자신의 운명을 정당화하고 역사적 사명을 명확히 되짚어 보는 영웅적 필요성을 느끼지 못하는 민족은 불행하도다!

개인은 자신의 민족을 통하지 않고서는 우주 내의 행로를 정할 수 없다. 왜냐하면 그는 마치 떠도는 구름 속의 빗방울처럼 민족 안에 녹아 들어가 있기 때문이다.*

14. 비유어

패리*는 북극 탐험에 나선 어느 날, 썰매를 끄는 개들을 전속력으로 달리게 하면서 하루 종일 북쪽으로만 전진했다고 말한다. 그날 밤 그는 자신이 있는 곳의 높이를 측정하기 위해 방위를 계산해 보았다. 그리고 놀랍게도 그날 아침보다 훨씬 더 남쪽으로 내려와 있다는 사실을 깨달았다. 그는 해류에 의해 남쪽으로 떠내려가는 거대한 유빙 위에서 하루 종일 북쪽으로 가느라 헛수고만 했던 것이다.

15. 애국심 비평*

하나의 문제가 진짜 문제가 되려면 그 안에 실질적인 모순을 내포해야 한다.* 내 생각에는, 오늘날 스페인 문화의 문제를 예리한 우리 감각으로 지켜보는 것, 즉 스페인을 하나의 모순으로 느끼는 것보다 우리에게 더 중요한 일은 없다. 이런 능력이 없고, 우리가 밟고 있는 지반의 불확실성을 지각하지 못하는 사람은 우리에게 거의 쓸모없는 존재일 것이다.

우리에게 필요한 것은 성찰을 통해 민족의식의 마지막 단면까지 해부하고, 그 마지막 짜임새도 분석 대상으로 삼으며, 그 어느 것도 미신적으로 받아들이지 않고 모든 국가적 가설들을 재검토하는 일이다.

사람들은 오늘날까지 세계에 남아 있는 순수한 그리스의 피를 모두 모으면 기껏해야 포도주 한 컵 정도 분량에 그칠 것이라고 말한다. 그러니 순수한 헬라족의 피 한 방울 보는 일이 얼마나 어려운 일이겠는가? 하지만 내가 볼 때 옛날이나 지금이나 순종 스페인 사람들을 만나는 일은 훨씬 더 어려운 일이다. 그만큼 적은 순수 혈통의 종족은 아마 존재하지 않을 것이다.

물론 다른 방식으로 생각하는 이들도 있다. '스페인 사람'이라는 단어가 너무 흔히 쓰이다 보니 정작 완전한 의미가 제대로 이해되지 않을 위험이 있다는 것이다. 우리는 각각의 인종이 결국 새로운 방식의 삶과 새로운 감수성의 실험이라는 점을 잊고 있다.* 만일 한 인종이 자기 특유의 에너지를 충분히 발산하는 데 성공한다면 이 지구는 헤아릴 수 없는 풍요로움을 누릴 것이다. 새로운 감수성은 새로운 습관과 기구들, 새로운 건축과 시, 새로운 과학과 열망, 새로운 감성과 종교를 유발한다. 반면 한 인종이 실패한다면, 잠재적으로 가능하던 그 모든 새로움과 성장은 결코 빛을 보지 못할 것이다. 왜냐하면 그것들을 창조하는 감수성은 양도가 불가능하기 때문이다. 한 민족은 삶의 양식이고 그것 자체로 단순하고 차별적인 변조음을 이루면서 주변의 질료를 조직하고 있다. 그런데 외부적 요인들로 인해 한 민족의 양식이 전개되는 이 창조적인 조직 운동이 이상적이었던 궤도에서 이탈하는 경향이 있다.* 그 결과는 상상할 수 없을 정도로 끔찍하고 개탄스럽기만 하다. 그러한 일탈이 진행되는 과정에서 매번 창조적인 시도는 파묻히고 억압당하면서, 형편없고 우둔하며 불충분한 생산물의 죽은 껍질로 포장된다. 그 민족은 날이 갈수록 본연의 모습을 잃어 간다.

이것이 바로 스페인의 경우여서, 전망도 없고 위계질서도 없는 애국심은 우리의 눈엔 사악하게 보일 수밖에 없다. 이것은 우리 땅에서 벌어졌던 일들을 모두 스페인적인 것으로 치부함으로써 국가의 무능한 퇴락이 스페인의 본질인 양 호도한 것이다.

잘못된 길로 들어서서 헤맨 지 350년 후에 국가의 전통을 좇으라고 우리에게 권고하는 것은 잔인하기 그지없는 빈정거림이 아닌가? 전통이라! 스페인에서 전통이라는 것의 실상을 알아보면 그것은 스페인의 잠재적 가능성을 서서히 없애 버리는 존재에 지나지 않았다. 따라서 우리는 전통을 따를 수 없다. 내게 스페인은 극히 드문 경우에만 실현되었던 드높은 소망을 의미한다. 따라서 우리는 절대로 전통을 따를 수 없다. 아니, 오히려 그 반대이다. 우리는 전통을 거슬러 가야 하고, 전통을 초월해서 가야 한다. 우리가 시급히 해야 할 일은 전통의 잔해 사이에서 우리 인종 최고의 본질과, 스페인적인 가치 기준과 혼돈에 맞서 떨고 있는 스페인을 구하는 것이다. 우리가 흔히 스페인이라 부르는 것은 사실 스페인이 아니라 그것의 실패작이다. 고통스러울지라도 무기력한 전통의 스페인, 그동안 늘 그래 왔던 스페인의 모습을 불살라 버린다면 남은 재를 체로 걸러 내어 보석처럼 영롱한 광채가 빛나는 스페인, 잘될 수 있었던 스페인을 발견할 것이다.

이를 위해서는 과거의 미신에서 자유로워질 필요가 있다. 그리고 스페인이 과거에 고정되어 있다고 우리를 끊임없이 유혹해 온 꼬임에 넘어가면 안 된다. 지중해를 항해하던 뱃사람들은 세이렌이 유혹하는 치명적인 노랫소리로부터 살아남기 위해 단 하나의 방법만 있다는 것을 알아냈다. 그것은 그에 맞서는 노래를 부르는 것이었다. 스페인의 가능성을 확신하는 사람들 역시 거꾸로 스페인 역사의 전설을 힘차게 불러야 한다. 이를 통해 우리는 빈약해진 우리 인종의 심장이 순수하고 강렬하게 뛰기 시작하는 곳에 도달할 수 있을 것이다.

이러한 본질적인 경험 가운데 하나가, 아니 가장 본질적인 경험이 바로 세르반테스이다. 바로 여기에 스페인적인 충만함이 있다.* 마치 전가의 보도처럼 우리가 언제든 휘두를 수 있는 단어가 여기 있다. 아! 만일 세르반테스의 문체가 어떻게 만들어지는지 알아낸다면, 사물에 접근하는 세르반테스의 방식을 알 수 있다면 우리는 모든 것을 성취해 낼 것이다. 왜냐하면 이 정신적인 봉우리들에는 시적 문체가 철학, 도덕, 과학 그리고 정치를 함께 아우르는 단단한 연대감이 지배하고 있기 때문이다. 만일 어느 날 누군가 와서 세르반테스 문체의 면모를 밝혀 주기만 한다면, 우리는 그 지침에 따라 다른 문제들을 해결할 수 있을 것이고 새로운 삶에 눈을 뜰 수 있을 것이다.* 그 상황에서 우리에게 용기와 재능이 있다면 정말 순수하게 우리는 새로운 스페인을 설계할 수 있을 것이다.

그러나 그 누군가가 오기 전까지는 정확하기보다는 열정적인 모호한 설명에 일단 만족하면서 위대한 소설가의 내면을 존중하는 거리를 유지하자. 왜냐하면 우리가 너무 접근할 경우 전혀 적절치 않거나 엉뚱한 말을 할 수 있기 때문이다. 내가 알기로는, 그런 일이 스페인 문학에 관한 한 가장 유명한 대가에게 이미 일어난 적이 있다. 몇 해 전 그가 세르반테스를 압축해서 설명해 보겠다고 한 뒤, 그의 특성이 훌륭한 분별력에 있다고 말해 버린 것이다.* 거의 신적인 존재를 대상으로 이렇듯 단적인 확신을 하는 것은 너무나도 위험한 일이다. 비록 그 존재가 세금 징수원이었을지라도 말이다.*

이상이 어느 봄날 오후 우리의 거대한 시적 석조물인 에스코리알 궁전을 둘러싸고 있는 숲속에서 내 머릿속에 떠올랐던 생각들이다. 이 생각들은 나로 하여금 『돈키호테』에 대한 글을 써야겠다는 결심을 하게 만들었다.

황혼 녘의 하늘색이 모든 풍경을 도배하고 있었다. 새들이 지저귀는 소리는 그들의 연약한 목구멍에 걸려 잠들어 버렸다. 나는 물줄기가 흘러가는 개천에서 벗어나 절대 적막의 세계에 접어들었다. 그때 나의 가슴은 마치 배우가 극적인 마지막 대사를 읊기 위해 무대에 오르는 것처럼 사물의 깊숙한 바닥에서 빠져나왔다. 쿵…… 쿵…… 리드미컬한 망치질이 시작되었고 그 덕분에 대지의 감정이 내 기운 속으로 스며들었다. 높은 하늘의 별 하나가 규칙적으로 반짝이고 있었다. 마치 우주의 심장인 것처럼, 내 별의 쌍둥이 형제인 것처럼, 그리고 경이로움 자체인 세계에 대한 놀라움과 부드러움으로 가득 찬 나의 별인 것처럼.*

첫 번째 성찰

소설에 대한 간략한 고찰*

먼저 『돈키호테』의 외형적인 모습에 대해 잠깐 생각해 보기로 하자.* 사람들은 이 작품을 소설이라고 말한다. 그리고 덧붙여서 시기적으로나 가치적으로 최초의 소설이라고 한다. 일리 있는 말이다. 현대 독자들이 그 작품을 읽을 때 느끼는 적지 않은 만족감은 우리 시대가 선호하는 문학 작품의 장르와 공통점이 많다는 사실에 기인한다. 몇몇 페이지를 들춰 보면 이 걸작에서 우리 가슴을 분명히 끌어당기는 근대성의 어투가 발견된다. 우리는 그것이 적어도 현대 소설의 개척자인 발자크,* 디킨스,* 플로베르, 도스토옙스키* 등과 가깝다는 것을 깊은 감성으로 느낄 수 있다.

하지만 소설이란 무엇인가?

어쩌면 지금 문학 장르의 본질을 논하는 것이 유행으로부터 뒤처진 것일지도 모른다. 이 주제는 단순히 수사학적인 것으로 치부되곤 한다. 심지어 문학 장르의 존재 자체를 부정하는 사람도 있다.*

그럼에도 불구하고 우리는 유행에서 벗어나, 분주히 오가는 사람들 사이에서도 파라오의 고요함* 속에 살겠다는 결의를 하면서 다시 한 번 질문을 던져 보자. 소설이란 무엇인가?

1. 문학 장르

고대 시학에 따르면 문학 장르란 시인이 따라야 할 특정한 창작 규범으로, 노래의 여신인 뮤즈가 마치 꿀벌처럼 꿀을 보관해 놓은 형식적인 구조물로서의 빈 공간을 의미한다. 내가 말하는 문학 장르는 이런 의미에서가 아니다.* 형식과 내용은 분리할 수 없는 것으로서 시적 내용은 추상적 규칙의 제한을 의식하지 않고 매우 자유롭게 흘러나온다.

그럼에도 불구하고 형식과 내용은 구별되어야 한다. 그것은 같은 것이 아니기 때문이다. 플로베르는 마치 불에서 열기가 나오듯 형식은 내용에서 나온다고 말한 바 있다. 이 비유는 정확하다. 그러나 더 정확히 말하면, 형식은 신체 기관이고 내용은 그것을 창조하는 기능이라 할 수 있다. 그렇게 볼 때 문학 장르는 시적 기능으로서, 미학적 생성을 끌어당기고 있는 방향이다.

내용 혹은 주제와 그 형식 혹은 표현 장치의 구분을 거부하는 최근의 경향은 그것의 현학적인 구분 못지않게 쓸모없는 일이다.

사실 그것은 하나의 도로와 그 도로의 방향 사이에 존재하는 차이와 같은 것이다. 방향을 정한다고 해서 우리가 생각했던 목표 지점에 도달한다는 것을 의미하지는 않는다. 날아가는 돌은 공중의 궤도를 그리는 곡선을 이미 내부적으로 예정하고 있다. 다시 말해 이 곡선은 최초의 추진력을 설명하는 동시에 그것을 전개시키고 완성시킨다.

결국 비극이란 어떤 근본적인 시적 주제의 확장이지 다른 것이 아니다. 그것은 비극성의 확장이다.* 그렇다면 형식에 있는 것이든 내용에 있는 것이든 똑같은 것이다. 다만 내용상으로 하나의 성향이나 단순한 의도였던 것이 형식을 통해 분명하게 전개될 뿐이다. 이런 점에서, 하나의 사물이 각기 다른 순간에 있다고 해서 다른 것이 아니듯 내용과 형식은 불가분의 관계를 맺고 있다.

따라서 나는 고대 시학에서 말하는 바와 반대로, 문학 장르라는 것이 다른 무엇으로도 환원되지 않는 근본적인 주제이며 진정한 미학적 범주로서의 자격이 있다고 생각한다.* 예를 들어 서사시는 시적 형식을 가리키는 이름이 아니라 확장되고 발현되는 과정에서 완성에 이르는 본질적인 시적 내용의 이름이다. 서정시 역시 극이나 소설의 형태로 번역될 수 있는 관습적인 언어가 아니라, 말하고자 하는 분명한 내용인 동시에 그렇게 말할 수밖에 없는 유일한 방식인 것이다.

어떻든 간에 예술의 본질적 주제는 언제나 인간이다.* 그리고 상호 배타적이고 필연적인 동시에 궁극적인 미학적 주제로 인식되는 장르는 인간성의 중요한 흐름을 포착하는 폭넓은 시각이 된다. 각 시대는 인간에 대한 본질적인 해석을 낳는다. 좀 더 자세히 말하자면, 시대가 해석을 낳는 것이 아니라 시대 자체가 해석이다. 따라서 각 시대는 특정한 장르를 선호하게 된다.

2. 모범 소설

19세기 후반에 유럽 사람들은 소설을 즐겨 읽었다.*

만약 세월이 지나 그 시대를 구성했던 수많은 사건을 체로 걸러 낸다면 의심할 나위 없이 소설의 융성이야말로 가장 대표적이고 전형적인 현상으로 남게 될 것이다.

그럼에도 불구하고 소설이 의미하는 것은 명확히 무엇인가? 세르반테스는 자신의 중·단편 작품들에 '모범 소설'이라는 이름을 붙였다. 이 제목을 이해하는 데 어려움은 없는가?*

'모범'이라는 말이 매우 생소한 것은 아니다. 아주 세속적인 스페인 작가들조차 자신의 작품 제목에 써먹을 정도로 도덕적 냄새를 풍기는 이 말은 17세기 스페인 상류층 인사들 사이에 횡행했던 대단한 위선을 보여 준다.* 르네상스의 위대한 정신적 씨앗이 결실을 맺었던 황금 세기에 사람들은 가톨릭 종교 개혁(반종교 개혁)을 받아들이는 데 주저하지 않았고, 예수회 학교로 몰려들었다. 이 시대에 새로운 물리학을 세운 갈릴레이는 로마 가톨릭교회가 자신에게 가혹한 교조주의적 제재를 가하자 거리낌 없이 자신의 신념을 번복하였다. 또한 이 시기는 데카르트가 신학을 '철학의 시녀'로 만들 수 있는 철학 방법론의 원리를 발견한 후 성모 마리아에게 감사드리기 위해 로레토(Loreto)로 순례를 간 세기이기도 하다.* 이 세기는 가톨릭의 승리에도 불구하고, 신앙에 맞서는 가공할 요새로서 거대한 이성주의 시스템이 최초로 구축되는 것을 막지는 못했다. 너무도 단순한 논리를 가지고, 스페인 사상의 빈곤을 모두 종교 재판소의 잘못으로 전가했던 사람들은 이 점을 기억해야 한다.

이제 세르반테스가 자기 소설집에 붙였던 이름으로 다시 돌아가 보자. 나는 『모범 소설』에서 매우 다른 두 가지 경향을 발견한다. 물론 각각의 정신이 부분적으로 상대편에게서 발견될 수도 있다는 점을 부인하는 것은 아니지만 말이다. 중요한 점은 극단적으로 상반되는 예술적 성향이 양쪽에 각각 두드러지면서 시적 창조가 각각 다른 방향을 지향하여 움직이고 있다는 사실이다. 「관대한 연인」,* 「영국에서 돌아온 여인」,* 「피의 힘」,* 「남장을 한 두 명의 처녀」*를 하나의 장르로, 「세비야의 건달들」,* 「질투심 많은 늙은이」*를 또 다른 장르로 구분하는 일이 어떻게 가능할까?

두 장르의 차이를 간단히 살펴보자. 첫 번째 계열의 작품들은 사랑과 운명에 대한 이야기를 다루고 있다. 가족의 울타리에서 벗어난 젊은 주인공들은 예기치 않은 사건들에 휘말리게 된다. 그들은 강력한 사랑의 폭풍우에 휩쓸려 길 잃은 유성처럼 현기증 나는 세상을 가로지르는 청년들이다. 또한 여관방에 누워 깊은 한숨을 내쉬고 짓밟힌 순결을 웅변적으로 토로하면서 가엾게 떠돌아다니는 처녀들이다. 때론 그 여관에서 가슴의 열병을 앓고 있는 수많은 짝 가운데 서너 쌍이 우연 혹은 열정에 이끌려 결합되기도 한다. 여관이라는 묘한 분위기가 자아내는 몽롱함 속에 예기치 않은 우연의 일치와 결말이 찾아오는 것이다. 앞의 소설들에서 전개되는 이야기는 모두 핍진성이 부족한데, 그것을 읽는 우리의 흥미를 끄는 것이 바로 그 핍진성의 부족에서 비롯된다. 『페르실레스와 시히스문다의 모험』*은 이러한 형태의 모범 소설이 장편소설화된 것이라고 할 수 있으며, 세르반테스가 원했던 것이 바로 이런 핍진성의 부족이라는 점을 다시 한 번 확인시키는 작품이다. 이 작품을 끝으로 그가 창작의 여정을 마감했다는 사실도 우리로 하여금 사물을 너무 단순화시키지 말라는 점을 일깨운다.

세르반테스의 일부 소설에서 언급되는 주제들은 사실 아주 오래전 아리아족의 상상력을 통해 만들어졌던 유서 깊은 주제들과 똑같은 것들이다. 그리고 이것들은 훨씬 더 오래전부터 그리스와 근동 지방의 고유한 신화에서 이미 표현된 것이라는 점을 발견할 수 있다. 세르반테스의 이러한 첫 번째 계열 작품들을 포괄하는 문학 장르를 가리켜 과연 '소설'이라 부를 수 있을까? 그렇게 부른다고 해서 특별히 어려운 점은 없다. 그러나 명심해야 할 것은, 이러한 문학 장르는 그럴듯하지도 않고 비현실적으로 꾸며 낸 사건들을 서술하고 있다는 점이다.

그러나 「세비야의 건달들」과 같은 두 번째 계열의 작품들에서 우리는 완전히 다른 형태의 성향을 발견하게 된다. 여기서는 특별한 사건들이 전개되지 않는다. 그래서 독자들은 흥분을 느끼지도 않고 사건이 어떻게 전개되는지 궁금해서 조급하게 다음 장면으로 넘어가려고 하지도 않는다. 설사 독서의 진도가 나간다 하더라도 그것은 잠시 휴식을 취하고 더 넓은 눈으로 보기 위해서이다. 독자들이 찾는 것은 일련의 정적이고 세심한 시각이다. 등장인물과 그들의 행동은 엉뚱하거나 믿을 수 없는 것과는 거리가 멀어서 흥미조차 불러일으키지 않는다. 예를 들어 젊은 불한당인 린코네테와 코르타디요나 왈가닥 처녀인 가난시오사와 카리아르타 혹은 뚜쟁이 레폴리 등은 모두 하나같이 눈길을 끌 정도의 조그마한 매력도 찾아볼 수 없는 인물들이다. 실제로 우리는 작품을 읽어 나가면서 정작 흥미를 불러일으키는 부분이 등장인물들이 아니라 작가가 그들을 재현해 내는 방식이라는 점을 깨닫게 된다. 더 나아가, 이들이 익히 잘 알려지고 어디서든 볼 수 있는 존재이기 때문에 그 캐릭터가 매력적이지 않다면 작품은 우리의 심미적 정서를 매우 다른 방향으로 이끌 것이다. 이 창조물들이 특별히 두드러지지 않고 평범하며 그럴듯해 보인다는 사실이야말로 여기서는 본질적으로 중요한 것이다.

앞서 말한 두 계열의 장르가 가진 예술적 의도는 매우 큰 대조를 보여 준다. 전자의 경우 등장인물과 그들의 행보 자체가 미적인 즐거움의 원천이었다. 즉 작가는 자신의 개입을 최소화할 수 있었다. 그런데 후자에서는 반대로, 작가가 우리에게 말하고 있는 세속적 인물들이 망막에 어떻게 반영되는지를 보여 주는 그 방식 자체가 우리에게 유일한 흥미를 끈다. 세르반테스가 분명 이러한 대조점을 인식하지 못했을 리 없는데, 이는 「개들이 본 세상」*에 나오는 다음 대사에서도 알 수 있다.

너에게 한 가지 지적하고 싶은 게 있는데, 내 인생에서 벌어졌던 일들을 들으면 넌 아마도 내 말이 옳다는 걸 알게 될 거야. 다시 말해, 어떤 이야기들은 그 자체로서 재미있는가 하면, 다른 이야기들은 그 이야기를 들려주는 방식에서 재미를 느낀다는 거야. 여기서 내가 말하고 싶은 것은, 장황한 서론이나 말의 향연이 없어도 만족감을 주는 이야기들이 있고, 반면에 미사여구나 얼굴 표정, 몸짓 발짓 그리고 목소리를 바꿔 가며 말해야 하는 이야기들이 있다는 거지. 아무리 내용이 사소하고 지루하고 따분하더라도 이렇게 얘기하면 재미가 있어지고 즐거움을 주는 거야.

그렇다면 소설이란 무엇인가?

3. 서사시

한 가지 사실은 명확하다. 지난 세기의 독자들이 '소설'이라는 이름을 통해 찾던 것과 고대인들이 서사시에서 찾던 것은 아무 관련이 없다는 것이다. 만일 19세기 들어 완성에 이르는 소설 장르의 문학적 진화를 중점적으로 이해하기를 원한다면, 서사시에서 소설의 기원을 찾는 것은 소설 장르의 변천사를 이해하는 길목을 가로막는 것과 같다.*

소설과 서사시는 정확히 상반된 면을 가지고 있다. 서사시의 주제는 있는 그대로의 과거이다. 서사시는 우리에게 과거 그대로의 완결된 세계이며, 그것이 말하는 신화시대의 고대는 아무리 오랜 옛날이라도 역사 속의 시간과는 질적으로 다른 개념의 과거를 의미한다. 물론 지역적 신앙이 호메로스* 시대의 인간이나 신들과 현재의 사람들을 가느다란 끈을 통해 이어 주고 있다는 점은 사실이다. 그러나 이러한 혈통적 전통도 신화적인 '어제'와 실재하는 '오늘' 사이에 존재하는 절대적 공백을 연결시킬 수는 없다. 실재하는 '어제'들을 아무리 중간에 많이 끼워 넣는다 해도 아킬레우스나 아가멤논 족속이 살았던 세계와 우리 존재는 결코 이어질 수 없으며, 시간의 흐름이 열어 놓았던 길을 거슬러 오르며 한 걸음 한 걸음 내딛는다 해도 우리는 결코 그 세계에 도달할 수 없다. 서사시적 과거는 '우리의' 과거가 아니다. 우리의 과거는 그것이 언젠가 현재로서 실재했던 사실로 간주하는 것에 대해 반박하지 않는다. 그러나 서사시적 과거는 한 번도 현재였던 적이 없고, 향수에 빠진 우리가 거기에 도달하려고 시도할 때면 디오메데스의 말*처럼 박차를 가하고 달아나 다시 멀어짐으로써 동일한 거리를 변함없이 유지한다. 그것은 회상할 수 있는 과거가 아니라 관념화된 과거이다.

만일 시인이 기억의 여신 므네모시네*에게 고대 그리스인의 고통을 말해 달라고 한다면 그녀가 의존하는 것은 주관적 기억이 아니라 우주 안에 맥박이 뛰고 있는 것으로 추정되는 우주적 회상의 힘이다. 므네모시네는 개인의 회상이 아니라 근원적 힘의 회상이다.

전설과 우리 사이에 놓인 심원한 거리는 서사시적 대상들을 결코 썩지 않게 만든다. 그들이 우리에게 너무 가까이 와서 자기들에게 현재의 생생한 젊음을 부여하지 못하도록 막는 이유는 자기들 몸을 노화의 작용으로부터 막아 주는 이유가 되기도 한다. 그리고 호메로스의 노래가 보여 주는 영원한 신선함과 불멸의 순수한 향기는 청춘이 지속된다기보다는 노화가 되지 않는 것이라 할 수 있다. 왜냐하면 노화가 정지된다면 그것은 더 이상 늙는 것이 아니기 때문이다. 만물이 늙는 것은 매 시간이 흘러 우리로부터 점차 멀어지고 이것이 무한히 진행되기 때문이다. 늙음은 시간이 갈수록 더 세를 떨친다. 그러나 아킬레우스는 우리에게나 플라톤에게나 항상 같은 거리를 지키고 있다.

4. 과거의 시

한 세기 전 인문학자들이 호메로스에 대해 가지고 있던 판단을 이젠 버리는 것이 좋을 듯싶다. 호메로스는 순수 담백하지도 않고, 역사의 여명기에 적합한 기질을 가지고 있지도 않다.* 오늘날 그 누구도 『일리아스(*Ilias*)』, 적어도 우리가 읽고 있는 『일리아스』가 일반 대중으로부터 결코 이해된 적이 없었다는 사실을 부인하지 못한다. 다시 말해 그것은 원래부터 아득한 태곳적(太古的) 작품이었다. 이 음유 시인은 자기 자신에게조차 뭔가 의고적(擬古的)이고 의례적이며 거칠게 느껴지는 인습적인 언어로 작품을 썼다. 그가 등장인물들에게 부여했던 행동 양식 역시 고풍스럽고 조잡한 것이다.

과연 누가 호메로스를 태곳적 작가라고 말할 수 있겠는가? 누가 그를 가리켜 고고학적 픽션으로 이루어진 시의 유아기라고 말할 수 있겠는가? 이 말은 서사시 안에 태곳적인 요소가 있다는 것이 아니라, 서사시 자체가 태고이며 본질적으로 태고 자체임을 의미한다. 서사시의 주제는 관념적 과거, 다시 말해 절대적 고대이다. 여기서 우리가 덧붙여 말할 수 있는 것은 태고야말로 서사시의 문학적 형식이자 시 창작의 도구라는 점이다.*

내가 보기에 소설의 의미를 명확히 이해하기 위해서는 너무나도 중요한 사실이다. 호메로스 이후, 그리스에서 현재의 것을 시적 가능성으로 받아들이기까지는 오랜 세월이 필요했다. 실제로 현재는 결코 시의 대상으로 인정되지 않았다. 그리스에서 시적인 것은 엄밀히 말해 과거의 것이고, 더 나아가 시간 순서상 가장 먼저 오는 것이었다.* 그것은 낭만주의에서 말하는 고대적인 것이 아니다. 낭만주의에서 다루는 고대는 고물상들이 수집하는 물건과 굉장히 비슷한 것으로, 뭔가 쓰러져 가고 벌레 먹고 곰팡이 피고 노쇠한 것에 대해 음침하게 호소하려 하고, 우리의 도착적인 즐거움을 끌어내려 한다. 죽어 가는 이 모든 것은 단지 반사된 아름다움만을 가지고 있으며, 시의 근원은 그들 자신에게서 나오는 것이 아니라 그들이 우리에게 불러일으키는 정서적 물결에서 시작된다.

반면, 그리스인들에게 아름다움이란 본질적인 사물들의 내밀한 속성이었다. 따라서 그들의 눈에 우연적이고 순간적인 것은 아름다움이 결여된 것으로 보였다. 그들의 미학에는 합리주의적 의미가 있어서 시적 가치와 형이상학적 권위가 분리되지 않았다.[11] 그들은 하나의 현상이 자체적으로 기원과 규범, 원인과 기준을 내포하고 있을 때 비로소 아름답다고 판단했다. 이러한 서사시적 신화

---

11 그리스 사람들은 예술에 대해 말할 때 말끝마다 조화와 비례를 언급하곤 했다. 이는 그들의 수학적 체질을 명백히 보여 준다.

의 폐쇄적 세계는 본질적이고 규범적인 대상들로만 구성되어 있다. 이는 우리들의 세계가 아직 시작되기도 전의 일이었다.

서사시의 세계와 우리를 둘러싸고 있는 세계 사이에는 그 어떤 연결점도 없다.* 현재와 과거로 이루어진 우리의 삶은 우주적 삶에서 두 번째 단계에 해당한다. 우리는 지금 퇴락한 대용품으로서의 현실에 참여하고 있다. 우리를 둘러싸고 있는 사람들은 율리시스와 헥토르 같은 이들과는 다르다. 심지어 율리시스와 헥토르가 인간인지 신인지도 구분하기 힘들 정도이다. 당시의 신들은 인간과 비슷한 모습을 보여 준다. 왜냐하면 인간 자체가 신적인 모습이었기 때문이다. 호메로스에게는 어디까지가 인간이고 어디부터가 신일까? 이 문제는 우리 세계의 몰락을 드러낸다. 서사시적 인물들은 이미 멸종한 생태계에 속하고 그들의 캐릭터는 신과 인간 사이에서 확실히 구분되지 않는다. 아니면 적어도 신과 인간 사이를 잇는 연속선상에 있다. 신이 인간이 되는 데 다른 것은 필요 없다. 여신이 잠시 유혹에 넘어가거나 남신이 충동적인 욕정에 사로잡히면 된다.

요약하면, 그리스 사람들에게는 태초의 것만이 온전히 시적인 것이다. 그것은 그냥 오래되어서가 아니라 가장 아득한 태고의 것으로서 자체 내에 기원과 원인을 내포하고 있기 때문에 시적인 것이다.*[12] 축적된 신화는 전통적인 종교, 물리학 그리고 역사를 동시에 구성하는 것으로서 고대 그리스 전성기 예술의 모든 시적 소

12 아리스토텔레스는 『형이상학(*Metafísica*)』에서 신화적 사고를 언급하면서 "가장 성스러운 것은 태고의 것으로서 가장 오래된 것이다"라고 쓴다.

재를 갖추고 있다.* 시인은 신화에서 출발해야 하며, 비극 시인들처럼 그것을 조금 변형하는 경우가 있더라도, 그 안에서 움직여야 한다. 오늘날 우리가 과학적 법칙을 발명하겠다는 생각을 하지 못하는 것처럼, 이 시인들은 시의 대상을 새로 만들어 낼 수 있다는 생각을 하지 못했다. 이는 그리스 서사시와 예술의 일반적인 한계를 보여 준다. 실제로 그리스 예술은 쇠퇴기에 접어들 때까지도 신화적 모태에서 벗어나지 못한다.

호메로스는 모든 일이 그의 6보격(六步格) 시가 말해 주는 그대로 발생한다고 믿었고 청중 역시 그것을 믿었다. 더 나아가 호메로스는 새로운 것은 얘기하지 않으려 했다. 그가 말하는 것은 이미 청중이 알고 있는 내용이었고 호메로스 역시 그들이 알고 있다는 사실을 알았다.* 그의 작업은 정확히 말해 창조적인 것이 아니었고, 듣는 사람들을 놀라게 하는 일도 기피했다. 그것은 시를 쓰는 일이라기보다는 단순히 예술이라는 노동으로서 기술적 기교에 지나지 않는 것이었다. 예술사에서 그리스 음유 시인들의 예술적 의도와 비견할 만한 것을 찾는다면 피렌체의 산 조반니 세례당* 문에 새겨진 화려한 조각이 유일할 것이다. 조각가 기베르티는 이 작품에서 재현된 대상에 관심을 보였던 것이 아니라 사람, 동물, 나무, 바위, 과일 등의 형상을 청동으로 모사하는 재현 행위 자체의 맹목적 즐거움에 사로잡혀 있었던 것이다.

이것이 호메로스의 방식이었다. 자기 이야기를 만들어 내는 방법에 노심초사했던 시인을 상상한다면 서사시라는 물줄기의 부드러운 흐름이나 큰 것과 작은 것에 똑같이 관심을 쏟는 평온한 리

듣조차도 부질없는 일이 될 것이다. 시의 주제는 이미 처음부터 정해져 있던 것이었다. 문제는 그것을 듣는 사람들의 마음에 생생한 체험이 되게 하고 온전히 현존하는 것으로 만드는 일이었다. 영웅의 죽음에 네 줄의 시를 바치는 데 반해 문을 닫는 일에 두 줄 이상을 할애하는 것이 터무니없어 보이지 않는 이유는 바로 그 때문이다. 텔레마코스*의 유모는

> 방에서 나가며 은고리로 문을 당겨 닫고 나서
> 가죽끈으로 문 안쪽에 달린 빗장을 걸었다.*

5. 음유 시인

우리 시대의 미적 취향은 이오니아의 온화하고 달콤한 장님 시인*이 과거의 아름다운 대상을 보여 주면서 느꼈을 쾌감을 잘못 해석하게 하는 원인이 될 수 있다. 실제로 우리가 그것을 리얼리즘이라 부르는 일이 일어날 수도 있는 것이다. 이는 당치도 않은 잘못된 용어이다.* 만일 우리가 그 단어를 어떤 그리스인의 머릿속에 집어넣는다면 그의 반응은 어떨까? 우리 시대에 실재란 지각되는 것으로서, 눈과 귀의 감각이 우리 안에 쏟아붓는 것이다. 우리는 우주를 얇은 판으로 압연하고 그것을 순수 외관에 지나지 않는 표면으로 만들어 버린 증오의 시대에서 성장했다. 오늘날 우리가 실재를 추구한다는 것은 외관을 추구한다는 것을 의미한다. 하지만 그리스인들은 실재를 정반대로 이해했다. 즉 실재란 본질적이고 심오하며 눈에 띄지 않는 것이다. 그것은 외관이 아니라 모든 외관의 생생한 근원이다. 플로티노스*는 도저히 자신의 초상화를 그리게 내버려 둘 수 없었다.* 그의 말에 따르면, 그것은 그림자중의 그림자를 후세에 남기는 일이기 때문이었다.

서사 시인 호메로스는 지팡이를 손에 들고 우리 가운데 우뚝 선다. 장님인 그의 얼굴은 밝은 빛이 쏟아져 들어오는 곳을 막연히 향한다. 그에게 태양은 한밤중에 아들의 뺨을 더듬는 아버지의 손길이다. 그의 몸은 태양을 향해 가지를 뻗는 헬리오트로프*의 몸짓을 배웠고, 몸을 훑고 지나가는 빛의 애무를 받아들이려 애쓴다. 그의 입술은 누군가 연주하는 현악기의 줄처럼 살짝 떨린다. 그가 열망하는 것은 무엇인가? 그는 과거에 일어났던 일들을 우리 앞에 똑똑히 내놓기를 원하는지도 모른다. 그가 말하기 시작한다. 그러나 이는 말하는 것이 아니라 낭송하는 것이다. 단어들은 규칙에 맞추어 흘러나오고, 그것은 일상적인 대화 속에 형성되었던 하찮은 존재로부터 분리되어 나가는 듯하다. 마치 승강기에 달린 것처럼 6보격의 시는 언어를 상상의 공간에 매달아 놓고 두 다리가 땅에 닿는 것을 막고 있다. 이는 상징적이다. 일상의 현실로부터 우리를 끌어내는 것, 이것이 바로 음유 시인이 바라는 것이다. 문구는 의례적이고 표현은 고상하고 다소 신성하기까지 하며 문법은 천 년이 넘은 것이다. 그가 현재로부터 취하는 것은 꽃밖에 없다. 때로 바다, 바람, 짐승, 새들과 같은 우주의 변함없는 기본 현상들로부터 가져온 비교가 태고의 줄기에 현재의 수액을 주사한다. 그것은 과거가 그냥 과거 자체로서 우리를 사로잡고 현재를 몰아내기 위해 반드시 필요한 것이다.

이것이 바로 음유 시인의 습작이고, 서사시의 건축에서 그가 맡은 역할이다. 현대 시인들과 달리 그는 독창적인 것의 창조에 연연하지 않는다.* 그는 자신의 노래가 자기 것만이 아니라는 점을 알고 있다. 신화를 창조한 민족정신은 그가 태어나기 전에 주요 임무를 완수해 놓았다. 그것은 이미 아름다운 대상을 창조해 냈다. 시인의 역할은 장인(匠人)으로서의 섬세한 기술에 국한될 뿐이다.

6. 헬레네와 보바리 부인

그리스어를 가르치는 스페인 사람이 『일리아스』를 이해하려면 카스티야의 두 마을에 사는 젊은이들이 시골의 예쁜 처녀를 차지하기 위해 벌이는 싸움을 떠올리면 도움이 될 것이라고 했다는데 나는 그 말이 도저히 납득되지 않는다. 그러나 『보바리 부인』*을 읽는 데 도움이 되기 위해 바람난 시골 여자를 상상해 보라고 우리에게 주문한다면 납득이 될 것이다. 그것은 실제로 맞는 말이다. 소설가는 우리가 추상적으로 이미 알고 있던 것을 구체적으로 우리에게 제시하는 데 성공할 때 자신의 임무를 다했다고 말할 수 있기 때문이다.[13] 그 책을 덮으면서 우리는 이렇게 말할 것이다. "그래, 시골의 바람난 여자는 정말 이렇지. 시골 마을에선 정말 그렇더라고." 이렇게 결론을 내리면서 우리는 소설가를 만족시켜 왔다.

그러나 『일리아스』를 읽을 때 우리에게는 호메로스를 만족시켜

13 플로베르는 이렇게 말한다. "나의 가여운 보바리는 지금 이 시간에도 프랑스의 수많은 시골 마을에서 괴로워하며 눈물을 흘리고 있을 것이오."(*Correspondance*, II, p.24)

주고 싶은 생각이 일어나지 않는다. 왜냐하면 그의 아킬레우스는 전형적인 아킬레우스이자 완벽한 아킬레우스이고, 헬레네 역시 다른 사람과 절대 혼동될 수 없는 헬레네이기 때문이다. 서사시의 인물은 어떤 무리의 대표자가 아니라 유일무이한 창조물이다. 단지 한 명의 아킬레우스와 한 명의 헬레네가 존재했을 뿐이다. 또한 스카만데르* 강변에서 하나의 전쟁만 있었을 뿐이다. 만일 우리가 메넬라오스의 바람난 부인인 헬레네에게서 연적들로부터 구애받는 흔해 빠진 여인의 모습을 발견했다면 호메로스의 작품은 실패작이 되었을 것이다. 하지만 그의 책무는 기베르트나 플로베르처럼 자유롭지 않고 매우 한정되어 있었기 때문에, 헬레네와 아킬레우스가 혹시라도 흔히 마주칠 수 있는 인간의 모습으로 비쳐서는 절대 안 되었던 것이다.

서사시는 무엇보다도 유일무이한 존재, '영웅적' 본성을 가진 존재를 창조한다. 수백 년간 농축된 민중들의 환상이 이러한 첫 작업을 떠맡는다. 그런 다음, 서사시는 그러한 존재를 완전히 환기시키면서 실현해 낸다. 이것이 바로 음유 시인의 일이다.*

이렇게 먼 길을 돌아서 우리는 소설의 의미를 명료하게 보여 주는 뭔가 확실한 점을 알게 되었다고 생각한다. 그것은 소설이 서사시와는 정반대에 위치한 장르라는 사실이다. 서사시의 주제가 있는 그대로 과거로서의 과거라면, 소설의 주제는 있는 그대로 현재로서의 현재이다.* 만일 서사시의 인물이 창조된 존재이고 그 본성은 유일무이한 동시에 대체 불가능한 것으로서 그 자체가 시적인 가치를 지닌다면, 소설에 등장하는 인물들은 유형적 존재로서 시와는 거리가 멀다. 그들은 미적이고 창조적인 요소나 분위기를 가진 신화에서 불러온 존재가 아니라, 작가와 독자가 실제로 살고 있는 거리나 물리적 세계 그리고 생생한 환경에서 취한 존재들이다. 우리는 여기서 세 번째로 명료한 점을 알게 된다. 문학예술은 시의 전부가 아니며, 단지 제2의 시적 행위라는 사실이다. 예술은 기술이고, 리얼하게* 만드는 장치이다. 이 장치는 때로 리얼리즘적인 것이 될 수 있고 또 그렇게 되어야 한다. 그러나 반드시 그럴 필요는 없고 모든 경우에 억지로 되는 것도 아니다. 우리 시대의 특징인 리얼리즘 선호가 규범화될 수는 없다. 우리는 외관에 환상을 가지지만 다른 시대에는 또 다른 선호도가 있는 법이다. 인간이라는 종(種)이 항상 우리와 같은 것을 원했으며 앞으로도 그럴 것이라고 단정하는 것은 헛된 환상이다. 이제 우리 마음을 넓게 열고 비록 우리와는 다르더라도 인간의 모든 것을 포착해 보자. 단조로운 획일성보다는 길들이기 힘든 다양성을 이 세상에서 더 선호해 보도록 하자.

7. 역사의 효모인 신화

지금까지 봤듯이, 마치 산 정상에서 내려다보는 것처럼 어떤 중요한 신화들로부터 이 세상에 일어나는 일들을 바라보고 있는 서사시적 시각이 그리스 세계와 더불어 종말을 고한 것은 아니다. 그것은 우리 시대까지 이어져 왔으며 앞으로도 결코 죽지 않을 것이다.* 사람들이 신화에서 말하는 우주 탄생과 역사를 더 이상 믿지 않을 때 그리스 민족의 전성기는 지나갔다고 봐야 한다. 그러나 신화적 주제들은 비록 사라졌지만 모든 이념적 가치에 깃든 신화적 뿌리는 대체할 수 없는 눈부신 유령처럼 존재할 뿐만 아니라 더욱 생생하고 구체적인 힘을 발휘하고 있다. 문학적 기억 속에 무리 지어 있는가 하면 민중의 집단적 회상이 머무르는 지하에 몸을 숨기고 있는 그것은 상상할 수 없는 에너지를 가진 시적 효모가 된다. 예를 들어 안티오쿠스왕이나 알렉산드로스 대왕의 실제 역사에 변함없이 빛을 내는 이 재료를 넣어 보라.* 실제의 역사는 사방으로 불타오르면서 그 안에 있던 정상적이고 관습적인 것들은 철저하게 한 줌의 재가 되고 말 것이다. 그리고 불타고 남은 자리에는 휘둥그레진 우리 눈앞에 빛나는 다이아몬드처럼 마술적인 아폴로니우스나 기적적인 알렉산드로스의 경이로운 역사가 남아 있을 것이다. 물론 이 경이로운 역사는 역사가 아니다. 우리는 그것을 소설이라 불러 왔다. 바로 이것이 그리스 소설을 설명해 온 방식이다.

이제 이 용어 안에 존재하는 모호함이 확실히 나타나고 있다. 그리스 소설은 타락한 역사, 신화에 의해 신성하게 타락한 역사에 지나지 않는다. 그것은 마치 상상의 나라인 아리마스포이*로의 여행에서, 신화가 해체된 후 자기 입맛에 맞게 재구성한 여행의 기행문과 같은 것이다. 동화, 민담, 전설 그리고 기사 문학과 같이 상상 문학에 속하는 모든 것이 이러한 장르에 속한다. 그것은 언제나 신화에 의해 흩어졌다가 다시 흡수된 특정한 역사적 재료이다.*

신화는 우리와 다른 세계를 재현하고 있다는 사실을 잊지 말자. 우리의 세계가 사실적이라면 신화적 세계는 우리에게 비사실적으로 보인다.* 어찌 됐든 한쪽에서 가능한 것은 다른 쪽에서는 불가능하다. 우리 태양계의 작동 원리가 신화 세계까지 지배하는 것은 아니다. 신화가 우리 세계의 일을 재흡수한다는 것은 그것을 물리적으로나 역사적으로 불가능하게 만들어 버리는 것을 의미한다. 지상의 재료가 그대로 남아 있더라도 그것은 우리 세계에 존재하는 것과는 전혀 다른 법칙에 종속되기 때문에 결국 우리와 관련되는 한 아무런 법칙이 통하지 않는 것과 같다.

서사시는 인류가 끝나는 날까지 자기 자식인 상상 문학을 통해 인류에게 계속해서 좋은 영향을 줄 것이다. 상상 문학은 우주를 복사하면서, 종종 우리에게 호메로스의 신들이 여전히 살고 있는지, 그렇지 않다면 그 후예들이 지배하고 있는지 여부를 비롯해 그 즐거운 세계의 소식을 전해 줄 것이다. 신들은 왕조를 의미하고 신들의 치하에선 불가능한 것도 가능해진다. 그들이 지배하는 곳에서 정상적인 것은 존재하지 않으며, 그 무소불위의 옥좌에서 모든 무질서가 비롯된다. 그들이 엄숙하게 지키겠다고 맹세한 헌법은 다음과 같은 하나의 조항만 가지고 있다. "모험을 허가하노라."*

8. 기사도 이야기

신화가 제공하던 세계관이 적대적 형제 관계였던 과학이라는 적에 의해 인간 영혼에 대한 지배력을 빼앗기자,* 서사시는 종교적 비중을 상실하고 종횡무진 모험을 찾아 들판을 헤매게 된다.* 기사도는 모험을 뜻한다. 기사도 이야기는 서사시라는 고목 줄기에서 마지막으로 피어난 위대한 싹이었다. 그냥 마지막이 아니라 지금까지는 마지막이라는 말이다.

기사도 이야기는 작품 속의 현실에 대한 믿음이 없다는 점만 제외하곤 서사시적 특성을 간직하고 있다.*[14] 거기에서 언급된 사건들 역시 오래된 먼 과거의 것으로 간주되었다. 아서왕의 시대도 마리카스타냐* 시대처럼 연대표 안에 별 차이 없이 막연히 드리워져 있는 관습적 과거의 장막이다.

---

14 어찌 보면 작품 속의 현실에 믿음도 간직하고 있다고 말할 수 있다. 그러나 우리가 모험담을 읽을 때 느끼는 쾌감 속에 의심할 나위 없이 들어가 있는 신비스러운 종류의 환각을 다루려면 여기서 너무도 불필요한 많은 페이지를 써야 할 것 같다.

몇몇 대화에 나오는 예들은 별개로 하고, 기사도 이야기의 시적 도구는 서사시와 마찬가지로 서술(敍述, narration)이다. 나는 서술이 소설의 도구라는 기존의 의견과 생각을 달리한다. 이러한 의견이 나오는 것은 두 개의 장르를 모두 소설이라는 이름으로 혼동하여 정확히 대조해 보지 않았기 때문이다. 상상의 이야기는 서술하는 반면에 소설은 기술(記述, description)한다.* 서술은 과거가 존재하는 형식으로서 이미 일어난 것, 즉 이제 존재하지 않는 것만 이야기하는 것이다. 반면에 기술의 대상은 현재이다. 서사시는 잘 알려져 있듯이 관념적인 옛날, 즉 자신이 언급하는 과거를 향유한다. 그것은 그리스 문법책에서 서사시적 혹은 교훈적 과거라는 이름을 가지고 있다.

다른 한편으로, 우리가 소설에서 관심을 갖는 것은 기술이다. 왜냐하면 엄밀히 말해 기술되는 내용 자체는 정작 우리의 관심을 끌지 못하기 때문이다.* 우리는 이제 우리 앞에 전개되는 대상보다는 그것이 제시되는 방법에 대해 더욱 관심을 가지게 되었다. 『돈키호테』에 나오는 산초, 신부, 이발사, 푸른 외투의 기사 또는 『보바리 부인』의 에마와 남편 그리고 약제사는 관심의 대상이 아니다. 그들을 보기 위해서라면 우리는 단 한 푼도 낭비하지 않을 것이다. 반면에 두 권의 책에서 등장인물들이 어떤 방식으로 포착되는지 보는 즐거움을 얻는다면 우리는 모든 것을 포기할 수도 있을 것이다. 나는 어떻게 미학적 질문을 던지는 사람들조차 이런 문제를 의식하지 못하고 지나갔는지 이해할 수 없다. 우리가 흔히 빈 깡통이라 부르는 장광설도 모두 문학 장르이다. 비록 실패한 장르이긴 하지만 말이다. 그것은 우리에게 흥미 없는 무언가를 서술하는 것을 말한다.[15] 서술은 그 대상이 되는 줄거리에 의해 정당화되어야 하며, 그것이 더 피상적일수록 그리고 사건과 우리 사이에 덜 개입될수록 좋을 것이다.

따라서 소설가와 달리 기사도 이야기 작가는 자신의 모든 시적 에너지를 흥미로운 이야기의 창작에 집중한다. 이는 곧 모험담이다. 오늘날 우리는 『오디세이아』를 모험 이야기로 읽을 수도 있다. 그럴 경우 작품은 분명 고귀한 가치와 의미를 잃어버리겠지만 애초의 미학적 의도에서 완전히 벗어나는 것은 아닐 것이다. 신과 동등했던 율리시스 밑에 뱃사람 신드바드가 등장하는가 하면 비록 매우 멀리 떨어져 있긴 하지만 쥘 베른*의 성실한 부르주아 주인공이 나타나기도 한다. 이들 사이에 비슷한 점은 변덕이 개입하여 사건들을 지배한다는 것이다. 『오디세이아』에서 변덕은 여러 신이 제멋대로 부리는 기분까지 가세하면서 고조된다. 허풍, 특히 기사도 이야기에서도 변덕은 자신의 본성을 냉소적으로 드러낸다. 고대 작품에서의 방랑이 신의 변덕에서 비롯된 것이기 때문에, 즉 궁극적으로는 신학적 이유 때문에 흥미를 끈다면, 모험담은 자기의 본성적인 변덕 때문에 그 스스로 흥미롭다.

만일 우리가 실재에 대한 평소의 인식을 보다 면밀히 검토해 본다면, 주변에서 익숙하게 일어나는 특정 방식 외에는 실제 일어나고 있는 일조차 실재적이라고 간주하지 않는다는 사실을 발견하

15 크로체는 『크리티카(*Crítica*)』에 실린 글에서 한 이탈리아 사람이 말한 장광설의 개념을 인용한다. 그 말에 따르면, 그것은 우리의 고독을 빼앗아 가면서도 동반자를 주지 않는 것이다.

게 될 것이다. 이렇게 모호한 감각에서는, 보이는 것이 예견되는 것보다 더 실재적이라 할 수 없고, 우리가 아는 것보다 직접 보는 것이 더 실재적이라고도 할 수 없다. 그리고 일련의 사건들이 예기치 않은 방향으로 흘러가면 우리는 그것들이 마치 거짓처럼 보인다고 말한다. 그런 이유로 우리 선조들은 모험담을 허풍이라 불렀던 것이다.

모험담은 억압적이고 견고한 현실을 유리처럼 깨 버린다. 그것은 예기치 않은 것이고 생각지도 못했던 것이며 새로운 것이다.* 각각의 모험은 세계가 새롭게 태어나는 것으로서 유일무이한 과정이다. 그러니 어찌 흥미롭지 않겠는가?

우리는 삶을 시작하고 얼마 되지도 않아 우리가 갇혀 있는 감옥의 경계를 인식하게 된다. 우리의 가능성들이 운신할 수 있는 경계의 폭을 깨닫는 데에는 아무리 늦어도 30년이면 된다. 그러고 나서 우리는 이 실재를 평가하는데, 그것은 마치 우리 발에 매여 있는 줄의 길이가 몇 미터인지 재 보는 것과 같다. 그러고는 이렇게 말한다. "이것이 인생이야? 이것밖에 안 되는 거야? 항상 똑같이 반복되는 쳇바퀴인 거야?" 바로 여기에 모든 사람에 대한 위험한 시간이 도사린다.

이 대목에서 가바르니*의 재미있는 그림이 생각난다. 그것은 조그만 구멍을 통해 세계를 보여 주는 만화경 옆에 서 있는 교활한 늙은이를 그린 것이다. 그 늙은이는 이렇게 말한다. "사람들에겐 이미지를 보여 줘야 해. 실재는 그들을 불안하게 만들거든." 가바르니는 미학적 리얼리즘을 옹호하는 파리의 작가와 예술가들 사이에서 살았다. 그는 모험담에 쉽게 넘어가는 대중을 보고 분노를 금치 못했다. 이렇게 실제로 약한 인종들이 상상력이라는 강력한 약을 우리가 존재의 무거운 짐을 벗어 놓고 도망치도록 해 주는 악덕으로 변질시키고 말았던 것이다.

9. 마에세 페드로의 인형극

모험담의 줄거리가 펼쳐질수록 정서적인 긴장감도 커지는 것을 우리는 경험할 수 있다. 마치 전개되는 줄거리를 따라가면서 우리 스스로 무기력한 실재로부터 급격히 벗어나는 느낌을 받는 것과 같다. 이 실재는 이야기 속에서 일어나는 일들이 사물들의 자연스러운 과정에 들어오게 하겠다고 위협하면서 이야기의 단계마다 팽팽한 긴장감을 불러일으킨다. 그리고 모험의 동력에서 비롯된 새로운 추진력이 실재를 해방시키고 더 큰 불가능성을 향해 밀어붙이도록 하는 것이 필요하다. 우리는 마치 발사체를 탄 것처럼 모험 속으로 던져진다. 그리고 이리저리 피하면서 교묘하게 헤쳐 나가는 발사체와 그것을 붙잡으려고 애쓰는 대지의 중심 사이에 벌어지는 역동적인 투쟁에서 우리는 전자의 편을 들게 된다. 우리의 이러한 성향은 매 단계마다 증가하여 결국 일종의 환각 상태에 빠지게 되는데, 여기서 우리는 잠시나마 모험을 진정한 실재로 받아들이기에 이른다.

세르반테스는 이야기를 읽는 독자의 이 같은 심리적 반응을 마에세 페드로의 인형극*이 등장하는 장면에서 돈키호테의 정신이 보여 주는 과정을 통해 훌륭하게 재현하고 있다.

돈 가이페로스*의 말은 현기증이 날 정도의 속도로 달려 나가면서 꼬리 뒤로 공백 상태를 만들고 그것이 일으키는 한 줄기 바람은 땅 위에 단단히 자리 잡고 있지 못한 모든 것들을 진공 속으로 빨려 들어가게 한다. 마치 솜털처럼 가볍고 낙엽처럼 사뿐한 돈키호테의 영혼은 그 소용돌이 속에 말려들어 공중을 떠다닌다. 그리고 아직 세상에 남아 있는 순진하고 슬픔에 빠진 모든 것들도 그 속으로 빨려 들어가 영원히 떠다니게 될 것이다.

마에세 페드로의 인형극 무대는 정신의 두 대륙이 만나는 경계이다.* 이 무대는 안으로는 불가능한 것을 만드는 천재가 펼쳐낸 환상적 세계를 품고 있다. 이것은 모험과 상상력과 신화의 범주에 속한다. 그리고 밖으로는 우리가 주위에서 늘 마주치는 먹고살기 바쁜 순진한 사람들이 모여 있는 장소가 된다. 이들 가운데 우리 이웃의 기사인 한 바보가 있다. 어느 날 아침, 두뇌 한복판에서 해부학적으로 일어난 조그만 비정상 상태로 인해 그는 마을을 떠난다. 우리가 이 공간에 들어가는 데에는 아무런 제약이 없다. 우리는 그 분위기에서 숨을 쉴 수 있고 옆 사람의 어깨를 칠 수도 있다. 왜냐하면 모두가 우리와 똑같이 생기고 같은 조건을 가진 이들이기 때문이다. 그럼에도 불구하고 이 공간은 다른 한편으로 책 속이나 인형극 무대처럼 책보다 더 넓은 곳에 있을 수도 있다. 만일 이 공간에 들어가야 한다면 우리는 관념적인 대상 속에 발걸음을 하는 것이고 미학적 실체 내의 움푹 파인 면에서 움직이게 될 것이다. 〔벨라스케스는 「시녀들(Las Meninas)」에서 유사한 경우를 보여 준다. 그는 국왕 부처의 그림을 그리면서 자신의 작업실을 그림 안에 집어넣었다. 그리고 「실 잣는 여인들(Las Hilanderas)」에서는 태피스트리 그림이 재현한 신화의 한 장면을 허름한 직물 공방 안에 영원히 합쳐 놓았다.〕

단순하고 노망기 있는 행위를 통해 한 대륙에서 다른 대륙으로, 무대에서 방으로, 방에서 무대로 오가는 방전(放電)이 이루어진다. 중요한 것은 바로 둘 사이에 일어나는 침투와 역침투라 할 수 있다.

10. 시와 실재

세르반테스는 기사도 이야기에 반대하여 책을 쓴다고 말한다.* 그러나 최근의 연구는 이러한 세르반테스의 의도에 관심이 없다. 아마 그의 중·단편 모음집인 『모범 소설』의 '모범'에 대해 가지고 있는 의구심과 비슷하게, 그것이 그냥 관습적으로 작품을 소개하는 방식이라고 생각하는 듯하다. 그럼에도 불구하고 이 관점을 재검토해 볼 필요가 있다. 세르반테스의 작품을 기사 소설에 반대하는 것으로 보느냐 아니냐의 여부는 미학에서 본질적인 문제이기 때문이다.

만일 그렇지 않다면, 문학예술을 무한대로 확장하고 있는 이 작품의 실험을 어떻게 이해할 수 있을까?* 지금까지는 상상적 대상물을 태우고 활공하는 서사시적인 면이 유일한 것이었고, 시적인 것은 서사시를 구성하는 용어를 통해 규정할 수 있었다.[16] 그러나

16 처음부터 우리는 서정성에 대해서는 다루지 않았다. 그것은 독립적으로 움직이는 미학적 성향이기 때문이다.

이제 상상적인 것은 또 다른 면을 구성한다. 예술은 또 하나의 면이 추가되면서 풍요로워진다. 다시 말해 그것은 3차원으로 확장되면서 미학적 깊이에 도달하는데, 이는 기하학의 3차원적 깊이와 마찬가지로 여러 개의 면이 늘어나는 것이다. 그 결과 시적인 것은 더 이상 관념적 과거의 독특한 매력에 의해 구성되는 것도 아니고, 항상 새롭고 독보적이며 놀라운 행위로 모험에 부여되는 관심에 의해 이루어지는 것도 아니다. 이제 우리는 '현 실재(actual reality)'를 시적인 용량 내에 담아내야만 한다.

이 문제가 왜 그토록 시급한지 검토해 보자. 지금까지 우리는 주변적이고 현실적인 것을 초월하거나 포기한 덕분에 시적인 것을 논할 수 있었다. 따라서 '현 실재'란 말은 곧 '시적이지 않은' 것을 의미했다. 여기까지가 바로 시적인 것을 미학적으로 최대한 확장한 경계였다.

여관과 산초와 마부와 불한당 마에세 페드로가 어떻게 시적일 수 있겠는가? 의심할 여지 없이 그들은 시적이지 않다. 인형극 무대와 대조적으로, 그들은 시적인 것에 대한 공식적인 도발을 의미한다. 세르반테스는 모든 모험을 부인하는 산초의 모습을 부각시킴으로써 막상 산초가 모험을 통과해야 할 때 그것을 불가능하게 만들어 버린다. 이것이 바로 산초의 역할이다.* 이렇게 우리는 시의 분야를 실재하는 것 위로 어떻게 확장시킬 수 있을지 보지 못한다. 상상적인 것이 그 자체로 시적인 것이라면 실재는 그 자체로 시적인 것과 대립한다. "여기가 로도스다. 여기서 뛰어 봐라(Hic Rhodos, hic salta)".* 실재야말로 미학이 자신의 시각을 예리하게 다듬어야 하는 장소이다. 순진하고 현학적인 연구자들이 상정하는 것과는 반대로, 정당화하고 설명해야 할 필요성이 더 많아진 것이 바로 실재적 경향이다. 그것은 바로 미학의 초석이 된다.

실제로 돈키호테의 위대한 행위가 우리를 인도하는 데 성공하지 못한다고 말하면 이해되지 않을 것이다. 우리는 돈키호테를 과연 어디에 위치시킬 것인가? 저쪽에 혹은 이쪽에? 둘 중 어느 한 곳만 지정한다면 잘못된 일이 될 것이다. 돈키호테는 두 세계가 만나 경사각을 이루는 교차점에 위치하기 때문이다.*

만일 돈키호테가 온전히 실재에 속한다고 말하면 우리가 반대할 일은 없다. 우리는 다만 돈키호테와 함께 그의 길들이지 않은 의지가 실재의 일부가 되었다는 점을 언급할 것이다. 그리고 이 의지는 하나의 목표를 강박 관념처럼 지향하는데 그것은 바로 모험이다. 실재의 돈키호테는 진정으로 모험을 희구한다. 스스로도 이렇게 말하고 있다. "마법사들이 나의 행운을 빼앗아 갈 수 있을지는 몰라도 용기와 정신만은 빼앗지 못할 것이다." 그러기에 그는 너무나도 쉽게 관객의 자리에서 무대 속으로 뛰어든다. 플라톤의 말대로 인간의 본성이 대개 그렇듯, 그는 두 세계의 경계선을 넘나드는 본성을 가지고 있다.

아마도 조금 전 우리는 지금 우리에게 일어나고 있는 일을 의심하지 않았을 것이다. 그것은 실재가 시에 침투하여 모험을 더 높은 미학적 잠재력으로 끌어올리고 있다는 사실이다.* 만일 이 사실이 인정된다면, 우리는 실재가 상상의 대륙을 품기 위해 문을 열고 그것을 떠받치는 모습을 보게 될 것이다. 마찬가지로, 달빛 아래의 여관은 찌는 듯이 무더운 라만차 평원을 가로지르고 있는 한 척의 배가 되고 그 안에는 샤를마뉴 대제와 용맹한 그의 열두 기사들, 산수에냐의 마르실리오 그리고 더할 나위 없이 아름다운 멜리센드라가 항해하고 있는 것이다.* 여기서 기사도 이야기에 나오는 내용은 돈키호테의 환상 속에서 실재가 되고 이를 통해 그는 의심할 나위 없는 존재감을 즐기고 있다. 그러므로 리얼리즘 소설이 황당무계한 기사도 소설에 반대하여 태어났다고 하지만 사실 내적으로는 봉인된 모험을 품고 있는 것이다.

11. 신화의 효모인 실재

세르반테스가 구현하고 있는 새로운 시는 고대 그리스나 중세의 시처럼 간단한 구조를 가질 수 없다. 세르반테스는 르네상스가 절정에 이른 언덕 위에서 세상을 내려다보고 있다.* 르네상스는 사물들의 고삐를 조금 더 죄었다. 즉 고대의 감수성을 완전히 극복한 것이었다. 갈릴레이는 자신의 물리학을 통해 우주를 지배하는 상세한 법칙을 정립했다. 새로운 시스템이 시작되었고 모든 것은 보다 엄격한 형식 내에 제한된다. 새로운 질서하에서는 모험이 불가능해진다. 그리고 얼마 후에는 라이프니츠가 나타나 단순한(simple) 가능성은 어떤 유효성도 없다고 선언한다. 그의 말은 오로지 '공(共)가능성(compossible)', 즉 자연법과 긴밀하게 연관되어 있는 것만 가능하다는 것이다.[17] 이런 식으로, 신화에서 그리고

17 아리스토텔레스와 중세에는 자체 내에 모순을 품고 있지 않은 것만 가능했다. 그러나 '공가능성'은 더 많은 것을 필요로 한다. 아리스토텔레스에게는 반인반마의 켄타우로스도 가능했다. 그러나 우리에게는 불가능하다. 왜냐하면 생물학이 그것을 허락지 않기 때문이다.

기적에서 자신의 건조한 독립성을 보여 주는 가능성은 세르반테스의 글쓰기에서 모험의 형태로 실재에 편입된다.*

르네상스의 다른 특성은 심리적인 것이 주도권을 쥐고 나타났다는 점이다. 고대 세계는 단순한 육체적 형체로서 그 어떤 내적인 심중의 비밀도 가지고 있는 것 같지 않다. 그러나 르네상스는 방대한 영역에서 내적 세계, 자기 자신, 자각 그리고 주관성을 발견한다.

이처럼 새롭고 거대한 문화적 변환의 결실이 『돈키호테』이다. 그 안에서 서사시는 영원히 종말을 고하고, 물질적 현상의 세계와 경계를 이루면서도 그것과는 다른 신화적 세계를 지탱하려는 열망 역시 종말을 고했다. 그러나 분명한 것은 모험의 현실은 살아남는다는 점이다. 하지만 그것이 살아남은 것은 매우 날카로운 아이러니를 내포한다. 모험의 실재는 심리적인 것으로서, 아마도 생물학적 기분의 문제로 축소된다. 그것은 머리에서 나온 공상의 범주 내에서 실재적이다. 그리하여 그 실재는 차라리 그것의 반대쪽, 즉 물질적 실재라고 할 수 있다.

한여름 라만차 지방에는 불덩이 같은 태양이 작열하고 뜨겁게 달아오른 대지는 종종 신기루 현상을 일으킨다. 우리가 보는 물은 진짜 물이 아니지만, 그 근원을 생각해 보면 뭔가 진짜 같은 것도 있다. 그 척박한 근원, 즉 신기루의 물을 만들어 내는 근원은 대지의 절망적인 건조함이다.

비슷한 현상을 우리는 두 가지 방향에서 경험할 수 있다. 하나는 단순하고 직설적인 것이다. 즉 태양이 만들어 내는 물은 진짜

물이라고 볼 수 있다. 다른 하나는 반어법적이고 비스듬한 시선이다. 우리는 그것을 신기루라고 생각한다. 즉 우리는 생생한 물의 모습을 통해, 그런 척 위장하고 있는 대지의 건조함을 본다. 모험소설, 모험담, 서사시 등은 상상적이고 의미심장한 사물을 단순하고 직설적으로 받아들이는 방법이다. 반면에 리얼리즘 소설은 두 번째 방법에 해당한다.* 따라서 그것은 첫 번째 방법을 필요로 한다. 다시 말해 리얼리즘 소설은 우리로 하여금 그것을 있는 그대로 보게 하기 위해 신기루를 필요로 한다. 그러므로 『돈키호테』가 기사도 이야기에 반대해서 쓰인 것만은 아니다. 그 안에도 기사도 이야기가 들어 있으니 말이다. 문학 장르로서 소설은 본질적으로 그런 형태의 영양 흡수를 통해 이루어진다.

그것은 이전에는 불가능했던 설명을 할 수 있게 해 준다. 즉 현재적인 실재가 어떻게 시적 실체로 변화될 수 있는가의 문제이다. 직접적인 감각을 통해서만 본다면, 그것은 결코 스스로 시적인 것이 될 수 없다. 그것은 신화적 영역의 권리이다. 하지만 우리는 그것을 신화의 파괴로서, 신화에 대한 비판으로서 반어법적으로 취할 수 있다. 이런 식으로, 실재는 무기력하고 무의미하며 정적이고 말이 없는 존재임에도 불구하고, 동력을 가지면서 관념적 수정체 같은 세계를 상대로 도발을 감행하는 능동적인 힘으로 변모한다. 이 수정체의 환상이 일단 깨지면 그것은 무지개 빛깔의 가루가 되었다가 점점 색깔이 바래면서 마침내 거무스름한 흙더미가 된다. 우리는 모든 소설에서 이러한 장면을 볼 수 있다. 따라서 정확히 말하자면, 실재는 시적이지 않고 예술 작품에 들어오지도 못한다.

단지 관념적인 것을 다시 흡수하는 몸짓이나 운동일 뿐이다.

결론적으로, 우리가 여기서 보았던 과정은 상상력의 소설이 잉태하는 것과는 정반대이다. 더 나아가 리얼리즘 소설은 과정 자체를 묘사하지만 상상력의 소설은 그것이 만들어 내는 대상, 즉 모험만을 기술한다.

12. 풍차

몬티엘 평원*은 이제 우리에게 열기로 가득하고 무한히 펼쳐진 공간으로서, 세상의 모든 사물이 마치 하나의 견본처럼 늘어서 있다. 돈키호테, 산초와 함께 이 평원을 따라 걷다 보면 우리는 사물들에 두 개의 면이 있다는 사실을 깨닫게 된다. 하나는 사물들의 '의미', 즉 그것들을 해석할 때 드러나는 뜻이고, 다른 하나는 사물들의 '물질성', 즉 모든 해석에 앞서서 그리고 그것을 초월해서 사물들을 구성하고 있는 구체적인 실체이다.*

마치 창공의 혈관 하나가 칼에 찔린 듯 핏빛으로 물든 석양의 지평선 위에 크립타나의 제분소 풍차가 우뚝 서서 일몰을 더욱 장엄하게 만든다. 이 풍차들은 의미를 가지고 있다. 즉 '의미'로서, 그것들은 거인들이다.* 돈키호테가 정신 나간 사람이라는 점은 사실이지만 그러한 사실이 밝혀진다 해도 문제가 해결되는 것은 아니다. 그에게 비정상적인 것은 모든 인류에게 지금까지 정상이었고 앞으로도 그럴 것이다. 거인들이 실제로는 거인이 아니라고 치자.

그렇다면 다른 것들은 어떤가? 다시 말해 일반적인 거인들은 어떤지를 묻는 것이다. 사람은 거인이라는 존재를 어디에서 끄집어낸 것일까? 그것은 과거에도 존재하지 않았고, 지금의 현실에서도 없는데 말이다. 그것이 언제 존재했든 간에 인간이 처음으로 거인들을 생각했던 계기는 세르반테스의 작품에 나오는 장면과 본질적으로 하나도 다르지 않다. 그것이 거인이었던 적은 없었다. 그러나 관념적인 면에서 보았을 때 그것은 거인이 되곤 했던 것이다. 풍차를 돌리는 날개에는 브리아레오스*의 팔들을 연상시키는 것이 있다. 우리가 만약 그러한 연상 작용의 충동에 빠져 풍차의 날개가 그리는 회전 운동에 빨려 들어가다 보면 우리는 어느덧 거인을 만날 것이다.*

정신의 다른 모든 표현과 마찬가지로 정의와 진리 역시 물질적으로 발생하는 신기루이다. 사물의 관념적 측면인 문화는 우리의 마음을 전이시킬 수 있는 별도의 자족적 세계로 자리 잡으려 한다. 이것은 하나의 환상이다. 그리고 단지 환상으로 간주되고, 대지 위의 신기루로 간주될 때만 문화는 자기 자리를 찾게 된다.

13. 리얼리즘 시

바위나 구름의 윤곽이 어떤 동물의 모습을 연상케 하는 것과 마찬가지로, 사물들은 모두 무기력한 질료를 가지고 신호를 보내면서 우리로 하여금 해석하게 만든다. 이러한 해석들이 합체되면서 원래의 사물, 즉 실재적이라 불리는 사물의 복제가 되기에 이르는 객관성을 형성하게 된다.* 바로 여기서 영원히 풀리지 않는 갈등이 비롯된다. 즉 각 사물의 '관념' 혹은 '의미'와 그것의 '질료'는 서로 정합성을 찾으려고 시도하는데, 그것은 어느 한쪽의 승리를 의미한다. 만일 '관념'이 승리를 거둔다면, '질료'는 뒤로 물러나고 우리는 환각 상태에서 살게 된다. 이와 반대로 질료가 관념의 안개 속에 침투해 그 모호성을 다시 빨아들이면서 승리를 거둔다면 우리는 환각에서 벗어나게 된다.

잘 알려져 있듯이, 보는 행위란 우리가 가지고 있는 예전의 이미지를 현재의 감각에 적용하는 것이다. 우리는 멀리 있는 까만 점을 탑으로, 나무로 또는 사람으로 계속 다르게 볼 수 있다. 우리는 지각을 눈에서 사물로 가는 무엇이자, 사물에서 눈으로 가는 무엇의 결과라고 설명했던 플라톤의 생각에 동감하게 된다. 레오나르도 다빈치는 제자들을 돌담 앞에 세워 놓고 돌의 형태, 이음새의 곡선, 빛과 어둠의 조화 등을 관찰하면서 수많은 상상의 형태를 직관하는 데 익숙해지도록 하곤 했다. 본성적으로 플라톤주의자였던 다빈치가 실재에서 찾았던 것은 정신을 깨어나게 만드는 자극이었다.

그렇다면 생각해 보자. 사물들의 감각적인 질료가 우리의 해석 범위를 최소한으로 한정시켜 주는 거리, 빛 그리고 각도가 있다. 그것이 구체적일수록 우리의 이미지 운동을 방해하는 힘이 있다. 무기력하고 거친 사물은 우리가 그것에 부여할 수 있는 모든 '의미들'을 거부한다. 그것은 그냥 거기 있으면서 우리에게 맞서고, 모든 환영(幻影)에 대항하여 말이 없으면서도 가공할 만한 자신의 물질성을 확보한다. 바로 여기에 우리가 리얼리즘이라 부르는 것이 존재한다. 그것은 사물에 거리감을 주는 것이고, 빛 아래 놓는 것이며, 순수한 질료를 향해 내려가는 사물의 각도를 강조하기 위해 그것을 기울여 보는 것이다.*

신화는 언제나 시 전체의 출발점이 된다. 심지어 리얼리즘 시도 마찬가지다. 리얼리즘 시는 하락기에 들어선 몰락하는 신화의 동반자이다. 리얼리즘 시의 주제는 시의 붕괴이다.

나는 자신의 무기력함과 황폐함을 적극적이고 전투적인 요소로 만들어야만 실재가 예술의 영역에 들어올 수 있다고 생각하지 않는다. 실재는 우리의 흥미를 끌지 못한다. 하물며 그것의 복제물인 경우는 더더욱 그렇다. 앞서 말한 것을 반복하자면, 소설의 등장인물들은 매력이 결여되어 있다. 그렇다면 그들을 재현하는 것이 어떻게 우리를 감동시킬 수 있겠는가? 그런데 사실은 우리를 감동시킨다. 그들이 우리를 감동시키는 것이 아니고 실재가 우리를 감동시키는 것이 아니라, 그들의 실재를 재현해 내는 것이 우리를 감동시킨다. 이러한 구분은 내가 보기에 결정적으로 중요하다. 즉 실재의 시적 자질은 이 사물 혹은 저 사물의 실재에 있는 것이 아니라 포괄적 기능으로서의 실재이다.* 그러므로 리얼리스트들이 어떤 사물을 기술 대상으로 삼는지는 문제 되지 않는다. 그 어떤 것이라도 좋다. 모든 사물은 주위에 가상의 후광을 지니고 있는데, 중요한 것은 그 밑에 깔려 있는 순수 질료를 보여 주는 것이기 때문이다. 우리는 이 질료에서 그것의 궁극적인 존재감인 비판적 힘을 보게 된다. 그 앞에서는 관념적인 모든 것, 인간에 의해 충분하다고 선언되기를 희망하고 상상하는 모든 것에 대한 열망이 무릎을 꿇는다.

간단히 말해, 문화 그리고 고귀하고 명료하며 고상한 모든 것이 충분치 않다는 사실, 이것이 바로 시적 리얼리즘의 의미이다. 세르반테스는 이 모든 것이 문화임을 인정한다. 하지만 안타깝게도 그것은 픽션이다. 마치 여관이 인형극 무대를 둘러싸고 있듯이 야만적이고 거칠고 소리 없고 무의미한 사물의 실재가 문화를 둘러싸고 있다. 실재가 그런 식으로 우리 앞에 나타난다는 것은 안타까운 일이다. 그러나 어쩌겠는가? 그것은 실재하는 것이고 거기에 있다. 즉 그것은 놀라울 정도로 자기 충족적이다. 그것의 힘과 유일한 의미는 단순한 현존에 뿌리박고 있다. 문화는 기억과 언약이고, 돌아갈 수 없는 과거이며 꿈꾸는 미래이다.

그러나 실재는 단순하고도 냉정하게 "거기에 있는" 것이다. 그것은 현존이고 퇴적물이며 무기력이다. 그것은 질료이다.*18

18 리얼리즘의 의도는 미술에서 더 잘 드러난다. 라파엘로와 미켈란젤로는 사물의 형태를 그린다. 그 형태는 언제나 관념적이다. 즉 기억된 이미지이거나 우리가 구성한 것이다. 반면에 벨라스케스는 사물들의 인상을 모색한다. 인상은 형태가 없으며 융단, 우단, 아마포, 목재, 유기적 원형질 등 사물들을 구성하는 재료, 즉 물질성을 강조한다.

14. 풍자극

세르반테스가 실재의 시적 주제를 무(無)에서 발명하지 않았다는 것은 물론이다.* 그는 단지 그것을 고전적으로 확장했을 뿐이다. 소설 『돈키호테』에서 자기에게 알맞은 유기적 구조를 발견할 때까지, 그 주제는 마치 가느다란 물줄기처럼 장애물을 만나 돌아가기도 하고 다른 물체에 스며들기도 하면서 이리저리 방황하는 가운데 출구를 모색했던 것이다. 어쨌든 그것은 기이한 출발점을 가진다. 그것은 신화와 서사시의 대척점에서 출생한다. 엄밀히 말해, 그것은 문학의 영역 밖에서 태어난다.

리얼리즘의 싹은 사람들로 하여금 주변 인물들이나 동물들의 빼어난 특징을 모방하도록 만드는 어떤 충동에서 발견된다. 그 특징이 인물이나 동물 혹은 사물의 외관에서 두드러지는 모습인 까닭에, 그것을 모방했을 때 그 대상물을 우리 앞에 즉각 생생하게 현존하도록 만들어 준다. 그러나 사람들은 단지 모방을 위한 모방 행위를 하지는 않는다. 앞서 언급된 가장 복잡한 형태의 리얼리즘과 마찬가지로, 모방 충동은 자연 발생적인 것이 아니고 자기 스스로 만드는 것도 아니다. 그것은 다른 의도를 가지고 있다. 즉 조롱하기 위해 모방하는 것이다. 이것이 바로 우리가 찾고 있는 풍자극의 기원이다.

그러므로 코믹한 의도를 가지고 있을 때에만 실재는 미학적 관심을 얻는다고 할 수 있다. 이는 매우 흥미롭게도 소설에 관해 방금 말했던 사실을 역사적으로 확인하는 언급이다.

실제로 시의 미학적 대상이 되는 모든 것에 대해 관념적 거리를 요구했던 그리스에서 일상적인 주제는 희극에서만 발견할 수 있다. 세르반테스와 마찬가지로 아리스토파네스*는 장터에서 마주치는 사람들을 예술 작품 속에 등장시킨다. 하지만 그것은 단지 그들을 놀리기 위한 것이었다.

한편, 희극으로부터 태어나는 것이 대화이다. 대화는 훗날 독립 장르로 발전하는 데 실패한다. 플라톤의 대화 역시 실재하는 것을 기술하고 그것을 조롱한다.* 만일 그것이 코믹한 것을 초월할 때는 시(詩) 외적인 것, 즉 과학적인 것에 대한 관심에 의존하게 된다. 이 역시 보존해야 할 또 다른 자료이다. 희극 혹은 과학으로서의 실재성은 모두 시로 발전할 수 있다. 그러나 우리는 단순히 실재하는 것으로서 실재성을 가진 시는 결코 발견할 수 없다.

바로 여기가 소설 발전의 실마리를 찾을 수 있는 그리스 문학의 유일한 지점이다.[19] 그렇다면 소설은 코믹한 충동을 내포한 채 탄

---

19 사랑의 이야기(Erotici)는 '새로운 희극(comedia nueva)'에서 유래한다.(Wilamovitz-Moellendorf, *Greek historical writing*, 1908, pp.22~23)

생하며 그 본성은 죽을 때까지 변치 않을 것이다. 야유와 비판은 『돈키호테』에서 부차적인 장식품에 지나지 않는 것이 아니라 소설이라는 장르 자체, 더 나아가 아마도 리얼리즘 전체의 구조를 형성한다.

15. 영웅*

우리는 지금까지 희극성의 진정한 면모를 제법 일관되게 바라보는 기회를 가지지 못했다. 소설은 우리에게 신기루를 있는 그대로 보여 준다고 쓰고 있을 때, 희극(comedia)이라는 단어는 마치 주인의 부름을 기다리는 강아지처럼 펜 끝에서 서성대고 있었다. 우리는 다 타 버리고 그루터기만 남은 공터에 서린 신기루와 인간의 마음속에 있는 희극 사이에 뭔지는 모르지만 보이지 않는 유사성이 있음을 느낀다.

이야기는 이제 우리를 이 주제로 이끌어 간다. 우리는 여관방과 마에세 페드로의 인형극 사이를 왔다 갔다 하면서 놓고 온 것이 있었다. 그것은 다름 아닌 돈키호테의 의지이다. 사람들은 우리의 주인공으로부터 행운을 빼앗아 갈 수는 있겠지만, 그의 노력과 용기를 빼앗는 일은 불가능할 것이다. 그의 모험은 뒤죽박죽 끓어오르는 두뇌에서 나온 수증기에 지나지 않을 수 있다. 그러나 모험을 향한 주인공의 의지는 실재하는 것이고 진실한 것이다. 모험은 물질적 질서가 흐트러진 것으로, 다소 비현실적이다. 모험을 향한 의지에서, 그 노력과 용기에서 우리는 기이한 두 개의 본성을 만나게 된다. 그 두 요소는 상반된 세계에 속해 있다. 즉 의지는 실재하지만, 의지의 대상은 실재하지 않다는 것이다.*

이러한 현상은 서사시엔 존재하지 않는 것이다. 호메로스의 인간들은 자신이 꿈꾸는 욕망과 같은 세계에 속해 있다. 반면에 우리가 지금 보고 있는 인간은 현실을 개조하고 싶어 한다. 하지만 그 역시 그러한 현실의 일부분이 아닌가? 그는 현실 덕에 살고 있고, 그 결과물이 아닌가? 실제로는 존재하지 않고 모험으로 투사만 된 것이 어떻게 척박한 현실을 지배하고 변화시킬 수 있을까?* 아마 불가능할 것이다. 그러나 문제는 현실과의 타협을 단호히 거부하기로 결심한 사람들이 존재한다는 점이다. 그들은 자기 주변이 조금 색다르게 돌아가기를 열망한다. 즉 그들은 관습이나 전통, 한마디로 말해 생물학적 본능이 강요하는 행동 방식을 반복하기를 거부한다. 우리는 이들을 영웅이라 부른다. 영웅이 된다는 것은 다수 가운데 유일한 사람, 자기 자신이 되는 것이기 때문이다.* 만일 우리가 물려받은 유산을 거부하고, 상황이 우리에게 부과하는 틀에 박힌 행위를 거부한다면, 우리 행위의 원인을 우리 안에서, 오로지 우리 안에서만 찾게 된다. 영웅의 의지는 조상의 것도 아니고 사회의 것도 아닌 바로 자기 자신의 것이다. 이렇게 자기 자신이 되고자 하는 염원을 가리켜 영웅성이라 한다.

나는 실질적이거나 적극적인 영웅의 이러한 고유성보다 더 심오한 것은 없다고 믿는다.* 그의 삶은 일상적이고 습관적인 것에 대한 끊임없는 저항이다. 그가 하는 하나하나의 행동은 먼저 관습을 극복하고 새로운 방식의 행위를 발명하는 것을 필요로 한다. 이러한 삶은 영원한 고통이며, 관습에 굴복하고 질료의 포로가 되어 있는 자신의 일부를 끊임없이 잘라 내는 것이다.

16. 서정성의 개입

이제 우리는 영웅적 행위, 즉 모험을 벌이려는 의지 앞에 직면하여 두 가지 태도를 취할 수 있다. 하나는 그것과 함께 고통 속으로 돌진하는 것이다. 왜냐하면 우리는 영웅적 삶이 '의미'를 가지고 있다고 생각하기 때문이다. 다른 하나는 모든 영웅주의를 파괴하기에 충분할 정도로만 현실을 슬쩍 밀어 버리는 것이다. 왜냐하면 잠든 사람을 살짝 흔들기만 해도 꿈은 달아나고 말기 때문이다. 예전에 나는 우리들의 관심거리인 이 두 가지 방법에 대해 하나는 직선적, 다른 하나는 사선적이라고 부른 적이 있다.

여기서는 두 가지 방법이 지칭하는 실재의 핵심이 결국은 하나라는 점을 강조하는 것이 좋을 듯싶다. 차이가 있다면 거기에 접근하는 우리의 주관적 방식이다. 서사시와 소설이 과거와 실재라는 각각의 대상에 따라 달라지듯 실재라는 주제 안에서 새로운 분류가 필요한 것이다. 그러나 이러한 분류는 순수하게 대상의 차이에 기반을 두는 것이 아니라 그것에 직면한 우리의 태도, 즉 주관적 요소에서 기인한다.

우리는 앞선 논의에서 서사시에 맞서 시의 또 다른 원류가 되는 서정시를 간과하고 지나갔다.* 그렇다고 여기서 그것의 본질을 논하거나 그 특징에 대해 고찰하면서 시간을 버리는 것은 좋지 않을 것 같다. 언젠가 적당한 때가 올 것이기 때문이다. 다만 여기서는 모두가 인정하는 사실 하나를 상기해 보는 것으로 충분할 듯 싶다. 즉 서정시는 우리 감정이 가진 전반적인 어조를 미학적으로 투사한 것이라는 점이다. 서사시는 슬프지도 즐겁지도 않다. 그것은 냉정한 아폴론적 예술로서, 세월을 뛰어넘는 영원한 대상이며 외향적이고 상처를 입지도 않는다.

가변적이고 변덕이 심한 하나의 실체가 서정시와 함께 예술에 침투한다. 인간의 감성은 세기가 흐르면서 그 축이 한 번은 동양으로 갔다가 또 한 번은 서양으로 가는 등 변화가 많다. 즐거운 시간이 있는가 하면 비통한 시간도 있다. 이 모든 것은 사람이 자신의 시대를 어떻게 바라보는가, 즉 긍정적으로 보느냐 부정적으로 보느냐에 달려 있다.

나는 이 짧은 글을 시작할 때 제시했던 것을 계속 주장할 필요는 없었다고 믿고 있다. 그것은 시와 모든 예술이 궁극적으로 인간, 오로지 인간적인 것만 다루고 있다는 점이다. 시의 주제가 과거냐 현재냐 하는 것은 중요하지 않다. 풍경은 항상 인간의 배경으로만 그려진다. 그렇게 보면, 모든 예술 형식은 결국 인간에 의해 인간의 해석이 바뀌는 데에서 자신의 기원을 찾는다는 사실을 인정하지 않을 수 없다. 만일 당신이 느끼는 인간관에 대해 말해 준다면 나는 당신이 어떤 예술을 추구하는지 말해 줄 수 있다.

모든 문학 장르가, 약간의 예외는 있지만, 이렇게 인간을 해석하는 방법들 가운데 하나를 열어 주는 물길이라고 할 때 특정 시대가 특정 장르를 선호하는 현상은 전혀 놀라운 일이 아니다. 그러므로 한 시대의 진정한 문학은 그 시대의 인간 감성이 남겨 놓은 총체적인 고백이다.

그렇다면 영웅의 문제로 돌아가 보자. 우리는 영웅이 때에 따라 직선적으로 혹은 기울어져 보일 수도 있다고 생각한다. 직선적으로 보일 때 우리의 시선은 영웅을 비극적이라 할 수 있는 미학적 대상으로 변모시켰다. 반면 기울어져 보일 때 영웅은 희극적이라 불리는 미학적 대상으로 변모한다.*

유머와 희극에 푹 빠져서 도저히 비극적 감수성을 갖기 힘든 시대가 있었다. 특히 부르주아의 시대이자 민주주의 그리고 실증주의 시대였던 19세기는 너무 심하게 희극에 기울어 있었다.

서사시와 소설 사이에 존재했던 상호 관계는 우리 시대에 비극과 희극의 관계로 반복되고 있다.

17. 비극(La tragedia)*

나는 영웅이란 자기 자신이 되고자 하는 사람이라고 말했다.* 그렇다면 영웅적 행위의 뿌리는 의지의 실현에서 발견될 것이다. 이런 점에서 영웅담은 서사시와 전혀 다르다. 그러므로 돈키호테는 서사시의 인물은 아니지만 영웅이다. 아킬레우스는 서사시를 만들지만, 영웅은 그것을 열망한다. 따라서 비극적 주체가 피와 살을 갖춘 인간일 때 그는 더 이상 비극적이지도 않고 시적이지도 않다. 오로지 그가 의지를 품을 때만 비극적이 되는 것이다. 의지는 현실에서 시작해 관념으로 끝나면서 존재하지 않는 것을 희구하기 때문에 모순적 대상이라 할 수 있으며 이는 비극의 주제로 제격이다. 그래서 의지가 없는 시대, 예를 들어 결정론적이고 다윈의 진화론이 우세한 시대는 비극에 관심을 가질 수 없다.

우리가 그리스 비극에 지나친 관심을 두는 일은 피하자. 진지하게 생각해 보면, 우리가 그것을 잘 이해하지 못한다는 점을 인정하게 될 것이다. 인문학조차도 그리스 비극을 충분히 소화할 수 있는 이해력을 우리에게 전수하지 못했다. 아마 그리스 비극만큼 순전히 역사적이면서도 중립적인 주제들이 뒤섞인 작품을 찾기는 힘들 것이다. 우리는 비극이 당시 아테네에서 종교 의례였다는 점을 잊으면 안 된다. 따라서 비극 작품은 무대 위보다는 관객들의 마음속에서 더 생생하게 실현되었다. 당시에는 문학 외적인 면, 즉 종교적 분위기가 무대와 관객을 사로잡았다. 오늘날 우리에게 전해 내려오는 것은 마치 한 번도 들어 본 적 없는 음악을 들려주는 오페라 대본과 같은 것이다. 혹은 종교적 주제의 그림이 있는 태피스트리에서 다양한 색깔의 실만 있는 뒷면만 바라보고 있는 셈이다.* 지금 고대 그리스를 전공하는 학자들은 아테네인들의 신앙을 이해하는 데 어려움을 겪고 있으므로 그것을 재구성하는 일을 해낼 수가 없다. 만일 그것을 못해 낸다면 그리스 비극은 사전도 없는 외국어로 쓰인 책과 다름없을 것이다.

우리가 분명히 말할 수 있는 것은 그리스 비극 시인들이 영웅들의 가면을 쓰고 우리에게 개인적으로 말을 붙인다는 점이다. 셰익스피어는 언제 이렇게 하는가? 아이스킬로스는 시학과 신학 사이의 모호한 의도를 가지고 작품을 쓴다. 그가 다루는 방대한 주제 가운데 대표적인 것을 고르라면 미학적, 형이상학적 그리고 윤리적인 것이 있다. 그래서 나는 그를 신학 시인(神學詩人, teopoet)이라 부르고 싶다. 그를 고뇌에 빠지게 했던 문제들로는 선과 악, 자유, 정의, 우주의 질서, 만물의 원인 등이 있다. 그리고 그의 작품들은 이러한 초월적인 문제들을 점진적으로 다루기 위한 시리즈였다. 따라서 그의 영감은 차라리 종교 개혁의 충동과 비슷해 보인다. 그리고 그는 글 쓰는 사람이라기보다는 사도 바울이나 루터 쪽을 더 닮았다. 그는 믿음을 통해 민중 종교를 극복하려고 했는지도 모른다. 민중 종교란 한 시대가 성숙해지기 위해서는 불충분하기 때문이다. 다른 지역이었다면 이러한 충동이 시를 쓰는 쪽으로 이끌지 못했을 것이다. 하지만 그리스에서는 종교가 사제의 영향을 덜 받는 반면에 환경의 영향을 더 받고 더 유연했기 때문에 신학적 관심이 시적, 정치적 그리고 철학적 관심과 크게 다를 바 없이 조명받을 수 있었다.

그렇다면 이제 그리스 연극과 모든 이론들을 잠시 보류하자. 그것들은 왠지 모를 숙명론에 비극을 정초(定礎)시키면서 영웅의 패배와 죽음이 작품에 비극적 성격을 부여한다고 믿는다.

숙명론이 개입할 필요는 없다.* 그리고 비록 영웅이 패배를 당하곤 하지만, 숙명이 그를 덮쳐 승리한다 해도 그의 영웅성을 빼앗아 가지는 못한다. 연극이 일반 관객에게 유발하는 효과를 보자. 만일 그가 솔직하다면 연극이 자기에게는 어딘가 어색해 보인다고 고백해야 할 것이다. 그는 스무 번도 넘게 자리에서 일어나 주연 배우에게 당장 연기를 중단하고 맡은 역할도 그만두라는 충고를 하고 싶은 충동을 느꼈을 것이다. 왜냐하면 보통 사람들은 모든 나쁜 일들이 영웅에게 닥치는 것은 필연적으로 그가 그만큼 거기에 매달린 탓이라고 생각하기 때문이다. 따라서 만일 그것에 무관심해지면 모든 것이 정리될 것이고, 중국인들이 자신들의 옛 유목 시절을 떠올리면서 옛날이야기를 끝낼 때면 말하듯이, 영웅은 마을에 정착하여 아들딸 낳고 행복하게 살 것이다. 따라서 운명이란 없다. 아니 정확히 말해, 운명적인 일들은 영웅들이 사서 고생하기 때문에 일어나는 것이다. 『지조 있는 왕자』*에서 왕자가 겪는 고난은 지조를 지키기로 결심한 순간부터 운명이 된다. 그가 처음부터 지조를 지키는 운명을 가지고 태어나지는 않았다는 것이다.

나는 고전적인 이론들이야말로 지나친 단순화의 희생물이라고 믿는다. 그리고 영웅들의 행위를 도저히 흉내 낼 수 없는 일반 관객들의 마음속에 영웅주의가 불어넣은 효과를 이용해 그 이론들을 수정할 필요가 있다고 생각한다. 무척 화려하지만 실속은 없는 행위들만 일어나는 그러한 층위의 삶을 보통 사람은 알 수가 없다. 그는 생기 넘치고 충만한 상태도 알지 못한다. 그는 필요한 일만 하고 근근이 살아가면서 남들이 억지로 시킬 때만 행동에 나선다. 그는 항상 떠밀려 살고 있으며, 그의 행위는 반사 작용일 뿐이다. 그는 자기 관심사가 아님에도 불구하고 경우에 따라선 나서야 한다는 것을 도저히 납득할 수 없다. 그에게는 모험의 의지가 가득한 사람이 미친 사람처럼 보이고, 비극의 주인공은 아무도 시키지 않았던 일의 후유증을 겪으며 사서 고생하는 사람일 뿐이다.

결국 비극의 기원은 숙명과는 거리가 멀고, 영웅이 비극적 운명을 겪는 것도 스스로가 원해서이다. 그러므로 무위도식하는 사람의 관점에서 볼 때 비극의 인물들은 언제나 허구적이다. 모든 고통은 영웅이 관념적 역할, 즉 자신이 선택한 상상의 임무를 포기하지 않기 때문에 생기는 것이다. 이는 역설적으로 말하면, 하나의 배역을 연기하는 배우가 또 다른 배역을 맡아 연기하면서 나중의 배역을 더 진지하게 연기하는 것과 같다고 비유할 수 있다. 어찌 되었든 전적인 자유 의지는 비극적 과정의 근원이 되어 사건을 진행시킨다. 이러한 '의지의 행위'는 그것을 통해서만 존재할 수 있는 일련의 새로운 실재들, 즉 비극적 질서를 창조한다. 그러나 자연스러운 기본 욕구 외에는 더 바라는 게 없고 그 욕구란 것도 그냥 숨 쉬고 있는 것만으로도 충분한 사람들에게는 이 '의지의 행위'가 당연히 허구가 될 수밖에 없는 것이다.

18. 희극(La comedia)

비극은 우리의 일상 수준에서는 발생하지 않는다. 우리는 거기에 맞춰 눈을 높여야 하고 고양되어야 한다. 그것은 비현실적이다. 만일 현존하는 것 가운데 비슷한 것을 찾으려면 우리는 눈을 들어 역사의 가장 높은 봉우리들을 봐야 한다.

비극은 위대한 행위를 지향한다는 점이 우리 마음에 전제되어 있다. 만일 그렇지 않다면 그것은 허세일 뿐이다. 비극은 바로 우리 발밑에서 작품을 시작하게 하여 부지불식간에 우리를 수동적으로 작품 속에 끌고 들어가는 리얼리즘의 명료성과 핍진성을 부과하지 않는다. 마치 영웅이 자신이 원하는 것을 운명으로 택하듯, 비극을 즐기기 위해서는 우리 역시 어느 정도 그것을 원해야 한다. 그럴 때 그것은 우리에게 위축된 형태로나마 남아 있던 영웅성을 사로잡으러 온다. 왜냐하면 우리 모두는 내면적으로 조금씩 영웅의 잔재를 가지고 있기 때문이다.*

그러므로 일단 영웅의 행보에 올라타기만 하면, 우리는 비극을 불러일으키는 강력한 힘과 상승 충동이 내면 깊은 곳에서 고동치고 있음을 알게 될 것이다. 우리 역시 초인적인 긴장을 걸머지고 영웅처럼 살아갈 수 있다는 사실을 알게 될 것이고, 주위의 모든 것이 거대해지면서 한층 고결한 존엄성을 띠게 되는 것을 놀라움 속에서 발견할 것이다. 무대 위의 비극은 현실 속의 영웅을 발견하고 경탄하게끔 우리의 눈을 뜨게 해 준다. 그렇기에 사람의 심리를 조금 알았던 나폴레옹은 프랑크푸르트에 머물고 있을 때 자신의 진중 극단이 항복한 여러 국왕 앞에서 희극을 공연하는 것을 원치 않았으며, 탈마로 하여금 라신과 코르네유* 비극의 주인공만 연기하도록 했던 것이다.

그러나 우리가 내면에 품고 있는 영웅의 흔적 주위에는 천박한 본능을 가진 무리들이 배회하며 소동을 일으킨다. 우리는 새로운 길을 내려고 하는 사람들에 대해 본능적으로 커다란 불신을 품는다. 우리는 누가 세속적 차원을 넘어서려는 노력을 하지 않는다고 해서 이유를 묻지 않는다. 그러나 반대로 세속을 초월하려 하는 대담한 사람에게는 단호하게 그 이유를 따지고 나선다. 우리 내부에 도사리고 있는 평범성이 가장 싫어하는 것이 야심에 찬 사람이기 때문이다. 그런데 영웅의 길은 이렇게 야심을 품으면서 시작되는 것이다. 아무리 천박한 사람도 잘난 사람보다 우리를 화나게 하는 일은 없다. 그러니까 영웅이 직면한 위험은 불행에 떨어지는 것이 아니라 웃음거리가 되는 것이다. 불행은 딛고 일어서면 그만이기 때문이다. 그렇기에 "숭고함과 웃음거리는 백지 한 장 차이다"라는 경구는 영웅을 진정으로 위협하는 위험이 무엇인지를 표현하는 말이다. 영웅이 넘치는 위대함과 최고의 능력을 가졌으면서도 "되는대로 생겨 먹은" 보통 사람들처럼 되기 싫다는 자신의 우월성을 정당화하지 못한다면 그로서는 참으로 안타까운 일이다. 새로운 예술, 새로운 과학, 새로운 정치를 시험하는 개혁가는 평생을 적대적이고 부패한 환경 속에서 살아간다. 이 환경은 영웅에게 사기꾼은 아니라 할지라도 허깨비 같은 것이다. 그는 자신이 직면하고 있는 환경, 즉 전통, 통념, 관습, 기성세대의 방식, 민족적 풍습, 전형 등 한마디로 말해 광범위하게 형성된 타성을 거부할 때 영웅이 된다. 이 모든 것은 오랜 세월 켜켜이 쌓여 땅속 깊은 지각을 형성하고 있다. 영웅은 생각을 통해 두껍고 부담되는 이 단층을 폭파시켜야 한다. 불현듯 그의 환상 속에 나타난 이 생각은 공기 입자보다도 가벼운 미립자이다. 타성과 자기 보존의 본능은 그것을 참을 수 없어 복수에 나선다. 이리하여 그 대항마로서 리얼리즘을 보내고 영웅을 우스꽝스럽게 포장해 버린다.

영웅의 면모는 아직 실현되지 않은 존재가 되려고 하는 의지에서 볼 수 있다. 따라서 비극적 인간은 그 몸의 반이 현실 바깥으로 나가 있다.* 그러므로 그의 발을 잡아 그 몸 전체를 현실로 돌려보내는 것만으로 그는 희극적 인물로 전락한다. 고귀한 영웅의 이야기는 엄청난 노력을 쏟아부으며 어렵사리 현실 세계의 타성을 딛고 일어난다. 그것은 포부를 통해 영위되며, 미래는 그것을 증거하게 된다. 희극성(vis comica)은 영웅의 순수한 물질적 측면만 강조할 뿐이다.*20 현실은 픽션을 통해 전개되고 자기 존재를 우리에게 부과하면서 비극적 역할을 재흡수한다.*

영웅은 이 역할을 자기 일부로 받아들이고 아예 자신을 그것과 섞어 버린다. 그리고 영웅은 현실에 의해 재흡수되면서 그의 야심찬 의도는 자신의 몸에 굳어지고 물질화된다. 결국 우리는 그의 역할을 우스꽝스러운 변장, 즉 천박한 존재가 쓰고 다니는 가면으로 보게 되는 것이다.

영웅은 시대를 앞서가면서 미래에 기대를 건다. 그의 태도는 유토피아적 의미를 갖는다.* 그는 지금의 자신이 누구인지를 말하지 않고 앞으로 무엇이 되고 싶은지를 말한다. 그래서 여성 페미니즘 운동가는 여자들이 더 이상 페미니스트가 될 필요가 없을 그날을 희구한다. 그러나 희극 작가는 페미니스트들의 이상 대신 현재 그 이상을 실행하기 위해 노력하는 근대 여성을 내세운다. 미래의 환경을 전제하고 만들어진 어떤 것이 현재에 얼어붙어 주춤거릴 때 그것은 가장 사소한 생존 기능조차 잃어버리게 되고, 이를 보는 사람들은 웃음을 터뜨리게 된다. 사람들은 날아가던 관념의 새가 썩은 물이 내뿜는 독기를 맡고 땅으로 떨어지는 것을 보며 웃음을 터뜨린다. 그것은 유익한 웃음이다. 왜냐하면 그것이 영웅 한 명에게 상처를 줄 때마다 백 명의 사기꾼들을 징벌하기 때문이다.

결과적으로 소설이 서사시를 딛고 살아가는 것처럼, 희극은 비극을 딛고 살아간다. 이처럼 역사적으로 볼 때, 희극은 고대 그리스에서 새로운 신들을 도입하고 새로운 관습을 만들어 내려는 비

---

20 베르그송은 흥미로운 예를 하나 든다. "프로이센의 왕비가 나폴레옹이 있는 방으로 들어갔다. 분노에 찬 그녀는 절규하며 말을 쏟아 낸다. 나폴레옹은 잠자코 그녀에게 앉으라고 권할 뿐이다. 왕비는 자리에 앉자마자 침묵을 지킨다. 비극적 역할은 방문객 자격의 부르주아에게 어울리지 않는다. 그것은 그 역할을 실행하는 사람에게 맡겨진다."

극 작가와 철학자들에 대한 반작용으로 태어났다. 아리스토파네스는 민중 전통의 이름으로, '우리 선조들'의 이름으로 그리고 성스러운 관습의 이름으로 소크라테스와 에우리피데스*의 인물들을 무대 위에 올렸다. 그는 소크라테스가 철학에, 에우리피데스가 문학 작품에 담았던 내용을 같은 이름의 두 등장인물에게 반영한다.

희극은 보수적인 사람들의 문학 장르이다.

무엇이 되기를 원하는 상태와 이미 되어 있다고 믿는 상태 사이의 거리가 비극에서 희극으로 가는 사이의 거리이다. 그것은 숭고미와 익살미 사이의 통로이다. 영웅 캐릭터가 의지의 단계에서 지각의 단계로 이행하면서 비극이 퇴화하고 붕괴한 결과인 희극의 등장을 야기한다. 신기루는 그냥 신기루로 나타난다.

이러한 현상은 돈키호테에게도 일어나는데, 모험의 의지를 천명하는 것으로 만족하지 못한 돈키호테가 스스로를 모험가라고 굳게 확신할 때이다. 불멸의 소설은 단순한 희극으로 전락할 지경에 처한다. 앞서 말했듯이, 소설과 순수한 희극은 단지 종이 한 장 차이일 뿐이다.

『돈키호테』를 처음 읽은 독자들에게는 이런 형태의 소설이 새로운 문학 형식으로 비쳤을 것이다. 아베야네다*판 서문에서 작가는 두 번에 걸쳐 이와 관련된 언급을 한다.* 서문 첫머리에서 "『돈키호테』는 작품 전체가 희극이나 마찬가지다"라고 말하는 아베야네다는 계속해서 이렇게 덧붙인다. "세르반테스는 『갈라테아』와 산문 희극들만으로 만족하는 것이 좋으리라. 그가 쓴 소설이라곤 이것들이 거의 유일하니까 말이다.” 세르반테스 시대의 모든 극작품을 지칭하는 장르의 이름이 희극이었다는 점을 고려한다면 사실 이 문장들은 충분히 설명되지 않는다.

19. 희비극(La tragicomedia)

소설 장르는 의심할 여지 없이 희극적이다. 그러나 유머러스하다고 말하지는 말자. 유머라는 가면 뒤에는 많은 허영기가 숨어 있기 때문이다. 무엇보다도 그것은 타성과 현실에 굴복한 비극적 인물의 급격한 추락에 담겨 있는 시적 의미를 이용하려고만 한다. 소설의 리얼리즘을 얘기할 때 우리는 그 리얼리즘(사실주의) 안에 사실 이상의 무언가가 담겨 있다는 점을 인식했어야 한다. 그 무언가는 사실이 자기와는 무관해 보이는 시적인 힘을 얻도록 해 주는 것이다. 그렇게 될 때, 리얼리즘의 시적인 성격은 타성적인 사실에 기대고 있는 것이 아니라 관념의 운석에 작용하는 중력의 힘에 있다는 사실이 명백해질 것이다.

소설의 상위 레벨은 비극이다. 음악의 여신 뮤즈는 희극으로 전락하는 비극성을 따라 비극으로부터 하강한다. 이러한 비극적 행로는 불가피한 것이다. 비극은 소설의 일부를 형성해야 한다. 설사 그 경계를 이루는 것이 섬세한 테두리선에 지나지 않더라도 말이다. 따라서 나는 페르난도 데 로하스가 『셀레스티나』*를 쓰면서 붙였던 희비극이라는 이름에 주목할 필요가 있다고 생각한다. 소설은 희비극이다.* 이 장르의 발전은 『셀레스티나』에 와서 막다른 골목에 들어서고, 마침내 『돈키호테』에 이르러서야 숙성되어 만개한다.

물론 비극적 요소는 크게 확장되면서 심지어 희극적 부분과 대등한 정도의 공간과 가치를 소설 내에서 차지하기에 이를 것이다. 그것이 차지하는 정도와 변동의 폭은 정해진 것이 없으며 모든 것이 가능하다.

비극과 희극의 종합으로서 소설은 언젠가 플라톤이 특별한 해석 없이 암시했던 신기한 희망이 실현된 결과이다. 그것은 이른 새벽의 향연*에서였다. 디오니소스의 액체에 잔뜩 취한 손님들이 무질서하게 잠들어 있다. 아리스토데모스가 "아침 닭이 울 때" 몽롱한 상태로 잠에서 깨어 보니 소크라테스, 아가톤 그리고 아리스토파네스는 뜬눈으로 밤을 새운 것 같다. 그는 이들이 어려운 주제의 대화에 빠져 있는 소리를 들었다고 믿는다. 여기서 소크라테스는 젊은 비극 작가인 아가톤과 희극 작가인 아리스토파네스에 꼿꼿이 맞서 비극과 희극의 시인은 두 사람이 아니라 한 사람이 되어야 마땅하다고 주장한다.*

그동안 이 대목에 대해서는 만족스러운 해석이 없었다. 그러나 이 장면을 읽을 때마다 내 머릿속에 떠오르는 생각은 독창적인 영혼을 가진 플라톤이 여기서 소설의 씨앗을 뿌렸다는 것이다. 희미한 여명 속에 소크라테스가 향연에서 취했던 태도를 따라가다 보면 우리는 영웅이자 광인이었던 돈키호테와 마주칠 것만 같은 생각이 드는 것이다.

20. 플로베르, 세르반테스, 다윈

스페인 사상에서 애국으로 통했던 것이 결과적으로 해 놓은 게 하나도 없다는 사실은 정작 스페인이 이룬 위대한 업적들에 대해서는 충분한 연구가 되지 않고 있다는 사실에서 명백해진다. 별로 칭찬받을 만한 것이 아닌 것에 대해서는 아무런 소득도 없이 열광적인 찬사가 쏟아지고, 정작 모든 에너지를 바쳐 찬사를 보내야 할 곳에는 그러한 반응이 전혀 없는 것이다.

모든 서사시가 안으로는 마치 과일의 씨처럼 『일리아스』를 품고 있는 것처럼, 모든 소설 역시 안으로는 종이의 줄무늬 세공처럼 『돈키호테』를 품고 있다는 것을 상세하게 설명해 주는 책이 아직까지 없다.*

플로베르는 조금도 주저하지 않고 다음과 같이 말한다. "나는 책 읽는 법조차 몰랐지만 이미 가슴으로 알고 있던 『돈키호테』에서 나의 모든 근원을 발견했다."[21] 보바리 부인은 영혼에 최소한의 비극성을 지니고 있는 치마 입은 돈키호테이다.* 보바리 부인은 낭만주의 소설의 독자이면서 반세기 이상 유럽을 떠돌았던 부르주아적 이상을 대표하는 인물이다. 가련한 이상이여! 부질없는 부르주아적 민주주의여, 실증주의적 낭만주의여!

플로베르는 소설 예술이 비판적 의도와 희극적 동력을 가진 장르임을 완벽하게 인식하고 있었다. 『보바리 부인』을 집필할 때 그는 이렇게 말한다. "나는 비판을 지향한다. 내가 지금 쓰고 있는 소설은 나의 능력을 더욱 북돋아 준다. 왜냐하면 이 작품은 무엇보다도 비판적이고 더 나아가 해부학적이기 때문이다."[22] 그는 또 다른 대목에서 이렇게 말하기도 한다. "아! 근대 사회에 부족한 것은 그리스도도, 워싱턴도, 소크라테스도, 볼테르도 아니라 바로 아리스토파네스이다."[23]

나는 리얼리즘에 관한 한 플로베르는 일말의 의혹도 가지지 않았던 작가이며, 그 누구보다 적합한 증인으로 인정받을 것이라고 믿는다.

만일 현대 소설이 자기의 희극적 장치를 밖으로 덜 드러내고 있다면 그것은 소설에 의해 공격받고 있는 이상이 자신이 맞서고 있는 현실로부터 거의 벗어나지 않기 때문이다. 긴장은 매우 느슨하다. 즉 이상은 아주 낮은 높이에서 떨어진다. 따라서 19세기 소설은 얼마 가지 않아 읽기 힘들어질 것이라고 예상할 수 있다. 그것은 최소한도의 시적 역동성만 가지고 있기 때문이다. 이미 우리는

---

21 *Correspondance*, II, p. 16.

22 *Correspondance*, II, p. 370.

23 *Correspondance*, II, p. 159.

알퐁스 도데*나 모파상*의 작품이 우리 손에 "굴러 들어올 때" 불과 15년 전에 느낄 수 있었던 즐거움을 맛볼 수 없다는 사실을 깨닫고 놀라게 된다. 그러나 『돈키호테』가 주는 긴장감은 결코 감소하지 않는다.*

19세기의 이상은 리얼리즘이었다. "팩트, 오로지 팩트만이 중요해"라고 찰스 디킨스의 『어려운 시절』에 나오는 주인공은 외친다. 콩트는 '왜'가 아니라 '어떻게'를, 관념이 아니라 팩트를 주창한다.* 보바리 부인은 M. 오메*와 같은 공기, 즉 콩트 철학의 분위기를 호흡한다. 플로베르는 소설을 쓰는 동안 『실증 철학 강좌』를 읽고 나서 이렇게 쓴다.

"이 작품은 매우 심오한 광대극이다. 이를 납득하려면 작품이 요약된 서문만 읽어 보면 된다. 여기에는 사회 이론에 대한 아리스토파네스적인 취향을 통해 연극을 공격하는 사람을 웃게 만드는 샘물이 있기 때문이다."[24]

현실은 워낙 난폭한 성정을 가지고 있어서 설령 자기 자신이 이상화될지라도 이상적인 것을 참지 못한다. 또한 19세기는 영웅적인 방식으로 모든 영웅주의에 반기를 드는 데 만족하지 못하고, 실증주의를 선포하는 데 만족하지 못하고 이런 노력이 다시 한 번 현실의 가혹한 시련을 통과하도록 했다. 이와 관련해 플로베르는 굉장히 뼈대 있는 말을 흘린다. "사람들은 내가 사실적인 것을 좋아한다고 생각하지만, 사실 나는 그것을 증오한다. 내가 이 소설

---

24 *Correspondance*, II, p. 261.

을 쓰기 시작한 것도 리얼리즘을 증오하기 때문이다."[25]

우리보다 한 세대 앞선 사람들은 운명론적 태도를 취하고 있었다. 이미 『돈키호테』에서 시적인 감수성은 비관적인 방향으로 균형추가 기울어졌는데, 지금까지도 완전히 회복하지 못하고 있다. 그러나 19세기에 우리의 부모 세대는 염세주의에 사악하게 끌리는 감정을 가지고 있었다. 결국 그 세기는 염세주의의 잔을 마지막 한 방울까지 남김없이 마셔 버렸고, 고상한 그 어느 것도 성한 곳이 없을 정도로 세계를 짓눌러 버렸다. 이렇게 19세기 전체로부터 적개심의 광풍이 우리를 향해 불어오고 있다.

19세기 초반 몇십 년 동안의 생물학 분야는 결정론에 기반을 둔 자연 과학에 의해 정복당했다. 다윈*은 우리의 마지막 희망줄이었던 '생기(lo vital)'를 물리적 필연성 내에 가두는 데 성공했다고 믿었다. 생명은 이제 물질 그 이상도 이하도 아닌 것으로 전락한다. 그리고 생리학은 기계 역학으로 축소된다.

스스로 활동하면서 독립적인 개체처럼 보였던 인체는 마치 태피스트리 그림 속의 인물과 마찬가지로 물리적인 환경 속의 부속물로 편입된다. 이제 활동하는 것은 인체가 아니라 인체 내의 환경이다. 우리의 행위는 타율적인 반작용일 뿐이다. 자유도 없고, 고유성도 사라진다. 여기서 산다는 것은 우리 스스로를 환경에 적응시킨다는 뜻이다. 적응한다는 말은 물질적 환경이 우리 내부를 꿰뚫고 우리 자신으로부터 우리를 떼어 놓는 것을 방관한다는 것

25 *Correspondance*, III, pp.67~68.

을 의미한다. 적응은 순응이며 굴복이다.* 다윈은 지구상에서 영웅들을 쫓아냈다.

이와 함께 '실험 소설'의 시간이 도래한다. 에밀 졸라는 호메로스나 셰익스피어가 아니라 클로드 베르나르에게서 시를 배웠다.* 베르나르는 항상 사람에 대해 우리에게 얘기하려고 시도한다. 그러나 이제 사람은 자기 행위의 주체가 아니라 자기가 사는 환경의 지배를 받는 존재이기 때문에 소설은 환경을 재현하는 길을 모색한다. 환경이야말로 소설의 유일한 주인공이 된다.

사람들은 '분위기'를 만들어 낸다고 말한다. 예술은 이제 한 가지 규칙에만 복종한다. 그것은 핍진성(逼眞性, verisimilitude)이다. 그렇다면 비극에는 내부적으로 그 같은 독립적인 핍진성이 없다는 말인가? 비극에는 미적인 진리(vero)도 없고 아름다움과의 유사성(similitude)도 없는가? 실증주의에 따르면 그 대답은 "없다"이다. 아름다움이란 핍진성이 있다는 말이고, 진실한 것은 오로지 물리학에만 존재한다. 이제 소설은 생리학을 추구한다.

어느 날 밤 부바르와 페퀴셰는 페르 라셰즈 묘지에서 핍진성과 결정론에 모든 영광을 바치면서 시를 매장한다.*

훌리안 마리아스의 후기(Nota Final)

『돈키호테 성찰』에 대해 논평하면서 '결론'을 덧붙이는 것은 적절하지 않을 것이다. 이 글은 이 책에 대한 연구가 아니라 하나의 논평이다. 게다가 글의 성격상 결론을 붙이는 게 어울리지도 않는다. 왜냐하면 오르테가 이 가세트의 첫 번째 책이고 미완성된 책이며 사실상 시작 단계에 있기 때문이다. 이 책 안에 최근 40년 동안의 서양 철학사에서 가장 가치 있는 것들을 예견하는 철학이 정확히 정립되어 있다고 해서 오르테가 이 가세트가 죽을 때까지 작품들을 통해 숙성시켜 온 철학을 그대로 공식화하는 것은 아니다. 왜냐하면 공적인 삶을 통해 오르테가는 아직 편집되지 않은 수많은 원고를 남겼는데, 이것들이 어떤 놀라움을 선사할지 모르기 때문이다. 다른 한편으로, 오르테가 사상의 마지막 단계에 해당하는 성과를 『돈키호테 성찰』에 맞춰 재단하는 것도 바람직한 일은 아니다. 그것은 이 책의 진정한 가치를 축소하는 동시에, 그의 철학에 걸맞은 연구에서 이루어질 것을 조급함에 쫓긴 나머지

참을성 없이 갖다 붙이는 결과가 될 것이다. 그러나 만일 어떤 독자가 굳이 '결론'을 보고 싶다면 한 가지 실험을 권한다. 즉 이 책의 시작 부분인 서론을 지금 다시 한 번 읽어 보라는 것이다.

1956년 2월, 뉴헤이븐 - 1957년 2월, 마드리드

주

7 **라미로 데 마에스투에게, 형제애를 담아** 라미로 데 마에스투(Ramiro de Maeztu, 1875~1936)는 쿠바인 아버지와 영국인 어머니 사이에서 태어난 스페인 언론인이자 작가이다. 피오 바로하(Pío Baroja), 아소린(Azorín)과 함께 스페인의 재건 및 재생을 주창한 '98세대(la generación del 98)'의 3인방 가운데 하나로 꼽힌다. 그러나 많은 98세대 지식인들과 달리 마에스투는 군주제 부활과 가톨릭주의를 주장한 극우 사상가였으며 이 때문에 스페인 내전이 발발한 직후 공화파에 체포되어 총살당한다. 그의 글 가운데 가장 중요한 것으로 꼽히는 「돈키호테, 돈 후안 그리고 라 셀레스티나」(1926)에서 마에스투는 이 세 인물을 새롭게 조명하면서 스페인 정신을 정립한다. 오르테가 이 가세트는 마에스투와 지적으로나 인간적으로 깊은 친분을 맺고 있었으며 20대 시절 자신의 글에도 자주 언급했으나 이후 관계가 악화된다. 여기서 '라미로 데 마에스투에게' 바치는 헌사는 1914년 초판에 실린 것이며, 1921년에 나오는 재판부터는 삭제된다.

9 **독자……** 이 글은 이 책의 의미를 설명하는 서문의 성격을 띠고 있다. 훌리안 마리아스(Julián Marías)에 따르면, 이 글은 세 가지

목적이 있는데 먼저, 독자들이 읽게 될 이 책을 구체적으로 다루는 것이고 둘째, 자신의 철학을 얘기하는 것이고, 마지막으로 '새로운 스페인'에 기여하고자 하는 실천적 행위이다. 이 세 가지 목적의 공통적인 뿌리에는 개인적 소명 의식에 충만한 오르테가 이 가세트 자신이 있다. 그런 점에서 마리아스는 이 책을 오르테가의 삶과 연관하여 읽어 볼 것을 권한다.

11 **불신자들의 땅에 살고 있는** in partibus infidelium. '불신자들의 땅에 있는'이란 뜻의 라틴어 '인 파르티부스 인피델리움(In partibus infidelium)'은 원래 가톨릭교회에서 사람이 살지 않는 지역 혹은 비신자들의 지방을 관할하는 명목상의 주교들에게 붙여 준 용어로서 'in partibus' 혹은 i.p.i.라는 약자로만 표기되기도 한다. 역사적으로 가장 유명한 '불신자들의 땅에 있는' 주교는 예수 그리스도의 출생지인 베들레헴 주교였다. 우리나라 가톨릭교회에서 서울대교구장은 종교의 자유가 없는 북한의 평양교구장을 겸하는데 이 경우에도 평양교구장은 '불신자들의 땅에 있는' 주교가 된다. 세속적으로는 대한민국 정부에서 임명하는 이북 5도청 도지사들도 마찬가지 지위를 가지고 있다고 할 것이다. 오르테가 이 가세트는 이 글을 집필하던 1914년 당시의 스페인과 스페인어권 세계가 당대의 철학 조류를 따라가지 못하고 척박한 상황에 놓여 있음을 비유하기 위해 이 용어를 쓰고 있다. 그러나 오르테가 이 가세트는 단지 한탄만 하는 것이 아니라 '불신자들'을 철학적으로 회개시키려는 노력을 전개한다. 이 책은 그러한 노력의 결실이다.

이 글들은 직접적이든 간접적이든 모두 스페인의 환경을 다룬다는 공통점을 가지고 있다 오르테가 이 가세트의 철학을 상징적으로 표현하는 유명한 말이 이 작품에 등장(30쪽)하는 "나는 나 자신과 나의 환경이다. 따라서 내가 환경을 구해 내지 못하면 나 자신도 구원되지 못한다"라는 구절이다. 위의 문장은 그가 환경에 대해 최초로 언급하는 대목이다.

강연에서 말하거나 신문에 기고하거나~동일한 결과를 얻어 내기 위한 다양한 방식이다 훌리안 마리아스의 지적대로, 오르테가 이 가세트는 작가이자 철학가로, 언론인으로 그리고 정치인으로 평생 다양한 분야에서 활동했지만 자신의 표현대로 이 모든 것이 하나의 목표를 위해 서로 긴밀하게 연결되어 있었다. 특히 그의 많은 저작물은 신문에 기고한 칼럼을 편집한 것이다. 오르테가는 통속적인 스페인에선 학문이나 책이 사회적 반향을 일으키는 것이 쉽지 않다고 보았다. 때문에 오르테가는 무언가를 창조하고 싶으면 거기에 걸맞은 지적 상류층이 되어 광장에 나서야 한다고 믿는데, 신문이 바로 이러한 지적 광장이며 자신의 작품은 이 광장에서 싹이 텄다고 말한다.

12 **지적 사랑** amor intellectualis. 네덜란드의 철학자 바뤼흐 스피노자(Baruch Spinoza, 1632~1677)는 포르투갈계 유대인으로 자신의 대표작인 『윤리학(*Ehtica*)』에서 행복, 사랑 그리고 도덕에 대해 해명했다. 스피노자의 합리주의 윤리학이 낳은 개념인 '지적 사랑'이란 우리가 사물의 실체를 완전히 인식할 때 그것은 곧 신과 일치를 이루는 것으로서 즐거움과 행복을 준다는 범신론적 의미를 담고 있다. 다시 말해 참된 행복은 신의 관점에서 이성적으로 세계를 보는 것이다. 그 의미가 범신론적이라는 이유는 스피노자의 신이 인격신이 아니라 내적 필연성에 따라 움직이고 무한한 속성을 통해 발현하는 모든 사물의 세계로서, 궁극적으로는 자연을 지칭하기 때문이다. 인간이 자신의 편협한 시각과 한계를 벗어나 신의 경지에 도달하는 것은 불가능한 일이다. 그러나 스피노자에 따르면 이는 이성에 의해 가능한데, 이것이 바로 '지적 사랑' 혹은 '신에 대한 지적 사랑(amor dei intellectualis)'이다. 이성에 입각한 지성, 즉 이해(understanding)가 궁극적으로 인간을 자유롭게 하고 구원에 이르게 한다는 것이다. 또 우리의 정신은 '지적 사랑'을 통해 자연과 하나가 된다. 오르테가 이 가세트는 여기서 스피노자를 인용하

며 사랑의 형태로서의 철학이라는 자신의 이론을 소개하고 있다.

구원 훌리안 마리아스에 따르면, '구원(salvaciones)'이란 이미 주어진 현실이 의미의 충만함을 얻는 것을 의미한다. 따라서 구원은 하나의 대상에 대해 새롭고 풍요로운 인식에 도달함으로써 내가 그 일부를 이루고 있는 세계가 변화되는 것이라 할 수 있다. 예를 들어 일상의 삶을 통해 나를 둘러싼 자연과의 교감을 나누거나, 일찍이 몰랐던 친구나 배우자의 진면목을 발견하는 일 혹은 오르테가가 말하듯이 고통을 기정사실로 받아들이고 의미를 발견하는 것도 이에 해당될 것이다. 오르테가는 처음에 열 개의 '성찰' 시리즈를 구상하면서 '성찰' 대신 '구원'이라는 제목을 생각했을 정도로 구원의 문제에 깊은 관심을 가졌다. 그는 이 책이 구원으로 이끄는 교량 역할을 한다고 생각했다.

우리는 삶이 끊임없는 썰물을 통해 우리 발밑에 내던져 놓은 난파선의 잔해 찌꺼기들처럼～무수한 태양 빛의 반사 속에 제자리를 찾듯이 사물들에 질서를 주고 싶다 훌리안 마리아스의 말대로, 비평의 역할에 대한 오르테가 이 가세트의 생각을 여기서 알 수 있다. 그는 진정한 비평이란 비판에 머무는 것이 아니라 대상이 되는 작품이나 작가의 잠재적 의미를 실현하고 강화시켜 그들로부터 최대한의 문화적 반향을 이끌어 내는 역할을 한다고 말한다.(*Obras Completas*, I, p.449)

사랑, 즉 사랑하는 대상의 완전함을 추구하는 사랑이다 훌리안 마리아스의 해설에 따르면, 이 대목부터 사랑 그리고 그것과 철학의 관계에 대한 오르테가 이 가세트의 생각이 펼쳐진다. 사랑과 완전함의 결합에 대해서는 스피노자도 다른 형식으로 논한 바 있다. 스피노자에게 사랑이란 외적 원인에 대한 생각을 동반하는 기쁨이고, 기쁨이란 인간이 좀 더 완전한 상태로 넘어가는 통로이다. 그것은 사랑하는 사람의 완전함이어서, 더욱 완전해질수록 그는 자기 완전성의 원인을 사랑하게 된다. 반면 오르테가에게 사랑은 곧 사랑받는 이의 완전함을 의미한다. 그리고 그 완전함은 사랑받는 사람의 내부에 고유하게 존재하는 것이 아니라 각 존재가 자기 자신으로부터 나와 다른 것들과 연대를 맺을 때 가능해진다. 이런 이유로 오르테가는 '사랑의 교리'를 주창하는 것이다. 왜냐하면 "사랑은 비록 한순간에 지나지 않을지라도 우리를 사물과 결합시켜" 주기 때문이다. 그러므로 사랑받는 이는 우리에게 불가결한 존재가 되며 더 나아가 우리의 일부가 된다. 하지만 여기서 끝나는 것이 아니다. 이 연관성이 사랑받는 사람에게 충만한 실재를 주어 자신의 잠재력을 발견하면서 우리에게도 그것이 심층적으로 드러난다. 이때 우리는 사랑받는 이가 우리와 연결되는 것이 아니라 자신이 엮여져 있는 다른 사물들과 연결되며, 동시에 우리와도 연결되는 것을 발견하게 되는 것이다. 여기서 우리는 사랑이 건설하는 '보편적 결합(universal connection)'을 '세계 건축'이라 말할 수 있을 것이다. 이러한 '연결', 사랑 그리고 이성은 철학을 구성하면서 하나로 수렴되는 세 가지 요소이다.

우리는 렘브란트의 그림에서 변변치 않은 백색~성인의 머리 둘레로만 그려 넣는 빛나는 후광에 휩싸여 있는 것을 종종 볼 수 있다 렘브란트(Rembrandt Harmensz van Rijn, 1606~1669)는 바로크 미술을 대표하는 네덜란드 황금시대의 화가이다. 그는 다른 바로크 화가들처럼 빛과 어둠이 극적으로 대비되는 명암 기법을 즐겨 구사했다. 그의 그림에 등장하는 빛은 자연광이 아니라 화가의 의도대로 빛이 집중되는 인공광이다. 본문에서 오르테가 이 가세트는 그 빛의 의미를 새롭게 해석하고 있다.

13 **무슨 이유인지는 모르겠지만, 내가 볼 때~거기 웅크려 있으면서 세상에 대해 전쟁을 부추기고 있다** 이 책이 출판된 1914년은 제1차 세계 대전이 발발한 해이다. 세계 대전에서 중립을 지킨 스페인은 전쟁 특수 덕분에 경제적 호황을 누렸지만 결과적으로 국민들은 아무런 혜택을 입지 못했고 수많은 파업이 일어났다. 1898년 미국과의 전

쟁에서 패한 후 당시 스페인을 지배하던 무기력과 국민들 간의 분열과 증오는 20여 년 후 내전으로 이어진다. 스페인의 재생과 부활을 주창하는 '98세대'를 계승한 '1914세대'의 중심인물인 오르테가 이 가세트는 스페인 내전을 예고하면서 증오에 싸인 국민 정서를 개탄하고 해결책을 제시한다. 그는 증오가 사람들 사이의 관계를 단절시키고 고립시킨다면서 내면적 사랑의 불씨를 살려 내어 유대감을 회복하자고 호소한다. 그는 사랑의 힘이 타인을 이해하는 노력을 전파할 수 있다고 주장한다.

14 **마테오 알레만이 '불만의 알레고리'를 서술한 끔찍한 대목을 포함시킬 수 있을 것이다** 마테오 알레만(Mateo Alemán, 1547~1615)은 스페인 황금시대 소설가로 '악자 소설(惡者小說)'이라 번역되는 피카레스크 소설의 대가이다. 대표작 『구스만 데 알파라체(*Guzmán de Alfarache*)』는 악자인 주인공을 통해 세계에 대한 염세적인 시각을 보여 준다. "나는 악한 존재이기에 아무것도 좋게 보지 않는다"라는 주인공의 말대로, 주인공 구스만은 인간이 원래 악한 존재이고 삶은 투쟁의 연속이라 인식한다.

우주 안의 모든 것이 분리되지 않고 조화롭게 살아갈 수 있도록 플라톤의 『향연』에서 만티네이아의 여인 디오티마(Diotima)가 소크라테스에게 한 말이다.

15 **분리는 곧 죽음이다. 분리시키고 갈라놓고 떼어 놓는 증오심은 세계를 절단 내고 개체를 가루로 만들어 버린다~교향악을 잠시 멈추기만 해도 모든 피조물을 파괴해 버릴 수 있다고 협박한다** 구약 「창세기」 10장 8절에 따르면, 니므롯은 대홍수에서 살아남은 노아의 증손자로 '세상의 첫 장사'이다. 니므롯의 왕국은 바벨, 에렉(우루크), 아카드 그리고 칼네에서 시작된다고 한다. 요세푸스의 『유대 고대사』 1권을 보면 니므롯은 네브로데스(Nebrodes)라는 전제 군주로 등장하며 선조들을 물로 멸망시킨 하느님에게 복수하기 위해 바벨탑을 쌓는다. 한편 일부에서는 『길가메시 서사시』의 주인공이자 우루크 혹은 수

메르의 왕인 길가메시를 니므롯으로 간주하기도 한다. 칼데아는 바벨탑이 세워진 바빌로니아의 그리스어 표기이다. 따라서 칼데아 신화는 바빌로니아 신화 혹은 『길가메시 서사시』를 지칭하는 것으로 본다. 『길가메시 서사시』에 따르면, 우루크의 여신 이슈타르가 길가메시에게 매력을 느껴 사랑을 고백했다가 거절당하자 복수를 위해 아버지인 하늘의 신 아누에게 '하늘의 황소'를 달라고 간청한다.

우리는 17세기의 한 풍자 시인이 시 「세계 창조에 대해」의 작가인 무르톨라를 조롱하며 말한 것이 우리의 얘기라고 할 수 있다 무르톨라(Gaspare Murtola, ?~1624)는 제노바 태생의 이탈리아 시인이며, 마리니즘을 만들어 낸 이탈리아의 대표적 바로크 시인 마리노(Giambattista Marino, 1569~1625)와 평생 앙숙 관계였던 것으로 유명하다. 본문에서 무르톨라를 조롱하며 시를 쓴 17세기의 풍자 시인 역시 마리노이다. 무르톨라는 마리노에 비해 작가로서의 명성은 많이 떨어진다. 그러나 이탈리아 바로크 화풍을 개척한 당대의 화가 카라바조(Caravaggio, 1571~1610)가 그린 「메두사」에 대한 글을 써서 그 제목이 '메두사 무르톨라'라 불리면서 이름을 남겼다. 원래 이 작품은 피렌체의 우피치 미술관에 소장된 같은 내용의 그림 「메두사」를 모사한 것으로 알려져 왔으나 최근의 방사선 분석 결과, 그 그림보다 이전에 그린 진본으로 밝혀졌다.

16 **진짜 필요한 것은 무한히 많은 주제가 정신에 자극을 주도록 하기 위해 우리 정신의 반사면들을 증가시키는 일이다** 오르테가는 사물을 이해하려는 노력의 일환으로 우리 마음의 관심과 용적을 증가시켜야 한다고 주장하고 있다.

플라톤의 대화편에서는 이해하고자 하는 이런 열망을 가리켜 '사랑의 광기'라고 부른다 훌리안 마리아스의 연구대로, 플라톤의 『파이드로스』에서 소크라테스에 따르면 두 종류의 광기가 나온다. 하나는 인간의 질병에 기인하는 것이고, 다른 하나는 일상의 법칙이 신의 개입으로 전복되면서 발생하는 것이다. 소크라테스는 후자를 다시

네 가지로 분류하는데 아폴론의 예언적 광기, 디오니소스의 신비적 광기, 뮤즈의 시적 광기 그리고 아프로디테와 에로스의 사랑의 영감이다. 그는 이 가운데 사랑의 광기가 가장 중요하다고 보았다. 소크라테스는 사랑의 광기가 아름다움이라는 보편성에 도달하게 하는데 이 보편성이 곧 진리라고 말한다. 따라서 광기는 진리에 도달하는 필수 조건이 된다.

니체는 이미 특정한 도덕적 행위가 원한의 한 형태이자 산물임을 날카롭게 간파한 바 있다 니체(Friedrich Wilhelm Nietzsche, 1844~1900)에게 원한이란, 훌리안 마리아스의 주장대로, 상상 속의 복수를 꾀하는 약자의 무기력함에서 나오는 것이다. 니체는 이를 '르상티망(ressentiment)'이라 부른다. 르상티망이란 원래 키르케고르가 정립한 용어로, 강자를 향한 약자의 원한을 의미한다. 니체는 『도덕의 계보』에서 무기력하고 수동적이며 강자에 대한 질투에 사로잡힌 약자가 사회적 가치관을 부정하고 왜곡하는 경향이 있는데 이것이 바로 노예 정신의 특징이라고 말한다. 니체에 따르면, 르상티망은 그리스도교를 지탱해 온 근간이다. 왜냐하면 "원수도 사랑하라"는 그리스도교의 가르침은 무기력한 약자가 도덕을 빙자하여 꾀하는 상상 속의 복수에 지나지 않기 때문이다. 이것이 바로 니체가 말하는 '도덕의 계보'이다. 그러므로 도덕적 가치관 혹은 가치체계는 도덕을 통한 '노예의 반란'이다. 사실 따지고 보면 니체만큼 르상티망이 강한 사람도 없었다. 그는 인간관계가 원만치 않았고 학문적으로 소외당했으며 육체적으론 간질, 매독, 만성 두통 등 온갖 질병을 앓으면서 자기만큼 불행한 사람이 없다고 여겼다.

17 **가장 잘 알려진 상징적 예가 로마 제국의 마르코마니 전투이다** 마르코마니 전투는 로마 제국의 마르쿠스 아우렐리우스 황제가 게르마니아 전쟁 시기에 서게르만족 혹은 수에비족의 일파인 마르코마니 부족과 벌인 전투를 말한다. 전투는 로마의 승리로 끝나고 마르코마니인들은 도나우강 이북으로 후퇴하지만 이 전투에서 로마 군대

는 용감한 적을 맞아 악전고투를 벌여야 했고 원정 길의 황제 역시 180년 빈드보나(지금의 빈)에서 병사하였다. 2000년, 리들리 스콧이 감독하고 러셀 크로가 주연한 〈글래디에이터〉는 도나우 강변에서 벌어진 제2차 마르코마니 전투(177~180)를 다룬 영화이다.

서로를 잘 이해하고 있는 적과의 싸움, 이것이야말로 진정한 관용이며 강인한 영혼에게서 나오는 행위이다 훌리안 마리아스의 해설에 따르면, 흔히 관용은 약한 자의 특성으로 오해하지만 오르테가 이 가세트는 반대로 생각한다. 강인함은 자기가 맞서 싸울 적을 이해하도록 해 준다. 그러나 약한 자는 자신이 없기 때문에 감히 다른 이와 공감하려 하지 않고, 원한과 증오에 사로잡힌 자들의 특징인 광신주의와 무관용주의에 빠지게 된다. 이에 오르테가는 젊은이들에게 "사랑이 이 우주를 다시 지배할 수 있도록" 하라고 주문하는 것이다.

18 **아소린** Azorín(1873~1967). 스페인의 저명한 소설가, 수필가, 극작가, 비평가로 본명은 호세 마르티네스 루이스(José Martínez Ruiz)이며 알리칸테의 모노바르 출신이다. 『스페인의 시간, 1560~1590』, 『카스티야의 영혼』, 『돈키호테의 길』 등의 작품을 통해 스페인의 영원한 본질을 모색하였고, 특히 스페인의 정수라 간주되었던 카스티야의 마을과 경치를 인상파 문체를 통해 묘사하였다. 스페인의 갱생을 주창한 '98세대'의 지식인 가운데 가장 오래 생존한 작가이다. 젊은 시절에는 급진적인 정치 성향을 지녔으나 점차 보수적으로 변모하였고 스페인 내전이 끝난 후 프랑코 정권에 협조하였다. 말년에는 영화에 심취하여 많은 평론을 썼으며 "영화야말로 가장 위대한 예술 형식이다"라고 주장하였다.

호세 데 캄포스 José de Campos(1755?~1808). 본명은 라몬 캄포스(Ramón Campos Pérez)이고 스페인 카스테욘 출신이다. 신학, 물리학, 철학 등을 공부했으며 『논리학 체계』(1790), 『시민 사회에서의 인간 불평등에 대하여』(1799), 『단어의 은총』(1804) 등의 저서를 남겼다. 나폴레옹 군대의 침략에 맞서 싸우다가 전사하였다.

본문의 구절은 『시민 사회에서의 인간 불평등에 대하여』에서 인용한 것이다.

나는 이 글을 읽는 독자들이 마치 내가 도덕적인 이상과는 담을 쌓은 것으로 성급한 결론을 내리지 않기를 바란다 이 대목에서 오르테가 이 가세트는 처음으로 자신의 윤리 사상을 부정적 그리고 긍정적으로 기술하고 있다. 훌리안 마리아스의 해설에 따르면, 그것은 다음과 같이 정리될 수 있다. 1. 비도덕주의는 상식이 결여되고 이치에도 맞지 않는데, 그 이유를 설명하는 것이 오르테가 윤리학의 핵심이다. 즉 인간의 삶은 '본질적으로' 도덕적이고, 도덕성은 그의 인간 조건 자체이다. 2. 그럼에도 불구하고 도덕적 이상의 가장 큰 적은 여러 가지 그릇된 도덕성이며 여기서 도덕 고유의 특성이 타락한다. 3. 그릇된 도덕성 가운데 하나가 모든 공리주의 도덕이다. 4. 공리주의는 그 자체로는 공리주의적이지 않은 도덕에 영향을 끼친다. 즉 공리주의적 방법으로 개개인에게 구체적으로 실현될 때 그것은 공리주의가 된다. 5. 도덕성은 엄격하다고 되는 것이 아니다. 오히려 반대되는 경우가 많다. 바리새파의 예에서 보듯, 엄격함은 위선을 감추는 가면이 되곤 한다. 6. 윤리적 이상을 다듬고 정화하기 위한 노력이 경주됨에 따라, 그것은 갈수록 복잡하고 미묘하며 내면화되고 있다. 7. 그러한 노력의 대표적인 결과가 '법률의 물질적 이행'과 선(善)을 구분하는 일이다. 8. 도덕성은 항상 살아 있어야 하며 혁신되어야 한다. 따라서 개혁과 변화와 확대에 대해 개방적이어야 한다. 9. 도덕성의 범주는 무한히 열려 있고 인간은 마치 자연을 대하듯 그 범주를 탐구해야 한다. 10. 그릇되고 폐쇄적인 도덕에 반대되는 것이 완전한 도덕이다. 여기서 명백하고 최우선적인 의무는 이해인데, 실재의 문을 긍정적으로 열어 주는 진정한 종교적 태도가 집약되어 있다.

19 **플로베르** Gustave Flaubert(1821~1880). 프랑스의 대표적인 리얼리즘 소설가로 『감정 교육(*L'Éducation sentimentale*)』, 『보

바리 부인(*Madame Bovary*)』, 『부바르와 페퀴셰(*Bouvard et Pécuchet*)』 등의 작품이 있다. 이 책에서 오르테가 이 가세트는 『돈키호테』와 관련해 플로베르를 많이 언급하고 있다. 특히 '첫 번째 성찰' 제6장의 '헬레네와 보바리 부인' 그리고 제20장의 '플로베르, 세르반테스, 다윈'을 참조하라.

20 **리그베다** Rig-Veda. 베다(Veda)는 기원전 1500년경 중앙아시아에서 인더스강 유역으로 이주하여 지배 계급을 이룬 아리아인들의 경전으로서 산스크리트어로 쓰인 힌두교의 성서라 할 수 있다. 모두 네 편으로 이루어져 있으며, 이 가운데 가장 중요한 본편인 리그베다는 제사장들이 신들에게 바치는 찬가이다.

이렇게 이해를 강요하는 것은 너무 부담스러운 것이 아닐까?~최소한의 것도 하지 않으면서 더 위대한 것을 한다고 누가 과연 자신할 수 있을까? 신약 「요한의 첫째 편지」에 나오는 구절을 연상케 하는 말이다. "하느님을 사랑한다고 하면서 자기의 형제를 미워하는 사람은 거짓말쟁이입니다. 눈에 보이는 형제를 사랑하지 않는 자가 어떻게 보이지 않는 하느님을 사랑할 수 있겠습니까?"(4:20)

철학 안에서는 이해한다는 것과 단순히 안다는 것의 뉘앙스 차이가 명백히 드러난다 오르테가 이 가세트가 책에서는 언급하지 않지만, '단순한 지식'과 '이해'를 구분하면서 '이해'를 철학의 특별한 개념으로 상정한 것은 딜타이(Wilhelm Dilthey, 1833~1911)이다. 슐라이어마허의 제자인 딜타이는 생철학(生哲學)의 기초 위에서 정신과학적 방법론으로서의 해석학을 완성한 독일의 철학자이다. 딜타이는 자연 과학과 정신과학의 방법론적 차이를 규명하면서, 자연 과학은 관찰, 실험, 계산 등의 합리적 사고에 의해 대상을 분석하지만 정신과학은 이해(Verstehen)와 체험(Erleben)을 기초로 한다고 말한다. 즉 자연 과학은 자연을 '설명'하고 정신과학은 생(Leben)의 표현을 '이해'한다. 이에 의거해 그는 『기술 및 분석 심리학 사고(*Ideen über eine beschreibende und zergliedernde*

Psychologie)』(1894)에서 "우리는 자연을 설명하고, 정신생활을 이해한다"라는 유명한 테제를 도출한다.(고위공, 『해석학과 문예학』, 서린문화사, 1983, 47~49쪽 참조)

관념적으로 말할 때, 철학은 정보나 박식과는 반대되는 것이다 훌리안 마리아스가 언급하듯이, 오르테가 이 가세트에게 '박식'은 '지식'보다 하위에 있는 것으로서 확실한 철학적 방법이 없을 때에나 필요하다고 인정되는 것이다. 박식은 한 개인의 기억에 인용문들을 공급하면서 즉각적인 연상 작용을 가능케 한다. 그것은 인문학의 연금술과 같은 것이다.

21 **유스튀스 립시위스** Justus Lipsius(1547~1606). 지금의 벨기에인 남부 네덜란드 출신 철학자이다. 몽테뉴가 『수상록』에서 당대에 가장 학식이 높은 사람이라고 칭송했던 립시위스는 신스토아학파의 창시자로서 스토아 철학과 그리스도교를 조화시키려 했다. 그의 대표작인 『평상심에 대하여(*De constantia*)』는 피비린내 나는 종교 전쟁 중에 고통받는 사람들을 향해 평상심을 제일의 덕으로 삼으라고 설파하였다.

피에르다니엘 위에 Pierre-Daniel Huet(1630~1721). 다방면에 조예가 깊은 프랑스의 박학다식한 철학자이자 작가로, 프랑스 학술원 회원이었고 예수회 소속 성직자로서 주교를 역임했다.

이자크 카소봉 Isaac Casaubon(1559~1614). 프랑스 고전학자이자 신학자로서 당대의 많은 사람들로부터 유럽 최고의 학식이 있는 학자로 간주되었다.

22 **철학의 궁극적인 야망은 모든 진리를 말하게 해 주는 단 하나의 전제에 도달하는 것이라 할 수 있다** 훌리안 마리아스의 지적대로, 1932년 오르테가 이 가세트는 "나는 나 자신과 나의 환경이다. 이 표현은 나의 첫 책에 등장하며 나의 철학 사상을 집약하고 있다"라고 썼다. 그러나 물론 이 표현 안에 철학의 진리가 담겨 있다는 의미는 아니다. 오르테가는 1천2백 쪽에 달하는 헤겔(Georg Wilhelm Friedrich

Hegel, 1770~1831)의 『논리학』이 "관념이야말로 절대적인 것이다"라는 문장에 의미의 충만함을 주기 위한 준비 과정이라고 덧붙인다. 하나의 철학을 요약하는 명제는 철학의 총체성과 분리할 수 없다. 그것의 임무는 모든 이론에 축적되어 있는 지적 에너지를 '해방'시키는 것이다. "나는 나 자신과 나의 환경이다"라는 명제 안에 오르테가 철학이 포함된다고 말할 수는 없다. 이 문장은 그의 모든 철학을 집약하는 중심 역할을 할 때 비로소 이해될 수 있고 현재화될 것이며, 불현듯 그의 교설을 가지런히 정리해 줄 것이다. 이렇게 해서 진정한 지적 작용이 가능해진다.

에세이도 학문이라고 할 수는 있지만, 명백하게 증명될 수는 없는 학문이다 훌리안 마리아스에 의하면, '에세이(ensayo)'라는 단어는 무언가를 생각하는 행위를 의미하는 'exagium'에서 온다. 이 용어는 '시험(examen)'이라는 단어와 같은 계통에 속하며 의미론적으로는 '생각한다(pensar)'라는 단어와 연결된다. 르네상스 이래 '98세대'에 이르기까지 스페인에서 에세이의 지적 전통은 익히 알려져 있다. 본문에서 오르테가는 '성찰' 시리즈가 학문적인 철학이 아니라 에세이일 뿐이라고 말한다. 또한 곧바로 덧붙이기를 설령 그것이 학문이라 해도 증명될 수는 없는 대상이라고 말한다.

23 **사물을 새롭게 바라보는 가능한 방법들을 제공할 뿐이다** 이 말은 오르테가 이 가세트의 초기 철학 이론인 관점주의(perspectivismo)를 보여 준다. 관점주의는 객관적 사실과 유일한 진리를 믿는 실증주의와 반대로 인식의 주관성과 상대성을 전제로 다양한 관점과 해석을 인정한다. 1887년 니체가 처음 주창한 관점주의는 1914년 오르테가 이 가세트의 철학으로 계승되었고 같은 해에 발표된 아인슈타인의 일반 상대성 이론에 의해 과학적으로도 그 입장이 보강되었다. 오르테가 이 가세트는 각각의 관점이란 그 자체가 현실의 원료를 이루는 것으로서 시대의 징표라고 주장하였는데, 이러한 관점주의는 서구의 인식론적 자기중심주의를 반성케 하는 계기

가 되었다. 한편 미국의 역사학자 헤이든 화이트(Hayden White, 1928~)는 『메타 역사: 19세기 유럽의 역사적 상상력』(1973)에서 관점주의를 역사 연구에 도입하여 역사 서술이 문학 작품과 다를 바 없다는 '메타 역사'를 주창하였다.

24 **그는 환경을 통해 우주와 소통한다** "나는 나 자신과 나의 환경이다"라고 말한 오르테가 이 가세트에게 '환경'은 그의 철학을 보여 주는 핵심 개념 가운데 하나이다. 환경은 그 이전에는 철학적 함의를 가진 적이 없었다. 훌리안 마리아스의 연구에 의하면, 오르테가 이전에 환경을 언급한 사람이 있다. 먼저 현상학의 창시자로 간주되는 후설(Edmund Husserl, 1859~1938)은 독일어로 '환경'을 의미하는 'Umwelt'에 주목하면서 그것은 단순한 외부의 물리적 현실이 아니라 나를 둘러싼 모든 것이라고 말한다. 즉 Umwelt는 주변의 사물들일 뿐만 아니라 세계를 구성하는 가치와 자산으로서, 나를 둘러싸고 있는 실질적인 세계를 의미한다. 또 독일의 생물학자인 윅스킬(Jakob von Uexküll, 1864~1944) 역시 환경의 의미를 새롭게 조명한 학자이다. 그는 'Umwelt'를 "생체 감각을 통해 주관적으로 인지된 주변 환경(surroundings)"으로 정의하면서, 그러한 인지를 가능케 하는 개체의 인식 방식 혹은 특성적 의식을 가리켜 '지각 세계(Merkwelt)'라고 말한다. 그러나 환경을 인간 삶의 필수 조건으로 여긴 오르테가의 사상은 사실 후설이나 윅스켈 이전에 이미 구상된 것이었다. 즉 1910년에 발표한 에세이 「낙원의 아담」에서 우리는 『돈키호테 성찰』에 나타나는 오르테가 이 가세트의 사상을 볼 수 있다. 그는 에세이에서 이렇게 말한다. "아무 물건이나 잡아 보라. 그리고 거기에 다양한 가치 체계들을 적용해 보라. 그러면 당신은 하나의 물건 대신 다양한 물건들을 가지게 될 것이다." 이 글은 관점에 따라 수많은 현실이 있을 수 있다는 오르테가의 사상을 보여 준다. 한편 '환경(circunstancia)'이란 표현이 처음 등장한 것은 1911년 1월에 발표한 「웅변가의 박해(Bejamen del orador)」

에서이다. 그는 이렇게 말한다. "환경이란 무엇인가? 100명의 사람들, 50분의 시간, 사소한 문제 등등 이런 것들뿐인가? 모든 환경은 좀 더 범주가 큰 다른 환경 속에 들어간다. 그렇다면 왜 나는 단지 10제곱미터의 공간만이 나를 둘러싸고 있는 모든 것이라고 생각하는가?" 이 글에서 알 수 있듯이, 오르테가에게 환경이란 나를 직접 둘러싸고 있는 한정된 공간을 의미하는 것이 아니다. 즉 환경이란 사실상 나를 구성하는 모든 것을 의미한다. 신체, 심리, 지식 그리고 내게 일어나는 모든 일들을 포함하는 것으로서 '상황'의 현상학적 개념과 비슷하다고 볼 수 있다.〔호세 마우리시오 데 카르발류(José Mauricio de Carvalho), 「오르테가 이 가세트와 임상 철학」, 『응용 철학 및 임상 철학 입문』, 마드리드: ACCI, 2014, p.126〕

환경 circunstancia. '환경'으로 번역된 circunstancia의 정확한 의미는 '주위를 둘러싸고 있는 사물들'이며, 어원학적으로 볼 때 '주변'을 뜻하는 circum과 '존재함'을 뜻하는 stare가 결합된 단어이다.

25 **괴테** Johann Wolfgang von Goethe(1749~1832). 독일의 대문호이자 철학자, 과학자이며 정치가로서 바이마르 공국의 재상을 지내기도 했다. 젊은 시절 질풍노도(Sturm und Drang) 운동에 참여했고 훗날 바이마르 고전주의의 전성기를 이끌었다. 『젊은 베르터의 고통(*The Sorrows of Young Werther*)』, 『빌헬름 마이스터의 수업 시대(*Wilhelm Meister's Apprenticeship*)』, 『파우스트(*Faust*)』 등을 썼다.

경계에 대한 에세이 이 글은 오르테가 이 가세트가 원래 기획했던 열 개의 성찰(Meditaciones) 시리즈 가운데 하나이다.

나는 지난 19세기에 비해 현 20세기의 가장 심오한 변화 가운데 하나가 주변 환경에 대한 우리의 감수성이 변화한 데 있다고 믿는다 훌리안 마리아스에 의하면, 오르테가 이 가세트는 일찍이 19세기와 20세기를 대조하며 비교하곤 했다. 그는 19세기가 여러 사회적 문제들에 의해 지배된 정치적 세기라고 말한다. 이 문제들이 사람들의 일차적인 관심을 끌었던 이유는, 오르테가의 간략한 설명에 의하면, 서양인들이 이전까지 극소수 개인에게만 허락되었던 정치를 자기 삶의 일부로 받아들인 데 있다. 그것은 민주주의의 결과로 생긴 유럽 사회의 구조적 변화였다. 한편 오르테가 이 가세트의 『낭만적 박물관을 위해(*Para un museo romántico*)』(1922)에 따르면, 20세기에 들어 예술의 가치가 중시되고 있는데, 최고의 예술은 자신의 삶 자체를 예술로 만드는 것이다. 미술이나 음악이 아무리 아름답다 해도 참된 우정이나 순수한 사랑보다 못하다는 것이다. 최고의 삶은 마치 예술 작품을 다루듯 더불어 살아가는 것이다. 19세기에는 모든 사람이 생계를 꾸려 나가기에 급급하여 감각적으로 살았으며 정치, 경제 혹은 과학에만 온 정신을 쏟았다. 그러나 20세기 사람들은 달라지고 있다는 것이 오르테가의 생각이다. 사람들이 자신의 삶 자체가 최고의 완벽한 건축물이 되도록 노력하면서 새로운 형태의 문화가 시작되었는데, 삶을 예술로, 세련된 감각으로 그리고 사랑할 줄 알고 대화할 줄 아는 것으로 간주한 것이다. 이러한 최고의 예술에 비하면 시, 그림, 음악 등 모든 예술은 단순한 장식물처럼 부차적인 것에 지나지 않는다.
실제로 스페인의 19세기는 나폴레옹 군대의 침략, 아메리카 식민지 상실, 왕정 붕괴와 제1공화국 성립, 군부 봉기, 카를로스 내전, 정당 난립, 자유파와 보수파의 대립 등 바람 잘 날 없는 정치적 혼돈기였다. 그러나 오르테가의 바람과 달리, 20세기의 스페인은 사랑과 대화를 통한 더불어 살기에 성공하지 못한다. 19세기 내내 적나라하게 드러났던 증오와 대립은 결국 1936년 스페인 내전을 통해 폭발한다.

26 **모든 욕구는 그 잠재력만 완전히 계발된다면 새로운 문화적 영역이 될 수 있다** 훌리안 마리아스는 이 대목에서 오르테가 이 가세트 사상이 확대 발전할 주제가 시작된다고 말한다. 즉 모든 인간 현실, 구체적

으로는 문화가 삶 자체에서 비롯되어야 한다는 것이다. 인간이 창조하는 것의 뿌리는 주변 현실에 둘러싸여 있는 자기 자신의 삶이며 거기서 필요한 것들을 만들어 내는 인간의 활동이 문화이다.

뉴턴 Isaac Newton(1642~1727). 영국의 물리학자이자 철학자로, '프린키피아(Principia)'라는 제목으로 알려진 『자연 철학의 수학적 원리』의 저자이다. 그는 이 책에서 만유인력의 법칙과 자신의 이름을 딴 '뉴턴 운동 법칙'을 통한 고전 역학을 정립했다. 역사상 가장 위대한 과학자이자 인류 최고의 위인들 중 한 명으로 꼽힌다. 과학 혁명을 선도했으나 하느님의 존재를 믿는 독실한 성공회 신자이기도 했다.

칸트 Immanuel Kant(1724~1804). 프로이센 출신의 계몽 철학자이다. 비판 철학의 대표자이자 독일 관념론의 선구자이며 세계 철학사에서 가장 위대한 철학자 가운데 한 명이다. 가장 중요한 저작으로 꼽히는 『순수 이성 비판(*Kritik der reinen Vernunft*)』은 이성의 구조 자체를 분석한 책으로 현대 철학의 시작이라고 평가된다.

그때가 되면 쾌락주의자 뉴턴도 나올 수 있고, 욕망하는 칸트도 태어날 것이다 '쾌락의 뉴턴'과 '욕망의 칸트'라는 개념은 이전까지 존재하지 않았던 문화의 형태를 말하며 인간적인 삶의 확장을 의미한다. 유토피아 사상에 맞서 오르테가는 삶에서 일어나는 모든 일이 철학과 관련된다고 말한다. 훌리안 마리아스가 말하듯이 관념적이고 추상적인 삶의 영역을 구성하는 문화 창조는 개개인의 존재를 떠나선 설명할 수 없다.

27 **자신이 내포하고 있는 정신, 즉 로고스가 아직 추출되지 않은 삶의 일부일 뿐이다** 훌리안 마리아스의 해석에 의하면, 개인의 삶이 진실하고 충만할 때 단지 '개인의 삶'에 머무는 것이 아니라 '삶 전체의 일부분'을 이룬다. 여기서 정신 혹은 로고스는 오르테가에게 의미, 연관성, 통합 등을 뜻한다. 순전히 개인적이고 즉각적인 모든 것은 주위

와 관계를 맺고 있지 않으므로 의미가 없다. 다른 말로 하면, 개개인의 삶은 관계를 맺을 때만, 로고스나 의미를 발견할 때만, 즉 해석이 될 때만 충만한 의미를 가진 존재가 되고 삶의 실재 자체에 편입된다.

28 **문화에서 일반적인 모든 것, 학습된 모든 것, 성취한 모든 것은 직접적인 것을 다루기 위해 우리가 취해야 할 우회 전술일 뿐이다** 여기서 '우회 전술'이란 훌리안 마리아스에 의하면, 오르테가의 철학적 방법론 가운데 가장 핵심적인 요소 가운데 하나이다. 출발점은 항상 즉각적이고 개인적이며, 이미 주어진 현실이다. 하지만 나는 거기 머물 수 없다. 왜냐하면 관념, 개념, 문화 등 내가 알아내려고 하는 것으로부터 거리를 두게 만드는 지적 행동을 수행해야 하기 때문이다. 이는 문화적 수단을 통해 즉각적 실재로 되돌아오고 결국 실재를 포착하게 해 주기 위한 것이다. 오르테가가 항상 말하듯이, 실재의 지식에 관한 방법론은 가는 동시에 오는 것이고 선험적인 동시에 후험적인 것이다.

고대 이집트 사람들은 나일강 유역이 세상의 전부라고 믿었다 환경(circunstancia)과 지방(provincia)의 관계에 대한 오르테가 이 가세트의 생각을 훌리안 마리아스의 해설로 들어 보자. 환경에 대한 확실한 인식은, 흔히 생각할 수 있는 것과는 반대로, 모든 지방색(provincianismo)을 배제한다. 지방민(provincial)이 그 지방에 소속된 사람을 의미한다면, 오르테가에게 촌놈(provinciano)이란 자기 지방을 세상의 전부로 믿는 사람이다. 촌놈의 생각은 터무니없을뿐더러 고유의 '환경'을 가지고 있는 지방의 의미까지 파괴한다. "실제로 존재하는 것은 부분들뿐이다. 전체는 부분들을 추상화한 것이고 부분들을 필요로 한다"라는 본문의 말처럼, 부분들에 대한 구체적 관심은 전체 속에서 부분들 각자가 가지고 있는 관점과 질서에 대한 의식을 동반한다. 따라서 오르테가는 지방색 못지않게 유토피아주의도 반대한다. '환경'이라는 개념은 자기 자리를 지키면서 전체 구조 속에서 의미를 구성하는 각각의 사물을 인식하고 있기 때문에 지방색과 유토피아주의를 당연히 배격하는 것이다.

우리는 세계의 궁극적 존재가 물질이나 정신처럼 확정적인 어떤 사물이 아니라 세계를 바라보는 관점일 뿐이라는 확신을 언제쯤 열린 마음으로 받아들일 것인가? 훌리안 마리아스의 해석에 따르면, 관점주의를 제기한 선구자는 라이프니츠(Gottfried Wilhelm Leibniz, 1646~1716)이다. 오르테가 이 가세트는 1916년에 발표한 「진리와 관점(Verdad y perspectiva)」에서 라이프니츠의 『단자론(*Monadologie*)』 가운데 다음과 같은 제57항을 인용한다. "그리고 여러 방향에서 주시되는 하나의 도시가 전혀 달리 보이고 관점에 따라 복수화되듯이, 무한한 단순 실체들이 존재함에 따라 그만큼의 상이한 우주들이 존재하게 된다. 그렇지만 이 우주들은 결국 각 모나드의 상이한 관점에 따른, 한 단일한 우주에 투사된 시점들일 뿐이다."(이정우, 『주름, 갈래, 울림: 라이프니츠와 철학』, 거름, 2001, 311쪽)

관점주의라는 용어는 19세기 말 니체의 작품에서 재등장한다. 니체의 『즐거운 학문(*Die fröhliche Wissenschaft*)』에 따르면, 의식은 인간 개인의 실존에 온전히 속하는 것이 아니라 그에게 공유되고 있는 무리의 본성에 속하는 것이다. 니체의 말을 계속 인용해 보자. "우리의 모든 행동은 근본적으로 지극히 개인적이고, 유일하며, 무한히 개별적이다. 이것은 의심의 여지가 없다. 그러나 이것이 우리의 의식으로 옮겨지는 즉시 그것은 더 이상 그렇지 않은 것으로 나타난다. 이것이 내가 이해하는 현상론이며 관점주의이다: 동물의 의식의 본성은 다음과 같은 사실들을 수반한다. 우리에게 의식되는 세계는 피상적 세계, 기호의 세계, 일반화되고 범속해진 세계에 불과하다. (……) 우리는 의식을 위한 '진리'를 위한 기관을 전혀 가지고 있지 않다. 우리는 그것이 인간의 무리, 종에 유익한 만큼만 '안다'(혹은 믿거나 상상한다). 그리고 여기에서 '유용성'이라고 불리는 것 자체도 결국 믿음, 상상, 그리고 아마도 언젠가 우리를 몰락으로 몰고 갈 치명적인 어리석음에 불과하다."(니체, 『즐거운 학문/메시나에서의 전원시. 유고(1881년 봄~1882년 여름)』, 니체 전집 12, 안성찬·홍사현 옮김, 책세상, 2005, 342쪽) 니체는 주로 생물학적 유용성의 시점에서 지식을 해석한다. 따라서 그의 관점주의는 진리와 오류 사이의 차이를 없애 버린다. 진리란 오류의 일종으로 그것 없이는 특정한 존재의 종이 살아갈 수 없는 것일 뿐이다. 삶에서 가치란 마지막 순간에 결정되는 것이다. 그리고 진정한 세계와 피상적 세계의 대립 역시 가치의 관계로 환원될 뿐이다. 그런데 훌리안 마리아스에 따르면, 오르테가는 「진리와 관점」에 붙인 주석에서 자신이 말하는 관점주의는 니체가 같은 이름으로 말하는 것과는 아무 관계가 없다고 단언한다. 훌리안 마리아스는 오르테가가 이 책에서 말하고자 하는 관점주의에 대해 이어지는 각 주에서 상세히 설명한다.

29 **사탄이 범한 죄는 관점의 오류였다** 훌리안 마리아스는 오르테가 이 가세트가 관점(perspectiva)에 대해 말하는 첫 번째가 바로 관점은 세계의 궁극적 실재라는 점이라고 지적한다. 다시 말해 오르테가는 관점의 개념을 지식이나 그와 비슷한 것으로 연결시키지 않고 '실재하는 것(the real)'으로 본다. 그는 물질과 정신이 실재하지 않는다고 말하는 것도 아니다. 단지 그것들이 세계의 궁극적 실재(reality)가 아니라는 점을 말하는 것이다. 왜냐하면 실재란 고정된 것이 아니기 때문이다. 이는 우리로 하여금 그 어떤 형태의 '주관주의'로부터, 실재를 그것을 바라보는 하나의 주체로 환원시키려 하는 그 어떤 시도로부터도 거리를 두게 한다. 오히려 완전히 반대라고 할 수 있다. 즉 진리에 접근하기 위해 우리가 따라야 할 고유의 엄격한 구조를 가진 실재에 대해 말하고 있는 것이다. 그는 "신은 관점이며 분류 체계일 뿐이다. 사탄이 범한 죄는 관점의 오류였다"라고 말한다. 이는 진리와 허위의 구분조차 뛰어넘으려는 니체와

반대되는 입장이다. 그래서 오르테가는 "시점들이 많아질수록, 그리고 각각의 단계에 대한 우리의 반응이 정확할수록 관점은 더욱 완벽해진다"라고 덧붙이는 것이다. 총체적인 관점 내에 하나의 개별적인 시점을 위치시키는 것이 아니라 그것을 불변의 것으로 절대화시키는 행위는 신의 시점을 찬탈하는 오류를 범하는 것이다. 이 표현이 적절한지 모르겠지만, 신은 가능한 모든 시점들을 가지고 있는 무한이자 모든 관점들의 통합이기 때문이다. 그러므로 훌리안 마리아스는 '지성의 절대주의', 그리고 다른 시스템들을 배제하고 하나의 체계만 고집하는 모든 시도는 그 의도가 아무리 순수하다 해도 사탄의 행위와 다름없다고 말하는 것이다.

『돈키호테 성찰』 출판 후 2년이 지나지 않아 쓴 「진리와 관점」에서 오르테가는 이 문제를 좀 더 자세히 다루고 있다. "실재는, 바로 그것이 실재라는 이유 때문에, 그리고 우리 개개인의 마음 밖에 있기 때문에, 자기 자신을 천의 얼굴 혹은 표면으로 증식할 때만 우리에게 도달할 수 있다." "실재는 우주 안에서 우리 각자가 빠져나갈 길 없이 부여받은 시점으로 볼 때만 관찰될 수 있다. 그 실재와 이 시점은 상호 연관되어 있으며, 실재가 발명될 수 없는 것처럼 시점 역시 거짓으로 꾸며 낼 수 없다." "진리, 실재적인 것, 우주, 삶은, 그것이 무엇이라 불리든 간에, 무수한 단면들로 부서지고 수많은 지류로 갈라져서 각자가 뿔뿔이 한 개인에게 향한다. 만일 이 사람이 자신의 시점에 충실해지는 법을 알았다면, 그리고 자신의 망막을 다른 상상의 것으로 바꾸려는 끈질긴 유혹을 이겨 냈다면 그는 세계의 실제 모습을 보게 될 것이다." "그리고 반대의 경우도 있다. 각 개인은 진리의 사명을 가지고 있다. 나의 눈동자는 자기만의 고유한 자리가 있다. 내 눈이 보는 실재의 부분은 다른 눈엔 띄지 않는다. 우리는 대체할 수 없고 필연적인 존재들이다." "실재는 개개인의 관점을 통해 주어진다. 한 사람에게 배경에 보이는 것이 다른 사람에게는 전경에 있을 수 있다. 풍경은 우리의 망막에 따라 자신의 크기와 거리를 조정한다. 우리의 가슴은 강약을 조절한다. 시각적 관점과 지적 관점은 가치 부여의 관점이 더해지면서 한층 복잡해진다."(*Obras Completas*, II, pp.18~19) 오르테가에게서 관점에 대한 인식이 발전해 가는 과정을 쫓다 보면 그의 철학을 통합적으로 이해하게 될 것이다. 오르테가는 「진리와 관점」이 아인슈타인(Albert Einstein, 1879~1955)의 『일반 상대성 이론의 기초』(1914)가 출판되기 전에 나왔다고 회상한다. 그는 『현대의 과제(*El tema de nuestro tiempo*)』에서 우리가 논의해 왔던 사상을 면밀하게 발전시키고 공식화한다. 가장 명확한 표현은 다음과 같다. "우주적 실재는 오로지 특정한 관점에서만 볼 수 있다. 관점은 실재의 여러 구성물 가운데 하나이다. 그것은 결코 실재의 왜곡이 아니라 그 조직이다. 하나의 실재가 어떤 시점에서 보아도 동일하다면 그것은 엉터리이다." 오르테가는 계속해서 말한다. "이러한 사고방식은 철학을 급진적으로 개혁하고, 더 중요한 것은 세계에 대한 우리의 지각을 바꾼다는 점이다."(*Obras Completas*, III, p.199) 그리고 그는 '절대' 시각을 언급하면서, 전지적이고 진정한 '절대 이성'인 개별적 관점들의 총합이야말로 우리가 신의 속성으로 돌리는 숭고한 직능이라고 말한다. 신도 하나의 시점이다. 그러나 늙은 이성주의자처럼 그로 하여금 우주적 실재를 직접 보게 만드는 인간 영역 너머의 관찰 능력을 가지고 있기 때문은 아니다. 신은 이성주의자가 아니다. 그의 시점은 우리 각각이 가지고 있는 것과 같다. 따라서 우리의 부분적 진실은 신에게도 진실이다. 그러므로 우리의 관점은 참된 것이고 우리의 실재는 진짜이다! 다만 교리에서 말하듯이, 신은 모든 곳에 편재하고 모든 시점들을 향유한다. 그리고 자신의 무한한 생명력은 우리 모두의 지평을 함께 모으고 조화시킨다.(*Obras Completas*, III, pp.202~203) 이것이야말로 일부에서 '주관주의'와 '상대주의'라고 부르는 것이다.

결론적으로 오르테가에게 관점은 실재의 여러 구성물 가운데 하나다. 그것은 결코 실재의 왜곡이 아니라 그 조직이다. 우리에게 '실재'라는 단어는 그것이 구성되고 조직되는, 그리고 그것이 '실재하는' 관점 밖에서는 의미를 상실한다. 이 때문에 우리는 "실재는 단지 관점으로 존재한다"라고 말할 수 있는 것이다.

환경을 다시 흡수하는 일이야말로 인간의 구체적인 운명이다 훌리안 마리아스는 환경을 재흡수하라는 이 문장이 그동안 사람들에게 제대로 이해되지 않았으나, 오르테가 이 가세트의 작품에서 가장 중요한 대목 가운데 하나라고 강조한다. 오르테가는 앞에서 "날쌔고 우직한 투창처럼 영광의 목표를 향해 돌진하는 영웅"을 언급했다. 먼 곳을 향해 투사된 인간이 길을 가는 이 과정에서 환경은 자신이 우리들에게 제공하는 것을 받아들이라고 한다. 환경을 재흡수한다는 말은 사람들이 환경이 제공하는 것을 체화하고 그렇게 투사된 인간의 운명에 자신을 동참시키는 일을 뜻한다. 인간은 환경에 의해 주어진 사물들을 가지고 자기 자신과 삶을 만들어 간다. 그는 사물들에 로고스와 의미를 투사하면서 그것들을 떠맡는다. 자기 상황에 충실한 인간의 운명, 즉 '구체적' 운명이란 자신을 실재의 것에 투사하고, 아무것도 없는 것에 의미를 부여하고, 무기력하고 난폭하고 비로고스적인 데에서 로고스를 뽑아내는 것이다. 이를 통해 "그냥 내 주위에 있는 것"(환경)은 실재하는 세계로 바뀌고, 개성적인 인간의 삶으로 변화한다.

과다라마산맥 Guadarrama. 마드리드 북부를 동서로 가로지르는 산맥. 스페인 내전을 소재로 한 헤밍웨이의 소설 『누구를 위하여 종은 울리나』의 배경이 된 곳이다. 과다라마산맥 기슭에 펠리페 2세(Felipe II, 1527~1598)가 건축한 에스코리알(Escorial) 궁전이 있다.

온티골라 평원 Ontígola. 스페인 왕실의 봄 왕궁이 있는 아랑후에스 근처의 평원이다. 아랑후에스 궁전은 1939년 스페인 작곡가인 호아킨 로드리고(Joaquín Rodrigo, 1901~1999)가 작곡한 「아랑

후에스 협주곡(Concierto de Aranjuez)」의 배경이 되면서 더욱 유명해졌다.

오직 그 영역을 통해서만 나는 인격적으로 통일될 수 있고 온전한 나 자신이 될 수 있다 훌리안 마리아스가 첨언하듯이, 한 사람은 '나'뿐만 아니라 주변 현실을 포함한다. 나는 환경의 틀 내에서, 즉 환경 안에 통합된 상태에서만 비로소 '온전한 나 자신'이 될 수 있다.

30 **내가 환경을 구해 내지 못한다면 나 자신도 구원되지 못한다** "나는 나 자신과 나의 환경이다"는 오르테가 사상을 가장 함축적으로 표현한 명제이다. 훌리안 마리아스가 지적하듯, 이 문장은 「낙원의 아담」에서 이미 비유적으로 표현했던 말을 개념적이고 엄밀한 형태로 표명한 것이다. 그런데 여기서 환경이란 말을 외형적으로만 파악하여 지형적인 개념으로 이해해서는 안 되고, 그렇다고 물리적 개념으로 통칭해도 안 되며, 단순히 유기체적 개념으로 봐서는 더더욱 안 된다. 이 말을 이해하려면 뒷부분에서 오르테가가 설명하는 다음 글을 보는 것이 좋을 듯싶다. "외부 세계라! 그렇다면 비록 감각으로 느낄 수는 없지만 더 심층적인 영역에 있는 세계 역시 주체가 볼 때에는 외부 세계가 아니던가? 그것이 외부 세계일 뿐만 아니라 더욱 고도의 외부 세계라는 점에는 의심할 여지가 없다." 다시 말해 오감에 의해 파악되는 세계가 아니라 '내적'인 세계 역시 주체에게는 외부의 것이므로 환경의 일부가 된다. 그것은 나 개인의 전체적 실재를 지칭하는 최초의 '나(I)'라는 의미에서의 '나(me)'를 형성한다고 말할 수 있다.

만사나레스강 Rio Manzanares. 과다라마산맥의 나바세라다산에서 발원하여 마드리드 시내를 관통하는 강이다. 서울을 가로지르는 한강과 비교할 때 강이라기보다는 개천에 가까울 정도로 폭이 좁고 연장(83km)도 짧지만 여러 차례 중요한 역사적 무대가 되어 왔다.

헤라클레이토스 Herakleitos(B.C. 535~475). 에페수스 출신의 그리스 사상가로, 존재가 변하지 않는다고 주장한 파르메니데스

(Parmenides, B.C. 510~450년경)에 반해 만물 유전의 법칙을 주장한 생성의 철학자이다.

프리드리히 야코비 Friedrich Heinrich Jacobi(1743~1819). 독일의 철학자로, 괴테의 친구이다. '니힐리즘'이란 말을 만들어 내면서 이것이 계몽주의의 가장 큰 과오라고 비판하였다. 성찰적 이성 대신 믿음과 계시를 강조하였고, 계몽주의의 개인주의와 사회적 의무를 조화시킬 것을 주장하였다.

파브르 Jean Henri Fabre(1823~1915). 『파브르 곤충기』로 유명한 프랑스의 생물학자이자 시인이다.

31 **영웅 모세가 보기에는 모든 바위에서 샘물이 솟아날 수 있다** 훌리안 마리아스의 말대로, 이 대목은 오르테가 이 가세트가 가능성을 비유적으로 표현한 것이다. 내 주위 혹은 주변 환경에서 발견할 수 있는 실재가 모든 가능성의 원천이라는 말이다. 단지 내가 거기에 압력을 가하는 것이 필요하다.

조르다노 브루노 Giordano Bruno(1548~1600). 나폴리 왕국 출신의 과학자, 철학자, 시인이자 도미니코 수도회 소속의 사제이다. 그는 이 우주에는 지적인 존재들과 동물들이 살고 있는 수많은 세계가 무한히 펼쳐져 있으며 태양은 그중 하나의 별에 지나지 않는다고 주장하였다. 또 그는 모든 사물에 내재하면서 생명을 불어넣는 자연법칙이 바로 신이라는 범신론을 주장했다. 그리스도교적 인격신을 부정하고 삼위일체 및 성모 마리아에 대한 정통 교리에 반하는 주장을 했던 브루노는 교회에 의해 이단으로 고발되어 가톨릭교회를 떠난다. 이후 여러 나라에서 강의하며 16년에 걸친 도피 생활을 하다가 결국 베네치아에서 체포되어 모진 고문을 받은 뒤 로마에서 화형을 당하였다. 그는 종교와 철학의 분리를 주장하면서 학문적 믿음을 포기하지 않았으며 자신의 주장이 교회의 가르침에 벗어나지 않는다고 변호하였다. 결국 이단으로 단죄되었으나 회개를 거부하고 당당하게 죽음을 받아들인 브루노의 이론은 라이프니츠의 단자론(單子論)과 스피노자의 범신론에 큰 영향을 끼쳤다.

피오 바로하 Pío Baroja(1872~1956). 스페인 바스크 출신의 저명한 소설가로 스페인의 부활과 재생을 주창한 '98세대'의 주요 멤버이다. 『모험가 살라카인』, 『과학의 나무』, 『어느 행동가의 회고록』 등의 대표작이 있다. 미국의 소설가 어니스트 헤밍웨이에게 지대한 영향을 주었다. 훌리안 마리아스에 의하면, 피오 바로하는 당대의 작가들 중에서 오르테가 이 가세트에게 가장 지속적이고 호의적인 인상을 남긴 작가들 가운데 한 명이기에 이 책에서 자주 언급되고 있다.

나는 두 사람에게 바치는 글을 쓴 적이 있다 실제로 이 글들은 『엘 에스펙타도르(*El Espectador*)』 1, 2권에 각각 수록되었다고 저자가 밝히고 있다.

우리가 근대에 숨어 있는 위선적인 성격을 해소해야 할 시간이다 오르테가 이 가세트가 이 책에서 근대성(modernity)에 대해 언급하는 첫 대목이다. 훌리안 마리아스의 지적대로, 저자는 근대가 공식적으로는 예술, 과학, 사회 등 거창한 대상에 관심을 갖는 듯 보이지만 사실은 생리학적인 것에 이르기까지 사소한 분야에도 친밀감을 간직하고 있다고 지적하면서 근대의 위선적 성격을 비판한다. 오르테가는 거대 담론뿐만 아니라 이런 사소한 것들에도 정당한 권리를 부여해야 한다고 주장한다. 오르테가에게 작가 아소린은 "생명력의 원천이 되는 비밀"을 내포한 사소함을 예술적 경지로 끌어올린 작가이다.

32 **인간 이하의 성질도 인간 안에서 지속된다. 그것이 지속되는 의미는 무엇일까?** 훌리안 마리아스에 따르면, 오르테가에게 인간은 완성된 작품이 아니라 기획 사업이자 모험이다. 우리 안에 있는 인간 이하의 성질을 인간화하는 것이 삶의 과제이다. 이는 앞서 언급되었듯이, 환경을 재흡수하는 형태의 하나이다.

33 **남이 들으면 아니 될 일이지만~속절없이 나부끼는 깃털 장식과 바꾸고 싶다** 『자에는 자로』는 성서에 나오는 구절로, '법에는 법으로'라고 번역될 수도 있다. 셰익스피어의 마지막 희극 작품으로 문제극이라고도 불린다. 작품 내용은 권력을 남용하는 타락한 공직자 이야기이다. 안젤로는 빈센시오 공작이 자리를 비운 동안 공작 서리로서 법을 집행하는 권한을 갖게 된다. 이사벨라라는 여인이 자기 오빠 클로디오의 목숨을 구명하자 안젤로는 그 대가로 그녀의 정조를 요구한다. 그러나 그는 약속을 지키지 않고 클로디오를 처형하라고 명한다. 수도사로 변장하여 사태의 전말을 지켜보고 있던 공작이 나타나 하느님의 자비를 가지고 사건을 해결한다. 이 작품은 계층에 따라 달라지는 법과 권력 그리고 욕망의 문제를 다루고 있다. 위에 인용된 대목은 2막 4장의 내용으로, 공작의 자리를 대신한 안젤로의 대사이다.(윌리엄 셰익스피어, 『자에는 자로』, 김종환 역, 지식을만드는지식, 2014, 80쪽 참조)

인류학 한국에서는 『실용적 관점에서 본 인간학(*Anthropologie in pragmatischer Hinsicht*)』(이남원 역, 울산대 출판부, 1998)으로 번역되어 있다. 본문의 대목은 104번 항목에 나오는 내용이다.

죽은 자들이 산 자들을 죽이고 있습니다 그리스 3대 비극 작가 중 하나인 아이스킬로스(Aeschylus, B.C. 525/524~456/455)의 『제주(祭酒)를 바치는 여신들』은 '오레스테이아' 3부작 가운데 제2부에 해당한다. 제1부는 『아가멤논』, 제3부는 『자비로운 여신들』이다. 이 밖에 『페르시아인들』과 『결박된 프로메테우스』 등 7편의 비극과 여러 단편 작품들이 전해진다. 『제주를 바치는 여신들』은 트로이 전쟁이 끝나고 아르고스로 귀향한 아가멤논이 아내 클리타임네스트라와 그녀의 정부(情夫) 아이기스토스의 음모로 살해된 후, 추방되었던 아들 오레스테스가 망명에서 돌아와 누이 엘렉트라와 함께 아버지의 복수를 하는 내용의 작품이다.

우리는 스페인 반동주의의 심리학적 메커니즘을 발견하게 될 것이다 훌리안 마리아스는 이 대목에서, 오르테가 이 가세트가 가장 선호하는 주제 가운데 하나인 '인간이 과거와 맺고 있는 관계'에 대해 논하고 있다고 말한다. 이 책이 나온 직후에 쓴 「걷고 보는 것에 대한 각주(Notas de andar y ver)」에서 오르테가는 다음과 같이 말한다. "따라서 내가 보수적이고 전통주의적 기질을 갖고 있다고 믿지 않기를 바란다. 나는 진정으로 과거를 사랑하는 사람일 뿐이다. 반면에 전통주의자들은 과거를 사랑하지 않는다. 사실 그들은 과거가 아니라 현재를 사랑한다. 과거를 사랑한다는 것은 과거가 우리에게 유익하게 지나갔음을 기뻐하는 것이다. 그리고 한때 우리 눈과 귀와 손에 상처를 냈던 거친 사물들이 회상 속에서 더 순수하고 모범적인 삶으로 승화됨을 기뻐하는 것이다."(*Obras Completas*, II, p.43) 오르테가는 좀 더 뒤에서 "죽은 자에게 죽음이란 곧 삶이다"라고 말하는데, 이는 이어지는 본문에서 볼 수 있듯이 과거와 역사에 대한 자신의 이론을 요약한 문장이라고 훌리안 마리아스는 지적한다. "이미 소멸해 버린 사물의 영역인 과거를 지배하는 길은 단 한 가지밖에 없다. 우리의 혈관을 열고 뽑아낸 피를 죽은 자의 빈 혈관에 주입하는 일이다. 과거를 마치 삶의 한 방식으로 다루는 이런 행위는 반동주의자라면 결코 할 수 없는 것이다. 반동주의자는 과거를 죽음의 상태 그대로 삶의 영역에서 빼내어 우리의 영혼을 다스리는 옥좌에 앉힌다." 즉 반동주의자는 자신의 삶을 과거에 주는 대신, 과거 혹은 죽은 자를 현재로 부른다. 한편, 오르테가는 『체계로서의 역사(*Historia como sistema*)』(1941)에서 자신의 역사관을 서술한다. 즉 역사는 우리의 삶이기도 한 근본적 현실에 대한 체계적인 학문이다. 따라서 그것은 한층 엄밀하고 한층 현재적인 학문이다. 과거는 시간에 무기력하게 갇힌 추상적이고 비현실적인 사물이 아니다. 그것은 살아 있는 힘이고, 현재의 우리를 떠받치는 힘이다. 따라서 오르테가에게 과거는 지나간 한 시점에 머무르지 않고 여기, 내 안에 있다. 결론적으로 과거는 나 자신이고 나

의 삶이다.(*Obras Completas*, VI, p.44)

34 **셀티베로족** Celtiberos. 셀타(켈트)족과 이베로족이 결합하여 생겨난 이베리아반도 최초의 토착 부족으로, 스페인 인종의 모태가 된다고 할 수 있다.

조아키노 로시니 Gioacchino Antonio Rossini(1792~1868). 이탈리아 오페라의 전통을 발전시킨 이탈리아 고전 오페라 최후의 작곡가로 전 유럽에 명성을 떨쳤다. 「세비야의 이발사」, 「오셀로」, 「신데렐라」, 「윌리엄 텔」을 비롯해 38개의 오페라를 남겼다. 기계 문명을 싫어하였으며 특히 사고에 대한 두려움으로 기차 여행을 피했다고 한다.

35 **로페 데 베가** Lope de Vega(1562~1635). 스페인 황금 세기의 대표적인 극작가로 칼데론 데 라 바르카와 함께 '국민 연극'을 주도했다. 마드리드의 비천한 가문 출신으로 알칼라 데 에나레스대학교에서 수학했고 뛰어난 문학적 재능으로 당대를 풍미했으며 두 번의 결혼을 포함해 숱한 염문을 뿌렸다. 1614년에 사제가 되었으나 작품 활동도, 사랑의 모험도 멈추지 않았다. 그의 이름이 곧 완벽함을 상징할 정도로 문학성이 뛰어났으며 시, 소설, 희곡 등을 넘나들며 작품을 썼으나 주로 극작가로서 명성을 날렸다. 괴테처럼 다작이었던 로페는 천 편 이상의 작품을 쓴 것으로 추산되며, 현재 남아 있는 작품은 약 4백 편에 달한다. 그가 쓴 희곡의 종류를 보면 귀족 계급의 사랑과 음모를 그린 '망토와 검의 극', 종교적 알레고리인 성찬 신비극, 구전 전통 및 기사 로망스에 근거한 역사극, 당대의 전형적인 인물들을 그린 성격극, 신화극, 막간극 등을 망라한다. 그의 연극은 격동의 17세기를 살았던 스페인 사람들의 삶을 여과 없이 그려 냈으며, 신분 고하를 막론한 모든 대중이 그의 관객이었다. 세르반테스는 로페를 가리켜 "자연이 낳은 괴물"이라고 평가했다.

마리아노 호세 데 라라 Mariano José de Larra(1809~1837). 스페인의 대표적인 낭만주의 작가이자 자유주의 비평가이며, 몰락한 스페인의 개혁을 촉구한 98세대의 선구자로 간주된다.

나는 사물을 재판하는 대신 그들의 애인이 되고 싶다 이 대목은 훌리안 마리아스의 해설대로, '지적 사랑'과 '구원'의 모든 교리를 집약하고 있다.(197~198쪽 참조) 또한 작품의 잠재력을 실현하고 "독자에게 보다 완전한 시각 기관을 갖추도록" 도와주는 비평에 대한 생각이기도 하다.

생트뵈브 Sainte-Beuve(1804~1869). 최초로 문학 비평의 방법론을 제기한 비평가로, 프랑스 근대 비평의 아버지라 불린다. 시대와 환경, 교육, 교우 관계, 성격 등 작가를 둘러싼 객관적 조건을 연구하는 전기 연구를 강조하였고 '정신의 박물관학'으로서의 비평을 주창했다.

36 **루이스 데 레온 수사** Fray Luis de León(1527~1591). 살라망카 학파에 속하는 시인이자 살라망카대학 교수를 지낸 인문주의 성서학자이며 아우구스티누스 수도회 수사였다. 도덕적이고 금욕적인 주제가 주종을 이루는 그의 시는 스페인의 후기 르네상스 시대에 가장 뛰어난 것으로 평가되고 있다. 1583년에 쓰인 『그리스도의 이름들에 대하여(*De los nombres de Cristo*)』는 성서에서 그리스도를 지칭하는 14개의 이름에 대해 세 명의 친구가 대화를 나누면서 그리스도의 보편성을 논하는 내용의 작품이다. 훌리안 마리아스의 지적대로, 이 책 서문에서 루이스 데 레온은 성서를 비롯한 사물들이 어떨 때는 사람들에게 도움이 되지만 또 어떨 때는 사람들을 다치게 한다면서 안타까워한다. 그리고 이는 무지 아니면 오만 때문인데 무지보다는 오만이 더 큰 원인이 된다고 말한다.

37 **과거의 사상적 빈곤, 현재의 천박함～스페인 사람들이 삼삼오오 모여 있을 때마다 그들 사이로 돈키호테가 강림한다** 훌리안 마리아스가 볼 때, 이 문장에서 오르테가 이 가세트는 민족적 시점, 즉 스페인의 환경이라는 시점에서 이 책의 주제를 정당화하고 있다. 돈키호테는 스페인 사람들이 공유하고 있는 연결 고리이며 이들이 맞을 공

동 운명의 열쇠이다. 오르테가는 이를 통해 사람들이 개인적인 고통을 초월하여 공동의 환경을 이해하는 동시에, 자기 자신에 대해서는 어떤 수를 써야 할지 알게 된다고 생각한다.

세르반테스 Miguel de Cervantes Saavedra(1547~1616). 스페인이 낳은 세계적 작가로 최초의 근대 소설 『돈키호테』를 썼다. 알칼라 데 에나레스에서 떠돌이 외과 의사의 아들로 태어난 그는 집안 형편 때문에 고등 교육을 받지 못했으나 지적 욕구에 넘치는 독서광이었다. 당대의 국민 극작가이던 로페 데 루에다(Lope de Rueda, 1510~1566)의 연극을 본 후 작가의 길을 꿈꾸기 시작했고 에라스뮈스(Desiderius Erasmus, 1466~1536)의 자유주의를 접하면서 폭넓은 지식을 쌓았다. 성인이 되어서는 이탈리아로 건너가 르네상스 문화를 체험하였고 그곳에 주둔해 있던 스페인 군대에 들어가 1571년 레판토(Lepanto) 해전에 참전했다. 전투 중에 총상을 입어 왼팔을 못 쓰는 불구의 몸이 되었고 귀국 길에는 알제리 해적들에게 나포되어 5년 동안 억류되었다. 몸값을 치르고 석방되었으나 일자리를 구하지 못해 글을 쓰기 시작했는데 작품에 대한 반응이 신통치 않자 다시 일자리를 찾아 나서 영국 침공을 준비하고 있던 무적함대(Armada Invencible)의 보급 담당관 자리를 얻었다. 그러나 융통성 없는 성격으로 인해 연이어 억울한 감옥살이를 하게 되는데, 그 안에서 『돈키호테』가 잉태된다. 『돈키호테』가 여러 외국어로 번역되며 큰 성공을 거두자 1615년 『돈키호테』 후편을 출판하는 등 죽는 순간까지 왕성한 창작 활동을 했다.

세르반테스가 당시 유행하던 시대착오적 기사 소설을 비판하기 위해 썼다는 『돈키호테』는 기사 소설인 동시에 반기사 소설이다. 또한 죄르지 루카치(György Lukács, 1885~1971)가 표현한 대로 "신이 버린 시대의 서사시"로서 근대 소설의 효시라고 평가된다. 특히 중세적 세계관에서 벗어나 근대에 접어들면서 모든 것이 의혹과 불안으로 덮여 있던 당대의 초상이라는 점에서 진정한 보편성을 획득하고 있다.

38 **돈키호테라는 개체도 세르반테스라는 종의 개체인 것이다** 훌리안 마리아스는 이 문장을 통해 오르테가 이 가세트가 예술을 해석하는 방식을 볼 수 있다고 말한다. 즉 오르테가는 문체를 생명의 활기를 주는 행위, 즉 삶에 임하는 특정한 양식으로 이해한다.

알제리의 감옥 Los Baños de Argel. 3막으로 이루어진 세르반테스의 희곡으로서, 작가 자신이 알제리의 해적들에게 포로로 잡혀 5년간 억류 생활을 하던 시절을 배경으로 쓴 작품이다.

39 **토마스 아퀴나스** Thomas Aquinas(1224/25?~1274). 중세 가톨릭교회의 스콜라 철학을 대표하는 중세 최고의 철학자이자 신학자이다.

새로운 진리가 마치 화살을 맞은 새처럼 그의 발치에 떨어질 것이다 훌리안 마리아스는 오르테가 이 가세트가 인간 존재의 한 양식으로서 사냥에 깊은 관심을 보였다고 말한다. 특히 오르테가는 사냥을 지적 행위와 연결시킨다. 이는 학자들을 사냥꾼에 비유했던 플라톤의 영향 때문일 것이다. 플라톤의 대화편 중 하나인 『카르미데스(*Charmides*)』에서 크리티아스와 소크라테스는 학문에 대해 논쟁을 벌인다. 어떤 학문은 건축이나 직조 기술처럼 작품을 만들어 낸다. 반면 어떤 학문은 산수나 기하학처럼 물건을 만드는 것이 아니라 그것을 발견하는데, 그것은 학문 자체와 항상 다른 물건이다. 그런데 이러한 일은 지혜에서는 일어나지 않는다. 플라톤의 또 다른 대화편인 『에우티데모스(*Euthydemos*)』를 보면 비슷한 맥락에서 사냥이 다시 등장한다. 사냥꾼과 어부는 자신들의 먹잇감을 찾아내어 쫓아가는 일밖에 하지 않는다. 기하학자, 천문학자 그리고 산수에 종사하는 사람들 역시 사냥꾼들이다. 왜냐하면 어떤 형상을 만들어 내는 것이 아니라 실재하는 것들을 발견하는 일을 하기 때문이다.

『돈키호테』 정도의 걸작은 예리고의 성처럼 접근해야 한다 구약의 「여호수아서」에서 예리고 성의 함락 장면을 보면, 이스라엘 백성이 하루에 한 번씩 예리고 성을 돌다가 마지막 7일 날 함성을 지르자 성벽이 무너진다. 훌리안 마리아스의 지적에 따르면, 이는 오르테가 이 가세트가 즐겨 쓰는 '지적인 접근법'이다. 실제로 오르테가는 1924년 저서인 『칸트』에서 "마치 예리고를 공격하는 이스라엘 사람들처럼 칸트의 영혼을 뚫고 들어가려고 시도했다"라고 말한다.

40 **우리의 개인적 성찰이 내밀하게 들어가면 들어갈수록~새로운 스페인을 실험해 보는 자신의 모습과 마주하게 될 것이다** 조국을 걱정하는 오르테가 이 가세트의 생각은 그의 전 작품에서 볼 수 있다고 훌리안 마리아스는 말한다. 예를 들어 1932년의 전집 서문에서 오르테가는 이렇게 말한다. "내 모든 삶과 작품은 스페인에 바치는 봉사였다. 이는 결코 부인할 수 없는 진실이다. 비록 객관적으로 볼 때 내가 한 일이 아무것도 없다는 사실이 드러나더라도 말이다."

41 **『순수 의지의 윤리학』 487쪽** 훌리안 마리아스는 표제어처럼 쓰인 이 문장 안에 오르테가 이 가세트의 삶과 사상에서 중심 역할을 해온 일련의 동기들이 집대성되어 있다고 말한다. 그 동기들이란 『돈키호테』, 에스코리알, 마르부르크(Marburg) 그리고 자신의 신칸트학파 스승인 '위대한 헤르만 코헨(Hermann Cohen, 1842~1918)'이다. 헤르만 코헨은 독일의 유대계 철학자로 마르부르크의 신칸트학파를 창시했으며, 19세기의 가장 위대한 유대인 철학자로 꼽힌다.

인용된 문장은 헤르만 코헨이 덕목들 사이에 발생할 수 있는 갈등을 언급한 대목의 일부분이다. 코헨은 이렇게 말한다. "이는 윤리사상의 비극이다. '완벽한 법은 그만큼의 상처를 준다(summum jus summa injuria)'라는 속담이 있다. 이는 법에만 적용되는 것이 아니라 정의에도 적용된다. 그리고 지혜 역시, 자신의 한계에 대한 인식을 얻지 못한다면 허영으로 변하는 것이 아닌가? 그리고 『돈키호테』도 어떻게 보면 단지 광대극에 지나지 않는 것이 아닐까?

혹은 그리스의 희극 작가인 아리스토파네스 역시 비극을 희극의 가면 아래 집어넣는 것을 보면 광대극 시인이 아닌가?"

오르테가가 에스코리알을 생각하는 '예비 성찰' 서두에 왜 헤르만 코헨의 글을 인용했는지 훌리안 마리아스는 그 이유를 묻는다. 마리아스의 연구에 의하면, 이 책이 쓰인 지 1년 뒤인 1915년에 오르테가 자신이 쓴 '에스코리알 성찰'에서 다음에 인용하는 글을 통해 그 해답을 준다.

"이 시점에서 사적인 추억 때문에 독자들의 주의를 분산시키는 것을 양해해 주기 바란다. 개인적인 환경으로 인해, 나는 옷감의 무늬처럼 어렴풋이 에스코리알과는 전혀 연관되지 않는 반대의 이미지를 가진 다른 머나먼 지방의 풍경을 떠올리지 않고서는 에스코리알의 풍경을 바라볼 수 없을 것이다. 그것은 조그만 고딕풍의 도시로 느릿느릿 흘러가는 거무스름한 강변에 위치해 있고, 가문비나무와 소나무, 날렵한 너도밤나무 그리고 멋진 회양목의 울창한 숲으로 뒤덮인 동그란 언덕들로 둘러싸여 있다.

그 도시에서 나는 청춘을 보냈고, 적어도 내 소망의 절반을, 그리고 내 학문의 거의 전부를 빚지고 있다. 란(Lahn) 강변에 있는 그곳의 이름은 마르부르크이다.

나는 계속 기억을 이어 나갔다. 약 4년 전, 나는 란강을 끼고 있는 그 고딕 도시에서 여름을 지낸 것을 기억한다. 그곳에는 오늘날 생존해 있는 가장 위대한 철학자 가운데 한 사람인 헤르만 코헨이 『미학』을 집필하고 있었다. 모든 위대한 창조자들과 마찬가지로, 코헨은 온화한 성격의 소유자였고 아름다움과 예술을 주제로 토론하는 것을 즐겼다. 우리 사이에 이상적인 논쟁거리가 된 것은 바로 '소설'이라는 장르였다. 나는 그에게 세르반테스에 대해 말했다. 그리고 코헨은 자신의 저술 작업을 잠시 멈추고 『돈키호테』를 다시 읽기 시작했다. 숲 위로 광대하게 펼쳐진 검은 하늘에 금발색 별들이 어린아이들처럼 떨면서 총총히 빛나고 있던 그 밤들을 나는 결코 잊지 못할 것이다. 스승님의 집에 도착해 보면 그는 독일의 낭만주의 시인 루트비히 티크(Ludwig Tieck, 1773~1853)가 독일어로 번역한 『돈키호테』를 읽고 있었다. 그리고 존경받는 철학자는 고상한 얼굴을 들어 나를 보고 인사하며 늘 이렇게 말했다. '이봐, 세상에 말야, 이 산초 판사가 하는 말이 피히테(Fichte, 1762~1814)가 자기 철학의 기본에 대해 얘기했던 용어와 똑같다네!' 실제로 산초는 무훈(hazaña, 결단적 행위)이란 말을 입에 침이 마르도록 자주 썼고, 티크는 이 말을 '절대적 자아의 의지와 결단에서 나온 원초적이고 본질적인 행위'라는 의미로 피히테가 사용한 '사행(Tathandlung)'으로 번역했다〔칸트 철학은, 야코비(Jacobi)가 비판하듯이, 한편으로는 물자체(物自體)의 실재를 인정하면서 다른 한편으로는 그것의 인식 불가능성을 얘기한다는 모순을 가지고 있다. 피히테는 이러한 물자체의 모순성을 제거한 철학자이다. 피히테는 대상이 자아의 활동을 전제하지 않고서는 인식되지 않으며, 물자체 역시 존재 여부를 알 수 없다고 지적한다. 이렇게 대상의 존재를 자아의 활동이 존립한다는 전제하에서만 인정하는 이론이 피히테가 내세운 주관적 관념론의 요체라 할 수 있다. 이와 같이 자아는 무한의 순수 활동이며 자기 자신을 정립하려는 본질을 가지는데, 이렇게 무한히 자기 자신을 정립하는 순수 활동 혹은 행위를 'Tathandlung'이라 일컬었고 이러한 행위를 하는 자아를 절대적 자아라 불렀다. 'Tathandlung'은 한국에서 보통 사행(事行)이라 번역되고 있다.(철학연구회 편, 『철학 입문』, 삼일당, 1981, 126~130쪽 참조)-옮긴이〕.

독일은 수 세기에 걸쳐 시인과 사상가들의 지적인 무대가 되어 왔다. 칸트의 사상을 보면 이미 논리학·윤리학과 더불어 '의지'가 가지고 있는 비중이 확인된다. 그러나 피히테는 이 가운데 욕구를 더 강조하면서 균형을 깼고 논리학에 앞서 결단적 행위를 우선시한다. 성찰에 앞서 용기 있는 행위, 즉 사행이야말로 코헨 철학의 원리이다. 국가들이 어떻게 변화하는지 보라! 코헨이 산초에게 내재해 있는 것으로 보았던 피히테의 이러한 가르침을 독일이 충실하게 배웠다는 것이 확실하지 않은가?"

그런데 훌리안 마리아스에 따르면 보충할 말이 더 있다. 그의 연구에 의하면, 앞서 인용한 글 앞에 나오는 에스코리알에 대한 부분의 제목이 '순수 노력에 대한 논고(Tratado del esfuerzo puro)'이다. 그리고 인용 글 뒤에 나오는 부분은 다음과 같이 시작된다. "그러면 순수 노력이 향하는 곳은 어디인가? 그 어디도 아니다. 굳이 말하자면 단 한 군데, 즉 우울(melancolía)이다. 세르반테스는 『돈키호테』에서 순수 노력에 대한 비판을 가한다." 여기서 모든 이야기의 실마리가 잡힌다. 즉 에스코리알과 『돈키호테』는 각각 순수 노력에 대한 논고(論考)와 비판이다. 오르테가는 에스코리알에서 『돈키호테』를 생각하며 마르부르크에서 이 책에 빠져 있던 코헨 교수를 회상한다. 그리고 '순수 노력에 대한 논고'와 '순수 노력에 대한 비판'이라는 칸트의 전형적인 관념론적 제목들이 '순수 인식의 논리학'(1902)과 '순수 감성의 윤리학'(1912)이라는 스승의 책 제목에 더해진다.

45 **에스코리알 수도원** 훌리안 마리아스는 오르테가 이 가세트가 젊은 시절 에스코리알에 자주 들렀으며 이 왕궁과 밀접하게 연관되어 있다고 말한다. 이 때문에 독일의 저명한 인문학자이자 문학 비평가인 에른스트 쿠르티우스(Ernst Robert Curtius, 1886~1956)는 그를 가리켜 '에스코리알의 셀티베로인'이라 불렀다고 한다.

에레리아 Herrería. '대장간'이라는 의미로, 이곳에 펠리페 2세가 궁전의 건축 과정을 지켜보며 감독했던 '펠리페 2세의 의자'가 있다.

47 **숲** 훌리안 마리아스의 말대로, 오르테가 이 가세트는 이 대목에서 특이한 대상을 향해 특이한 형태의 지적 접근을 시작하고 있다. 이 글은 본질적으로 방법론적 개혁을 꾀하고 있는데, 오르테가 철학 자체의 핵심이 되는 것, 즉 '생기적 이성(生氣的理性, razón

vital)'의 방법론을 처음으로 보여 준다. 다른 많은 경우처럼 방법론은 공식화되기 이전에 실제로 쓰이곤 한다. 왜냐하면 연습 과정을 통해 정론화될 수 있기 때문이다. 후설의 현상학이 1901년의 『논리학 연구(*Logische Untersuchungen*)』에서 시작해 1913년의 『순수 현상학 및 현상학적 철학을 위한 여러 고안(*Ideen zu einer reinen Phänomenologie und phänomenologischen Philosophie*)』에서 이론적으로 완성된 것이 한 예이다. 훌리안 마리아스 역시 오래전부터 '살아 있는 숲(bosque vivido)'이라 부를 수 있는 대상의 발견에 해당하는 '생기적 묘사(descripción vital)'에 대해 연구해 왔다고 말한다. '살아 있는 숲'이란 단순한 '사물'이 아니라 내 삶에 뿌리박고 있는 구체적 실재이다. 다른 모든 것은 진정한 숲을 사물화하여 추상적으로 해석한 것일 뿐이다. 하이데거(Martin Heidegger, 1889~1976)의 대상적 존재(Vorhandensein, '손안에 있는 것')에 맞서는 도구적 존재(Zuhandensein, '눈앞에 있는 것')로부터 사르트르(Jean Paul Sartre, 1905~1980)의 작품에서 볼 수 있는 '실존적' 묘사에 이르기까지, 실재하는 것에 접근하는 형식에 다름 아니다. 그 선구적 연구가, 훌리안 마리아스에 따르면, 『돈키호테 성찰』의 이 대목이다. 오르테가는 무엇보다도 숲의 묘사에서 "내가 필연적으로 들어가"며, 나를 배제하고서는 설명이 불가능하다는 점을 보여 준다. "내가 없으면 숲도 없"기 때문이다. 이는 숲이 '주관적' 실재임을 말하는 것일까? 그런데 어찌 보면 숲은 완벽하게 '객관적인' 무엇이고, "내 밖에 있는" 무엇이고, 내 밖에 있기 때문에 나는 숲 '안에' 있다. 그렇다면 나는 숲의 '일부분'인가? 그것도 아니다. 그렇게 되면 나와 숲은 모두 '사물'로 취급받을 테니까 말이다. 실재론에서 말하듯 '그 자체'로서의 숲도 없고 관념론의 말처럼 '내 안'의 숲도 없다. 오르테가의 철학 혁명은 대상을 물질적 대상인지 사고의 산물인지 여부에 따라 두 가지로 나누는 사고방식을 초월하는 데 있다. 숲은 나와 거리를 두고 실재하는 것이고 나는 그것과 함께,

그 안에서 동질화되지 않으면서 나 자신을 발견한다. 그러나 숲이라 불리는 그것은 '그 자체로' 실재는 없다. 그것은 살아 있기 위해, 즉 자기 자신이 되기 위해, 앞서 언급된 숲이 되기 위해 나를 필요로 한다. 실재의 눈앞에 놓인 "있는 그대로의" 나의 가능성이 바로 숲의 존재를 구성한다.

하이데거의 대상적 존재와 도구적 존재에 대해서는 예술의 의미를 설명하고 있는 267쪽 참조.

푸아티에 Poitiers. 프랑스 서부 비엔주의 주도이다. 프랑스 로마네스크 예술을 대표하는 상징적 도시로 많은 교회들이 있다. 732년 프랑크 왕국의 카를 마르텔(Karl Martell, 680~741)이 북상하는 이슬람교도를 물리치고 그리스도교 세계를 지켰던 푸아티에 전투의 역사적 현장이며, 20세기 철학자 미셸 푸코의 고향이기도 하다.

독일에도 나무들 때문에 숲이 보이지 않는다는 격언이 있다 ~ 자신을 드러내고 싶을 때는 표면으로 나서야만 하는 운명을 타고 태어났다 훌리안 마리아스의 지적대로, 여기서 다음 장의 제목이기도 한 '심층과 표층'의 주제가 시작된다. 이 문제는 진리에 대한 오르테가 이 가세트의 이론에서 절정에 달하고 게르만 문화와 지중해 문화의 해석으로 전개될 것이다.

진정한 숲은 내가 볼 수 없는 나무들로 이루어져 있다. 숲은 보이지 않는 자연이다 훌리안 마리아스는 숲이 '나타나지 않음'을 본질로 하는 실재라고 말한다. 숲은 다른 것들을 감추는 나무들 뒤로 자신의 모습을 숨긴다. '잠재성'이 현존하지 않음을 의미한다고 말하면 충분한 설명이 되지 못한다. 훌리안 마리아스는 『철학 입문』에서 잠재적이란 감춰져 있다는 말로서, 안 보이는 상태로 '있다'는 사실을 강조한다고 말한다. 즉 이 말은 사물 뒤에 잠복해 '숨어 있다'라는 긍정적 느낌을 준다. 따라서 그것은 언제라도 우리 삶에 개입할 수 있는 요소이다. 다만 우리에게 있긴 하지만 가지고 있지는 못한 것이다. 오르테가가 언급하는 숲은 이러한 '신비로운 후광'을 가진다.

48 **좀 전에 보았던 나무들은 또 다른 나무들로 바뀌어 갈 것이다** 훌리안 마리아스는 이 글이 하이데거가 자신의 『숲속의 오솔길(*Holzwege*)』(1950)을 소개하기 위해 썼던 아름다운 문장을 연상시킨다고 말한다. 하이데거는 1923년에서 1928년까지 오르테가가 공부했던 마르부르크대학의 교수였다.

숲은 나의 시선을 피해 도망친다 훌리안 마리아스의 말대로, 이 문장은 잠재적 존재의 연속적이고 역동적인 양식을 말해 준다. 숲은 잠재적일 뿐만 아니라 시선을 피해 달아날 정도로 활기차게 움직인다.

49 **숲속의 어느 장소에서 바라보든 간에 숲은 하나의 가능성이다** 숲이라는 생기 있는 실재, 즉 나무들의 집합체도 아니고 땅도 아닌 '숲 그대로의 숲'은 '가능성'으로 이루어져 있다. 훌리안 마리아스는 오르테가 이 가세트가 여기서 매우 중요한 존재론적 주제를 제기한다고 믿는데, 그것은 개인적이고 집단적인 인간 삶의 해석이다. 그것은 '가능성'으로 이루어진 '실재들'에 대한 주제이다.

50 **감추어져 있다는 불가시성이 순전히 부정적인 성격을 가진 것만은 아니다～새로운 사물을 만들어 내는 긍정적인 성격도 가지고 있다** 훌리안 마리아스의 해석에 따르면, '부정적인 것'의 긍정적 해석은, 위의 맥락에서 오르테가 이 가세트의 시각이 논리학이나 형식적 존재론의 시각이 아니라 실재에 대한 새로운 생각을 전제하고 있음을 깨닫게 한다.

51 **그들은 다양한 종류의 명료함이 있다는 사실을 받아들이지 않고 단지 표층이 보여 주는 특수한 형태의 명료함에만 집착한다** 훌리안 마리아스에 의하면, 20세기 철학의 주요 원리 가운데 하나는 실재가 현존하는 다양한 방법을 가지고 있다는 것을 받아들이는 데 있다. 후설 현상학의 소여성(所與性, Gegebenheit)이 그것인데, 이를 인식할 때 실증주의를 효과적으로 극복하고 실재의 새로운 경계를 발견할 수 있다. 소여성이란 객관적 대상이 주관적 의식에 주어져 있음을 말

하는 개념이다. 후설 현상학은 의식에 주어져 있지 않은, 즉 소여되지 않은 모든 초월성을 거부한다.

따라서 현상학적 의미론은, 이정우의 주장대로, "의미라고 하는 것이 대상 자체가 아니라 대상에게서 주체가 읽어 낸 그 무엇이라는 생각, 의미란 사물이 아니라는 생각을 제시했다는 점에서 큰 의미"를 가진다.(이정우, 『시뮬라크르의 시대-들뢰즈와 사건의 철학』, 거름, 1999, 85쪽)

각각의 사물이 우리가 원하는 방식이 아니라 그들에게 있는 고유한 조건을 무시하는 것 훌리안 마리아스는 우리의 욕구에 좌지우지되지 않는 실재하는 것의 객관적 구조가 오르테가 이 가세트 철학의 불변의 주제라고 말한다. 실재를 존중하는 태도가 결여되어 있다는 것이 바로 오르테가가 근대성을 비판하는 주된 근거가 된다.

53 **만일 그들이 순전히 감각적인 기능을 통해 본 것으로~아무도 오렌지를 본 사람이 없다는 사실이다** 훌리안 마리아스의 말대로, 오르테가는 잠재적인 것이라도 마치 눈에 보이는 것처럼 명명백백하고 효과적으로 우리의 지각 속으로 들어올 수 있는지 보여 주고 있다.

55 **나는 지금 바로 앞에 이 두 소리를 가지고 있다** 훌리안 마리아스의 해석에 따르면, 이러한 물소리와 새소리의 분석은 내가 개입하여 실현된 독자적인 지각 세계를 보여 준다. 그냥 멀리서 들리는 수동적인 소리도 나의 해석 행위가 작용하면서 다른 성질을 갖게 된다. 여기서 우리는 실재의 것을 내가 해석함으로써 실재하는 것이 생명을 얻는, 즉 '생기적 실재(realidad vital)'가 되는 효과적인 방법으로서의 오르테가 이론이 최초로 무르익는 것을 볼 수 있다.

57 **인상들이 구조화되어 이루어진 배후 세계도 있는데~눈에 잘 띄지는 않지만 그렇다고 실재성이 떨어지는 것은 아니다** 훌리안 마리아스에 따르면, 오르테가 이 가세트는 눈을 뜨기만 하면 보이는 세계의 부분을 가리켜 '명백한 세계'라 부른다. 다시 말해 그것은 '순수한 인상들'의 세계이다. 그러나 이 세계가 전부는 아니다. 진짜 세계는 명

백히 보이는 세계와 배후의 세계를 모두 포함한다. 그리고 배후 세계의 구조는 우리가 개입함으로써 알 수 있는 것이다. 이를 통해 비로소 우리가 살고 있는 실재의 세계가 구성된다.

58 **독보적인 교수법으로서 섬세하고 효율적이다** 훌리안 마리아스의 말대로, 이 장은 플라톤의 이데아 세계에 대한 생각을 다루고 있다. 그리고 암시의 방법은 플라톤의 스승 소크라테스의 대화식 교수법인 '산파술'을 말하는 것이다. 오르테가 이 가세트는 학생들이 스스로의 힘으로 진리를 발견하고 실재에 이르도록 도와주는 것이야말로 선생의 임무라고 생각한다.

진리를 깨치는 순간의 순수하고 돌연한 각성은 오로지 그것을 발견하는 순간에만 얻을 수 있다 진리의 이론은 이 책뿐만 아니라 오르테가 이 가세트의 철학에서 가장 중요한 부분 가운데 하나이다. 또한 오르테가가 현대 철학에 기여한 부분이면서도 가장 조명받지 못한 부분이다. 훌리안 마리아스에 의하면, 오르테가의 진리 해석은 '돌연한 각성'의 형태라 할 수 있는 '빛'에 대한 생각으로 시작된다.

59 **그리스 이름인 알레테이아는~발견, 계시 아니면 베일을 걷거나 뚜껑을 제거한다는 뜻을 가지고 있었다** 훌리안 마리아스에 따르면, 진리에 대한 이런 그리스식 해석은 하이데거가 1927년에 펴낸 『존재와 시간(*Sein und Zeit*)』에서 '알레테이아' 개념을 도입한 후부터 주목받기 시작했다. 하이데거는 진리의 참된 정의를 '알레테이아'에서 발견하는데, 이 말은 '비은닉성' 혹은 '숨어 있지 않음'으로 해석된다. 진리는 '감춤'과 '드러냄' 혹은 '은닉'과 '현현'의 이중성을 가지고 있다. 그러나 '알레테이아'라는 말의 의미처럼, 진리인 존재가 원래 감추어져 있거나 은닉되어 있는 것은 아니다. 다만 인간의 시야에 그렇게 보일 뿐이다. 진리란 '존재자'가 자기 '존재'를 드러내는 것이다. 그리고 하이데거는 이렇게 존재의 은폐된 모습을 있는 그대로 드러내는 활동이 바로 예술이라고 말한다.

숲은 나에게 실재의 1차원이 있음을 가르쳐 주었는데~색깔, 소리, 감각

적 쾌감과 고통 같은 것들이다 훌리안 마리아스는 실재의 여러 차원들 사이에 서열이 있다고 말한다. 제일 먼저 볼 종류의 실재는 색깔, 소리, 감각적 쾌감과 고통처럼 "강렬한 방식으로" 부과되는 데 그 특징이 있다. 강렬한 방식 때문에 인간은 그 앞에서 수동적으로 행동하게 된다. 그러나 곧 더 높은 차원의 실재들이 펼쳐지는데 학문, 예술, 정의, 예절, 종교 등처럼 우리의 능동적 의지에 의거해 살아가는 것들이다. 즉 이것들은 우리의 적절한 행위를 통해 멍석을 깔아 주어야만 비로소 자신들의 모습을 드러낸다.

60 **수동적인 것에서 벗어나 능동적으로 바라보는 것도 있으니, 보면서 해석하고 해석하면서 보는 것이다. 이를 관찰이라고 한다** 훌리안 마리아스에 따르면, 수동적인 시각은 하나의 세계가 아니라 단지 혼돈스러운 점들의 무더기만 보여 줄 뿐이다. 능동적으로 보는 방법 혹은 진정으로 보는 유일한 방식은 해석이다. 시각과 해석의 관계는 쌍방적이고 필연적이어서, 시각이 없으면 해석도 없고 해석이 없으면 시각도 없다. 오르테가 이 가세트는 나중에 쓴 글에서 '사물'이라 부르는 것들은 실재하는 것의 해석이고, 여기서 '존재'라는 생각이 나온다고 한다. 존재란 인간이 주위에 있는 것으로 만드는 무엇이고, 인간은 세계의 제작자이다. 여기서 오르테가는 플라톤의 이데아 개념을 언급하고 있다.

오렌지의 3차원은 하나의 이데아이고, 신은 들판의 최상의 차원이라 할 수 있다 수동적이고 감각적으로 보는 것과 지적이고 해석적으로 보는 것은 차이가 있다. 훌리안 마리아스에 의하면, 후자는 주어진 감각을 초월하여 보이지 않는 것을 드러내는 일이다. 이에 따라 오렌지의 3차원 공간으로부터 창조된 현실의 최고 차원, 즉 신에 이르기까지 달라지는 것이다.

여기서 말하는 신비주의는 우리가 빛바랜 색을 바라보고 있다고 말할 때의 신비주의보다 더 심오한 것이 아니다 이 문장은 훌리안 마리아스의 해설대로, 오르테가 이 가세트의 '해석적 시각'이 무엇인지 말해 주는 좋은 예이다. 순전히 감각적인 지각은 물론 현재 보이는 것 외에는 지각할 수 없다. 즉 파란색 앞에서 우리는 파란색밖에 볼 수 없다. 그런데 우리가 '색 바랜 파란색'을 본다고 하면 눈앞에 보이는 색깔 너머로 한때 더 선명했던 과거의 색을 보게 되는 것이다.

61 **심층성의 차원은 그것이 공간적이든 시간적이든 ~ 우리는 이를 가리켜 원근법이라고 한다** 훌리안 마리아스에 따르면, 여기서 오르테가 이 가세트가 말하는 원근법(escorzo)은 표층의 차원에 머물러 있으면서도 심층적 의미로 확장되는 표면을 말하는 것이다. 다시 말해 표층의 물질성과 제2의 잠재적 삶이 합류한다. 분명한 사실은 그 어떤 것도 표면적이거나 명백한 것만으로는 스스로 현존할 수 없다는 점이다. 표층은 잠재성을 발현시키는 동시에 숨은 깊이를 드러내는 현존으로 기능한다. 따라서 원근법은 주체적 시각인 동시에 보이는 대상이다. "실재는 원근법을 통해 보인다." 그러나 다른 한편으로 "실재는 원근법 자체이다". 그것은 자신을 발현시키고 관점 속에서 나를 위해 존재할 때 비로소 구성되고 내게 부과된다.

62 **『돈키호테』는 전형적인 원근법 책이다** 앞에서 언급된 숲의 분석, 심층성과 원근법 이론 등은 모두 『돈키호테』를 읽기 위한 준비 과정이었다. 따라서 훌리안 마리아스는 이 책이 매우 치밀하게 구성되었다고 말한다.

왕정복고기 Restoration. 스페인에서 제1공화국(1873~1874)이 무너지고 부르봉 왕가의 알폰소 12세(Alfonso XII, 재위 1874~1885)가 즉위하는 시기부터 무정부주의적 혼란이 본격적으로 시작되는 1917년 혹은 프리모 데 리베라(Primo de Rivera, 1870~1930) 장군의 독재가 시작되는 1923년 사이의 기간을 왕정복고기라 한다. 크게 보면 카를로스주의자(Carlista)를 중심으로 한 보수파와 공화파를 중심으로 한 자유파가 번갈아 정권을 잡으면서 줄다리기하던 시기이다. 훌리안 마리아스에 따르면, 오르테가 이 가세트는 젊은 시절부터 20세기가 19세기와는 본질적으로 다른 새로운 시대임을 인식하고 있다. 그러나 새로운 시대를 인식하고 스페인의 쇄신을 부르짖은 20세기의 첫 세대는 '98세대'였다. 98세대의 문제의식과 정신을 계승한 오르테가 이 가세트는 '1914세대'에 속한다고 할 수 있다.

안토니오 카노바스 Antonio Cánovas del Castillo(1828~1897). 왕정복고기에 보수파를 대표하는 정치인으로, 부르봉 왕가의 복귀를 주장했다. 여섯 차례에 걸쳐 수상을 역임했으나 무정부주의자에 의해 암살당한다.

63 **19세기 전반기의 스페인 사람들은 깊이와 성찰과 지적 성숙 대신 용기와 의욕과 에너지만 가지고 있었습니다** 오르테가 이 가세트는 왕정복고 이전 19세기 전반기를 높이 평가한다. 이 시대는 나폴레옹의 침략으로 스페인의 부르봉 왕가가 일시 유폐되고 1812년 스페인 최초의 자유주의 헌법인 카디스 헌법이 제정된 시기이다. 훗날 프랑스 군대가 물러간 뒤 페르난도 7세가 복위하지만 리에고 대령의 반란 등으로 왕권이 제한된다.

라파엘 델 리에고 Rafael del Riego y Nuñez(1784~1823). 자유주의 사상을 가진 스페인의 군인이다. 아메리카 식민지의 반란을 진압하기 위해 지휘관으로 파병될 예정이었으나 1820년 국왕 페르난도 7세에게 카디스 헌법의 준수를 요구하며 군사 봉기를 일으켰다. 덕분에 스페인에는 약 3년간의 자유주의 시대가 도래하지만 리에고는 결국 체포되어 반역죄로 처형당한다.

라몬 나르바에스 Ramón María Narváez y Campos(1800~1868). 이사벨 2세 여왕 시기의 군인이자 정치가로, 1844년에서 1868년 사이에 일곱 차례에 걸쳐 내각 수반을 역임했다.

스페인의 삶은 지금까지 단지 활력을 통해서만 가능했습니다 훌리안 마리아스의 말대로, 다른 나라에서는 역동적인 시대가 지나가면 평화로운 시대가 뒤를 잇는다. 그러나 오르테가는 스페인의 경우엔 이 말이 들어맞지 않는다고 생각했다.

64 **테투안** Tetuan. 모로코 북부 지중해 해변의 항구 도시로, 모로코가 스페인 식민 지배를 받을 때의 수도였다. 이곳에서 스페인-모로코 전쟁(1859~1860) 당시 유명한 전투가 벌어졌다. 전투 결과, 스페인 군대가 승리를 거두어 모로코 내의 세우타와 멜리야 등 스페인 영토를 지킬 수 있었다.

곤살로 데 코르도바 Gonzalo de Córdoba(1453~1515). 국토 수복전과 이탈리아 원정 당시 스페인의 장군이었다. 스페인 육군의 편제와 전략을 개혁했으며 '참호전의 아버지'로 불린다.

북쪽의 적 펠리페 2세의 천적이었던 엘리자베스 1세 시대의 영국을 말한다.

호세 마리아 데 페레다 José María de Pereda(1833~1906). 풍속 소설을 주로 쓴 리얼리즘 경향의 스페인 소설가이다. 정치가로도 활동했으며 카를로스주의자였다.

우르타도 데 멘도사 Diego Hurtado de Mendoza(1503~1575). 스페인의 시인이자 외교관으로 주이탈리아 대사를 지냈다. 2010년 고문서학자인 메르세데스 아구요는 우르타도 데 멘도사가 그간 익명으로 알려져 있던 스페인 피카레스크 소설의 걸작 『라사리요 데 토르메스(*Lazarillo de Tormes*)』(1554)의 저자라고 주장했다.

호세 에체가라이 José Echegaray y Eizaguirre(1832~1916). 스페인의 수학자, 공학자, 정치가, 극작가 등으로 활동했던 다재다능한 인물이다. 19세기 스페인의 가장 위대한 수학자로 꼽히며, 극작가로도 유럽 여러 나라에서 큰 인기를 끌었다. 1904년 노벨 문학상을 수상했다.

왕정복고기는 유령들의 파노라마였고, 카노바스는 이 위대한 환상의 사업가였습니다 1914년 3월 23일, 오르테가 이 가세트가 마드리드의 코메디아 극장에서 '낡은 정치와 새로운 정치'라는 제목으로 행한 강연에서 인용한 대목이다.

수량의 세계에서는 최솟값이 측정 단위가 되지만 가치의 세계에서는 최댓

값이 측정 단위가 된다 훌리안 마리아스의 해설에 따르면, 수량의 세계에서 일어나는 것과는 대조적으로, 사물들은 최상의 가치와 비교할 때 그 가치를 제대로 평가할 수 있다. 이러한 규범은 "작은 것을 소중히 여기지 않는 사람은 큰 것도 소중히 여기지 않는다"라는 말과 함께 오르테가 이 가세트의 가치 평가 이론을 요약한다.

65 **스쳐 지나가는 비범한 천재성 앞에서 전율을 느낄 수 있는 능력도 퇴화되었다** 훌리안 마리아스의 해설에 따르면, 오르테가 이 가세트의 지적, 문학적 그리고 인간적 기질을 이 문장처럼 잘 보여 주는 것도 없다. 오르테가는 마치 초감각적인 안테나처럼 천재성 앞에 전율하는 삶을 보냈다. 시간이 지나면서 그가 전율하는 대상은 모든 완전체와 모든 진정한 실재로 확대된다. 크게 볼 때, 그의 지적 행동은 사람들에게 퇴화된 감수성을 자극하고 북돋아 주는 일이었다.

가스파르 누녜스 데 아르세 Gaspar Núñez de Arce(1834~1903). 스페인의 정치가, 시인, 극작가로 왕정복고기에 자유파의 사가스타(Sagasta) 정권에서 내무 장관, 교육 장관 등을 역임했다.

마르셀리노 메넨데스 펠라요 Marcelino Menéndez Pelayo(1856~1912). 스페인의 정치가이자 인문학자이다. 특히 스페인과 중남미 문학사 및 문학 비평에 정통했으며, 젊은 시절의 오르테가 이 가세트에게 많은 영향을 주었다.

후안 발레라 Juan Valera y Alcalá-Galiano(1824~1905). 교육 장관 및 주미 공사를 지낸 스페인의 정치가이자 외교관이다. 또한 소설, 연극, 에세이 등을 집필한 작가이다. 장편소설 『페피타 히메네스(*Pepita Jiménez*)』(1874)가 대표작이다. 이 작품은 사제가 되려는 신학생이 아버지와 결혼할 예정인 젊은 미망인과 사랑에 빠지는 서간체 소설로, 당대 스페인을 대표하는 작곡가 이사악 알베니스(Isaac Albéniz, 1860~1909)에 의해 오페라로 만들어지기도 했다.

슐라이어마허 Friedrich Daniel Ernst Schleiermacher(1768~1834). 독일의 개신교 신학자이며 철학자로서 '자유주의 신학' 혹

은 '현대 신학의 선구자'로 불린다. 그리스도교의 진리를 상황에 맞게 재해석하며 새로운 시대의 도전에 신학적으로 응답한 최초의 학자였기 때문이다. 그는 『기독교 신앙론』에서 종교를 '절대 의존의 감정'으로 정의했다.

66 **이런 분위기에서 어떻게 세르반테스가 자신의 정당한 자리를 찾으리라 기대할 수 있겠는가? ~ 꽃을 피우지 못한 불모의 서정 시인들 속에 섞여 버리고 말았다** 훌리안 마리아스의 지적대로, 오르테가 이 가세트는 『돈키호테』의 진가를 알아보지 못했던 당대의 현학적인 학자들을 비판하고 있다. 오르테가는 줄곧 『돈키호테』가 심층성을 지닌 작품이라는 점을 보여 주려 한다.

보는 것과 동시에 관찰하는 경우가 있는 것처럼, 읽는 데에도 지적으로 내면을 읽어 내는 독서, 즉 사색하는 독서가 있다 훌리안 마리아스는 바로 이런 점이 오르테가가 주창하는 『돈키호테』 읽는 법이라고 말한다. 그렇다고 이 방법이, 예를 들면 세르반테스의 영지주의적 의도 등과 같이 『돈키호테』의 '뒤에' 숨어 있는 것을 찾아내는 것은 아니다. 오르테가의 독서법은 세르반테스 소설의 표면에서 명백히 '드러나는' 심층성을 찾는다. 이 심층성은 작품의 '뒤에서'가 아니라 그 '안에서' 혹은 '그로부터' 찾을 수 있다.

67 **성찰이란 단단한 땅으로 이루어진 육지가 끝나는 ~ 미약한 요소들로 된 세계에 던져지는 느낌을 갖게 된다** 훌리안 마리아스의 해설에 따르면, 오르테가 이 가세트는 자신이 구상하고 있는 '성찰' 시리즈의 문학 장르 이야기로 돌아간다. 여기서 표층과 심층의 구분이 도움이 될 것이다. 인상은 '직물의 표면'을 이룬다. 그러나 표면은 더 깊은 다른 실재를 향한다. 표층에서 벗어나 인상 너머의 더 심층적인 곳으로 움직이는 것을 가리켜 '성찰'이라 한다.

68 **나는 소년 시절에 메넨데스 펠라요의 책들을 많이 읽었다 ~ '라틴의 명료'와 대비시켰다** 훌리안 마리아스의 말대로, 오르테가 이 가세트는 '게르만의 안개'와 '라틴의 명료' 사이의 이분법을 "이해관계가 개입된

오해"라고 말하며 거부한다. 사실 이 책에서 오르테가가 말한 내용은 그가 철저한 게르만주의자로서 게르만적인 것이라면 무조건 찬양한다는 것을 입증하는 증거로 해석되곤 했다. 그리고 라틴 국가와 문화에 등을 돌리는 그의 태도는 독일의 마르부르크대학, 라이프치히대학 그리고 베를린대학에서 유학 생활을 한 탓으로 여겼다. 심지어 그의 태도를 가리켜 역사적, 문화적 '인종주의'로 비판하는 견해도 있었다. 그러나 훌리안 마리아스는 이러한 오해가 그의 글을 피상적으로 급히 읽은 탓이라고 말한다. 그의 글을 주의 깊게 읽어 보면, 더 나아가 그가 이전에 쓴 글들과 연결시켜 읽어 보면 오르테가가 생각하는 '게르만주의'가 뭔지 알게 된다는 것이다.

오르테가는 '안개와 명료'의 이분법을 거부하고 '심층과 표층'이라는 다른 대립 항으로 대체한다. 게르만 문화는 심층적인 실재의 문화이고, 라틴 문화는 표층적인 실재의 문화이다. 그러나 앞서 보았듯이 '표층' 또는 '표면'은 오르테가에게 경멸적 의미를 가진 것이 아니라 '심층'과 함께 실재를 구성하는 본질적인 차원이다. 더 나아가 이 두 개의 차원은 온전한 유럽 문화를 구성한다. 한편 오르테가는 '라틴 문화'라는 개념 자체에 의문을 제기한다. 실제로 우리의 관심을 끄는 것은 그리스이고, 로마는 지중해의 한 마을에 지나지 않았다는 점에서 카르타고와 다르지 않고, '서구의 일본'이라 할 수도 있다. 이렇게 보면, 게르만 문화와 함께 지중해 문화가 있는 셈이다. 남유럽과 북아프리카는 고대에 지중해라는 통합의 바다를 통해 하나의 무대를 이루고 있었다. 따라서 두 세계를 분리하는 것은 역사적 관점이 결여된 오류이다. 오르테가는 슈펭글러(Oswald Spengler, 1880~1936)의 『서구의 몰락(*The Decline of the West*)』(1918) 스페인어판 서문을 쓰면서 비슷한 말을 한다. 즉 이 독일의 역사가가 지형의 선입견 때문에 유럽을 세계의 일부분으로 간주했지만, 실상 '유럽'이라는 말은 아무것도 의미하지 않는 것으로 역사에서 사라져야 한다는 것이다. 오르테가는 유럽의 로마와 아프리카의 키

프로스, 비잔티움, 알렉산드리아 등의 도시들 사이에 대륙별 경계가 존재하지 않았기 때문에 위대한 고대 문명이 탄생할 수 있었다고 말한다.

오르테가 이 가세트는 게르만족의 남하에 비춰 유럽의 역사를 바라본다. 그에 따르면 유럽이 시작된 것은 게르만인들이 세계 역사에 전면 등장하면서부터이다. 이때 아프리카는 유럽과는 다른 타자(他者)로 탄생한다. 이탈리아, 프랑스 그리고 스페인에 게르만 왕조가 들어선 이후 지중해 문화는 순수 실재의 모습을 상실하고 게르만주의로 축소된다. 다시 말해 유럽은 북쪽 연안의 지중해와 게르만으로 구성된다. 게르만이 지중해와 대립된다면 독일이 프랑스나 스페인과 대립되는 것이 아니라, 유럽이 고대의 순수한 지중해 세계와 대립된다.

훌리안 마리아스는 '인종주의'로 구설에 오르는 오르테가의 입장도 살펴본다. 그는 이와 관련해 1908년 인종주의 이론가인 프랑스의 고비노(Arthur de Gobineau, 1816~1882)에 대한 글을 쓴 적이 있다. 이 글에서 오르테가는 인종 간 불평등의 가설에 기초하여 역사를 재구성하려는 모든 시도는 악한 것이라고 단죄한다. 피부색이나 두뇌의 크기는 특징적인 정신을 가지게 하는 신체적 조건이지 우열의 표지(標識)가 아니라고 말하면서 인종주의에 대해 분명한 반대 입장을 보이는 것이다.

한편 훌리안 마리아스는 오르테가가 독일과 그 문화에 지나치게 경사되어 있다는 비판에 대해서도 해명한다. 비록 오르테가가 독일에 대한 지식이 많고 그 문화를 찬양하여 기꺼이 동참하려는 의지도 있으나, 이 모든 과정에는 어떤 위선도 없다고 말한다. 또한 그의 독일 평가는 맹목적이고 비판 정신이 결여된 것도 아니다. 실제로 오르테가는 독일 민족주의를 강하게 비판했고, 모든 국민을 제국의 신민으로 전락시키는 체제를 비판했다. 그러나 중요한 것은, 이러한 제국주의적이고 폭력적이고 부정적인 모습 이면에는 라이프니츠, 헤르더(Johann Gottfried von Herder, 1744~1803), 칸트 등 빛나는 철학의 전통이 있어서 끊임없이 좋은 영향을 주고 있다고 변호한다. 한편 오르테가는 1911년 유럽 사람을 두 유형으로 나누어 그 차이를 말하는데, 하나는 남유럽의 물질주의적 정서이고 다른 하나는 북유럽의 초월적 정서이다. 그러나 여기에는 차이만 있을 뿐 우열 관계는 없다. 그는 독일이든 남유럽이든 문화는 하나라고 보았다. 다만 그 형식이 다를 뿐이다.

70 **피레우스** Piraeus. 고대 도시 아테네의 항구이며 지금도 그리스 수도인 아테네의 외항 역할을 한다. 1년 평균 2천만 명의 관광객이 드나드는 유럽 최대 항구이다.

71 **본질적으로 모든 면에서 다르지 않은 두 민족이 위대한 전쟁에서 싸움을 벌였다** 기원전 264년부터 146년 사이, 로마와 카르타고가 세 차례에 걸쳐 싸웠던 포에니 전쟁을 말한다. 특히 '한니발 전쟁'이라 불리는 제2차 전쟁(B.C. 218~202)이 가장 치열했다. 이 전쟁에서 한니발(Hannibal Barca, B.C. 247~183/181)은 알프스를 넘어 이탈리아를 공격했으며 15년 동안 이탈리아반도 전역을 유린했지만 로마 함락에는 실패했다. 기원전 203년 북아프리카의 카르타고로 돌아온 한니발은 자마 전투에서 로마와 최후의 일전을 벌였으나 로마의 스키피오 아프리카누스가 지휘하는 로마군에 패하면서 전쟁은 막을 내린다.

72 **유럽이 시작된 것은 게르만족이 역사 세계의 단일 조직에 온전히 편입되고 나서다** 5세기 초반, 유럽에서는 훈족의 압박에 떠밀린 게르만 부족들이 라인강과 다뉴브강 그리고 알프스 이남으로 남하하는 대이동이 시작된다. 이들은 476년 서로마 제국을 멸망시키고, 로마 제국의 일부였던 이베리아반도에도 침입하였다. 이 가운데 415년경 반도에 진입한 서고트족이 507년 톨레도에 도읍을 정하고 왕국을 세웠다. 게르만족은 초기엔 스페인에 심각한 위기를 초래하였으나 곧 로마 문화에 빠르게 흡수되었고 결과적으로 스페인

이 고대에서 중세로 이행되는 결과를 낳았다. 엄밀히 말해 서고트족의 정착은 침략이라기보다는 이주로 봐야 한다. 왜냐하면 서고트족의 아타우프(Atauf)왕이 이베리아반도에 들어와 다른 게르만족들을 축출한 것은 자신의 처남인 로마 제국 호노리우스(Flavius Honorius, 384~423) 황제의 요청 때문이었고 이후 로마 문화와 관습을 존중했기 때문이다. 3백 년 가까이 지속되던 스페인의 서고트 왕국(Visigothic Kingdom)은 왕위 계승을 둘러싼 내분이 일어나 711년 아프리카 북부 탕헤르의 지배자인 타릭(Tárik)이 이끄는 베르베르족 군대에 의해 멸망한다.(신정환·전용갑, 『두 개의 스페인』, 한국외대 지식출판원, 2016, 41~44쪽 참조)

갈릴레이 Galileo Galilei(1564~1642). 이탈리아 피사 출신의 철학자, 과학자, 천문학자로 17세기의 과학 혁명을 이끈 '근대 과학의 아버지'이며 다방면의 예술에도 조예가 깊었다. 지동설을 믿어 가톨릭교회의 종교 재판소에 소환되는데, 이는 근대 개막기의 종교와 과학의 갈등을 상징하는 사건이었다. 1597년 독일 천문학자 케플러(Johannes Kepler, 1571~1630)가 코페르니쿠스의 지동설을 지지하는 책을 써서 보내자 그는 독일보다 학문적 자유가 없었던 이탈리아 현실을 개탄하는 편지를 보내기도 한다.

긴 잠에 빠져 있던 플라톤 사상은 갈릴레이, 데카르트, 라이프니츠, 칸트 등 게르만인들의 머릿속에서 깨어났다 오르테가 이 가세트가 갈릴레이와 데카르트를 게르만인으로 칭하고 뒤 문장에서 도나텔로와 미켈란젤로를 게르만 혈통이라 부르는 것은 이들이 독일인이라는 뜻이 아니라 게르만족의 이동으로 남유럽이 게르만화된 이후 게르만의 피가 섞이고 그 문화의 영향을 받은 인물이라는 뜻이다.

루터 Martin Luther(1483~1546). 독일 아우구스티누스 수도회 사제로 고해 성사 때 보속을 면제해 주는 가톨릭교회의 '면죄부' 판매를 비난했다. "돈으로 구원을 살 수 있다"는 교회에 대한 자신의 비판이 수용되지 않자 1517년 그는 공개 토론을 제안하며 95개 논제를 교회 문에 내걸었고 이는 거대한 종교 개혁의 불씨가 되었다. 그의 주장은 "믿음만으로, 은혜만으로, 성서만으로(sola fide, sola gracia, sola scriptura)"라는 표현에 압축되어 있다.

루소 Jean Jacques Rousseau(1712~1778). 제네바 출신의 프랑스 계몽주의 철학자이자 작가로서 낭만주의의 선구자이기도 하다. 『신엘로이즈(*Julie, ou la nouvelle Héloïse*)』, 『에밀(*Émile ou de l'éducation*)』, 『사회 계약론(*Du contrat social*)』, 『참회록(*Les Confessions*)』 등을 남겼다.

도나텔로 Donatello(1386~1466). 이탈리아 피렌체 출신의 르네상스 조각가로 청동 「다비드」 상이 유명하다. 기베르티(Lorenzo Ghiberti, 1378~1455), 브루넬레스키(Filippo Brunelleschi, 1377~1446)와 함께 초기 르네상스의 3대 조각가로 꼽힌다.

미켈란젤로 Michelangelo di Lodovico Buonarroti(1475~1564). 피렌체 근교 카프레세에서 태어난 이탈리아 르네상스의 대표적 화가이자 조각가이다. 한때 메디치 가문의 후원을 받았으나 피렌체 공작 알레산드로 데 메디치(Alessandro de' Medici)로부터 빠져나와 로마로 이주한 후 교황들의 작업 의뢰를 받아 교황청에서 작업을 했다. 「피에타」, 「다비드 상」, 「최후의 심판」, 시스티나 성당 천장 벽화 등 많은 걸작을 남겼다.

73 **이탈리아 대위가 괴테에게 말한 것** 오르테가 이 가세트는 이 장에서 문화와 그 주체, 즉 문화를 산출하는 인종의 관계를 논한다. 훌리안 마리아스의 해설대로, 오르테가는 '유기적 체질로서의 인종'과 '역사적 존재가 되는 방식으로서의 인종'을 구분한다.

이와 관련해 현대 사회에서는 대체로 외모의 기준에 따른 인종과 문화적 존재로서의 인종으로 나누어 전자는 'race', 후자는 'ethnicity'로 구분하는 경향이 있다. race가 보통 피부색, 눈동자 색깔, 머리칼 등의 신체적 특징에 따른 구분이라면, ethnicity는 국적, 종교, 언어, 관습 등 문화적 요소에 따른 구분이다. 즉 race와 달리 ethnicity는 문화적 상호 작용의 결과라고 할 수 있다. 양자 모두 '인종'으로 번역되지만 때에 따라 전자는 '인종'으로, 후자는 '민족성'으로 구분하여 번역하는 경향이 있다.

75 **휴스턴 체임벌린** Houston Stewart Chamberlain(1855~1927). 영국에서 태어나 독일에 귀화한 정치 철학자이자 인류학자로, 고비노의 인종주의 학설을 발전시켜 나치의 반유대주의와 아리안 민족주의에 사상적 기반을 제공하였다. 리하르트 바그너의 숭배자였으며, 바그너의 양녀이자 프란츠 리스트의 손녀인 에바 바그너와 결혼하였다.

76 **잠바티스타 비코** Giambattista Vico(1668~1744). 이탈리아 나폴리에서 출생한 철학자, 수사학자, 역사학자, 법학자로 근대 이성주의를 비판하고 고전을 옹호했으며 역사 철학의 기반을 닦았다. 『신과학(*Scienza Nuova*)』(1725)은 그의 대표작이다. 자연의 세계만을 주목한 데카르트와 달리 사람들이 만든 역사 세계가 '신과학(新科學)'의 대상이 되어야 한다고 주장했다. 또한 역사는 가부장제, 귀족제, 민중제, 군주제가 반복되는 규칙적 리듬을 가지고 있다고 주장했다.

그는 자신의 나라 사람들을 대표하는 어떤 특징을 가지고 있다~'인간은 한 가지 일에 너무 매달리면 안 됩니다. 머리가 돌아 버리기 때문입니다. 천 가지 일을 잡다하게 머리에 가지고 있어야 합니다.' 요한 볼프강 폰 괴테, 『이탈리아 기행(*Italienische Reise*)』 1, 박찬기 옮김, 민음사, 2004. 194쪽.

77 **표범 혹은 감각론** 이 장은 리얼리즘(realism)이란 용어의 게르만적 의미와 지중해적 의미를 다루고 있다. 오르테가 이 가세트에 따르면, 지중해 세계에서 말하는 리얼리즘은 생생한 감각을 바탕으로 눈앞에 현존하는 사물을 바라보는 양식으로서의 리얼리즘이라기보다는 인상주의 혹은 감각주의라 할 수 있다. 반면 오르테가에 따르면, 진정한 리얼리즘은 앞서 보았듯이 "게르마니아로 방향을 틀"

었던 그리스 사상에서 나온다. 플라톤 철학의 이원론에 의하면, 육체의 감옥에 갇힌 인간은 그 이전의 이데아 세계에서 경험했던 만물의 참된 모습인 실재(reality)를 그리워하며 문득 잊힌 실재에 대한 기억을 떠올리기도 한다. 이러한 '회상'을 가리켜 '상기설(想起說, Anamnesis)'이라고 한다. 플라톤 철학 전통의 리얼리즘은 이러한 상기설에 기반을 둔 회상을 일컫는다. 따라서 이때의 리얼리즘은 관념론적 성격을 띤 실재론이라고 할 수 있다.

그러므로 오르테가가 논의하는 리얼리즘은 내용상의 문제라기보다는 용어의 개념상 혼란에 따른 것이라고 봐야 한다. 실재에 대한 관념론적 인식을 중시하는 그리스와 게르만의 추상적(抽象的) 리얼리즘이 플라톤 철학에 연원을 둔다면, 눈에 보이는 사물이나 사실 묘사를 중시하는 지중해의 모사적(模寫的) 리얼리즘은 데카르트와 로크의 근대 실재론에 연원을 두고 문학과 예술 사조상의 리얼리즘으로 계승된다고 볼 수 있다. 따라서 플라톤 철학 전통의 리얼리즘을 실재론이라 하고 이에 반대되는 경향을 아리스토텔레스 철학 전통의 명목론 혹은 유명론(nominalism)이라 한다면, 근대 실재론에서 비롯된 리얼리즘은 사실주의이며 그 반대 개념은 관념론(idealism)이 될 것이다. 또한 근대 사실주의가 고대의 명목론을 계승하는 반면에 관념론은 고대 실재론을 계승하는 용어상의 교차(키아스틱) 현상을 볼 수 있다.

이 책에서도 오르테가의 철학적 맥락에 따라 'reality'를 '실재'로 번역하였다. 그러나 문맥상 그 뜻이 명백하게 근대 사실주의에 기반을 둔 경우에는 '현실'로 번역했다. 그리고 'realism'은 실재론과 사실주의를 구분하지 않고 모두 '리얼리즘'으로 번역하였다. 굳이 번역하여 이번 제8장에서 인상주의라는 의미의 리얼리즘이 '사실주의'라면, 사물을 회상하는 그리스의 리얼리즘은 '실재론'이라 할 수 있다.

프란츠 비크호프 Franz Wickhoff(1853~1909). 오스트리아의 미

술사가로서 빈대학의 미술사 교수를 지냈으며, 알로이스 리글(Alois Riegl, 1858~1905)과 함께 예술사의 빈(Wien)학파에 속한다.

78 **우리는 훗날 리얼리즘이라는 부적절한 이름으로 불리는~인상주의로 명명하는 것이 더 좋을 양식이 시작되는 것을 보게 된다** 훌리안 마리아스의 말대로, 지중해 사람들은 있는 '그대로의 감각'을 추구했고, 이런 성향은 그리스의 성향과 단적으로 대비되는 것이다.

신곡 『신곡(*Divina Commedia*)』은 이탈리아 피렌체 출신인 단테(Alighieri Dante, 1265~1321)의 서사시로 단테가 저승의 지옥, 연옥 그리고 천국을 여행하는 내용이다. 이 책이 희극(Commedia)으로 불리는 이유는 순수 라틴어가 아니라 이탈리아 방언이 섞여 있어서 진지한 작품으로 취급되지 않았다는 점과, 천국으로 이르는 해피 엔딩의 결말 때문이다. 이후 보카치오(Giovanni Boccaccio, 1313~1375)가 'Divina'를 추가하여 '신곡'이 되었다. 지옥, 연옥, 천국 편이 각각 33곡으로 되어 있고, 여기에 서곡이 더해져 완전함을 상징하는 100곡으로 완성되었다.

79 **시각적 이미지는 너무나도 뚜렷해서~전체 몸뚱이가 서술 과정에 저절로 미끄러져 들어가는 것이다** 훌리안 마리아스의 연구에 의하면, 오르테가 이 가세트는 『알론소 데 콘트레라스 대장의 모험(*Aventuras del capitan Alonso de Contreras*)』(1943) 서문을 쓰면서 세르반테스 작품의 '시각성'에 대해 자세히 설명하고 있다. 『알론소 데 콘트레라스 대장의 모험』은 스페인의 군인으로 합스부르크 제국 군대에서 복무했던 알론소 데 기옌(Alonso de Guillén, 1582~1641)의 자서전이며, 알론소 데 콘트레라스는 그의 별명이다. 이 글에서 오르테가는 알론소 데 기옌의 책이 그 어느 작품보다도 스페인의 삶을 더 훌륭하게 조명하면서 강렬한 인상을 창출한다고 말한다. 그런데 알론소 데 기옌의 작품을 보면 장면이나 인물이 아니라 행위만 묘사되어 있음을 알 수 있다. 행위만 묘사된 작품에서 어떻게 독자들이 강렬한 시각적 이미지를 얻을 수 있는가? 이에 대해 오르

테가는 이렇게 말한다. "텍스트는 기술하지 않은 부분을 어떻게 우리로 하여금 시각적으로 볼 수 있게 만드는가? 이에 대해 설명해 보자면 이렇다. 행위는 특정 공간에서 일어나고, 여기에 배우들이 개입한다. 우리에게 서술하는 부분이 간결할수록 행위자들의 윤곽과 모습의 흔적은 더 잘 나타난다. 우리가 묘사를 더 자세하게 할수록 인물들의 행위가 우리 머리에 즉흥적으로 새겨 놓는 무언의 이미지는 왜곡될 우려가 있다. 〔……〕 따라서 순수하게 행위만 서술하는 것은 주변 세계의 큰 틀을 그 무엇보다도 정확하게 조명해 주는 섬광 같은 효과를 낳는 것이다."(*Obras Completas*, VI, p.508) 이렇게 본다면, 세르반테스의 재능 있는 서술 기법은 지중해의 시각적 능력 못지않게 우리로 하여금 잘 볼 수 있게 만들어 주는 이유가 된다.

80 **"가능한 30탈러가 눈에 보이는 30탈러보다 못하지 않다"라는 유명한 구절은 철학적으로 정확하다** 탈러(Taler)는 15세기부터 19세기까지 유럽에서 통용된 독일의 은화로, '달러(dollar)'의 어원이 된다. 칸트는 이 문장에서 데카르트의 존재론적 가설을 비판한다.

내가 세계를 이해할 수 있었던 것은 눈이라는 신체 기관 덕분이다 훌리안 마리아스의 말에 따르면, 괴테는 어릴 적부터 화가들 사이에서 자란 까닭에 그들처럼 대상을 보는 습관이 들었다고 한다.

괴테는 온몸을 집중해서 관찰한다 랠프 월도 에머슨(Ralph Waldo Emerson, 1803~1882)은 미국 보스턴 출신의 시인이자 사상가로 헨리 데이비드 소로(Henry David Thoreau), 마거릿 풀러(Margaret Fuller) 등과 함께 19세기 중반의 초월주의 운동(Transcendentalism)을 이끌었다. 에머슨은 『위인이란 무엇인가(*Representative Men*』(1849)에서 플라톤, 스베덴보리, 몽테뉴, 나폴레옹, 셰익스피어 그리고 괴테를 대표적인 여섯 명의 위인으로 꼽았다. 그는 나폴레옹과 괴테가 인습과 타성을 타파한 리얼리스트이며, 특히 괴테는 탐구의 장애물이 되는 모든 장애물을 제거하고 순수한 이성과 사고의 힘으로 자연법칙을 탐구했다고 평가했다.

우리는 사물에 정통한 눈을 가지고 있다 키케로(Marcus Tullius Cicero, B.C. 106~43)는 고대 로마의 정치가, 작가, 철학자이다. 그가 남긴 글은 고전 라틴어의 표본처럼 여겨 오랜 기간 교본으로 쓰였다.

81 **"우리는 사물에 정통한 눈을 가지고 있다"라는 키케로의 말도 있듯이~그 명칭으로는 외양주의, 환영주의, 인상주의 등이 더 어울릴 것이다** 훌리안 마리아스에 따르면, 오르테가 이 가세트는 지중해의 이러한 경향을 '리얼리즘'이라고 부르는 데 반대했다. 왜냐하면 사물 자체보다는 그것의 생생한 감각인 외관을 더 강조하기 때문이다. 반면 그리스인들은 리얼리스트였다. 하지만 그것은 관념으로 기억된 사물에 대한 리얼리즘이었다. '회상(reminiscencia)'은 사물을 관념화하고 정화한다. 오르테가는 플라톤의 위대한 지적 공적이 사물로부터 벗어나 그것의 본질로 다시 돌아가는 것이며 이것이 바로 가장 순수한 형식으로서 '이론(teoría)'의 기원이라고 말한다. 반면에 로마인들이나 에트루리아인들에게 가장 특징적인 지중해 예술은 눈앞에 있는 그대로를 추구한다.

말라가 Málaga. 스페인 남부 안달루시아의 아름다운 지중해 해변 도시로 파블로 피카소(Pablo Ruiz Picasso, 1881~1973)가 태어난 곳이다. 오르테가 이 가세트는 소년 시절(1891~1897) 이곳에서 학교를 다녔다.

파시텔레스 Pasiteles. 로마에 귀화한 그리스 출신의 조각가로 율리우스 카이사르(Gaius Iulius Caesar, B.C. 100~44) 시대에 활동했다.

82 **외부 세계는 우리만을 위해 존재한다** 고티에(Théophile Gautier, 1811~1872)는 프랑스 시인, 소설가, 비평가이다. 열렬한 낭만주의의 옹호자이자 고답파(高踏派)의 창시자이며 상징주의의 선구자로 꼽힌다. 본문의 문장은 그의 저서인 『낭만주의의 역사(*Histoire du*

Romantisme)』(1872)에서 인용된 것이다.

외부 세계라! 그렇다면 비록 감각으로 느낄 수는 없지만 더 심층적인 영역에 있는 세계 역시 주체가 볼 때에는 외부 세계가 아니던가? 훌리안 마리아스는 이 구절이 '환경'의 의미를 밝혀 주는 것이라고 말한다. 즉 환경이란 외부와 내부 세계를 모두 포괄하는 것이며, 이는 사람의 육체뿐만 아니라 "주체에 대해 외부에 있는" 모든 것을 의미한다. 다시 말해 '나'가 아닌 모든 것이며, 내 주위를 둘러싸고 있는 모든 것이다.

인상은 문명화된 질서 속에 사고의 형태로 종속되고 기록되며 ~ 인격이라는 건축물을 형성하는 데 협조하며 들어온다 훌리안 마리아스에 의하면, 인상과 사고는 외적 실재가 우리 인격에 들어오는 틀이 된다.

83 **게르만의 안개와 라틴의 명료 사이에 떠들썩하게 전개된 이 모든 대결은 두 계급의 인간형을 인정하면서 수그러든다 ~ 사색형 인간은 심층의 차원에서 살아간다** 두 개의 인간형을 인정할 때, 훌리안 마리아스의 주장에 따르면, 게르만의 안개와 라틴의 명료 사이에 벌어지는 논쟁을 가라앉힐 수 있다. 즉 딜레마를 해소할 수 있는 보다 높은 시점에 이르게 되는 것이다. 그 시점이란 삶의 두 가지 행위 방식, 삶에 적응하는 두 가지 방법, 우주와 대면하는 두 가지 길을 인정하는 것이다. 각자의 고유성을 받아들인다면 폭력도 없을 것이고 세계는 더욱 풍요로워질 것이다.

감각형 인간에게 신체 기관이 망막, 입천장, 손가락의 살갗 같은 것들이라면 ~ 개념은 심층이 정상적으로 작동하는 기관이다 훌리안 마리아스는 오르테가 이 가세트가 여기서 개념(concepto)에 대한 이론을 전개한다고 말한다. 개념은 이 책에서 매우 깊이 있게 다루어지는 철학적 주제이다. 그것은 '기관'이며 감각 기관들과 짝을 이루어 등장한다. 감각 기관들이 표면을 담당한다면 개념은 심층부를 담당한다. 감각과 지성의 이러한 결합은 '보는 것과 해석하는 것' 등처럼 이 책에서 계속 나타나고 있다.

예전에 나는 주로 시간적 심층인 과거와 공간적 심층인 거리에 주목해 왔다 훌리안 마리아스의 해설대로, 오르테가 이 가세트는 심층성의 의미를 일반적으로 천착한다. 여기서 시간적 과거와 공간적 거리는 심층을 나타내는 두 개의 단순한 예일 뿐이다. 굳이 '존재론'이란 말을 쓰지 않는다면 그 주제는 이미 앞에서 보았듯이 '실재에 대한 이론'이다. 오르테가는 이미 암시적인 방법으로 심층의 본질을 언급한 바 있다. 즉 그는 순수 인상의 명백한 세계를 인상들의 구조로 이루어진 잠재적 세계와 대비시킨다. 따라서 심층은 구조이고, 다른 말로 하면 심층은 구조를 내포한다. 원근법(escorzo)에 대해 다시 말하자면, 그것은 구조, 무엇보다도 시각의 구조이다. 특히 그것은 보이는 실재와 상관되는 구조이다. 철학의 체계적인 조건을 감안할 때, 우리는 이제 시야를 되돌려 오르테가가 주장하고 있는 지성의 새로운 단계에 도달해야 한다. 그의 주장에 따르면, "세계의 확실한 존재는 물질도 아니고 영혼도 아니다. 그것은 고정된 무언가가 아니라 단지 하나의 관점이다". 심층, 원근법, 관점 그리고 구조는 실재의 구성에서 상호 관련되어 있고, 실재를 이해하도록 이끌어 준다. 이것이 바로 오르테가 이 가세트 형이상학의 핵심이고, 이 책이 바로 그 철학의 출발점임을 보여 준다.

84 **구조란 제2의 사물이다. 다시 말해, 그것은 사물들 혹은 단순한 물질적 요소들의 총합이자 그 요소들을 배열하는 질서이다** 훌리안 마리아스는 구조의 이론을 주의해서 고찰할 필요가 있다고 말한다. 왜냐하면 거기에는 당대의 최신 철학에서 풍성한 결실을 맺게 한 적지 않은 혁신이 있기 때문이다. 오르테가 이 가세트는 '구조'라는 말을 고유의 '실재' 혹은 '제2의 사물'로 이해하면서, 단순한 '요소들'에 그것들과 다른 무엇, 다시 말해 '질서'를 첨가한 결과물로 본다. 이 질서는 오르테가가 강조하듯이 실재의 형태와 관련해 '요소들'로 환원될 수 없는 것이다. "그 질서의 '실재'가 하나의 가치, 그러니까 자기 요소들을 가지고 있는 실재와 다른 의미를 가진다는 점은 명백

하다.” 그는 “이렇게 관계 속에서 얽힌 사물들이 구조를 형성하게 된다”고 덧붙인다. 말하자면 오르테가가 말하는 구조란 ‘사물’ 혹은 ‘요소들’이 있고 이들이 특정 구조를 통해 배치되는 것이 아니라, 특정한 질서와 배열 혹은 관계 속에 요소들을 ‘포함’하는 ‘실재’라는 것이다. 이를 공식으로 표현하면 이렇게 될 것이다. 요소들+질서=구조. 그 결과 단순한 요소에 지나지 않는 ‘사물’은 그 자체로는 ‘실재’를 가지기 어렵다. 그 때문에 오르테가는 이렇게 말하는 것이다. “만일 사물이 홀로 고립되어 있는 상태 그대로의 것이라면 얼마나 하찮은 존재가 될까!” 사물들은 “서로 사랑하여 공동체, 조직, 기구, 세계에서 결합하고 하나가 되기를 열망한다고 말할 수 있다”. 진정한 실재는 상이한 가치와 의미를 가진 질서가 물질적인 요소들에 포개지는 구조이다. 그것의 정점이 바로 있는 그대로의 ‘자연’이다. 그래서 오르테가는 “우리가 ‘대자연’이라 부르는 그것은 모든 물질 요소들이 들어가 있는 최고의 구조물이다”라고 하는 것이다. 물질적인 요소들의 구조들 가운데 대자연은 최고의 자리에 위치한다. 그런데 사물에 대한 얘기는 여기서 끝나지 않는다. 이미 보았듯이, 사물들은 고립된 상태에선 포착할 수 없다. 시각적인 영역에서 처음에 무질서한 사물은 점차 질서 속으로 들어오고 우리는 사물들 가운데 맺어져 있는 ‘관계망’을 주목하게 된다. 그렇다고 해서 여기에 주관적인 것은 없다. 다음 문장에서 알 수 있듯이, 그것은 실재하는 것의 구조 자체이다. “하나의 사물은 다른 사물들과의 관계 속에서가 아니라면 초점이 잡힐 수도 없고 규정될 수도 없다.” 그것은 내가 자의적으로 설정하는 관계가 아니다. 오르테가의 말처럼, 중요한 것은 발견이고 대상이 되는 사물들의 연계이다. “만일 우리가 하나의 대상을 계속 주목한다면 이것의 초점은 더욱 뚜렷하게 잡힐 것이다. 왜냐하면 우리는 거기에서 그것을 둘러싸고 있는 사물들이 반영되고 연계되어 있는 점을 발견하기 때문이다.” 이것이 바로 오르테가가 말하는 ‘심층’이다. 여기서는 다른 사물이 암시되면서 반영된다. 반영이란 한 사물이 다른 사물 안에 진정으로 존재하게 되는 가장 가시적인 형식이다. 다시 말해 다른 것 안에 있는 무언가의 실질적 존재로서의 심층과 반영이고, 구조의 감각적이고 비유적인 형식이다. 여기서 우리는 '관점'이란 말을 이해할 수 있다. 오르테가가 실재 자체의 관점주의적 성격을 확신할 때, 그리고 관점은 결코 실재의 왜곡이 아닌 그 '조직'이라고 말할 때, 그는 실재라는 것이 단순한 요소들로 환원될 수 없는 근본적인 '구조'라는 점을 표명하고 싶은 것이다. 왜냐하면 그 요소들에 질서를 더한 것이 다른 사물들에 구현된 사물들의 진정한 존재를 이루며, 그 상징이 바로 '반영'이기 때문이다. 그리하여 오르테가는 이렇게 결론을 맺는다. "한 사물의 '의미'는 다른 사물과 '공존'하는 최상의 형식이고 이것이 심층의 차원이다. 한 사물의 '물질성'을 갖는 것만으로는 충분하지 않다. 나는 우주의 잔여물이 쏟아지고 있는 신비의 그림자가 가진 '의미'를 필요로 한다."

86 **이것이 바로 무엇인가의 '심층'이 의미하는 것이다** 이 문장으로 시작되는 문단은 스페인어판에 없지만 영어 번역본에는 들어가 있다. 훌리안 마리아스는 이 문단을 스페인어판 각주에 포함시켰다. 역자는 이 부분이 전체 글을 이해하는 데 도움이 된다고 생각해 본문에 포함시켰다.

공존 정영도는 'coexistence'를 '공존'이 아니라 '공재(共在)'라고 번역하였다.(정영도, 『오르테가의 철학 사상』, 서문당, 2013, 30쪽)

사물들의 의미에 대해 한번 자문해 보자 앞서 보았듯이 오르테가 이 가세트는 '의미'를 다른 사물과 공존하는 최상의 형식으로 규정하고 이것이 바로 심층의 차원이라고 말한다. 훌리안 마리아스의 해설대로, 이제 그는 그 의미에 대해 묻는 것이 각각의 사물을 '세계의 실질적인 중심'으로 만드는 것이라고 덧붙인다. 로고스로서의 '의미'는 사물의 '이유'를 찾는 것이고, 이 일을 하는 것이 바로 사랑이다. 무언가를 사랑한다는 것은 그것이 우리에게 우주의 중심이 된다는 말이다.

사물의 의미를 추구하는 철학은 '에로스'에 의해 유도된다 잘 알려져 있듯이, 플라톤은 『향연』에서 철학자를 사랑의 신 에로스에 비유한다. 훌리안 마리아스의 말대로, 오르테가는 '사랑의 일반 학문'으로서의 철학이라는 자신의 사상을 언급하고 있다.

87 **모두들 위험하게 살지어다** 훌리안 마리아스의 연구에 의하면, 오르테가 이 가세트는 『자아도취와 불안(*Ensimismamiento y alteración*)』(1939)에서 당시의 정치 상황 및 철학 경향을 반영하면서 앞에 인용된 니체의 명제를 비판한다. 1939년은 히틀러의 나치 독일이 제2차 세계 대전을 일으킨 해이다. 그는 니체의 주장이 경솔하고 유치하기까지 하다고 단언한다. 또한 니체는 자신의 천재성에도 불구하고 우리의 삶 자체가 위험의 연속이라는 사실을 간과했다고 말한다. 게다가 인용된 문장은 니체가 한 말이 아니라 르네상스 시대 이탈리아의 오래된 슬로건을 과장한 것이라고 한다. 오르테가는 니체가 이 말을 스위스의 예술사가인 부르크하르트(Jacob Christopher Burckhardt, 1818~1897)에게 들었을 것이라고 추측한다. 훌리안 마리아스는 자신의 스승과 비슷한 논리로 당시의 실존주의가 주장하는 '앙가주망(engagement)'도 비판한다. 즉 우리의 삶은 그 자체로서 이미 끊임없는 사회 참여라는 것이다.

한 사물이 구조를 형성하기 시작할 때 그것을 풍요롭게 만들어 주는 모든 최고의 보화를 내포한다는 점이다 훌리안 마리아스의 말대로, 개념은 이렇게 '구조'를 지칭하는 용어로 남는다. 그리고 그 내용은 물질적인 면에서 사물을 초월한다.

우리는 사물들 사이에서 개념의 내용을 발견할 수 있다. 그렇다면 사물들 사이에는 당연히 그 경계도 존재한다 훌리안 마리아스는 순전한 감각적 인상과 일치하지 않는 무언가를 가지고 개념을 해석하는 작업이 여기서 시작된다고 말한다. 개념은 사물들을 넘어서야 한다. 만일 사물 외에 아무것도 없다면 그것의 '개념'에 대해 말하는 것은 의미가 없을 것이다. 사물의 경계는 개념에 해당되지 않고 그 안에 있지도 않다. 개념과 경계는 먼저 이 사물 너머로 가라고 강요하며, 마찬가지로 있는 그대로의 모든 사물 너머로 갈 것을 강제한다. 이는 새롭고 효과적인 방법으로, 사물들에게 다시 돌아올 수 있기 위한 것이다.

88 **헤겔은 한 사물의 경계가 있는 곳에 그 사물은 없다고 말한다～일정 거리를 지키게 하는 데 있다. 이것이 바로 개념이다** 훌리안 마리아스에 따르면, 이 문단은 오르테가 이 가세트 철학의 결정적인 모든 측면을 보여 주는 전주곡이다. 개념과 경계는 '새롭고 실질적인 사물들'로 등장하는데, 이는 물질들과는 본질적으로 다른 무엇이다. 그들의 임무는 사물들을 복제하는 것이 아니고, 그것들을 강제로 차지하는 것은 더더욱 아니며 그들 사이에 "끼어 들어가는" 것이다. 이는 '해석'과 유사하다는 점을 알 수 있다. 이러한 '도식적 성질'을 가진 개념과 경계의 임무는 "존재의 경계선을 지정"하는 것이다. 그리고 실재들을 함께 모으거나 따로 갈라놓으면서 혼란 없이 공존할 수 있도록 유지하는 일이다. 이것이 바로 '개념'이다.

89 **미래의 스페인을 가슴 깊이 사랑하는 모든 사람들에게 개념이 하는 일에 대한 주제를 명확히 인식하는 것은 매우 중요하다** 훌리안 마리아스에 의하면, 이 장의 시작 부분은 다소 혼란스럽게 비칠 수 있다. 그는 이 문제가 첫눈에는 "국가적 이슈로 다루기에는 너무 학문적인 문제로 비치는 것이 사실"이라고 인정한다. 그러나 이 책의 중요한 열쇠 가운데 하나를 던진다. 그것은 우리가 "무엇을 따라야 할지를 알아야" 한다는 것이다. 그러한 물음이 없으면 스페인의 미래는 없다는 것이 저자의 생각이다. 실제로 '98세대'와 오르테가가 속한 그다음 세대('1914세대'라고 할 수 있다)의 지식인과 작가들은 스페인은 과연 무엇이고, 스페인적이라는 것은 무엇인지에 대한 물음을 던졌다. 더 나아가 무엇을 할 수 있으며 무엇을 기대할 수 있는지를 물었다. 이렇게 진정성 있고 급진적인 필요성을 절감하는 가운데

당시 스페인 지성계의 척박한 상황 속에 이 책이 쓰이면서 20세기 초반의 '또 다른 황금 세기'(혹은 '은(銀)의 세기')를 이룩했다. 훌리안 마리아스는 이러한 성과가 나올 수 있었던 원인을 '진정성'이라고 생각한다. 당시 지식인들은 주어진 사회적 상황과 개인적인 소명 의식을 가지고 딱히 다른 방법이 없었기 때문에 지적 활동에 전념했다. 그리고 과연 "무엇을 따라야 할지를 알"기 위해 철학 자체의 명료함에 도달해야 하는 순간을 맞이한다. 바로 이때 오르테가 이 가세트가 나타나 개념의 '학문적 문제'라는 문제의식으로 개인적이고 역사적인 드라마를 써 내려 가게 되는 것이다.

개념은 우리에게 마치 분광체 같은 질료에 부어진 물자체의 반복 혹은 복제처럼 제시된다 훌리안 마리아스의 말대로, 이것은 개념에 대한 전통적인 핵심 이론이다. 칸트 철학에서 물체와 개념이 "정확하게 같은 것을 내포해야 한다"는 점을 상기해 보자. 만일 물체가 개념보다 더 많은 것을 포괄한다면 그 개념은 물체를 온전히 표현한 것이 아니게 된다.

90 **그 누구든 올바른 판단력을 가지고 있다면 사물의 운명을 분광체의 허깨비 같은 운명과 바꿀 생각은 들지 않을 것이다** 훌리안 마리아스는 여기서 칸트의 탈러 비유를 다시 상기한다.(80쪽 참조) 가능한 것과 실재의 것, 즉 개념과 물체가 똑같다고 하지만, 막상 내 주머니 속에 들어올 때는 단순한 개념이 실제 현금과 같을 수는 없다.

이성은 생명을 대체하려는 열망을 품을 수도 없고, 품어서도 안 된다 여기서 저자는 개념의 양면성을 분명히 한다. 훌리안 마리아스의 말대로 개념은 결코 사물을 대체할 수 없다는 점에서 사물과는 다르다. 그러나 개념은 사물을 지칭하고 사물을 위해 있으며 사물 또한 그것을 필요로 한다는 점에서 사물과 분리될 수 없다. 다른 말로 하면, 개념과 사물은 환원 불가능하고 대체 불가능하다. 이는 합리주의를 향해 이성이 삶을 대체할 수 없다고 선언하는 것이다.

오늘날 무사안일한 사람들에 의해 통용되는 이성과 생명의 이러한 대립

이 이제 의심의 대상이 되고 있다 훌리안 마리아스에 따르면, 여기서 언급하는 비합리주의는 오르테가 이 가세트의 또 다른 시각을 보여 주는 면이다. 현실이 모두 설명될 수 없다는 것을 발견한 이후 비합리주의는 오랜 역사에 걸쳐 주기적으로 나타난다. 키르케고르 이래 그 입장이 정리된 비합리주의는 이후 니체, 윌리엄 제임스(William James, 1842~1910), 베르그송(Henri Louis Bergson, 1859~1941), 우나무노(Miguel de Unamuno, 1864~1936) 등에 의해 재등장한다. 물론 궁극적으로 오르테가는 비합리주의를 극복하려 한다. 그러나 그것은 합리주의에 다시 빠지기 위한 것이 아니다. 왜냐하면 합리주의에 대한 비합리주의의 논박 역시 타당성이 있기 때문이다. 그는 양자 모두를 넘어 충만하고 엄밀한 형태로서의 이성을 추구한다. 그것이 바로 '생기적 이성'이다.

그들은 이성이 마치 보고 만지는 것과 같은 종류의 생기적이고 자발적인 기능을 가지고 있지 않은 것처럼 생각하고 있다 훌리안 마리아스의 말대로, 오르테가 이 가세트는 이 대목에서 '이성'과 '생기(vital)'라는 용어를 대립적인 개념으로 이해하지 않고 함께 쓰고 있다.

우리는 그 틀을 통해 단지 사물의 경계, 즉 사물의 진정한 본질인 질료를 감싸고 있는 윤곽선을 얻게 되는 것이다 훌리안 마리아스의 지적대로, 개념은 하나의 '추상화' 작업의 결과로서 사물의 틀만 보여 줄 뿐이다. 그러나 오르테가 이 가세트는 그 틀이 우리를 경계선에 데려다줌으로써 하나의 사물에 머무르는 것이 아니라 다른 사물과 관계를 맺게 해 준다고 말한다. 겉인상만으로는 개별적이고 애매한 사물들이 개념을 통해 우리를 하나의 맥락 혹은 연계 관계로 안내한다. 따라서 우리는 개념 덕분에 사물들을 상호 고찰하면서 그것들을 '소유'할 수 있게 된다. 이는 개념을 사물의 '복제' 혹은 단순한 '추상물'로 이해하는 것을 피하게 해 준다.

91 **데메트리우스의 조각상을 묶어 놓지 않으면~플라톤은 우리가 인상들을 이성으로 묶어 놓지 않으면 우리로부터 도망칠 것이라고 말한다** 훌

리안 마리아스는 여기서 언급된 신화의 주인공이 데메트리우스가 아니라 다이달로스(Daedalos)이며, 오르테가 이 가세트가 착각한 것이라고 지적한다. 이 이야기는 플라톤의 초기 대화편인 『메논』에 나온다. 크레타섬의 미궁을 만든 뛰어난 건축가 다이달로스는 많은 발명품을 만든 장인이자 조각가로서, 최초의 나체 조각상을 만든 사람으로 알려져 있다. 그가 만든 조각상은 눈을 뜰 수 있고 두 팔과 두 다리를 자유자재로 움직였다고 한다.

우리가 지각이라는 단어에 '포착'하고 '포획'한다는~사물의 지각과 포착을 위한 진정한 도구이자 기관이 될 것이다 훌리안 마리아스는 단지 '맥락' 안에서만, 다시 말해 실재들의 체계 안에서 '경계선'들이 기능하는 가운데서만 사물들을 '포착'하고 '포획'하는 지각이 가능하다고 덧붙인다. 간단히 말하면, 지각이란 인상에 개념을 더한 것이다. 이 주제와 관련해 마리아스는 후설의 유고작 『경험과 판단(*Erfahrung und Urteil*)』(1939)을 읽어 보라고 권유한다.

개념의 사명과 본질은~사물들을 소유하기 위한 기관 혹은 기구가 됨으로써 비로소 끝날 것이다 훌리안 마리아스는 개념의 실체성을 부인하고 도구성을 강조하는 이러한 해석에서 어떤 형태의 이성 혹은 합리주의도 발견할 수 없다고 말한다.

오늘날 우리는 관념을 모든 현실의 궁극적 실체로 간주한 헤겔의 이념과~이성을 왕위에서 끌어내린다면 다시 그것을 곱게 제자리에 갖다 놓자 훌리안 마리아스는 오르테가 이 가세트의 철학이 헤겔적 의미에서의 합리주의(이성주의)는 거부하되 이성 자체를 거부하는 것은 아니라고 말한다. 오르테가는 1923년에 출판한 『현대의 과제(*El tema de nuestro tiempo*)』에서 이성이 단지 삶의 형식이자 기능일 뿐이며, 순수 이성은 자신의 제국을 생기적 이성(razon vital)에 넘겨줘야 한다고 말한다. 그는 1924년의 『생기주의도 합리주의도 아닌(*Ni vitalismo ni racionalismo*)』에서 이렇게 말한다. "베르그송 그리고 비슷한 생각을 가진 사람들은 이성적이지 않고 생기적인 이론을 주창한다. 그러나 내게 이성과 이론은 동의어이다. 〔……〕 내 이념은 이성에 반대하는 것이 아니다. 왜냐하면 이론적인 지식을 얻기 위해선 그것밖에 방법이 없기 때문이다. 나는 단지 합리주의에 반대한다."(*Obras Completas*, III, p.273) "합리주의에 있는 반이론적, 반성찰적, 반이성적 성격은 이성의 신비주의와 다를 게 없다. 유럽의 마음이 도달해야 할 최상의 종착점으로서는 부적절한 이런 고풍스러운 행위에 맞서 나는 그곳이 어디든 간에 투쟁해 왔다."(*Obras Completas*, III, p.280) 훌리안 마리아스는 이러한 '최상의 종착점'에 『돈키호테 성찰』이 있다고 말한다.

92 **각각의 개념은 글자 그대로 사물들을 포착하는 기관이다. 오로지 개념을 통한 시각만이 완전한 시각이다** 훌리안 마리아스의 말대로, 저자는 여기서 개념의 도구적 성격을 다시 한 번 언급한다. 물론 오르테가 이 가세트가 시각과 개념을 동일시하는 것은 아니다. 그가 말하는 시각이란 단순한 '인상'뿐만 아니라 '사물들'을 보여 줄 수 있는 실질적이고 완전한 형태의 시각, 즉 진정한 시각을 의미한다. 그것은 개념을 통한 시각이며, 개념과 함께 보는 시각이다. 다시 말해 시각은 감각인 동시에 개념이다. 이는 관념주의에서 선호했던 '지적 직관'과 반대되는 생각임을 알 수 있다. 관념주의에서는 '시각'이 진정 지각적이고 물리적이며 감각적이라면 그것이 곧 관념적이라는 말이 된다.

93 **인상주의적인 문화는 발전할 수 없는 운명에 처해 있다** 오르테가 이 가세트가 말하는 인상과 개념의 차이는 무엇인가? 훌리안 마리아스의 해설에 따르면, 인상의 덧없음에 비해 개념은 깊이 있고 소유 가능하며 확실하다. 이는 더 우월한 정복을 향해 나아가는 진보의 조건이다. 반면 인상주의는 정반대의 속성들을 가지고 있으며 인상주의자들은 무(無)의 세계를 반복하고 있다. 오르테가는 형이상학자로서 세기말 유럽에서 유행했던 인상주의에 대한 비판적 시각을 여과 없이 보여 준다.

이것이 바로 스페인 문화의 역사가 아니었던가? 훌리안 마리아스의 말대로, 오르테가 이 가세트는 스페인 문화를 인상주의 문화로 간주하는데 여기에는 장점도 있고 한계도 있다. 즉 독창적이지만 거칠고 불연속적이며 불안하다.

94 **프란시스코 데 고야** Francisco de Goya(1746~1828). 스페인의 낭만주의를 대표하는 화가로 20세기 아방가르드 미술의 선구자이다. 근대 회화를 개척한 바로크 화가 벨라스케스(Diego Rodríguez de Silva y Velázquez, 1599~1660)의 화풍을 이어받아 이성을 강조하는 당대의 신고전주의에 맞서는 꿈과 환상의 세계를 열어 보였다. 젊은 시절에는 '빛의 세기'라 일컬어졌던 당대의 분위기를 재현했으나 중병을 앓고 귀머거리가 된 이후부터는 현실에 대한 비판 의식과 염세주의를 자신의 작품에 반영하고 있다. 특히 1799년에 나온 판화집 '카프리초스(변덕)' 시리즈에서는 왕실 화가로 지내면서 목격했던 상류 계급의 위선과 어리석음을 풍자하였고 이성을 기반으로 한 낙관주의에 대해서도 비판하였다. 1808년 나폴레옹이 스페인을 침략하면서 고야는 또 다른 전환기를 맞이한다. 한때 나폴레옹의 자유사상을 기대했던 고야는 프랑스 군대의 잔학 행위에 분개해 민족주의적 그림을 그린다.(신정환·전용갑, 『두 개의 스페인』, 한국외대 지식출판원, 2016, 131~134쪽 참조) 벨라스케스와 고야에 대한 오르테가 이 가세트의 글로는 『벨라스케스와 고야에 대한 글(*Papeles sobre Velázquez y Goya*)』(1950)을 참조하라.

95 **우리 문화의 가장 위대한 업적이 애매함과 특유의 불확실함을 담고 있다는 사실이다** 훌리안 마리아스의 말대로, 이는 앞서 말한 모든 것의 최종적인 결과이다. 그것은 고야에게 잘 나타나는데, 그의 그림 앞에서 스페인 사람의 감성은 예측하기 힘들어지는 것이다. 변방 문화로서의 스페인 문화가 가지고 있는 불확실함은 확실한 기본을 가진 것과 끊임없이 충돌한다. 오르테가 이 가세트와 마찬가지로

'1914세대'의 대표적 지성인인 아메리코 카스트로(Américo Castro Quesada, 1885~1972) 역시 『스페인의 역사적 현실』(1954) 제1장 제목을 '스페인 혹은 불확실성의 역사'라고 붙였다.

그리스 사람들의 가슴속에 새로운 진동처럼 울리기 시작해~덧없이 달아나지 않고 고정된 것, 불분명하지 않고 명확한 것이었다 문화는 확실함에 대한 관심이고, 이를 얻은 후에는 견고함, 그리고 명료함을 추구하게 되는데, 훌리안 마리아스에 따르면, 이러한 플라톤적 주제는 당시 유럽 철학에서 30년 전부터 중시하던 것이었다.

고대 그리스인들은 삶의 즉흥성을 대체하기 위해서가 아니라 그것을 확실히 하려는 도구로서 개념을 발명한 것이다 훌리안 마리아스에 따르면, 개념의 도구적 성격은 구체성을 장악하기 위한 '전술적 후퇴'와 관련된다. 그러한 장악 혹은 소유는 확실성을 얻기 위한 형식이다. 그리고 확실성을 위한 인간의 궁극적인 형식이 사물들의 '감각' 혹은 '로고스'가 등장하는 '명료함'이다. 그렇게 함으로써 사물들은 해석된 실재들의 체계 내에서 '문맥'이 된다. 이것이 바로 "무엇을 따라야 할지를 알아야" 한다는 표현의 이중 의미이다. 즉 내가 "따라야" 할 확실성이 있어야 하고, "알아야" 할 명료성이 있어야 한다. 그것은 명료성으로 이루어진 확실성이다. 이 모든 것의 정점이 장년기의 오르테가 이 가세트가 말한 방식인데, 여기에 따르면, 존재는 사물들이 관련된 '의탁 계획'이다. 또한 우리로 하여금 실재에 대해 "무엇을 따라야 할지를 알"게 해 주는 '해석'이다.

96 **개념의 임무가 자신의 실제 용량만큼으로 축소되고~지나친 지성주의자처럼 보이는 위험을 감수하지는 않을 것이다** 훌리안 마리아스의 말대로, 오르테가 이 가세트는 표층의 명료함과 심층의 명료함 그리고 인상의 명료함과 성찰의 명료함을 구분한다. 명료성과 심층성을 하나의 짝으로 묶고, 심층적인 것이 명료하다는 가능성을 확신하는 태도는 이 책이 나오기 3년 전에 후설이 쓴 「엄밀한 학문으로서의 철학(Philosophie als strenge Wissenschaft)」(1910~1911)에

서 제기한 명료성과 심층성의 대립 구조를 상기시킨다. 후설에게 심층성(Tiefsinn)은 지혜의 영역인 반면 명료성(Klarheit)은 엄밀한 이론에 속한다.

훌리안 마리아스는 이 책의 '예비 성찰' 제1장에서 보았던 숲의 분석이 현상학적으로 "보이기는 하지만", 사실은 현상학보다 더 나아가고 있다고 말한다. 왜냐하면 '절대적 실증주의'의 공식을 현상학보다 더 충실히 따르고 있기 때문이다. 다시 말해 사물들이 "자기 자신을 있는 그대로", 심지어 명료하지 않은 부분들도 배제하지 않고 드러나게 해 주기 때문이다.

나의 영혼은 물론 내가 잘 알고 있는 부모님으로부터 온다 훌리안 마리아스의 지적대로 여기서 독일적이라 함은 스페인적인 것에 맞서는 개념이 아니라 스페인 내부에서 그것의 일부를 구성하고 있는 요소를 일컫는 말이다. 즉 스페인 사람은 지중해적 성격을 지닌 것만 아니라 지중해적 성격에 독일적 성격을 더한 것이다.

97 **지중해적인 용모 뒤에는 아시아 혹은 아프리카의 표정이 숨어 있는 것처럼 보이고~언제든 얼굴 전체 모양을 일그러뜨리려 한다** 인종주의에 대한 오르테가 이 가세트의 견해에 대해서는 242쪽 참조.

98 **문화는, 그것이 예술이든 과학이든 정치든 간에~더 윤기 흐르게 하고 질서를 주는 방법이다** 훌리안 마리아스가 말하듯이, 문화를 '삶의 해석'으로 보는 것은 모든 오르테가 이 가세트 사상의 중심 주제를 요약한 것이다. 실재에 대한 해석은 텍스트 해설과 같다고 할 수 있다. 또한 그것은 하이데거와 딜타이가 말하는 주석(exégesis)이며, 야스퍼스(Karl Jaspers, 1883~1969)에게는 실존적 자유를 뜻하고 철학적 사유의 본질을 규정하는 방법적 개념인 실존 개명(實存開明, existenzerhellung)이다. 삶은 늘 문제적인 것이며 문화는 그것을 장악하는 도구이다. 삶의 모든 작업은 지적인 작업일 뿐만 아니라 예술적이고 정치적인 작업이다. 삶의 거친 격랑을 통제하기 위해 현인은 성찰하고 시인은 감동에 떨며 정치적 영웅은 자기 의지

의 성문을 연다. 다시 말해 학문, 예술 그리고 행동은 모두 해석, 즉 확실성의 해석이다. 그것은 즉물적인 삶에 질서를 세우고 "무엇을 따라야 할지를 알"게 해주는 다양한 방법이다. 이는 자신의 '로고스', 즉 의미를 추구하는 것이다.

99 **그는 내부적으로 스스로 이를 수행하는데 이것이 바로 자신을 구성하는 뿌리이다** 훌리안 마리아스에 따르면, 이 문장이 바로 '명령으로 부과되는 빛'이라는 이 장의 제목을 설명하는 것이며 진리의 해석을 '알레테이아'로 해석하는 이유이다. 오르테가 이 가세트는 발견에서 얻는 돌연한 '깨침(iluminación)'을 언급한 바 있다. '진리'가 발견 혹은 드러남이라는 것이 정당화된다면, 그 어떤 외압이나 부담도 없이 내재적으로 인간에게 속하게 된 임무가 바로 '명료성'이다. 인간이 된다는 것은 깨치는 것이고 명백히 하는 것이며 사물들의 명료함을 만드는 것이다. 이는 사물들을 발견하고 드러나게 하며 진리로 만드는 일이다.

명료성은 삶이 아니다. 하지만 그것은 삶의 완성이다 훌리안 마리아스가 지적한 대로, 이 문장은 오르테가 이 가세트의 철학이 하이데거와는 다르다는 점을 드러낸다. 오르테가는 "인간은 명료성을 추구하는 사명을 가지고" 있다고 말한다. 그리고 자발적으로 수행된 이러한 사명이 바로 자신을 구성하는 뿌리라고 말한다. 이 말은 인간을 구성하는 뿌리 자체가 사명이라는 점과, 명료성은 하나의 재능처럼 인간에게 자동적으로 주어지는 것이 아니라 인간이 해야만 하는 사명이라는 점을 의미한다. 삶은 자기가 추구해야 하는 명료성을 통해 완성에 도달한다.

삶 내부의 명료성, 사물들 위를 비추는 빛이 개념이다. 그 이상도 이하도 아니다 훌리안 마리아스에 의하면, 삶은 명료성으로 환원되지 않는다. 명료성은 삶에 대해 내부의 것이고 "사물들 위를 비추는 빛"이다. 인간의 현실을 비추는 빛이 바로 개념이다. 다시 말해 그것은 자신의 경계 안에서 사물들을 인식하고 포착하는 '실재에 대한 지적 비전'이다.

100 **각각의 새로운 개념은 이전에는 말이 없고 보이지도 않았던 세계의 한 부분에 대해～당신의 삶을 증진시키고 당신 주변의 실재를 확장시켜 준다** 훌리안 마리아스는 여기서 세계에 대한 문자 그대로의 '개방'이라는 생각이 나타난다고 말한다. 개념이란 이전에는 보이지 않고 소리도 내지 않던 것을 드러나게 해 주는 것이다. 이는 '실재의 확장'이고 삶이 증진되는 것이다.

삶의 여러 문제점들과 어두운 부분들이 넘쳐 나는 것은 종교로 하여금 문화의 불충분한 형태가 되게 만든다 오르테가 이 가세트는 이 책의 재판(再版)부터 이 문장으로 시작되는 전체 문단을 다음 내용으로 수정한다.

"삶의 문제점 앞에서 문화는—그것이 생생하고 진정성이 있는 한—원리들을 담고 있는 보물단지임을 드러낸다. 우리는 그런 문제점을 해결하기에 충분한 원리들이 무엇인지에 대해 논쟁을 벌일 수 있다. 하지만 그것이 무엇이 되든 간에 그것들은 원리가 되어야 한다. 그리고 무언가가 되기 위해서는 일단 원리는 스스로가 문제점을 가지고 있으면 안 된다. 이것이 바로 종교가 마주치는 어려움이고 다른 형태의 인간 문화 형태, 특히 이성과 항상 분쟁을 유지하게 만드는 어려움이다. 종교 정신은 신비를 언급하는데, 사실은 삶 자체가 더 높고 강렬한 신비이다. 어찌 되었든 삶은 우리에게 하나의 문제로 다가온다. 그러나 그것은 해결 가능한 문제이며 혹은 적어도 풀릴 수 없는 것은 아니다."(*Obras Completas*, I, p.358)

101 **예술 작품은 영혼의 여타 형식들보다 더 많은 것을 가지고 있으니～빛을 가져다주는 루시퍼의 능력이라고도 할 수 있다** 훌리안 마리아스는 오르테가가 종교와 철학을 예술에 비교하곤 했다고 말한다. 세 가지 모두 확실성을 의미한다. 다시 말해 현실을 밝혀 주는데, 그것은 과학의 특수성과 대조되는 보편적 성격을 가지고 있다. 하지만 종교에서의 확실성이 인간이 만든 것이 아니라 그에게 주어진 것

이라면, 예술의 경우에는 인간이 만들어 낸 것이되 (신적으로) 무책임한 형태로 만들어 낸 것이다. 반면 철학에서의 확실성은 인간이 만들어 낸 것으로서 그는 그것을 정당화하고 존재의 이유를 부여한다. 이렇게 빛을 가져다주는 루시퍼의 역할이 예술 작품에도 구현된다. "위대한 양식에는 명확성이 결여된 삶을 관조하고 초월할 수 있는 은하계나 높은 산봉우리 같은 것들이 있다." 마리아스는 이러한 오르테가의 생각을 『예술 작품의 근원(*Der Ursprung des Kunstwerkes*)』(1936)에 나타나는 하이데거의 생각과 비교해 볼 필요가 있다고 말한다.

존재와 예술에 대한 하이데거의 생각을 철학자 박영욱의 설명에 기대 요약해 보자. 하이데거에 의하면, 세계는 사물들의 단순한 총합이 아니라 존재가 처한 상황의 연속이다. 따라서 사물의 존재는 독립적으로 파악될 수 없고 그것의 사용 주체인 인간 존재와의 관계 속에서 파악돼야 한다고 보았다. 여기서 하이데거 철학의 핵심인 '존재자(das Seiende)'와 '존재(das Sein)'의 구분이 생긴다. 그것은 곧 '도구적 존재(눈앞에 있는 것)'와 '대상적 존재(손안에 있는 것)'의 구분이기도 하다.(231쪽 참조) 그런데 하이데거는 존재의 참모습을 의미하는 진리의 정의를 그리스어의 '알레테이아(aletheia)'에서 발견한다. '알레테이아'는 '숨어 있지 않음(Unverborgenheit)'이다. 존재란 원래 숨어 있지 않은 것이지만 인간의 협소한 눈에는 항상 왜곡되고 은폐되어 있다. 하이데거는 이렇게 은폐된 존재의 본래 모습, 즉 진리를 드러내는 활동이 바로 예술이라고 말했다. 그는 고흐(Vincent van Gogh, 1853~1890)의 그림 「한 켤레의 구두」(1886)를 예로 들어 예술의 본질을 설명하고 있다.(박영욱, 『보고 듣고 만지는 현대 사상』, 바다출판사, 2015, 94~97쪽)

102 **유럽 정신사에서 우리 스페인이 재현해 낸 것에는 외형적인 인상만 가득하다~그러나 나는 결코 포기하자는 것이 아니라 정반대의 말을 하는 것**

이다. 즉 통합하자는 것이다 훌리안 마리아스의 말대로, 오르테가는 인상과 개념의 이분법을 거부한다. 그는 스페인이 그동안 너무 인상적인 면에만 힘을 쏟았다고 말한다. 따라서 그런 성향을 버리고 가식적으로 다른 성향을 받아들이는 것도 옳지 않은 일이다. 다만 필요한 것은 과도한 인상주의를 수정하면서 그것을 개념에 통합시키는 것이다. 여기서 인상과 개념의 이분법은 와해된다.

103 **다른 모든 점에서도 그렇지만 특히 이런 측면에서 『돈키호테』는 대표적인 경우가 된다** 훌리안 마리아스는 지금까지 전개된 철학적 논의가 이제부터 논의될 세르반테스의 작품을 위한 준비였다고 말한다. 오르테가 이 가세트는 『돈키호테』를 이해하는 동시에 그것이 다루고 있는 철학적 문제를 깨우치려 한다. "풍자적인 어투의 이 변변찮은 소설"은 동시에 심층적 의미가 있는 책이다. 따라서 전형적인 심층성이 있는 예술 작품으로서 『돈키호테』는 실재의 '깨침'이고 섬광과도 같이 삶을 명료하게 해 준다. 그 내용은 어떻게 되는가? 그것은 삶에 대해 무엇을 '암시'하는가? "우리에게 말없이 진리를 가르쳐 주려는 사람은 그냥 간단한 몸짓으로 그것을 암시한다." 예술 작품에서는 특히 이 원칙이 중요하다. 그 때문에 주석이나 해석이 반드시 필요한 것이다. 반면에 "민족주의적 감성을 통해 이 작품에 쏟아졌던 모든 찬사들"이나 "세르반테스의 생애에 대한 모든 현학적인 연구들"은 아무 도움도 되지 않았다. 오히려 셸링, 하이네, 투르게네프 등 외국의 문호들에 의한 "순간적이고 불충분한" 생각이 '깨달음'을 준다. 뛰어난 정신세계를 가진 인물들이 세르반테스의 소설을 읽고 촌철살인의 글을 남긴 예는 많다. 예를 들면 1837년의 『돈키호테』 독일어 번역본에 실린 하이네의 서문이 있고, 셸링이 『예술 철학(*Philosophie der Kunst*)』(1859)에 남긴 명철한 고찰이 있다. 1802년에 셸링이 쓴 글에 의하면 지금까지 두 개의 소설만 있는데, 세르반테스의 『돈키호테』와 괴테의 『빌헬름 마이스터의 수업 시대』가 그것이다. 돈키호테와 산초는 '신화적 인물'이 되었고 풍차의

모험 이야기는 '진정한 신화'이자 신화적 전설이 되었다. 『돈키호테』를 '풍자'로 해석한 뛰어난 비평과, 이 작품을 두 부분으로 날카롭게 구별한 작업을 보자. 이들에게 『돈키호테』는 "신성한 호기심의 대상이었다. 그러나 우리처럼 운명의 문제는 아니었다"는 점에서 그 글들은 불충분하면서도 명료한 것이다.

셸링 Friedrich Wilhelm Joseph von Schelling(1775~1854). 피히테와 헤겔의 사상적 가교 역할을 하면서 함께 독일 관념론을 완성한 것으로 평가되는 철학자이다. "자연은 눈에 보이는 정신이고, 정신은 보이지 않는 자연"이라는 표현에서 알 수 있듯이 그는 자연과 정신, 객관과 주관이 동일한 것으로 세계는 무차별성(無差別性), 즉 동일성을 특성으로 하는 절대자의 세계라고 말한다. 또한 주관과 객관이 동일한 것임을 보여 주는 것이 예술이라고 주장한다. 앞서 보았듯이, 그는 역사상 소설이라 부를 가치가 있는 작품은 『돈키호테』와 『빌헬름 마이스터의 수업 시대』밖에 없다고 말한다.

하이네 Heinrich Heine(1797~1856). 마지막 낭만주의 시인으로 간주되는 독일의 유대계 작가이다. 감성적 서정시 단계를 거쳐 더욱 간결하고 일상적인 리얼리즘 경향의 언어를 구사했다. 정치 비평을 통해 현실을 신랄하게 비판했으나 예술의 본령을 지키려고 노력했다. 하이네는 『돈키호테』를 읽고 눈물을 흘렸으며, 스스로를 돈키호테와 같은 바보라고 생각했다고 한다. 그는 루트비히 티크가 번역한 독일어판 『돈키호테』 서문을 썼는데, 이 글은 자신의 정치적 신앙 고백이자 미학 프로그램으로 평가된다.

투르게네프 Ivan Sergeyevich Turgenev(1818~1883). 러시아의 소설가이자 극작가이다. 생애 대부분을 외국에서 보내며 서유럽 작가들과 교류했고 자유주의와 휴머니즘 사상을 가지고 있어, 19세기 러시아 문단에서 가장 서구적인 작가로 꼽힌다. 대표작으로 『아버지와 아들』(1862), 『처녀지』(1877) 등이 있다. 투르게네프는 인간의 유형을 우유부단한 햄릿형과 저돌적인 돈키호테형으로 나누었다.

탁 트인 라만차 평원 저 멀리에 홀로 서 있는 돈키호테의 삐쩍 마른 형상은~저 지하 감옥에서 이 가여운 세금 징수원은 무엇을 풍자하고 있는가? 무적함대의 보급 담당관 일자리를 구한 세르반테스는 이후 세금 징수원 업무를 보게 된다. 그 과정에서 정직하고 융통성 없는 성격 때문에 교회로부터 파문을 당한다. 또 공금을 맡겨 놓았던 업자의 파산으로 감옥에 갇히고, 몇 년 후에 또 다른 억울한 이유로 투옥된다. 작가는 감옥 안에서 불운과 울분의 나날을 보내면서 『돈키호테』를 구상했다고 알려져 있다.

삶의 보편적 의미를 상징적으로 암시하는 힘이 이토록 큰 작품은 일찍이 없었다 훌리안 마리아스에 의하면, 오르테가 이 가세트는 세르반테스를 다른 작가들, 예를 들어 셰익스피어와 구별 짓는 특징을 계속 지적한다. 세르반테스는 자기 작품의 해석을 위한 어떤 기준도 제시하지 않고 어떤 이념적 배경도 보여 주지 않는다. 그에게는 셰익스피어와 달리 '성찰적 대위법'이 없다. 그래서 오르테가는 세르반테스에게 '리얼리즘'이라 부르는 것이 있다면 이념으로부터 거리를 두고 순수한 인상에만 머물기 때문이라고 주장한다. 249쪽에서 보았던 세르반테스의 '시각적 능력'과 서술 기법의 특성을 상기해 보자. 『돈키호테』는 문학 장르인 소설로서의 조건에 충실하며 결코 허세에 빠지는 법이 없다. 오르테가는 일관되게 이러한 시점을 유지한다. 그는 이 작품에서 배후에 있을지도 모르는 '이념'을 찾는 대신 그것의 '본질적' 의미, 다시 말해 '소설로서의 심층'을 발견하려고 한다. 그 과정에서 세르반테스 비평이 거의 항상 부딪혀 왔던 두 개의 암초를 피하기 위해 애쓴다. 하나는 소설로서의 『돈키호테』가 피상적이라는 편견이고, 다른 하나는 이 작품이 심층적이기 때문에 하나의 이념을 내포해야 한다는 생각이다.

104 **프리드리히 헤벨** Friedrich Hebbel(1813~1863). 독일의 시인이자 극작가로서 역사나 전설을 소재로 한 작품들을 즐겨 썼다.

하느님, 대체 스페인은 무엇입니까? 이 질문은 '98세대' 이후 스페인의 모든 지식인들에게 가장 큰 동력이 되고 있다.

105 **개인은 자신의 민족을 통하지 않고서는~구름 속의 빗방울처럼 민족 안에 녹아 들어가 있기 때문이다** '역사적 인종'을 언급하는 것이다. 다시 한 번 '환경'이라는 주제가 등장한다. "나는 나 자신과 나의 환경이다. 따라서 내가 환경을 구해 내지 못한다면 나 자신도 구원되지 못한다."(30쪽)

106 **패리** 오르테가 이 가세트가 본문에서 언급한 이름은 파니(Parny)이다. 그러나 훌리안 마리아스는 이것이 저자의 실수이고 실제로는 윌리엄 패리(Sir William Edward Parry, 1790~1855)를 지칭하는 것이 분명하다고 확신한다. 패리는 북극에 도달하는 길을 찾았던 영국의 탐험가이다. 1827년 그는 북위 82도 45분 지점에 도달하는데 이는 향후 49년 동안 북극에 가장 근접했던 거리로 기록되었다. 한편, 이블린 럭과 디에고 마린의 『돈키호테 성찰』 영역본에는 패리 대신 피어리(Robert Edwin Peary, 1856~1920)가 나온다. 피어리는 북극을 탐험한 미 해군 장교로서 1909년 역사상 최초로 북극에 도달했다고 주장했다. 그러나 96킬로미터 정도 접근했을 뿐 탐험은 성공하지 못했다는 월리 허버트(Wally Herbert)의 연구 결과(1989)가 받아들여지고 있다. 오르테가가 상세한 각주를 달아 놓지 않아서 과연 누가 본문에 소개된 일화의 주인공인지는 확실하지 않다.

107 **애국심 비평** 애국심(patriotism)이 드러난 형태로서의 비평은, 훌리안 마리아스의 말대로, 스페인 지성계에서 오랜 역사를 가지고 있는 주제이다. 먼저 '해가 지지 않는 제국'이 급속히 몰락하던 17세기에 수많은 지식인과 작가들이 국왕에게 당대의 스페인 문제를 비판하고 대안을 제시하면서 해결사(arbitrista) 역할을 자임하고 나선 예가 있다. 이들이 올린 글은 조선 시대의 상소문(上疏文)과 유사하다고 할 수 있다. 다른 한편으로 '98세대'의 선구자라고 여기는 마리아노 호세 데 라라(Mariano José de Larra, 1809~1837)가 있

다. 낭만주의 유파에 속하고 자유주의 사상을 가지고 있던 라라는 18세기 계몽주의 사상을 이어받아 무능, 부패, 불결, 위선, 허세 등 당시 스페인 사회의 결점들을 날카롭게 비판했다. 98세대 작가들은 자유주의와 스페인의 유럽화를 주창했던 라라의 정신을 이어받아 스스로를 '라라의 손자들'이라 불렀다. 마지막으로 98세대의 핵심 인물이었던 아소린의 예도 있다.(203쪽 참조) 98세대를 전후로 나타난 지성계의 애국심 비평은 "모든 정치적 진보는 문화적 진보를 필요로 한다"라는 신념 아래 이루어진 사회 참여였다고 할 수 있다.(신정환·전용갑, 『두 개의 스페인』, 한국외대 지식출판원, 2016, 153~154쪽 참조)

하나의 문제가 진짜 문제가 되려면 그 안에 실질적인 모순을 내포해야 한다 훌리안 마리아스에 의하면, 이와 관련해 오르테가 이 가세트가 잘 드는 예가 물속에 잠긴 막대기이다. 이것은 만져 보면 곧지만 눈으로 볼 때는 구부러져 있다. 두 경우 모두 확실히 나타나는 인상임에도 불구하고 서로 모순되는 현상인데, 이는 한 차원 높은 제3의 확실한 관점에 의해 해소될 수 있다. 물에 잠긴 막대기의 경우도 빛의 굴절 이론을 적용하면 굽어 보이는 것이 일리 있다는 점을 알 수 있다.

108 **우리는 각각의 인종이 결국 새로운 방식의 삶과 새로운 감수성의 실험이라는 점을 잊고 있다** 훌리안 마리아스의 해설대로, 이러한 감수성은 양도할 수 없는 것이다. 왜냐하면 "한 민족은 삶의 양식이고 그것 자체로 단순하고 차별적인 변조음을 이루면서 주변의 질료를 조직하고 있"기 때문이다. 이는 관점주의의 일반 이론을 역사적으로 정립한 것이다.(207쪽 참조) 각각의 민족은 하나의 시점으로서의 질료, 즉 그것을 가지고 각자가 만들어야 하는 실재이다. 바로 여기서 모방과 대체가 불가능한 역사적 단위로서의 각 개체의 특성이 나온다. 그러기에 1910년경 오르테가 이 가세트는 스페인의 유럽화를 주장하던 시절에 쓴 「가능성으로서의 스페인」에서 이렇

게 말한다. "외국이 우리에게 뭐가 중요한가? 다른 지역에 있는 문화도 택할 수 있는 일련의 민족적, 역사적 형태가 뭐 그리 중요한가? 우리가 스페인의 유럽화를 지향한다는 것은 프랑스, 독일 등과 다른 새로운 형태의 문화를 가지기를 원하는 것이다. (……) 우리는 세계의 스페인적 해석을 원하는 것이다."(*Obras Completas*, I, p.138) 오르테가는 같은 해에 『누에바 레비스타(*Nueva Revista*)』라는 잡지의 창간을 언급하면서 이렇게 말한다. "유럽화는 그러한 스페인을 만들고, 모든 이국적 호기심과 모방으로부터 스페인을 정화시키기 위한 방법이다. 스페인은 우리를 외국으로부터 구해내야 한다."(*Obras Completas*, I, p.145) 한편, 오르테가는 이 책 재판본에서 다음과 같은 각주를 덧붙인다. "1914년의 이러한 내 생각은 1918년에 출간된 오스발트 슈펭글러의 『서구의 몰락』에서 뛰어나게 독창적으로 전개되고 있다."

외부적 요인들로 인해 한 민족의 양식이 전개되는 이 창조적인 조직 운동이 이상적이었던 궤도에서 이탈하는 경향이 있다 훌리안 마리아스의 말대로, 이 대목에서 우리는 오르테가 이 가세트의 스페인 역사에 대한 생각을 알 수 있다. 일단 그 출발은 삶의 한 양식으로 민족을 인식하는 데에서 시작한다. 이 양식이란 주변의 환경을 조직하는 단순하고 차별적인 변조음이다. 이러한 조직은 이상적인 궤도를 가지고 있는 상상적인 프로그램, 즉 가능성이라 할 수 있는데 이것이 외부적인 원인에 의해 일탈되고 만다. 다시 말해 원래의 방향과 실제 구현되는 것에 차이가 생기는 것이다. 그 결과, 한 민족은 본연의 모습을 잃고 만다. 즉 본질로부터 퇴행의 길을 걸으면서 그 민족의 실재는 과거에 기록되어 있는 그대로의 모습을 찾아볼 수 없는 것이다. 그 민족은 자신의 순수하고 강렬한 맥박이 고동치는 장소에서 비로소 그 역사를 거슬러 올라가 충만한 가능성을 되찾을 수 있다.

이 모든 것이 스페인에도 구체적으로 적용될 수 있다. 따라서 오르테가는 관점도 없고 위계질서도 없는 애국심을 거부한다. 스페인의 전통은 과거 350년 동안의 일탈로 인해 자신의 가능성을 점진적으로 말살해 왔다. 이제 불완전하게 구현된 과거 역사에서 벗어나 본연의 가능성을 찾아야 한다. 그것은 "우리 인종 최고의 본질과, 스페인적인 가치 기준과 혼돈에 맞서 떨고 있는 스페인을 구하는 것이다". 다시 말해 스페인적인 것을 구성하는 삶의 방식 혹은 양식을 구해내는 것이다. 이를 통해 우리는 비로소 "영롱한 광채가 빛나는 스페인, 잘될 수 있었던 스페인을 발견"할 수 있다. 이 모든 과정은 감동과 고통과 희망으로 점철되어 있다. 앞서 오르테가가 "시효가 만료된 스페인을 부정"하자고 말했던 것을 상기하자.(40쪽 참조) 하지만 그는 계속해서 "부정이 부정으로 끝난다면 불경한 것"이라고 지적하면서 "하나의 스페인을 부정하면서 우리는 또 다른 스페인을 발견하려는 명예로운 길목에 서 있다"고 강조한다. 그것이야말로 일탈도 아니고 퇴행도 아닌 진짜 스페인이고 이를 통해 스페인의 드높은 소망을 완수할 수 있는 것이다.

110 **이러한 본질적인 경험 가운데 하나가, 아니 가장 본질적인 경험이 바로 세르반테스이다. 바로 여기에 스페인적인 충만함이 있다** 훌리안 마리아스의 지적대로, 세르반테스라는 인물은 그 자체로 스페인의 실재가 자신의 진정한 소명과 일치하는 순간을 의미한다. 스페인은 여기서 그 진정성뿐만 아니라 '가치'의 의미에서도 충만함을 성취한다. 세르반테스가 자신의 글에서 스페인적인 것이 무엇인지를 보여 준다는 것은 다른 모든 면에서도 그것을 알 수 있는 열쇠를 주는 것이다. 그의 문학은 단단한 연대감을 통해 철학, 도덕, 과학, 정치 등을 함께 아우르고 있기 때문이다.

만일 어느 날 누군가 와서 세르반테스 문체의 면모를 ~ 다른 문제들을 해결할 수 있을 것이고 새로운 삶에 눈을 뜰 수 있을 것이다 훌리안 마리아스는 이 문장에서 세르반테스 대신 오르테가 이 가세트라는 이름이 들어가도 의미가 변하지 않을 것이라고 말한다.

그러나 그 누군가가 오기 전까지는 정확하기보다는 열정적인 모호한 설명에 일단 만족하면서~그의 특성이 훌륭한 분별력에 있다고 말해 버린 것이다 스페인 문학 비평의 대가인 메넨데스 펠라요가 『스페인 미학 사상사』 제2권 제10장에서 언급한 내용을 말하고 있다.

111 **그 존재가 세금 징수원이었을지라도 말이다** 세르반테스가 한때 생계를 위해 세금 징수원으로 일했던 사실을 의미한다.

황혼 녘의 하늘색이 모든 풍경을 도배하고 있었다~그리고 경이로움 자체인 세계에 대한 놀라움과 부드러움으로 가득 찬 나의 별인 것처럼 훌리안 마리아스는 이 대목이야말로 이 책의 주제이자 오르테가 이 가세트의 일생을 관통하는 근본적인 주제라고 말한다.

113 **소설에 대한 간략한 고찰** 『돈키호테 성찰』에 대한 일반적인 해석을 감안할 때, 훌리안 마리아스는 서문인 '독자……'와 '예비 성찰'이 '첫 번째 성찰'에서 본격적으로 시작되는 『돈키호테』 연구의 철학적 입문의 역할을 한다고 말한다. 이와 관련해, 『돈키호테 성찰』의 철학적 의미와 가치에 정통한 학자 호세 가오스(José Gaos, 1900~1969)는 이렇게 말한다. "많은 독자들이 이 책의 제목과 '첫 번째 성찰'이 제시하는 문학적 주제만 보면 다소 혼란을 느낄 수 있다. 그런데 이 책의 서론 격인 '독자……'와 '예비 성찰'의 내용을 주의하지 않고 보면 더 큰 혼란을 느낄 것이다. 그래서 나는 독자들에게 하나의 조그만 실험을 해 보라고 권한다. 이 서문과 '예비 성찰'을 따로 떼어 내 편집하고 거기에 '실재와 철학의 새로운 이론에 대한 에세이'라는 제목의 표지를 붙여라. 그리고 이렇게 재편집된 책을 읽어 보라. 그러면 그 내용이 제목에 완벽히 부합한다는 사실을 알게 될 것이다." 가오스는 거기서 다루어진 몇 개의 주제를 언급한 다음 이렇게 결론을 맺는다. "만일 이것이 철학이 아니라면 진짜 철학이란 무엇인지 누구든 한번 말해 보라."(호세 가오스, 「스페인의 철학」, 『스페인어권 사상』, 멕시코: 1945, pp.284~285) 다시 말해 호세 가오스는 앞에서 다룬 두 개의 글이 문학적인 '첫 번째

성찰'과 달리 철학적인 제목이 더 어울린다고 말하는 것이다. 사실 이 책에서 굳이 철학을 찾을 필요는 없다. 모든 것이 철학이기 때문이다. 심지어 '첫 번째 성찰' 역시 문학인 동시에 철학으로서 앞의 글들과 분리해선 볼 수 없다. 따라서 우리는 그 관점을 보여 주는 책 제목과 구체적으로 다루고 있는 주제가 이 책의 통일성을 보여 주고 있음을 확인할 수 있다.

다른 한편으로, '첫 번째 성찰'은 주제적으로 『돈키호테』 연구에 들어갈 수 없다고 말할 수 있다. 즉 지금까지 보아 왔듯이 이 글은 다른 형식으로 『돈키호테』를 다루고 있다. 그것은 '소설에 대한 간략한 고찰'로서 『돈키호테』 분석에 선행하는 이론적 글이다. 소설이라는 주제는 오랫동안 오르테가의 관심을 끌어 왔으며, 『예술의 비인간화(*La deshumanización del arte*)』(1925)에서 부록으로 「소설에 대한 생각」을 쓰기도 했다.

115 **먼저 『돈키호테』의 외형적인 모습에 대해 잠깐 생각해 보기로 하자** 훌리안 마리아스는 외곽에서부터 문제를 좁혀 들어가는 '지적인 접근법'이 오르테가 이 가세트의 전형적인 연구 방법이라고 말한 바 있다.(227쪽 참조)

발자크 Honoré de Balzac(1799~1850). 19세기 프랑스 리얼리즘 소설을 대표하는 작가이다. 백여 편의 장편소설을 비롯해 많은 작품을 쓴 다작 작가로, '문학계의 나폴레옹'을 꿈꾸었다. 다방면에 걸친 프랑스 사회의 파노라마를 그린 야심적인 장편소설 총서 '인간 희극(La Comédie humaine)'을 썼다. 파란만장한 삶을 보냈던 발자크는 글이 아니라 실제 삶에서 돈키호테와 더 닮았다는 말을 듣는다.

디킨스 Charles John Huffam Dickens(1812~1870). 유머와 아이러니 그리고 날카로운 사회 비판 정신을 가지고 글을 쓴 영국 빅토리아 시대의 리얼리즘 소설가이다. 『위대한 유산(*Great Expectations*)』, 『올리버 트위스트(*Oliver Twist*)』, 『두 도시 이야기(*A Tale of Two Cities*)』, 『어려운 시절(*Hard Times*)』 등 많은 걸작을 남겼다. 『돈키호테』는 그가 가장 좋아하는 소설 가운데 하나였으며, 특히 그가 쓴 최초의 소설 『픽윅 보고서(*The Pickwick Papers*)』에 등장하는 주인공 픽윅과 그의 하인 샘 웰러의 관계는 돈키호테와 산초 판사의 관계를 보여 준다.

도스토옙스키 Fyodor Mikhailovich Dostoyevski(1821~1881). 제정 러시아 시대의 대표적인 소설가이다. 당대 러시아 사회의 복잡한 정치 사회적 배경 속에서 인간 심리를 훌륭하게 그려 냈다는 평가를 받았다. 『지하 생활자의 수기(*Notes from Underground*)』, 『죄와 벌(*Crime and Punishment*)』, 『백치(*The Idiot*)』, 『카라마조프가의 형제들(*The Brothers Karamazov*)』 등의 대표작이 있다. 세르반테스를 숭배했던 도스토옙스키는 "『돈키호테』야말로 인간 사고에 대한 가장 위대한 표현"이라고 말한 바 있다. 그는 소설 『백치』를 세르반테스에게 헌정했다.

문학 장르의 존재 자체를 부정하는 사람도 있다 오르테가 이 가세트가 지칭하는 사람은 이탈리아의 자유주의 역사가, 철학자 그리고 비평가였던 베네데토 크로체(Benedetto Croce, 1866~1952)이다. 크로체는 문학 장르의 구분이 작품 내부의 고유한 가치에 집중하지 못하도록 독자들의 주의를 산만하게 한다고 비판한다. 또한 예술적이고 시적인 비전은 문학사적 질서나 분류를 위한다는 명분 때문에 결코 나뉠 수 없다고 말한다.

116 **파라오의 고요함** 영생을 추구하며 잠들어 있는 파라오의 미라를 지칭한다.

117 **내가 말하는 문학 장르는 이런 의미에서가 아니다** 훌리안 마리아스의 말대로, 오르테가 이 가세트는 추상적이고 독립적인 형태로서, 거기에 맞추기 위해 예술적 실재를 욱여넣어야 하는 도식으로서의 문학 장르를 받아들이지 않는다. 즉 '내용'과 '형식'의 분리를 인정하지 않고, 내용이 들어갈 형식이 이미 존재하고 있다고 생각하지

않는다. 이를 위해 오르테가는 벌집에 꿀을 저장하는 꿀벌의 이미지를 예로 든다. 장르에 대한 이런 생각은 전통적인 해석과 매우 다르며 크로체의 이론과 비슷한 점이 있는 것 같다. 하지만 그의 생각은 크로체와도 다르다. 내용과 형식은 분리되지도 않지만 같은 것도 아니다. 여기서 오르테가는 다음과 같은 플로베르의 생각을 받아들인다. 마치 열기가 불에서 나오듯 형식은 내용에서 나온다. 또한 형식은 신체의 기관이고 내용은 그것을 창조해 나가는 기능이다. 이러한 비유를 바탕으로 그는 다음과 같은 정의를 내리기에 이른다. "문학 장르는 시적 기능으로서, 미학적 생성을 끌어당기고 있는 방향이다."

118 **결국 비극이란 어떤 근본적인 시적 주제의 확장이지 다른 것이 아니다. 그것은 비극성의 확장이다** 훌리안 마리아스는 동어 반복과 같은 이 표현이 본질적으로 중요하다고 본다. 여기서 비극이란 작가가 의도한 비극적 주제, 즉 내용이 외적 양상으로 드러난 형식이라는 말이다. 따라서 비극이 비극성의 확장이란 말은 형식과 내용이 분리될 수 없음을 의미한다. 앞서 "미학적 생성을 끌어당기고 있는 방향"이라 했던 문학 장르는 그 주제, 즉 기원에서 출발하여 작품을 생성하는 것으로 이루어진다. 그런데 이 기원(génesis)에서 유래한 장르(género)라는 용어가 순전히 형식적으로 너무 오래 쓰이다 보니 그 뿌리 속에 있는 내용의 의미를 잃고 말았다. 분명히 말하자면, 문학 장르는 특정 주제의 '내용'에서 유래된 것으로, 해당 작품이 창조되어 가는 경로이다.

고대 시학에서 말하는 바와 반대로, 문학 장르라는 것이 ~ 진정한 미학적 범주로서의 자격이 있다고 생각한다 훌리안 마리아스의 해설대로, 이 말은 문학 장르가 규칙이나 법칙처럼 단순한 형식의 차원이 아니라 미학적 실재의 본질 자체와 관련된 근본적인 문제가 된다는 의미이다.

예술의 본질적 주제는 언제나 인간이다 훌리안 마리아스의 말대로,

이러한 시점에서 볼 때 문학 장르는 "인간성의 중요한 흐름을 포착하는 폭넓은 시각"이 된다. 인간의 다양한 차원들과 근본적인 가능성들은 여러 장르를 통해 가시화되고 현재화된다. 즉 장르는 단순한 관례적 장치가 아니라 인간성의 중요한 측면들을 설명해 주는 것으로서 그 자체가 '인간학(antropología)'이라 할 수 있다. 이 때문에 특정 시대는 특정 장르를 선호하게 된다. 각 시대는 인간의 해석이며, 이 해석이 실행되고 실현되는 근본적인 방식들 중 하나가 그 시대의 산물인 장르이기 때문이다. '형식'과 '규칙'의 추상적이고 초시간적인 세계가 아닌 문학 장르의 '역사적' 조건은 그것이 구성하는 '인간학' 역시 구체적으로 만들고, 인간을 구성하고 있는 경향과 중요한 흐름의 표명이자 시간적 전개가 되게 하는 것이다.

120 **19세기 후반에 유럽 사람들은 소설을 즐겨 읽었다** 훌리안 마리아스는 이러한 사실이 의미하는 바가 크다고 말한다. 오르테가 이 가세트는 그 시대를 구성했던 수많은 일들을 체로 걸러 내면 "소설의 융성이야말로 가장 대표적이고 전형적인 현상으로 남게" 될 것이라고 덧붙인다. 다시 말해 소설은 당대 인간성의 흐름을 발견한 대표적인 기호품이며 인간을 해석하는 형식들 가운데 하나이다. 19세기는 소설을 통해, 그것에 대한 선호를 통해, 그리고 독자와 작가의 조건을 통해 자기 자신을 해석한다. 이러한 사실은 우연이 아니다. 왜냐하면 문학 장르는 특정한 사회적 조건에서만 자신의 입지가 설명되기 때문이다. 그리고 소설의 경우에는 대중의 존재가 바로 그 조건이다. 이와 관련해 스페인 27세대에 속하는 문학 비평가 호세 F. 몬테시노스(José F. Montesinos)는 이렇게 말한다. "역사는 우리에게 소설이라는 이름에 걸맞은 장르가 부르주아가 주도 계급의 위치에 올라서고 '위대한 대중'이라 부를 수 있는 계층이 도래하면서 등장한다는 사실을 보여 준다. 『돈키호테』와 몇몇 피카레스크 소설에서 볼 수 있듯이, 스페인 안팎의 위대한 걸작이 대단한 성공을 거둔 것을 보더라도, 우리는 일찍이 그 성공이 18세기 말 유

럽의 구조를 바꾼 정치 개혁의 선구자가 되는 부르주아의 승리를 의미한다는 점을 어렵지 않게 알 수 있다. 시는 소수의 사람들을 위한 선물이 될 수 있다. 그러나 소설은 광범위한 대중에게 향하지 않으면 의미가 없다. 그러한 대중이 존재하지 않으면 소설도 없다. 저자와 대중 사이에는 언제나 금전적인 이득을 볼 가능성이 있어야만 움직이는 인쇄소나 편집자 같은 매개자가 있어야 한다."(『19세기 스페인 소설 입문』, 1955, p.IX)

그럼에도 불구하고 소설이 의미하는 것은 명확히 무엇인가?~이 제목을 이해하는 데 어려움은 없는가? 『모범 소설(*Novelas ejemplares*)』은 1613년 세르반테스가 펴낸 열두 편의 중·단편 모음집이다. 작가는 유익한 교훈과 달콤하고 보람 있는 결실을 독자들에게 준다는 의미에서 '모범'이라는 제목을 붙였다고 한다.(세르반테스, 『모범 소설』, 오늘의책, 박철 외 옮김, 2003 참조)

'모범'이라는 말이 매우 생소한 것은 아니다~17세기 스페인 상류층 인사들 사이에 횡행했던 대단한 위선을 보여 준다 훌리안 마리아스의 연구에 따르면, 아메리코 카스트로는 『세르반테스의 사상(*El pensamiento de Cervantes*)』 제6장에서 17세기 사람들의 '대단한 위선'이라는 오르테가의 생각을 언급하고 있는데, 여기서 다루는 사람이 갈릴레이와 데카르트이다.

121 **또한 이 시기는 데카르트가 신학을 '철학의 시녀'로 만들 수 있는 철학 방법론의~로레토로 순례를 간 세기이기도 하다** 전통적인 철학 방법론에 만족하지 못한 데카르트는 교과서 밖에서 인생과 세계를 체험해 보기로 결심하고 학교를 떠나 네덜란드에 주둔해 있던 군대에 들어간다. 군에서 수학과 음악 공부를 계속하던 그는 1619년 독일로 가서 바이에른 막시밀리안 대공의 부대에 입대한다. 1619년 11월 10일 밤, 데카르트는 다뉴브 강가의 노이부르크 병영에서 자던 중에 연속된 세 번의 꿈을 꾼 뒤 이성을 통해 진리를 추구하는 학문이야말로 자신의 소명임을 알게 된다. 그는 이것이 신이 내린 소임이

라 생각하고 이탈리아의 로레토에 있는 성모 마리아 성지를 순례하기로 맹세하는데, 3년 후 이 약속을 지킨다.

관대한 연인 El amante liberal. 주인공 리카르도는 모든 물질적 희생과 끊임없는 배려를 통해 다른 사람의 아내가 된 레오니사의 사랑을 얻어 낸다. 이 작품에는 작가의 전기적 사실이 많이 반영되어 있고, 여성의 자기 선택권을 존중하는 페미니즘적 요소를 발견할 수 있다.

영국에서 돌아온 여인 La española inglesa. 해전에서 영국군에 납치된 이사벨라는 런던에서 성장하는데 자신을 납치한 장교의 아들 리카레도와 사랑에 빠진다. 하지만 리카레도의 연적인 아르네스토 백작의 어머니가 음모를 꾸며 이사벨라는 아름다움을 잃게 되고 스페인의 세비야로 돌아온다. 그러나 리카레도는 그녀를 버리지 않고 세비야 수도원으로 찾아와 아름다운 외모를 회복한 이사벨라와 결합한다. 이 작품은 내면적 아름다움과 플라토닉한 사랑의 승리를 찬양한다.

피의 힘 La fuerza de la sangre. 건달들에게 납치된 레오카디아는 로돌포에게 순결을 빼앗기고 그의 아들을 낳는다. 아들 루이스는 일곱 살이 되었을 때 사고로 쓰러지는데, 이때 한 노신사가 자신의 아들을 떠올리고 구해 준다. 그런데 그 노신사가 로돌포의 아버지라는 사실이 밝혀지고 지난 일들을 알게 된 로돌포의 부모는 자신의 아들과 레오카디아를 맺어 준다.

남장을 한 두 명의 처녀 Las dos doncellas. 안토니오에게 버림받은 테오도시아는 남장을 하고 오빠 라파엘과 함께 그를 찾아 나선다. 도중에 남장한 레오카디아라는 여인을 만나는데 그녀 역시 안토니오에게 버림받은 후 그를 찾는 중이었다. 결국 두 여인은 안토니오를 찾아내지만 그는 자신이 사랑하는 사람은 테오도시아라고 고백한다. 레오카디아가 실의에 빠져 떠나려는 순간 라파엘이 그녀에게 사랑을 고백하면서 모두 행복한 결말을 맞는다. 자신의 의지를 개척하는 적극적인 여성상을 보여 주는 작품이다.

세비야의 건달들 Rinconete y Cortadillo. 린코네테와 코르타디요는 부패가 만연한 고향에서 자신들이 받고 있는 부당한 대우를 참다못해 세비야로 간다. 그곳의 범죄 조직에 들어간 그들은 더욱 부조리한 사회 구조를 접하면서 자신들의 희망이 환상이었음을 깨닫는다. 경찰과 결탁한 모니포디오가 이끄는 범죄 조직은 사실상 부패한 사회의 축소판인 것이다.

질투심 많은 늙은이 El celoso extremeño. 카리살레스는 아메리카 대륙에서 많은 돈을 벌어 온 늙은이다. 그는 아름다운 13세의 소녀 레오노라를 아내로 맞이하지만 그녀가 젊은 로아이사에게 마음을 빼앗기는 것을 보고 질투심에 병이 들어 죽는다. 그러나 그는 유언으로 두 젊은이의 결혼을 허락하고 유산도 남긴다. 하지만 로아이사가 아메리카 대륙으로 떠나고, 레오노라는 수녀원에 들어가면서 사랑은 이루어지지 못한다.

122 **페르실레스와 시히스문다의 모험** Los trabajos de Persiles y Sigismunda. 병마와 싸우던 세르반테스가 죽기 사흘 전에 탈고하여 1년 후 유작으로 출판된 장편소설이다. 세르반테스는 이 소설을 자기 작품들 가운데 가장 걸작으로 꼽았다. 사랑에 빠진 두 젊은이가 북유럽에서 로마에 이르기까지의 모험과 순례를 그리고 있어서 비잔틴 소설로 분류된다.

124 **개들이 본 세상** Coloquio de los Perros. 세르반테스의 『모범 소설』에 들어 있는 열두 작품 중 하나로, 베르간사라는 개가 시피온이라는 개에게 자신이 여러 주인을 모시고 스페인의 도시들을 떠돌아다니면서 겪었던 모험담을 들려주는 내용이다. 스페인에서 유행했던 피카레스크 소설 형태를 띠고 있으며, 본문에 인용된 부분은 시피온이 베르간사에게 말하는 내용이다.

125 **한 가지 사실은 명확하다. 지난 세기의 독자들이 '소설'이라는 이름을 통해 찾던 것과 고대인들이 서사시에서 찾던 것은~소설 장르의 변천사를 이**

해하는 길목을 가로막는 것과 같다 서사시에서 소설의 기원을 찾는 설을 부인한다는 점에서 오르테가 이 가세트는 러시아의 철학자이자 문학 비평가인 바흐친(Mikhail Bakhtin, 1895~1975)과 견해를 같이한다. 바흐친은 근대 소설의 탄생을 이야기하는 『문학과 미학의 문제들(*Questions of Literature and Aesthetics*)』(한국어 번역서의 제목은 '장편소설과 민중 언어')에서 소설과 달리 서사시의 시간은 현재가 범접할 수 없는 '절대적 시간'이라고 강조한다. 오르테가 역시 서사시의 시간과 소설의 시간은 범주 자체가 다르기 때문에 결코 원인과 결과로 연결될 수 없다는 점을 계속 강조한다.

호메로스 Homeros. 기원전 9~8세기경 고대 그리스의 이오니아에서 활동한 유랑 음유 시인으로 알려져 있으며 고대 그리스의 시성(詩聖)으로 간주된다. 가장 오래된 서사시 『일리아스』와 『오디세이아』의 작가라고 하지만 사실 여부에 대해서는 아직도 논란이 이어지고 있다.

126 **디오메데스의 말** 그리스 신화에 나오는 트라키아의 왕 디오메데스(Diomedes)가 길렀던 네 마리 야생마로 너무 사나워서 길들일 수 없었다고 한다. 헤라클레스가 에우리스테우스에게 받은 열두 과업 가운데 하나가 이 말들을 산 채로 잡아 오는 것이었다. 알렉산드로스 대왕의 전설적인 애마 부케팔로스가 이들의 후손으로 알려져 있다.

므네모시네 Mnemosyne. 그리스 신화에서 므네모시네는 우라노스와 가이아의 딸로 태어난 티탄족 여신이며, 제우스와의 사이에서 음악의 여신인 아홉의 뮤즈를 낳았다. 기억의 여신이자, 하데스가 다스리는 명계(冥界)의 강 이름으로서 죽은 사람이 므네모시네의 물을 마시면 전생의 기억이 되살아난다고 한다.

128 **호메로스는 순수 담백하지도 않고, 역사의 여명기에 적합한 기질을 가지고 있지도 않다** 훌리안 마리아스의 해설에 따르면, 오르테가 이 가세트는 여기서 스승 헤르만 코헨의 의견을 비판한다. 코헨은 고대

서사시가 진지하기 때문에 순수하고, 신화와 연결되어 있으며, 그 순수성은 진실성의 한 형태라고 말한 바 있다.

129 **태고어말로 서사시의 문학적 형식이자 시 창작의 도구라는 점이다** 훌리안 마리아스는 여기서 오르테가 이 가세트의 문학 장르에 대한 생각을 설명할 수 있다고 믿는다. 즉 문학 형식으로서의 의고풍은 주제로서의 의고풍과 분리할 수 없다. 그것은 문학적으로 절대적인 과거를 실현시켜 줄 수 있는 방법이다.

그리스에서 시적인 것은 엄밀히 말해 과거의 것이고, 더 나아가 시간 순서상 가장 먼저 오는 것이었다 이것이 '시원(arkhé)'의 이중 의미이다. 즉 그것은 태곳적 고대인 동시에 시작 혹은 시초를 의미한다. 훌리안 마리아스는 여기에 권력이라는 의미가 추가된다고 말한다.

130 **서사시의 세계와 우리를 둘러싸고 있는 세계 사이에는 그 어떤 연결점도 없다** 훌리안 마리아스에 따르면, 두 세계 사이에 연결점이 없다는 말은 두 세계가 시간적으로 이어진 과거와 현재의 관계가 아니라는 뜻이다. 한마디로 서사시의 세계는 이 세상에 존재한 적이 없다. 서사시뿐만 아니라 태고와의 연결이 없었다는 사실도 매우 중요하다. 철학은 현실의 태곳적 바탕 혹은 본질에 도달할 수 있는 길이나 방법을 발견하는 일 그 자체이다. 그것은 예전에 신탁을 통해서만 계시되던 것이었다. 그리스인들에게 철학의 역할은 이처럼 신탁에서만 드러나던 실재의 태곳적 실체나 심연에 도달하는 방법과 길을 발견하게 해 주는 것이었다.

그리스 사람들에게는 태초의 것만이 온전히 시적인 것이다~자체 내에 기원과 원인을 내포하고 있기 때문에 시적인 것이다 훌리안 마리아스는 오르테가 이 가세트가 인용한 아리스토텔레스의 이 문장이 오케아노스와 테티스 여신을 언급한 것이라고 말한다.

131 **축적된 신화는 전통적인 종교, 물리학 그리고 역사를 동시에 구성하는 것으로서 고대 그리스 전성기 예술의 모든 시적 소재를 갖추고 있다** 훌리안 마리아스는 신화의 축적이 그리스인들에겐 실재 자체라고 말한

다. 즉 신화적 형태로 해석된 삶이다. 이런 이유 때문에 신화 목록은 그리스 예술의 소재가 되는 것이다. 오르테가 이 가세트는 신화의 기능에 대해 『라이프니츠의 원리 개념과 연역법의 전개(*La idea de principio en Leibniz y la evolución de la teoría deductiva*)』에서 자세히 설명하고 있다.

호메로스는 새로운 것은 얘기하지 않으려 했다～호메로스 역시 그들이 알고 있다는 사실을 알았다 훌리안 마리아스의 연구에 따르면, 오르테가 이 가세트는 몇 년 뒤에 스페인 최고의 연극 작품이었던 호세 소리야(José Zorrilla y Moral, 1817~1893)의 『돈 후안 테노리오(*Don Juan Tenorio*)』에 대해 같은 평가를 한다. 즉 관객이 작품 내용을 이미 알고 있고, 그는 관객들 역시 알고 있다는 사실을 잘 알고 있다. 이를 '공지(共知, consabido)의 사실'이라고 한다. 이러한 공지의 사실은 한 민족이 공통적으로 체험한 자산이며 이를 가리켜 그 민족의 '정신'이라 할 수 있다. 호메로스가 "새로운 것은 얘기하지 않으려" 했던 사실은 시의 새로운 대상을 발명하는 일이 불가능하다고 말하는 것과 같은 의미이다. 그러나 이는 세르반테스의 창작 기법과는 정반대되는 것이다. 세르반테스는 『파르나소 여행(*Viaje del Parnaso*)』에서 메르쿠리오의 입을 빌려 두 번에 걸쳐 스스로를 '뛰어난 창작가(raro inventor)'라고 평가한다.

산 조반니 세례당 Battistero di San Giovanni. 피렌체 수호성인인 세례자 요한을 기념해 만든 로마네스크 양식의 경당이다. 피렌체 대성당의 부속 건물로, 11~12세기에 지어졌다. 피렌체에서 가장 오래된 건물로서 청동으로 만든 세 개의 문이 있는데 로렌초 기베르티(Lorenzo Ghiberti, 1378~1455)는 동문과 북문을 설계했다. 이 가운데 미켈란젤로가 '천국의 문'이라고 극찬했던 동문의 조각은 구약 성서에 등장하는 열 개의 이야기를 소재로 한 것이다.

132 **텔레마코스** Telemachos. 호메로스의 『오디세이아』에 등장하는 인물로, 이타카의 왕 오디세우스와 페넬로페의 아들이다. 본문의

인용문은 오디세우스가 고향으로 돌아와 자기 아내를 넘보았던 자들에 대한 복수극을 시작하기 전에 유모를 시켜 집 안의 문들을 걸어 잠그는 장면이다. 오디세우스는 트로이 전쟁에 나서면서 아들 텔레마코스가 걱정되어 가장 친한 친구인 멘토르에게 교육을 부탁한다. 멘토르는 텔레마코스를 훌륭하게 교육시켰고, 여기에서 지혜로운 사람의 지도를 가리켜 멘토링(mentoring)이란 말이 유래하였다.

방에서 나가며 은고리로 문을 당겨 닫고 나서 / 가죽끈으로 문 안쪽에 달린 빗장을 걸었다 호메로스, 『오뒷세이아(*Odysseia*)』, 천병희 옮김, 도서출판 숲, 2006, 40쪽.

133 **장님 시인** 그리스 이오스섬 출신의 호메로스를 지칭한다.

우리 시대의 미적 취향은 이오니아의 온화하고 달콤한~이는 당치도 않은 잘못된 용어이다 훌리안 마리아스에 의하면, 오르테가 이 가세트는 여기서 실재와 그 다양한 의미에 대해 이야기하면서 "실재하는 것은 지각되는 것"이라는 19세기 실증주의에 반기를 들고 있다. 이는 물론 후설 현상학의 영향을 받은 것이다. 실증주의에 대한 오르테가의 적대감은 "우리는 우주를 얇은 판으로 압연하고 그것을 순수 외관에 지나지 않는 표면으로 만들어 버린 증오의 시대에서 성장했다"는 말에서 잘 드러난다. 그는 표층에서 드러나는 심층을 인식하지 못하는 이 시대를 비판한다. 그래서 "우리가 실재를 추구한다는 것은 외관을 추구한다는 것을 의미한다"고 개탄한다. 그러나 그리스인들의 시각은 정반대이다. 그들에게 실재는 "본질적이고 심오하며 눈에 띄지 않는 것이다. 그것은 외관이 아니라 모든 외관의 생생한 근원이다". 이 마지막 문장은 특히 흥미롭다. 왜냐하면 그것은 알레테이아에 대한 더 심오한 해석을 의미하기 때문이다.(267쪽 참조) 진리란 진정한 실재(alethès ón)이다. 그것은 드러난 진리이다. 다시 말해 생명력을 얻은 외관이다. 그리스인들은 이러한 '생생한 근원'이란 개념을 '피지스(physis)'라고 표현한다.

그것은 외관을 통해 드러나거나 발견되는 것이 태어나거나 싹트는 지점의 것으로서 '시원(arkhé)'이라고 해석할 수 있다.

플로티노스 Plotinos(204?~270). 이집트 출신의 로마 철학자이다. 고르디아누스 황제를 따라나선 페르시아 원정에서 그곳 철학의 영향을 받아 신플라톤주의(Neo-Platonism)를 창시했다. 그가 죽은 후 제자 포르피리오스(Porphyrios)가 스승의 글을 묶어 발표하고 스승의 전기를 썼다.

플로티노스는 도저히 자신의 초상화를 그리게 내버려 둘 수 없었다 훌리안 마리아스의 말대로, 포르피리오스는 스승 플로티노스의 전기에서 그가 육체로 이뤄져 있다는 사실을 수치스럽게 생각하는 것 같았다고 말한다. 이 때문에 플로티노스는 자신의 부모나 고향에 대해 한 번도 말한 적이 없었다. 또 그는 껍데기일 뿐인 육체를 지탱하는 것 자체가 버거웠기 때문에 '껍데기의 껍데기'인 초상화를 용납할 수도 없었다.

134 **헬리오트로프** Heliotrope. 그리스어로 "태양을 따라 몸이 돌아간다"라는 뜻이 있는 꽃이다. 그리스 신화에 따르면, 이 꽃은 님프인 크리티에의 화신이다. 크리티에는 태양의 신 아폴론을 짝사랑했는데 사랑을 이루지 못하고 세상을 떠나자 아폴론이 그녀를 가엾게 여겨 헬리오트로프 꽃으로 변하게 했다고 한다. 꽃말은 '영원한 사랑'이다.

135 **현대 시인들과 달리 그는 독창적인 것의 창조에 연연하지 않는다** 훌리안 마리아스의 말대로 음유 시인은 신화를 만난다. 민족의식은 아름다운 대상을 창조했다. 그는 기술자로서의 역할을 맡을 뿐이다. 이는 오르테가 이 가세트가 호메로스의 작업을 기베르티의 피렌체 산 조반니 세례당 작업에 비유한 것을 상기해 보라. 이처럼 서사시는 '창조'나 '발명'이 아니라 현존의 충만함인 '현재화'이다. 시에서 결정적인 문제는 시(póíesis)가 각각의 단계에서 무엇으로 구성되느냐라는 물음이다.

136 **보바리 부인** Madame Bovary. 플로베르의 『보바리 부인』(1857)은 세상 물정 모르는 젊은 유부녀의 불륜과 환멸의 이야기로, 대표적인 리얼리즘 소설이자 '파멸 소설'의 전형이다. 플로베르는 평소 『돈키호테』를 높이 평가했고 그것이 이 작품에 큰 영향을 미쳤다고 간주된다. 파리 상류층 세계를 꿈꾸는 에마 보바리는 돈키호테처럼 책 속의 현실을 있는 그대로 믿으면서 현실과 픽션 사이를 구분하지 못하는 주인공이다. 보바리 부인은 19세기의 돈키호테이고 돈키호테는 17세기의 보바리 부인이라 할 수 있다. 고티에는 이렇게 이상과 현실 사이에서 비현실적 세계를 꿈꾸며 파멸해 가는 캐릭터를 가리켜 '보바리즘'이란 용어를 만들어 냈다.

137 **스카만데르** Scamander. 트로이 전쟁의 무대가 된 강(江)의 이름으로, 트로이는 스카만데르강 북쪽과 헬레스폰토스 해협 남쪽 어귀로부터 약 6킬로미터 떨어진 트로아스 평원에 있었다. 그리스 원정군은 스카만데르 강어귀에 진을 치고 트로아스 평원에서 트로이 군대와 전투를 벌였다. 다른 한편으로 스카만데르는 그리스 신화에 등장하는 신으로 오케아노스와 테티스의 자식이며 스카만데르 강의 신을 의미하기도 한다.

서사시는 무엇보다도 유일무이한 존재, '영웅적' 본성을 가진 존재를 창조한다～이것이 바로 음유 시인의 일이다 훌리안 마리아스의 말대로, 오르테가 이 가세트는 겉보기에 명백한 모순으로 보이는 서사시의 두 계기를 구분한다. 한편으로 오르테가는 서사 시인의 '창조적' 성격을 부인한다. 다른 한편으로, 그는 서사시의 인물이 "어떤 무리의 대표자가 아니라 유일무이한 창조물"이며 "흔히 마주칠 수 있는 인간의 모습으로 비쳐서는 절대 안" 된다고 말한다. 문제는 첫 단계의 창조가 시인에 의해서가 아니라 그 사회에서 이미 이루어져 있다는 점이다. 시인은 그러한 조건에서 두 번째 단계를 실행에 옮길 뿐이다. 다시 말해 시인이 가지고 작업해야 할 '원재료'는 다름 아닌 '신화'이다. 즉 이미 '시화(詩化)'된 실재이다. 하지만 그것은 우리가 아니라, 서사 시인에게 "실재처럼 기능"한다.

서사시의 주제가 있는 그대로 과거로서의 과거라면, 소설의 주제는 있는 그대로 현재로서의 현재이다 훌리안 마리아스의 해설대로, 여기서 우리는 서사시와 소설의 극단적인 대조점을 볼 수 있다. 서사시는 있는 그대로의 과거이며 유일무이하고 비교할 수 없는, 즉 시적 가치를 가진 인물의 창조이다. 반면에 소설은 있는 그대로의 현재이며 전형적이고 시적(詩的)이지 않은 성격을 창조한다. 서사시의 인물은 신화에서 유래하고, 소설의 인물은 거리 등의 주변 환경에서 온다. 따라서 두 장르는 단적으로 반대되는 관점을 가지고 있다. 소설을 쓰는 것과 서사시를 짓는 것은 정반대 행위이다.

138 **리얼하게** 오르테가 이 가세트는 "리얼하게 만드는(realización) 장치"라는 표현을 이후 판본부터 "현재화(actualización)시키는 장치"라고 수정한다.

139 **마치 산 정상에서 내려다보는 것처럼 어떤 중요한 신화들로부터 ~ 우리 시대까지 이어져 왔으며 앞으로도 결코 죽지 않을 것이다** 훌리안 마리아스의 해설대로, 이 문장은 신화의 지속적인 생명력에 대해 언급하고 있다. 서사시적 관점은 "어떤 중요한 신화들로부터 이 세상에 일어나는 일들을 바라"보는 것이다. 신화에서 그리스적인 믿음에 위기가 올 때 신화는 이념적 가치를 상실하지만 "대체할 수 없는 눈부신 유령처럼" 존재하고, 더 나아가 생생하고 구체적인 힘을 발휘하며 "상상할 수 없는 에너지를 가진 시적 효모"가 된다. 여기서 신화는 또 다른 차원의 생명으로 전환된다. 우리는 이를 '역사화(歷史化)'라고 말할 수 있다. 신화는 스스로 충만한 의미를 가지고 있던 첫 단계에 머물지 않고, 다른 구조에서 다른 역할을 하는 상이한 형태로 기능한다. 이런 의미에서 서사시적 관점은 살아남는 것이다. 우리는 이런 모습을 더 현재화되어 있고 더 안전한 또 다른 실재들, 예를 들어 시에서도 볼 수 있다. 오르테가 이 가세트는 호메로스 시대의 시와 뮈세(Alfred de Musset, 1810~1857)의 19세기 시 사이

에는 아무런 공통점이 없다고 말하곤 했다. 그러나 주목해야 할 점은 뮈세의 시가 호메로스의 시에서 비롯되었다는 점이다. 즉 호메로스가 자기 시를 다른 것으로 만든 덕분에 뮈세가 '시'를 쓸 수 있었던 것이다.

사람들이 신화에서 말하는 우주 탄생과 역사를 더 이상 믿지 않을 때 그리스 민족의 전성기는 지나갔다고 봐야 한다~실제 역사에 변함없이 빛을 내는 이 재료를 넣어 보라 훌리안 마리아스의 말대로, 오르테가 이 가세트는 그리스 '소설'의 기원을 서사시가 아닌 역사라고 해석한다. 물론 서사시가 개입하기도 한다. 그러나 실제로는 서사시의 뿌리라 할 수 있는 '신화'가 역사의 효모로 작용하는 것이다. 다시 말해 소설은 효모가 작용한 역사이고, "신화에 의해 신성하게 타락한 역사"이다. 오르테가는 구체적으로 알렉산드로스 혹은 안티오쿠스의 역사를 언급한다. 그것은 또한 알렉산드로스 대왕 혹은 티로의 아폴로니우스에 해당하는 소설들의 맹아가 된다. 티로의 아폴로니우스 이야기는 2~3세기의 그리스 원본에서 비롯되는 것 같다. 그러나 현존하는 가장 오래된 판본은 라틴어로 된 5세기 혹은 6세기의 『티로의 왕 아폴로니우스 이야기(*Historia Apollonii regis Tyri*)』이다. 독일의 위대한 고전학자 에르빈 로데(Erwin Rohde, 1845~1898)는 안티오쿠스왕 이야기가 원래는 아폴로니우스의 여행과 별개의 것인데 나중에 섞이게 된다고 말한다. 잘 알려져 있듯이, 아폴로니우스의 '소설'은 중세 유럽 문학에서 많은 판본들이 있었고 그중 하나가 13세기 스페인의 승려 문학(僧侶文學, Mester de clerecía)으로 분류되는 『아폴로니우스서(*Libro de Apolonio*)』이다.

140 **아리마스포이** Arimaspoi. 고대 그리스에서 북유럽에 사는 것으로 알려져 있던 전설적인 외눈박이 거인족 아리마스피(Arimaspi)의 나라이다. 이 나라의 사람들이 금광을 지키던 괴조(怪鳥) 그리핀과 싸워 금을 빼앗은 다음 그리스 땅에 가지고 들어왔다고 한다. 역사를 신화에서 해방시킨 공로로 '역사의 아버지'라 불리는 그리스

의 헤로도토스(Herodotos, B.C. 484년경~420년대)가 지은 『역사(*Historiai*)』에서 언급되고 있다.

그것은 언제나 신화에 의해 흩어졌다가 다시 흡수된 특정한 역사적 재료이다 훌리안 마리아스의 말대로, 오르테가 이 가세트는 그 기원과 관련해 여러 문학 형식들을 통합시키고 있다. 즉 그것은 '신화에 의해 발효된 이야기'이다. 이는 『돈키호테』를 비롯한 '엄밀한 의미'에서의 소설, 즉 근대 소설과 완전히 대조되는 것이다.

우리의 세계가 사실적이라면 신화적 세계는 우리에게 비사실적으로 보인다 훌리안 마리아스에 따르면, 신화 세계의 비사실성은 우리가 우리 세계의 충만한 실재를 얼마나 믿느냐에 달려 있다. 물론 상황은 반대가 될 수도 있다. 오르테가 이 가세트가 여기서 강조하고 싶어 한 것은 가능성 혹은 불가능성의 규칙이 양쪽 세계에서 각각 다르다는 점이다. 예를 들어 '경이로움(lo maravilloso)'은 우리 세계의 규정에 종속되지 않는다.

141 **모험을 허가하노라** 훌리안 마리아스의 해설에 따르면, 이처럼 우리의 세계를 불가능한 곳으로 확장시키는 것은 그 세계를 복사하는 것이다. 『돈키호테』와 같은 범주의 소설들이 보여 주는 모험이란 있는 그대로 신들이 다스리는 왕국의 핵심, 즉 결코 사멸하지 않을 '서사시적 관점'을 보존하고 있는 항구한 형식을 대변한다.

142 **신화가 제공하던 세계관이 적대적 형제 관계였던 과학이라는 적에 의해 인간 영혼에 대한 지배력을 빼앗기자** 훌리안 마리아스의 해설에 의하면, 오르테가 이 가세트는 『사상과 믿음(*Ideas y creencias*)』 제3장과 제4장에서 환상적 실재로 시와 과학의 유사성을 강조한다. 그 환상성의 정도는 시대에 따라 다르게 나타난다. "인간에게 종교가 과학보다 더 실재에 가까운 것으로 인식되던 시대가 있었다. 그리스 역사에서 호메로스를 비롯한 고대인들에게 시라고 부르던 것이 '진리'로 받아들여지던 때가 있었다."(*Obras Completas*, V, p.402) 그런데 과학적 관점에 의해 세계의 신화적 관점이 붕괴되는 것만

은 아니다. 오르테가는 사상이 믿음을 쓰러뜨리는 것이 아니라, 믿음이 깨지고 위기에 봉착했을 때 그것을 메우고 보충해 주기 위해 사상의 개입을 필요로 한다고 여긴다.(『갈릴레오에 관해(*En torno a Galileo*)』 참조)

서사시는 종교적 비중을 상실하고 종횡무진 모험을 찾아 들판을 헤매게 된다 이 문장은 신이 떠나 버린 시대의 서사시가 소설이라고 정의했던 루카치의 생각과 유사하다. 이와 관련하여, 루카치의 『소설의 이론(*The Theory of the Novel*)』에서 널리 알려진 첫 문장을 보자. "별이 빛나는 창공을 보고, 갈 수가 있고 또 가야만 하는 길의 지도를 읽을 수 있던 시대는 얼마나 행복했던가? 그리고 별빛이 그 길을 훤히 밝혀 주던 시대는 얼마나 행복했던가? 이런 시대에 있어서 모든 것은 새로우면서도 친숙하며, 또 모험으로 가득 차 있으면서도 결국은 자신의 소유로 되는 것이다. 그리고 세계는 무한히 광대하지만 마치 자기 집에 있는 것처럼 아늑한데, 왜냐하면 영혼 속에서 타오르는 불꽃은 별들이 발하고 있는 빛과 본질적으로 동일하기 때문이다."(루카치, 『소설의 이론』, 반성완 옮김, 심설당, 1985, 29쪽) 그러나 근대의 탄생과 함께, 자신을 친숙하게 감싸 주던 세계가 갑자기 낯설어지고 사람들은 불안과 소외감을 느끼게 된다. 즉 밤하늘의 별빛이 지상의 길을 밝혀 주던 행복한 시대가 끝나고 사람들이 자아와 세계가 다르다는 점을 인식하게 되는 것이다. 이제 정신적 실향민이 된 사람들은 향수 속에 잃어버린 절대성을 그리워하고 새로운 절대성을 찾아 나서는데 그 예술적 연장선상에서 근대 소설이 탄생한다. 따라서 루카치가 정의하는 소설은 본문에서 오르테가 이 가세트가 말한 "종교적 비중을 상실"한 서사시, 즉 신에게 버림받은 혹은 신이 침묵하기 시작한 세계의 서사시라 할 수 있다.

체코의 소설가 밀란 쿤데라(Milan Kundera, 1929~)의 말대로, 이처럼 신에 의해 버림받은 근대인에게 상실된 정체성과 망각된 존재를 환기시켜 주는 장르인 소설이 탄생한 것은 필연이다. "신이 우주와 그 가치의 질서를 관장하고 악에서 선을 가르고 모든 사물에 뜻을 부여했던 곳을 서서히 떠나 버릴 때, 돈키호테는 집을 떠났고 이제는 더 이상 이 세계를 알아볼 수 없게 된다. 지고의 심판관이 부재하는 이 세계는 돌연 무시무시한 애매성 속에서 그 모습을 드러낸다. 하늘의 유일한 진리는 인간들이 나누어 갖는 수많은 상대적인 진실들로 흩어져 버렸다. 이리하여 근세가 탄생되었고 그와 더불어 이 세계의 영상이자 모델인 소설 또한 탄생되었다."(밀란 쿤데라, 『소설의 기술』, 권오룡 옮김, 책세상, 2004, 16~17쪽)
루카치가 『소설의 이론』을 쓴 것은 그보다 두 살 많은 오르테가 이 가세트의 『돈키호테 성찰』이 출판된 1914년이었다. 두 책이 탄생한 1914년은 제1차 세계 대전이 발발한 해이며, 당시 유럽이 겪고 있던 총체적인 파국 의식이 지배하던 시기이다. 오르테가가 언급하듯 부르주아 사회가 막다른 골목에 들어섰고 새로운 사회 질서를 갈망하던 시대적 분위기는 4년 후에 출판된 오스발트 슈펭글러의 『서구의 몰락』에서도 잘 반영되어 있다.(242쪽 참조) 한편 오르테가와 루카치의 문제의식은 모두 서구 근대성에 대한 비판 정신에서 비롯되고 소설의 탄생을 근대의 등장과 연관시킨다는 점에서 일치하는데, 이러한 공통점은 이들의 학문적 배경을 볼 때 이상한 일이 아니다. 젊은 시절 칸트 철학의 영향을 받은 두 사람은 1906년 베를린대학교에서 함께 공부했다. 물론 오르테가는 훗날 생의 철학에 깊은 영향을 받은 반면, 루카치는 헤겔과 마르크스주의에 기울어지면서 사상적 간극이 벌어진다. 소설의 본질과 의미에 대한 생각에서도 동일한 간극을 볼 수 있다. 두 사람 사이에 개인적이거나 학문적인 교류가 있었는지에 대해서는 알려진 바 없다.

기사도 이야기는 작품 속의 현실에 대한 믿음이 없다는 점만 제외하곤 서사시적 특성을 간직하고 있다 훌리안 마리아스는 이 주제에 대해 오르테가 이 가세트의 『예술의 비인간화』 제2장 '예술을 위한 예술'을 참조하라고 권한다.

마리카스타냐 maricastaña. 주로 동화에서 '옛날 옛적에'를 의미하는 먼 과거를 말한다.

143 **몇몇 대화에 나오는 예들은 별개로 하고, 기사도 이야기의 시적 도구는 서사시와 마찬가지로～소설은 기술한다** 훌리안 마리아스는 이 대목부터 오르테가 이 가세트의 소설론이 본격적으로 시작된다고 말한다. 마리아스의 말대로 오르테가는 『예술의 비인간화』에서의 「소설에 대한 생각」과 「프루스트 예술에서의 시간, 거리 그리고 형식」(『엘 에스펙타도르』, VIII)에서 중요한 소설의 이론을 전개한다. 그러나 그는 이미 1910년의 「낙원의 아담(Adán en el Paraíso)」에서 소설 해석의 핵심이 되는 부분을 다음과 같이 서술한 바 있다.

"소설의 궁극적 본질은 감동이다. 소설은 다름 아닌 인간의 열정을 우리에게 드러내 보여 주는 것이다. 그 열정은, 서사시에서 충분히 보았던 것처럼, 눈에 보이는 능동적 표현이나 행동이 아닌 정신에서 비롯되는 내용으로 정신적 기원에서 보이는 것이다. 만일 소설이 인물들의 행위와 그들을 둘러싸고 있는 광경을 기술한다면 그것은 단지 영혼의 내부적 정서를 직접 암시하는 것을 설명하고 가능케 하기 위한 것이다."

"그러나 우리 정신의 삶은 연속적이다. 그리고 그것을 표현하는 예술은 시간이 유려하게 흘러가는 외관에 자신의 재료를 짜 놓는다. 여기서 영혼들의 공생이 지속적으로 입증된다. 즉 한 영혼이 자신의 내밀한 내용을 다른 영혼에 부어 넣으면 이 영혼은 또다시 새로운 영혼에 그것을 전달한다. 이렇게 우리들의 마음은 서로서로 관계를 맺게 된다. 따라서 이러한 시간 예술을 구사하는 통합의 원리가 대화라고 할 수 있다."

"소설에서 대화는 마치 회화의 빛처럼 필수적인 것이다. 소설은 대화의 범주에 들어간다."

"독자는 소설의 이야기를 쫓아간다. 고대 그리스에서는 여행담을 서술하는 것만 존재했는데, 이를 '기형학(teratología)'이라 불렀다. 우리가 만일 소설의 발생에서 그리스 고유의 것을 찾으려면 다름 아닌 플라톤의 대화나 희곡을 봐야 한다. 소설은 서사시와 달리 현재를 언급한다. 그리스인들에게 서사물은 언제나 옛 신화시대의 바탕 위에서 자신의 주제를 전개시켜야 했다. 따라서 서사물은 전설이다. 단지 현재를 기술하는 유일한 것이 바로 대화였다. 그것은 인간과 인간이 나누는 정서의 교류였다."

"소설은 스페인에서 막 태어났다. 『셀레스티나』는 이 소설 장르를 준비하는 마지막 예행연습이었다. 세르반테스는 『돈키호테』에서 다른 큰 선물들과 함께 인류에게 '새로운 문학 장르'를 제공한다. 그 작품은 대화 모음집이었다. 아마도 이 점 때문에 당대의 수사학자와 문법학자들 사이에 큰 논란거리가 되었을 것이다."

"빛은 그림에서 상호 연결을 위한 도구이며 생생한 힘이다. 소설에선 이 역할을 하는 것이 대화이다."

후에 더욱 성숙해지고 풍요로워질 내용이 여기에 있다. 서술은 과거에 해당하고 기술은 현재에 해당한다. 그러므로 소설은 '서술'이 아니라 '제시'이며 그 전형적인 형식은 대화이다.

우리가 소설에서 관심을 갖는 것은 기술이다. 왜냐하면 엄밀히 말해 기술되는 내용 자체는 정작 우리의 관심을 끌지 못하기 때문이다 우리는 이러한 구분을 세르반테스의 『모범 소설』에서 보았다. 즉 「세비야의 건달들」은 진정한 '소설'이라 할 수 있다. 반면 「남장을 한 두 명의 처녀」와 다른 작품들은 '서술'이라 할 수 있다. 후자에서 우리의 관심을 끄는 것이 이야기되는 내용이라면 전자에서는 이야기되는 방식이 관심을 끌기 때문이다.

144 **쥘 베른** Jules Verne(1828~1905). 모험 및 과학 소설로 잘 알려진 프랑스 작가로서 '사이언스 픽션(SF)의 아버지'라 불린다. 『80일 간의 세계 일주(*Around the World in Eighty Days*)』, 『해저 2만 리(*Twenty Thousand Leagues Under the Sea*)』 등의 작품이 있다.

145 **모험담은 억압적이고 견고한 현실을 유리처럼 깨 버린다. 그것은 예기치 않은 것이고 생각지도 못했던 것이며 새로운 것이다** 훌리안 마리아스의 보충 설명대로, 이처럼 생각지 않았던 새로운 것이어서 우리에겐 그것이 아무리 사실일지라도 "그럴 법하게" 보이지 않는 것이다. 따라서 우리는 확실한 것임에도 불구하고 예기치 않은 것에 대해서는 "거짓말 같아"라고 말한다.

가바르니 Paul Gavarni(1804~1866). 프랑스의 만화가이자 삽화가이다.

148 **마에세 페드로의 인형극** 『돈키호테』에서 마에세 페드로(Maese Pedro)의 인형극 이야기가 나오는 부분은 제2부 제25~26장이다. 세르반테스와 산초 판사는 어느 날 객줏집에 묵게 되는데, 이 집에 원숭이를 데리고 다니면서 점을 봐주고 즉석 인형극 공연을 하는 마에세 페드로가 들어온다. 페드로는 돈키호테와 마주치자 기사도를 부활시킨 불멸의 주인공이 아니냐고 물으면서 주위 사람들을 놀라게 한다. 페드로는 객줏집에서 인형극을 상연한다. 그런데 공연 도중에 인형극과 현실을 혼동한 돈키호테가 이성을 잃고 무어인으로 분장한 인형들을 모두 베어 버린다. 그리고 정신이 돌아온 돈키호테는 마에세 페드로에게 큰돈을 배상하게 된다.

돈 가이페로스 Don Gaiferos. 앞의 인형극에 등장하는 인물로, 샤를마뉴 대제의 열두 기사 중 하나이며 그의 사위이기도 하다. 그는 극 중에서 날쌘 말을 타고 가서 무어인의 포로로 잡혀 있던 아내, 즉 샤를마뉴 대제의 딸인 멜리센드라를 말에 태워 구출해 낸다.

마에세 페드로의 인형극 무대는 정신의 두 대륙이 만나는 경계이다 훌리안 마리아스의 말대로, 이 장은 허구의 모험담을 접하는 독자나 관객이 빠지게 되는 '환각 상태'의 작동 원리를 보여 준다. 마에세 페드로의 인형극에서 허구는 '환각적 분위기의 흐름'을 만들어 내고 이로 인해 두 개의 현실은 끊임없이 서로의 경계를 넘나든다. 이렇게 두 세계가 실제적으로 만나면서 본질적으로 애매한 현실이 창출된다. 이 무대는 내적으로는 모험과 상상과 신화의 범주에 속하는 '환상적 세계'를 만들어 내고, 외적으로는 우리가 들어갈 수 있는 일상의 공간을 만든다. "그럼에도 불구하고 이 공간은 다른 한편으로 책 속이나, 인형극 무대처럼 책보다 더 넓은 곳에 있을 수도 있다." 이 공간에 들어갈 때 우리는 "관념적인 대상 속에 발걸음을 하는 것이고 미학적 실체 내의 움푹 파인 면에서 움직이게 될 것이다". 이렇게 하여 "한 대륙에서 다른 대륙으로, 무대에서 방으로, 방에서 무대로 오가는 방전이 이루어진다. 중요한 것은 바로 둘 사이에 일어나는 침투와 역침투라 할 수 있다".

150 **세르반테스는 기사도 이야기에 반대하여 책을 쓴다고 말한다** 『돈키호테』 서문에서 세르반테스는 친구의 입을 빌려 이렇게 말한다. "자네의 책은 기사담들이 이 세상과 대중 사이에서 떨치고 있는 세력과 권위를 부숴 버리는 것만이 목적이니까. (……) 한마디로 말하면 많은 사람이 싫어하지만, 그러나 더 많은 사람이 아직도 좋아하는 그 허무맹랑한 기사담을 전도시키는 데 자네의 목표를 굳게 정하란 말일세."(세르반테스, 『돈키호테』 1, 박철 옮김, 시공사, 2004, 16쪽)

문학예술을 무한대로 확장하고 있는 이 작품의 실험을 어떻게 이해할 수 있을까? 훌리안 마리아스에 따르면, 여기서 말하는 확장은 다음과 같은 말을 의미한다. 『돈키호테』 이전까지만 해도 문학에는 "상상적 대상물을 태우고 활공"하는 시적인, 즉 서사시적인 면만 유일한 것이었다. 따라서 오르테가가 지적하듯이 서정시를 제외한 시적인 것은 상상의 것을 구성하는 것과 동일한 기호만으로 규정할 수 있었다. 그런데 세르반테스와 함께 "상상의 것은 부차적 측면이 되었"고, 이는 예술에 또 하나의 영역, 즉 제3의 차원이 추가되는 것을 의미한다. 다시 말해 예술은 "3차원으로 확장되면서 미학적 깊이에 도달하는데, 이는 기하학의 3차원적 깊이와 마찬가지로 여러 개의 면이 늘어나는 것이다". 그 결과 '시적인 것'은 더 이상 관념적 과거와 동일시되지 않고 '현 실재'가 개입하게 되는 것이다. 세르반테스가 이룬 혁신은 이 같은 미학적 확장을 최대한 이끌어 낸 점에 있다.

151 **여관과 산초와 마부와 불한당 마에세 페드로가 어떻게 시적일 수 있겠는가?~산초가 모험을 통과해야 할 때 그것을 불가능하게 만들어 버린다. 이것이 바로 산초의 역할이다** 훌리안 마리아스의 말대로, 오르테가 이 가세트는 여기서 세르반테스의 미학적 확장이 어떻게 가능한지를 설명하려 한다. 문제는 여관, 산초, 마부 등 작품에 등장하는 사물이나 인물들의 '반시적(反詩的)' 성격에 있다. 산초의 역할은 여기에 있다. 즉 그 자체로 반시적인 실재를 그 자체로 시적인 상상계에 맞서 부과하는 것이다. 그리고 세르반테스는 실재적 경향은 설명이 가장 필요하며, 바로 미학의 초석이 된다고 말한다. 두 세계, '실재'의 두 형식을 겹쳐 놓는 것은 충분치 않다. 오랜 기간의 미학적 관점을 전복시키면서, 시적인 캐릭터가 실재하는 것 위로 오게 만들기 위해서는 무슨 일이 벌어져야 한다. 이 무슨 일이란 바로 문제의 항들보다 위에 있는 제3의 시점을 도입하는 것이다. 세르반테스의 천재성이 발휘되는 대목이다.

여기가 로도스다. 여기서 뛰어 봐라 『이솝 우화』의 「허풍쟁이」 이야기에서 유래한 라틴어 문구이다. 고대 그리스의 어떤 사람이 타지로 여행을 다녀온 후, 자신이 로도스에 있을 때 엄청난 높이뛰기 실력을 보였으며 증인도 있다고 떠벌린다. 그 말을 들은 사람이 "여기가 로도스다. 여기서 뛰어 봐라"라고 일침을 가한다. 굳이 증인까지 필요 없다는 것이다. 따라서 이 문구는 말로만 떠드는 사람에게 직접 행동으로 옮기라는 뜻도 되고, 다른 한편으로는 어려운 문제에 봉착했을 때 피하지 말고 정면 승부를 걸어 해결하라는 의미가 되기도 한다. 물론 오르테가 이 가세트가 여기서 이 문구를 인용한 것은 시가 실재를 무대로 자신의 영역을 확대해야 한다는 의미이다.

152 **돈키호테는 두 세계가 만나 경사각을 이루는 교차점에 위치하기 때문이**

다 훌리안 마리아스의 해설에 따르면, 두 세계를 통합하는 열쇠가 바로 인물이다. 그것은 이 책이 수행한 중요한 철학적 발견의 미학적, 문학적 성과이다. 세계는 '환경', 즉 '나의' 환경이고, "나는 나 자신과 나의 환경이다". 다른 말로 하면, 실재의 세계와 모험의 세계는 돈키호테의 삶을 둘러싸고 소통한다. 두 세계 모두 돈키호테에게는 환경이 된다. 그리고 이는 두 세계를, 비록 일시적이나마 '하나의 세계'로 만든다. 한 세계의 시적인 캐릭터가 다른 세계에 합류하는 식으로 두 세계의 '연결'을 이루는 유일한 방법은 그 두 세계에 이중적으로 속하는 인물을 창조하는 것이다. 그는 기원에서도 겹치고 구조에서도 겹친다. 다만 그 이중성은 그 인물의 실제 삶에서 자동적으로 말소된다. 왜냐하면 삶은 단 '하나의' 세계에서 이루어지기 때문이다. 그리고 실재적인 것의 모든 성분들을 '있는 그대로의 세계로서' 연결하는 것은 바로 인간의 삶이다. 돈키호테는 현실에 속한다. 하지만 그의 의지도 그와 함께 현실의 일부분을 이루고 있다. 이것은 바로 '모험의 의지'이다. 플라톤의 말대로 인간의 본성이 대개 그렇듯이, 그는 두 세계의 경계선을 넘나드는 본성을 가지고 있다.
돈키호테와 다른 사람들의 '공생'을 가능케 하고 그가 '현실' 세계를 편력하도록 해 주는 것이 바로 산초 판사의 존재이다. 산초의 환경은 돈키호테의 환경과 소통하고 있다. 그러나 동시에 그는 공동의 현실에도 정착하여 머물러 있다. 그래서 돈키호테는 산초 없이 첫 번째 편력에 나섰을 때 실컷 봉변만 당하고 귀향한다. 그러나 자신의 종자를 데리고 떠나는 편력에서는 '비정상적인' 상태임에도 불구하고 바르셀로나까지 갈 수 있었다. 이에 대한 오르테가 이 가세트의 글은 「산초 판사 입장에서 본 돈키호테」(「라 나시온」, 부에노스아이레스: 30-Oct.-1955)를 참조하라.

아마도 조금 전 우리는 지금 우리에게 일어나고 있는 일을~모험을 더 높은 미학적 잠재력으로 끌어올리고 있다는 사실이다 훌리안 마리아스의 말대로, 오르테가 이 가세트는 여기서 리얼리즘 소설을 미학적으로 정당화하고 있는데, 그것은 물론 19세기 리얼리즘 문학의 이론가들이 이해하는 것과는 다르다. 즉 기사도 이야기의 환상성은 돈키호테의 환상에서 실재를 가지며, 그 환상 역시 실재하는 것이고 존재하는 것이다. 실재하는 것으로 우리의 눈길을 돌려 본다면, 새로운 소설은 이와 함께 상상의 것을 취하며 "내적으로는 봉인된 모험을 품고" 있다. 다른 말로 하면, 실재는 환상으로 이루어져 있고 상상적 차원을 내포한다. 그 구성에서 환상적 잠재성이 다른 어떤 것 못지않게 효과적인 성분을 이루고 있다는 것이다. 오르테가는 『돈키호테』에 나오는 인형극 장면에서 이렇게 통합된 실재의 전형적인 사례를 보고 있다. "달빛 아래의 여관은 찌는 듯이 무더운 라만차 평원을 가로지르고 있는 한 척의 배가 되고 그 안에는 샤를마뉴 대제와 용맹한 그의 열두 기사들, 산수에냐의 마르실리오 그리고 더할 나위 없이 아름다운 멜리센드라가 항해하고 있는 것이다." 우리가 만일 산초의 노새를 잊어버리는 것처럼 돈 가이페로스의 말을 생략한다면 실재는 그만큼 빛이 바래는 것이다. 마치 거울의 양면처럼, 산초의 노새와 돈 가이페로스의 말은 모두 존재하면서 돈키호테와 그의 환경을 구성하고 있다.

153 **샤를마뉴 대제와 용맹한 그의 열두 기사들～아름다운 멜리센드라가 항해하고 있는 것이다** 이들은 모두 마에세 페드로의 인형극에 등장하는 인물들이다.

154 **세르반테스는 르네상스가 절정에 이른 언덕 위에서 세상을 내려다보고 있다** 훌리안 마리아스는 이 책의 철학적인 성격에 대해 어떤 의구심이 남아 있다면 이 장이 그것을 해소시켜 준다고 말한다. 왜냐하면 여기서 『돈키호테』는 새로운 상황의 관점으로 해석되고 있기 때문이다. 새로운 상황이란 실재에 대한 생각의 변화를 야기한 르네상스 문화의 성숙함을 말한다. '옛 감수성'을 온전히 극복하는 급진적인 역사적 변화 덕분에 소설의 변화도 가능했던 것이다. 먼저 오르테가는 새로운 과학 혁명으로 생겨난 우주의 '정당성'을 염두에

두고 있다. 두 번째로 그는 실재에 대한 새로운 형이상학적 해석을 고려하고 있다. 세 번째로 그는 내적 세계의 완전한 발견에 입각한 심리적, 주관적 의식의 승리를 변화의 요인으로 간주한다. 이러한 배경에서 그는 "이처럼 새롭고 거대한 문화적 변환의 결실이 『돈키호테』이다"라고 결론을 내린다.

155 **얼마 후에는 라이프니츠가 나타나 단순한 가능성은 어떤 유효성도 없다고 선언한다~세르반테스의 글쓰기에서 모험의 형태로 실재에 편입된다** 훌리안 마리아스의 연구에 의하면, 말년에 쓴 글에서 오르테가 이 가세트는 '공가능성'이라는 라이프니츠의 개념을 다시 한 번 언급한다. 이 개념은 비록 아주 급진적인 것은 아니라 할지라도, 형이상학적 의미에서 '세계' 인식과 밀접하게 연관되어 있다. "만일 각 가능태가 자신의 내부적 모순을 배제하기 때문에 가능하게 되었다면 자체적으로 모순된다는 말을 할 수는 없다. 함께 존재하기 위해서는 양립하는 것이 필요하고 라이프니츠의 표현대로 하자면 공가능성(compossibilité)이 필요하다. 가능성들 가운데 많은 것들은 자신의 존재를 획득하기 위해 상호 걸림돌이 된다. 가능성 자체의 영역 내에서조차도 그것들은 세계를 형성하는 복수성의 통합을 끌어내기에 부적절하다는 것이 드러난다. 이는 존재를 획득하기 위해 여러 가능성 사이에서 행해야 하는 첫 선별 작업을 말하는 것이다. 단지 가능성의 무리들이 있을 뿐이다. 이들 각각의 무리는 가능 세계이다. (……) 가능성의 반대는 불가능성이지만 (……) 실재 세계의 반대는 불가능성이 아니다."(「라이프니츠의 낙관론에 대해」, *Obras Completas*, p.337) 형이상학에서 이러한 종류의 '가능성'이 세르반테스에게서는 '봉인'된 모험이라 할 수 있다.

'공가능성'을 이해하기 위해 철학자 이정우의 설명을 들어 보자. 라이프니츠에 따르면, 신은 세계를 가능한 한 복수적인 것으로 만든다. 그런데 복수성만 추구할 경우 최선의 세계가 갖추어야 할 또 하나의 조건인 '간명함(simplicité)'이 침해된다. 따라서 신은 서로 대립하는 복수성과 간명성의 원리를 절묘하게 조합해야 한다. 이러한 복수성 속의 간명성이 바로 신이 행하는 최적화(optimalisation)의 원리이다. 이렇게 신은 최선의 세계를 창조하기 위해 여러 가능성들이 연결되는, 즉 모이고 갈라지는 갈림길들을 배치하는데, 여기서 작동하는 논리적 구조가 바로 '공가능성'이라 할 수 있다. 결국 이 세계는 무한한 가능 세계들이 갈림길에서 교차할 때마다 신이 완벽한 계산을 하여 행사하는 무한한 선택의 결과이다.(이정우, 『주름, 갈래, 울림: 라이프니츠와 철학』, 거름, 2001, 203~208쪽 참조) 그러므로 앞에서 오르테가가 말했듯이 "가능성의 반대는 불가능성이지만 [……] 실재 세계의 반대는 불가능성이 아니"라, '함께 가능하지 않음(in-compossibilité)'이 되는 것이다. 아르헨티나의 소설가 보르헤스(Jorge Luis Borges, 1899~1986)는 『픽션들(*Ficciones*)』에 실린 단편소설 「끝없이 두 갈래로 갈라지는 길들이 있는 정원」에서 이렇게 끝없는 갈림길들의 연속인 잠재태(潛在態)로서의 세계를 보여 준다.

156 **비슷한 현상을 우리는 두 가지 방향에서 경험할 수 있다 ~ 반면에 리얼리즘 소설은 두 번째 방법에 해당한다** 오르테가 이 가세트는 여기서 신기루의 비유를 든다. 훌리안 마리아스의 말대로, 리얼리즘 소설은 신기루를 있는 그대로 보여 주면서 삐딱하게 기울어 있는 그 모습을 보존한다. 이것이 『돈키호테』와 기사도 이야기의 관계이다. 즉 이 작품은 기사도 이야기를 내부에 가지고 있다. 더 나아가 "문학 장르로서 소설은 본질적으로 그런 형태의 영양 흡수를 통해 이루어진다". 오르테가는 계속해서, 실재는 시적이지 않고 예술 작품에 들어오지도 못하며 "단지 관념적인 것을 다시 흡수하는 몸짓이나 운동일 뿐이다"라고 말한다. 여기서 우리는 앞서 보았던 '재흡수'라는 개념을 보게 되는데, 이는 결정적인 대목에서 다시 등장한다.

158 **몬티엘 평원** 몬티엘(Montiel)은 스페인 카스티야 라만차 지방의 행정 구역이다. 몬티엘 평원은 『돈키호테』 제1부의 주 무대가 되고

있으며, 특히 돈키호테가 풍차를 거인으로 여기고 모험을 벌이는 곳이다.

몬티엘 평원은 이제 우리들에게 열기로 가득하고 무한히 펼쳐진 공간으로서~그것을 초월해서 사물들을 구성하고 있는 구체적인 실체이다 이 대목은 앞서 설명했던 실재의 이론을 연장해서 구체화하는 것이다.(253쪽 참조)

훌리안 마리아스가 '구조'를 '고유한 실재' 혹은 '제2의 사물'로 이해했던 것을 상기하자. 각각의 사물에서 우리는 다른 사물들을 반영하거나 그것들과 연관되는 것을 발견하게 되는데, 바로 여기에 사물의 심층 혹은 '의미'가 기반을 두고 있다고 말한다. 그것은 다른 사물들과 공존(공재)하는 최상의 형태이다. 따라서 사물은 물질성만으로는 부족하고, 우주의 나머지 부분이 쏟아지는 신비의 그림자가 가지고 있는 '의미'를 필요로 한다. 우리는 여기서 오르테가 이 가세트가 물질성과 의미를 구분하는 것을 볼 수 있다. 물질성이란 모든 해석 이전에 사물을 구성하는 것이고, 의미는 해석된 이후의 사물을 지칭한다. 따라서 모든 해석 이전의 원초적 실재가 있는가 하면 의미를 가진 해석된 실재가 있다. 오르테가는 우리 모두에게 주어진 환경에 우리의 기획안을 투사해야 하며 이러한 해석 작업을 통해 사물을 만들어야 한다고 말한다. 즉 인간은 세계를 생산하는 존재이고 우주의 선천적인 제작자이다. 오르테가는 『돈키호테』를 분석하면서 이러한 철학 이론을 보여 준다. 이 때문에 '첫 번째 성찰'은 앞부분의 이론과 분리해 설명할 수 없는 것이다.

이 풍차들은 의미를 가지고 있다. 즉 '의미'로서, 그것들은 거인들이다 훌리안 마리아스가 말하듯, 이 장면은 바로 앞의 이론을 적용한 것이다. 지평선 위로 제분소 풍차들이 늘어서 있는데 이들의 '실재'는 해석되어 의미를 가져야 하고, 그 해석 가운데 하나가 돈키호테가 투사하는 것이다. 즉 풍차가 거인이라는 해석이다. 돈키호테가 미친 사람이고 우리가 그의 해석을 미친 짓이라고 간주할지라도 해석 행위 자체는 잘못된 것이 아니며 영향을 주지도 않는다. 돈키호테는 나름대로 매우 엄정하고 기발한 방식으로 해석할 뿐이다. 우리가 지칭하는 모든 '실재'는 '의미'이고 해석이다.

159 **브리아레오스** Briareos. 그리스 신화에 나오는 거인으로, 100개의 팔과 50개의 머리가 있다.

우리가 만약 그러한 연상 작용의 충동에 빠져～우리는 어느덧 거인을 만날 것이다 풍차를 거인으로 여기는 돈키호테의 착각은 그것들이 커다란 몸집에 여러 개의 팔을 가졌다는 유사성에서 비롯된다. 오르테가 이 가세트가 말하는 연상 작용 역시 유사성 때문에 일어난다. 이와 관련해, 프랑스 철학자 푸코(Michel Foucault, 1926~1984)는 『말과 사물(*The Order of Things: An Archaeology of the Human Science*)』에서 '에피스테메(épistémè)'라는 용어를 만들어 사용한다. 에피스테메란 특정한 시대에 사물을 인식하게 해 주는 '담론의 질서' 혹은 '인식 틀'이라 할 수 있는데, 푸코는 르네상스에서 바로크로 넘어가는 시대에 에피스테메의 거대한 변화가 일어난다고 보았다. 즉 르네상스가 사물의 닮음의 원리에 의해 판단하는 '유사성의 에피스테메' 시대였다면, 바로크라 불리던 17세기 초에는 유사성의 시대가 막을 내리고 기호가 족쇄에서 풀려나 자율적으로 작용하는 '표상의 에피스테메' 시대가 시작된다. 푸코에 따르면, 돈키호테의 여정은 모두 유사성을 추구하는 과정이다. 그에게는 거대한 풍차가 브리아레오스의 팔, 즉 날개를 가진 거인이 되어야 하고 눈에 '물질적으로' 보이는 여관과 하녀는 책에서 본 대로 성(城)이 되고 귀부인이 되어야 한다. 그러나 시대는 바뀌었다. 이제 말은 유사성에 의해 연결되던 사물과의 친화력을 잃고 기호로서의 성격만 가지게 되고, 오직 문학이 된다. '표상의 에피스테메'에서는 '동일성과 차이'를 분별하는 것이 중요해지는데, 이를 분별함으로써 사물의 질서를 재정립하는 역할을 하는 것이 바로 '이성'이다. 이런 의미에서 푸코는 『돈키호테』를 최초의 근대적 작품으로 평가한다. 즉 기호와 유사성이 동일성과 차이의 원리에 의해 무너지기 시작하는 것이다. 돈키호테의 광기는 이렇게 유사성의 에피스테메와 표상의 에피스테메 사이의 간극에서 비롯된다고 할 수 있다.(미셸 푸코, 『말과 사물』, 이규현 옮김, 민음사, 2012, 85~92쪽 참조)

160 **바위나 구름의 윤곽이 어떤 동물의 모습을 연상케 하는 것과 마찬가지로~실재적이라 불리는 사물의 복제가 되기에 이르는 객관성을 형성하게 된다** 훌리안 마리아스의 해설대로, 여기서 우리는 오르테가 이 가세트에게 두 종류의 실재(reality)가 있음을 알게 된다. 하나는 소위 '실재적'이라 불리는 원 사물이고, 다른 하나는 그것에 대한 해석들을 응축하여 그 사물의 복제판이 되어 버리는 '객관성'이다. 원래 실재의 성격은 해석되지 않은 것과는 거리가 멀다는 점을 인식해야 한다. 뭔가 주관적인 단순한 관념들과는 거리가 먼 이 '해석들'은 하나의 '객관성'으로 규정된다. 그것은 내 앞에 객관적 대상으로 나타나는 무엇이다. 여기서 의미심장한 용어가 합체(合體, condensación)이다. 오르테가는 해석들이 합체되어 하나의 객관성을 형성한다고 말한다. 이러한 해석들의 합체가 바로 '현세화(現世化, mundificación)'라 부를 수 있는, 우리가 대면해야 할 일관된 실재의 창조이다. 그러므로 오르테가는 계속해서 각 사물의 '관념' 혹은 '의미'와 '질료' 사이에 벌어지는 지속적인 '갈등'을 지적한다. 만일 관념이 질료를 압도하면 우리는 환각 속에서 살게 된다. 이는 돈키호테의 상황이기도 하고, 어느 정도는 우리 사회 전체의 상황이기도 하다. 반대로 질료가 관념의 모호성을 재흡수하면서 승리를 거두면 우리는 환각에서 깨어난다. 여기서 '환각(ilusión)'은 긍정적이고 부정적인 두 가지 의미를 가진다. 그것은 신기루, 픽션 심지어 속임수인 동시에 투사(投射), 자극, 희망이 되기도 한다. 이 대목은 내가 환경에 의해 '재흡수'된다는 이론의 다른 국면이라 할 수 있다.

161 **사물들의 감각적인 질료가 우리의 해석 범위를 최소한으로 한정시켜 주는**

거리, 빛 그리고 각도가 있다～순수한 질료를 향해 내려가는 사물의 각도를 강조하기 위해 그것을 기울여 보는 것이다 훌리안 마리아스의 말대로, 리얼리즘 역시 시점이고 관점이며 해석이다. 오르테가 이 가세트는 관점주의적 이미지, 즉 거리, 빛, 각도, 경사면 등을 축적한다. 그리고 '가지고 오다', '놓다', '기울이다' 등과 같은 타동사들도 쌓는다. 리얼리즘은 관념론과 마찬가지로 '창조'가 될 수 있다. 그것은 실재의 물질적 측면(물론 유일한 측면은 아닌)을 강조하는 하나의 해석 방법이다. 이럴 때 "무기력하고 거친 사물은 우리가 그것에 부여할 수 있는 모든 '의미들'을 거부한다". 왜냐하면 우리가 이미 그것을 "말이 없으면서도 가공할 만한 자신의 물질성"으로 해석했기 때문이다. 바로 이런 점 때문에 오르테가는 리얼리즘 시를 포함한 모든 시의 출발점이 신화라고 말한다. 리얼리즘 시는 몰락하는 신화의 동반자이며 '시의 붕괴'이다. 만일 질료의 물질성만으로도 충분한 실재가 된다면 더 이상 필요한 것은 없을 것이다. 그러나 여기에 해석, 즉 '신화화'가 필요하다. 실재의 무기력함은 그것이 적극적이고 전투적인 요소가 될 때 실재를 예술의 영역으로 끌어들이는 유일한 것이 된다. 사물 자체인 실재도, 그것의 복제물도 우리의 관심사가 되지 못한다. 우리의 관심을 끄는 유일한 것은 "적극적이고 전투적인"이라는 말이 의미하는 실재의 '드라마'이다. 그것은 우리 삶의 성분이 되는 '해석'의 투쟁에서 실재가 우리에게 맞설 때 발생한다. 바로 여기에서 사물들에 대해 리얼리즘이 가지고 있는 '무관심'이 나온다. 즉 이것이나 저것이나 상관없다. 왜냐하면 어차피 그것들에게는 관심이 없기 때문이다.

162 **실재의 시적 자질은 이 사물 혹은 저 사물의 실재에 있는 것이 아니라 포괄적 기능으로서의 실재이다** 훌리안 마리아스는 이 책의 철학적 중요성을 굳이 강조할 필요가 없다고 말한다. 실재와 실재들 사이의 구분은 '사물들'과 '포괄적 기능'으로서의 실재 사이의 차이로 설명되고 있다. 포괄적 기능으로서의 실재란 그러한 '실재들'이 되도록

만들어 주는 실재를 말한다. 사물은 자기 "주위에 가상의 후광", 즉 해석들을 가지며 그 아래에 깔린 순수한 질료, 즉 물질성을 보여 준다. 그것은 인간이라는 존재가 열망하고 사랑하고 상상한다는 사실이다. 인물들, 즉 인간 드라마에서 재현되는 것이 실재이다. 우리는 이제야 비로소 "우리는 세계의 궁극적 존재가 물질이나 정신처럼 확정적인 어떤 사물이 아니라 세계를 바라보는 관점일 뿐이라는 확신을 언제쯤 열린 마음으로 받아들일 것인가?"(28쪽)라는 서문('독자……')의 문장을 완전히 이해할 수 있을 것이다. 이 문장에 대해, 특히 '관점'이라는 생각에 대해 상세한 각주가 달려 있다.(213쪽 참조) 그러나 거기서 아직 명확하게 언급되지 않은 것은 오르테가가 가끔 '실체론의 극복'이라 불렀던 것의 의미이다. 이 표현에 어폐가 있을 수는 있다. 그러나 적어도 '실체론'이 의미하는 것은, 사물들을 모든 것의 기반이자 기원이 되는 궁극적 실재로 여기는 생각이다. 그런데 확실한 것은 세계의 궁극적 존재가 확정적인 어떤 사물이 아니라는 점이다. 오르테가는 '이 사물 혹은 저 사물'의 개별적 실재가 아니라 포괄적 기능으로서의 실재가 중요하다고 본다. 그리고 그 실재는 사람들 사이에서 재현된다고 말한다. 이 말과 "세계의 궁극적 존재는 하나의 관점이다"라는 말은 의심할 여지 없이 오르테가 철학의 중심 주제를 이루는 실재, 즉 인간의 삶을 지칭한다.

163 **실재는 단순하고도 냉정하게 "거기에 있는" 것이다. 그것은 현존이고 퇴적물이며 무기력이다. 그것은 질료이다** 훌리안 마리아스의 해설에 의하면, 오르테가 이 가세트는 여기서 리얼리즘을 그 뿌리에서부터 정의하고 있다. 즉 그것의 구체적인 관점으로부터 실재를 해석하는 것이다. 훌리안 마리아스는 사르트르의 『구토(*La nausée*)』(1938)에 나오는 중심 장면을 상기한다. 실존주의의 씨앗으로서 오르테가의 책보다 24년 후에 나온 이 소설은 오르테가와 같은 시각을 보여 주지만 사르트르는 상당히 다른 철학적 해석을 가미한다. 훌리안 마리아스는 『구토』의 주인공인 로캉탱이 시민 공원(Jardin

publique)에서 '실존'의 의미를 발견하는 순간을 다음과 같이 인용한다.
"숨이 막힌다. 존재는 눈, 코, 입……. 도처에서 나의 내부로 침입해오고 있다……."
"존재가 갑자기 탈을 벗은 것이다. 〔……〕 그것은 사물의 반죽 그 자체이며 〔……〕 사물의 다양성, 그것들의 개성은 하나의 외관, 하나의 껍데기에 불과했다. 그 껍데기가 녹은 것이다. 괴상하고 연한 무질서한 덩어리 — 헐벗은, 무시무시하고 추잡한 나체 덩어리만 남아 있었다."
"그 순간은 이상야릇했다. 나는 움직이지도 않고 얼어붙은 듯 거기에서 몸서리치는 절정감에 잠겨 있었다. 〔……〕 본질적인 것, 그것은 우연이다. 존재는 필연이 아니라는 뜻이다. 존재란 단순히 '거기에 있다'는 것이다. 존재라는 것이 나타나서 '만나'도록 자신을 내맡긴다. 그러나 결코 그것을 '연역'할 수는 없다."
"그것은 갑자기 우리에게 달려들고, 우리 위에 멈춰서 움직이지 않는 살찐 짐승처럼 우리의 마음을 무겁게 내리누르는 것일 수밖에 없다. 그렇지 않으면 아무것도 없는 것과 같다."
"모든 것이 충족하고 모든 것이 행위 속에 있다. 가냘픈 시간은 없었다."
"나는 놀라지 않았다. 그것이 곧 '세계', 갑자기 나타나는 발가벗은 '세계'라는 것을 잘 알고 있었다. 〔……〕 그것은 무의미했다. 세계는 앞에도 뒤에도, 어디에나 존재하고 있었다."(장 폴 사르트르, 『구토』, 강명희 옮김, 하서출판사, 2014, 227~242쪽)

164 **세르반테스가 실재의 시적 주제를 무(無)에서 발명하지 않았다는 것은 물론이다** 훌리안 마리아스의 말대로, 오르테가 이 가세트는 리얼리즘의 기원이 되는 주제, 즉 '실재의 시적 주제'의 기원을 언급하려 한다. 이 주제에 적합한 '유기적 구조'가 소설이며 곧 『돈키호테』이다. 서사시에서 소설의 기원을 찾으려는 전통적인 시각에 맞서 오

르테가는 소설이 "신화와 서사시의 대척점에서 출생"하며 심지어 문학의 영역 밖에서 태어난다고 말한다. 그것은 모방의 충동에서 나오고, 모방은 또한 풍자의 목적에서 나온다. "이것이 바로 우리가 찾고 있는 풍자극의 기원이다." 실재는 미학적 관심을 얻기 위해 희극적 의도를 필요로 한다. 이것이 바로 오르테가의 논지이다. 즉 확신에 찬 그는 근대적 의미에서 소설을 희극으로, 세르반테스를 아리스토파네스로 접근시킨다.

165 **아리스토파네스** Aristophanes(B.C. 444~385). 고대 그리스 페리클레스 시대의 희극 작가로서 풍자적 성격의 작품을 썼다. 『개구리』, 『구름』 등 11편의 작품이 전해 내려온다.

희극으로부터 태어나는 것이 대화이다~플라톤의 대화 역시 실재하는 것을 기술하고 그것을 조롱한다 훌리안 마리아스의 해설을 참조하면, 플라톤의 대화는 개념에 대한 정의로부터 시작한다. 그러나 이는 정의에 머물기 위해서가 아니라 정반대로 신화로 가기 위한 것이다. "플라톤은 개념 정의 혹은 경계 설정을 요구한다. 이것의 주요 기능은 우리에게 대상을 제시하는 것이고, 이 개념은 실재의 표식이 되는 동의를 유발한다. 결국 개념은 다음 두 가지를 가능케 하는 것이다. 첫째, 대상을 눈앞에 가질 수 있다. 둘째, 우리들 사이의 동의를 이끌어 낸다. (……) 신화의 역할은 설사 그것이 불완전하고 부분적일지라도 실재가 궁극적으로 무엇을 닮았는지 우리에게 보여 주는 것이다. 따라서 신화는 개념의 대용이기는커녕 그것보다 우월하다. 플라톤에게 진정한 지식은 신화에 있는 것이다. (……) 실재는 그에게 고갈되지 않는 것, 마치 하나의 요약집으로서 무언가를 묵인하는데 그것이 바로 신화이다."(『철학의 전기(*Biografía de la Filosofía*)』 I, p.viii) 실재하는 것의 '조롱'은 바로 그것을 비켜 가는 아이러니로서, 한편으로는 짧은 이야기(cuento) 그리고 신화로, 다른 한편으로는 관념의 '정확성'을 향하게 된다.

167 **영웅** 훌리안 마리아스에 의하면, 분량이 짧은 이 장에서 오르테가

이 가세트가 다루려고 하는 것은 아직 확정적인 형태는 아니지만 인간 삶의 이론을 탐색하는 것이다. 이는 후에 그와 관련된 다른 차원의 분석을 하면서 완성될 것이다. 오르테가가 일반적으로 인간의 삶을 구성하는 특성들을 발견하기 시작한 것은 영웅과 비극, 혹은 영웅적 차원과 비극적 차원이라는 모습에서이다. 즉 영웅은 인간의 삶을 구성하는 첫 번째 특성이다.

168 **이야기는 이제 우리를 이 주제로 이끌어 간다~의지는 실재하지만, 의지의 대상은 실재하지 않다는 것이다** 훌리안 마리아스의 지적대로, 돈키호테의 말을 분석한 오르테가 이 가세트에 따르면, 사람들은 자신에게 행운을 빼앗아 갈 수 있을지는 몰라도 그 노력과 열정을 빼앗는 일은 불가능할 것이다. 성공적인 모험은 헛된 꿈일 수 있으나, 그 의지는 실재하는 것이고 진정한 것이다. 모험은 무엇보다 염원하는 것이고, 여기서 본질적인 것은 모험을 찾아 떠나는 것이다. 따라서 모험은 내부적으로 이중성을 갖는다. 즉 거기에는 실재와 비실재가 있는 그대로 공존한다. 그것은 물질적 질서가 흐트러지는 것이다. 실재와 비실재는 모험 안에 기이한 형태로 공존해 있는 상반된 세계에 속한다. 모험은 비실재가 실재 위에서 행동하고 실재를 구성하는 성분이 되어 버리는 특정 방식의 존재임을 드러나게 한다. 그렇다면 이러한 특정 방식으로 실재하는 것은 무엇인가?

실제로는 존재하지 않고 모험으로 투사만 된 것이 어떻게 척박한 현실을 지배하고 변화시킬 수 있을까? 훌리안 마리아스는 우리가 이 대목에서 '기획' 혹은 '설계도(proyecto)'라는 생각을 만나게 된다고 말한다. 이 말은 문자 그대로 하자면 '비존재', 비실재로 규정될 수 있다. 이렇게 존재하지 않지만 "존재하려고 시도"하는 비존재가 실재를 지배하고, 구성하고, 다스리며, 주조(鑄造)한다. 모험을 희구하는 사람은 현실에 만족하지 않고 '비존재'인 설계도에 의거해 그것을 만들고 혁신한다.

그들은 관습이나 전통, 한마디로 말해 생물학적 본능이 강요하는 행동 방

식을 반복하기를 거부한다～영웅이 된다는 것은 다수 가운데 유일한 사람, 자기 자신이 되는 것이기 때문이다 훌리안 마리아스의 해설에 따르면, 영웅은 주어진 현실을 받아들이지 않고 그것을 변화시키려는 의지가 있는 사람으로 정의된다. 그것은 모험의 의지이다. 이 모험은 근본적으로 설계도에 의해 이루어진다. 그렇다면 무엇을 기획하는 설계도인가? 가능한 많은 설계도들이 기본적이고 본질적인 하나의 설계도에 의존하고 있는데, 그것은 영웅이 자기 자신에 대해 기획한 것이다. 이것이 다른 사람들의 것을 포괄한다. 따라서 영웅주의는 상속되어 부과되는 것들, 환경적인 것들을 거부한다. "우리가 물려받은 유산을 거부하고, 상황이 우리에게 부과하는 틀에 박힌 행위를 거부한다면, 우리 행위의 원인을 우리 안에서, 오로지 우리 안에서만 찾게 된다. 영웅의 의지는 조상의 것도 아니고 사회의 것도 아니고 바로 자기 자신의 것이다. 이렇게 자기 자신이 되고자 하는 염원을 가리켜 영웅성이라 한다." 현시점의 사회적인 것 혹은 과거 선조들이 가하는 압력에 맞서, 자기 자신이 되고자 하고 자기 행위의 주인이 되고자 행동하는 영웅성이 나오는 것이다. 이것이 바로 엄밀한 의미에서 '진정성(authenticity)'의 개념이다. 그것은 무기력과 집단적 압력을 물리치는 것이다. 이런 맥락에서 영웅성은 정확히 말해 진정성이다.

나는 실질적이거나 적극적인 영웅의 이러한 고유성보다 더 심오한 것은 없다고 믿는다 훌리안 마리아스의 말대로, 우리는 여기서 진정성이라는 생각이 다시 등장하는 것을 볼 수 있다. 여기서 그 의미는 '심오한 고유성'이라 할 수 있다. 그것은 실질적이고 적극적인 고유성으로서 영웅으로 하여금 자기 자신을 만들게 해 준다. 그러면 오르테가는 왜 진정성 있는 사람을 가리켜 '영웅'이라 부르는가? 즉 왜 '진정성'이 곧 '영웅성'이 되는가? 그의 대답은 이렇다. 자기 자신이 되기 위해서는 사람은 주변 환경과 관습의 압력에 맞서 '영속적인 저항'을 하며 살아야 한다. 따라서 이러한 삶은 '영원한 고통'이 될 수

밖에 없다. 그는 "관습에 굴복하고 질료의 포로가 되어 있는 자신의 일부를 끊임없이 잘라" 내야 하는 것이다. 그리고 그것은 무엇보다도 "새로운 방식의 행위를 발명"하는 것이다.

171 **우리는 앞선 논의에서 서사시에 맞서 시의 또 다른 원류가 되는 서정시를 간과하고 지나갔다** 훌리안 마리아스의 말대로, 오르테가 이 가세트는 서사시와 함께 "시의 또 다른 원류가 되는 서정시"에는 관심을 두지 않았다. 그러나 실재에 대한 우리의 태도를 택해야 할 시점에서 이제는 서정시가 개입해야 한다. 서정시는 우리 감정의 전반적인 어조에 영향을 주고, 다양한 방향으로 뻗칠 수 있는 인간 감성의 변화에도 영향을 끼친다. 그러기에 "시와 모든 예술이 궁극적으로 인간, 오로지 인간적인 것만 다루고" 있으며 풍경은 단지 '인간의 배경'이 될 뿐이다. 여기서 오르테가에게 중요한 점은 인간에 대한 인간의 해석 변화에서 예술 형식이 비롯된다는 사실이다. 이와 함께 문학 장르의 문제가 주제로 돌아온다. 즉 각 장르는 그 해석들 가운데 하나에 문을 여는 것이고, 따라서 각 시대는 특정한 장르를 선호하게 되는 것이다.

172 **우리는 영웅이 때에 따라 직선적으로 혹은 기울어져 보일 수도 있다고 생각한다～영웅은 희극적이라 불리는 미학적 대상으로 변모한다** 훌리안 마리아스는 이 대목을 영웅주의에 적용할 때 두 가지 가능성이 있다고 말한다. 직선적으로 보일 때 영웅은 비극적이 되고, 기울어져 보일 때 영웅은 희극적이 된다. 시대마다 이것이 번갈아 가며 나타나는데, 이것이 바로 서사시와 소설의 차이이다.

173 **비극** 비극은 영웅(310쪽 참조)에 이어 오르테가 이 가세트가 인간의 삶을 구성하는 두 번째 특성으로 거론한 것이다. 즉 영웅과 비극은 삶을 바라보는 두 개의 양식이다.

나는 영웅이란 자기 자신이 되고자 하는 사람이라고 말했다 훌리안 마리아스의 말대로, 오르테가 이 가세트는 진정성의 주제를 다시 언급하고 있다. 영웅성은 '의지의 실현'에 뿌리를 두고 있다. 이는 서사시와 반대되는 것이다. 그런 까닭에 돈키호테는 서사시의 인물이 아님에도 불구하고 영웅이다. "아킬레우스는 서사시를 만들지만, 영웅은 그것을 열망한다." 이 대목에는 특히 주목해서 읽어야 할 문장이 하나 더 있다. "비극적 주체가 피와 살을 갖춘 인간일 때 그는 더 이상 비극적이지도 않고 시적이지도 않다." 오르테가가 영웅의 조건으로 의지의 실현을 강조했다는 점을 잊지 말자. 또한 영웅이 원하는 것은 자기 자신이 되는 일이라고 말했다는 점도 잊지 말자. 이는 사람을 사물, 즉 "피와 살을 가진" 자연의 물체로 보는 것이 아니라, 그가 염원하고 기획하는 것 자체로 본다는 것을 의미한다. 그런 의미에서 오르테가는 의지가 비극적 주제라고 덧붙인다. 그리고 의지는 현실에서 시작해 관념으로 끝나는, 그러니까 현재의 것이 아닌 것만 원하는 모순을 가진다고 말한다. 이는 사람들이 '의지'를 충만한 실재이자 모순성이 없는 정신적 능력이라고 생각하는 것이 아니라 프로그램에만 있는 상상 속의 비현실에서 움직이는, 그리고 지금은 없는 것만을 원하는 설계상의 시도라고 생각한다는 점을 보여 준다.

174 **오늘날 우리에게 전해 내려오는 것은～종교적 주제의 그림이 있는 태피스트리에서 다양한 색깔의 실만 있는 뒷면만 바라보고 있는 셈이다** 이 문장은 세르반테스가 『돈키호테』에서 번역에 대해 말하는 다음과 같은 문장을 변용한 것 같다. 번역을 한다는 것은 "플랑드르의 태피스트리를 뒤집어 보는 것과 다를 바 없다는 게 나의 생각이오. 형체가 보이기는 하지만 실밥 때문에 흐릿해져 버리고 겉면의 매끄러움과 결이 보이지 않는다는 말이지요."(세르반테스, 『돈키호테』 2, 박철 옮김, 시공사, 2016, 766쪽)

175 **숙명론이 개입할 필요는 없다** 훌리안 마리아스에 의하면, 여기서 말하는 내용은 주로 그리스 비극의 영향을 받은 지배적인 이론에 맞서 반기를 드는 첫발이다. 오르테가 이 가세트는 이미 오래전부터 우리가 그리스 비극에 특별히 얽매일 필요는 없다고 주의를 준다.

만일 비극적 주제가 의지에서 나온다면, 또 그렇기 때문에 인간의 자유로운 발명이라면 이는 운명 혹은 숙명이 비극의 진짜 동기라는 생각과 맞지 않는 것이다. 만일 운명이 비극의 동기가 된다면, 결정론도 운명을 대신할 수 있을 것이다. 하지만 그렇지는 않다. 운명 혹은 결정론은 비극을 만드는 게 아니라 비극을 폐기해 버린다. 오르테가에 따르면, 일반 관객들은 비극이 조금 그럴듯하지 않다고 느낄 것이다. 왜냐하면 그들은 "모든 나쁜 일들이 영웅에게 닥치는 것은 필연적으로 그가 그만큼 거기에 매달린 탓이라고 생각하기 때문이다". 오르테가는 이렇게 결론을 내린다. "운명이란 없다. 아니 정확히 말해, 운명적인 일들은 영웅들이 사서 고생하기 때문에 일어나는 것이다. 『지조 있는 왕자』에서 왕자가 겪는 고난은 지조를 지키기로 결심한 순간부터 운명이 된다. 그가 처음부터 지조를 지키는 운명을 가지고 태어나지는 않았다는 것이다." 다시 말해 영웅에게 운명적인 일이 생기는 것은 그가 원하기 때문이다. 그는 이해된다. 왜냐하면 자기 자신이 되기를 원하기 때문이다. 또한 지조를 지키기로 결심했기 때문이다. 사르트르 식으로 말하자면 지조를 가지자고 "스스로 선택"했기 때문이다. 오르테가는 한 걸음 더 나아가 진짜 필요한 것은 숙명의 개입이 아니라 의지와 자유라고 말한다. "비극의 기원은 숙명과는 거리가 멀고, 영웅이 비극적 운명을 겪는 것도 스스로가 원해서이다."

176 **지조 있는 왕자** El Príncipe Constante. 칼데론 데 라 바르카(Calderón de la Barca, 1600~1681)의 작품으로, 무어인의 포로가 되었으나 굳은 그리스도교 신앙을 간직한 채 세상을 떠난 포르투갈의 왕자 돈 페르난도(1402~1443)의 이야기이다. 그리스도교도와 무슬림 사이의 진정한 우정과 배려를 다루고 있다. 스페인 황금 세기 문학에서 로페 데 베가와 함께 바로크 연극의 양대 산맥을 이루었던 칼데론은 이 밖에도 『인생은 꿈(*La vida es sueño*)』, 『살라메아 촌장(*El alcalde de Zalamea*)』, 『세상은 커다란 극장(*El*

gran teatro del mundo)』 등 많은 걸작을 남겼다.

178 **비극은 위대한 행위를 지향한다는 점이 우리 마음에 전제되어 있다~우리 모두는 내면적으로 조금씩 영웅의 잔재를 가지고 있기 때문이다** 훌리안 마리아스의 말대로, 여기서 오르테가 이 가세트는 모든 사람에게 어느 정도의 영웅성이 내재해 있다고 말한다. 그것은 선험적으로 주어진 조건으로서가 아니라 실현해야 할 가능성으로서의 영웅성이다. 그래서 그는 우리가 "초인적인 긴장을 걸머지고 영웅처럼 살아갈 수 있다"고 덧붙인다. 그러나 현재의 것을 거부하는 영웅의 시도는 '웃음거리'로 전락할 위험이 상존한다. "타성과 자기 보존의 본능은 그것을 참을 수 없어 복수에 나선다. 이리하여 그 대항마로서 리얼리즘을 보내고 영웅을 우스꽝스럽게 포장해 버린다."

179 **탈마, 라신, 코르네유** 프랑수아 조제프 탈마(François Joseph Talma, 1763~1826)는 프랑스의 저명한 배우로, 나폴레옹과 가까운 친구였다. 라신의 비극 작품인 『앙드로마크(*Andromaque*)』에서 연기하며 처음 이름을 알렸고, 같은 라신의 작품인 『브리타니퀴스(*Britannicus*)』에서 네로(Nero) 역할을 하며 큰 성공을 거두었다. 또한 코르네유의 『르 시드(*Le Cid*)』, 『시나(*Cinna*)』, 『폼페이우스의 죽음(*La mort de Pompée*)』 등에서 주인공 역할을 맡았다.
라신(Jean Racine, 1639~1699)은 프랑스의 비극 시인이자 극작가이다. 코르네유, 몰리에르(Molière, 1622~1673)와 함께 17세기 프랑스의 3대 극작가로 꼽힌다.
코르네유(Pierre Corneille, 1606~1684)는 '프랑스 비극의 아버지'로 간주되는 위대한 비극 작가이다. 그의 『르 시드』(1636)는 프랑스 고전 비극의 효시로 꼽힌다.

180 **영웅의 면모는 아직 실현되지 않은 존재가 되려고 하는 의지에서 볼 수 있다. 따라서 비극적 인간은 그 몸의 반이 현실 바깥으로 나가 있다** 훌리안 마리아스의 말대로, 우리는 여기서 오르테가 이 가세트가 생각하는 인간 삶의 성격 혹은 요건의 양식을 알게 된다. 그것은 "아직

실현되지 않은 존재가 되려고 하는 의지"이다. 영웅의 요건이 곧 인간의 요건과 같다는 말은 인간이 본질적으로 영웅의 면모를 가지고 있다는 말과 같다. 오르테가는 계속해서 말한다. "고귀한 영웅의 이야기는 엄청난 노력을 쏟아부으며 어렵사리 현실 세계의 타성을 딛고 일어난다. 그것은 포부를 통해 영위되며, 미래는 그것을 증거하게 된다." 훌리안 마리아스는 이것이 당시의 30년 동안 철학에서 다양하게 해석되었던 부분이라고 말한다. 그런데 그중에는 그릇된 해석들도 많은데, 이는 오르테가가 "비극적 인간은 그 몸의 반이 현실 바깥으로 나가 있다"라고 덧붙이는 부분을 잊었기 때문이라고 평가한다. 그는 사르트르가 『존재와 무(*L'être et le néant*)』에서 "나는 앞으로 되어 있을 그가 아니다"라고 말하는 것도 오르테가가 말하는 것과 같은 의미를 가진다고 말한다.

희극성은 영웅의 순수한 물질적 측면만 강조할 뿐이다 여기서 베르그송이 언급하는 왕비는 프로이센의 프리드리히 빌헬름 3세 국왕의 왕비였던 루이제(Luise Herzogin zu Mecklenburg-Strelitz, 1776~1810)이다. 그녀는 나폴레옹 군대가 프로이센을 점령한 뒤 가혹한 배상을 요구하자 나폴레옹을 직접 만나 협상에 나선다. 왕비의 노력은 허사로 돌아갔지만 애국심의 상징인 그녀는 국민들로부터 많은 사랑을 받았다. 베르그송은 여기서 나폴레옹이 루이제를 만나는 장면을 인용한 것이다. 이때 나폴레옹은 루이제 왕비의 하소연을 들으며 입장이 곤란해지자 그녀를 의자에 앉힌다. 이렇게 사소한 물질적 상황의 변화로 인해 왕비는 머쓱해하면서 입을 다물게 된다. 베르그송의 『웃음』에 나오는 원문을 읽어 보자.

"비극 작가는 주인공의 신체적인 측면으로 우리의 관심을 끌 수 있는 모든 요소를 피하려고 신경을 쓴다. 신체에 대한 배려가 끼어들면 희극성이 배어 나올 위험성이 있기 때문이다. 그리하여 비극에 등장하는 주인공들은 뭘 마시지도, 먹지도, 몸을 따뜻하게 하지도 않는다. 심지어 가능한 한 그들은 어디 앉지도 않는다. 긴 독백을 하는 중에 앉는다는 것은 주인공이 몸뚱이를 가지고 있음을 상기하는 것이리라. 이따금씩 인간 심리에 밝은 면모를 보여 주던 나폴레옹은 어디에 앉는다는 행위만으로도 비극은 희극으로 바뀌게 된다고 지적했었다. 구르고 남작의 미발표 일기에 이 문제에 관한 나폴레옹의 말이 언급되어 있다:

(이에나 전투 후에 프러시아 여왕을 알현했을 때의 일이다.): 그녀는 마치 쉬멘느처럼 비극적인 어조로 나를 맞이했다. '폐하, 정의! 정의! 마그드부르!' 그녀는 나를 몹시도 난처하게 하는 이러한 어투로 계속 이야기했다. 결국 나는 그녀의 태도를 바꾸게 하기 위해서 그녀에게 앉으라고 간청했다. 이것보다 더 잘 비극적인 장면을 중단시킬 수 있는 것은 없을 것이다. 왜냐하면 사람이 앉게 되면 비극은 희극으로 변하기 때문이다."〔앙리 베르그송, 『웃음(*Le Rire, Essai sur la signification du comique*)』, 정연복 옮김, 세계사, 1992, 49~50쪽〕

현실은 픽션을 통해 전개되고 자기 존재를 우리에게 부과하면서 비극적 역할을 재흡수한다 훌리안 마리아스에 의하면, 이 대목은 두 개의 성찰을 연결시키고 있으며, 이 책에 담긴 철학 사상의 핵심이라 할 수 있다. 이미 서문에서 언급되었듯이, 여기서 가장 중요한 명제는 "환경을 다시 흡수하는 일이야말로 인간의 구체적인 운명"이라는 것이다.(217쪽 참조) 훌리안 마리아스는 여기서 언급하는 내용을 217쪽에서 미리 인용했어야 했다고 말한다. 그리고 앞서 언급된 논의에서 필요하다고 생각되는 부분을 반복해서 설명한다. 오르테가에 따르면, 영웅은 비극적 역할을 자기 자신의 일부로 만들고 스스로를 그것과 섞어 버린다. 그러나 이제 그는 '현실에 의한 재흡수'를 이야기한다. 여기서 '현실'이란 인간이 원하든 원치 않든 직면해야 하는 것이며, 자기 자신을 발견하는 곳이고, 더 나아가 그 자신 자체인 현실이다. 그리고 '재흡수'란 영웅의 야심 찬 의도가 그의 몸에서 굳어지고 물질화되는 것을 말한다. 다른 말로 하면, 환경을 재흡수하고 인간화하려는 자아의 운동에 대해 환경의 저항이 맞서는 것이다. 이 저항은 영웅의 역할 혹은 기획을 물질화, 화석화 그리고 사물화하면서 재흡수함으로써 그 열망이 결코 실현되지 않고 영원히 좌절된 상태로 두게 하려는 것이다. 그래서 영웅은 결코 존재하지 않는 것을 좇는 유토피아적 인간이 된다. 인간의 삶이 비극이 아니라 '드라마'인 이유가 이것이다. 우리의 삶은 기획일 뿐만 아니라 환경이자 운명이기도 하다.

여기서 한국에서도 'TV 드라마' 등으로 많이 쓰이는 용어인 '드라마'의 개념에 대해 간단히 살펴보자. 고대 이래 연극은 희극과 비극으로 구분되어 왔으나 르네상스와 바로크 시대를 거치면서 희극도 아니고 비극도 아닌 성격의 희비극(喜悲劇, tragicomedy)이 등장한다. 물론 고대 그리스에도 이러한 성격의 작품이 있었지만 본격적인 의미의 희비극은 영국의 셰익스피어와 스페인의 황금 세기 극작가들로부터 비롯된다고 할 수 있다. 괴테는 이러한 작품을 '제3의 장르'라고 불렀으며 빅토르 위고(Victor Marie Hugo, 1802~1885)가 "이를 드라마라고 하자"며 제안했다고 한다. 희극과 비극이 섞여 있어 관객을 웃겼다 울렸다 하는 드라마는 오늘날 막장 드라마의 원조라고 할 수 있으나, 사실 이러한 감정의 격변이야말로 인간의 본성 자체이기에 더욱 보편성을 가진다고 말할 수 있다.(한국외대 박정만 교수 도움말) 어쨌든 훌리안 마리아스가 쓴 드라마라는 용어는 희극과 비극 그리고 평범한 필부와 영웅이 섞여 있는 형태의 장르라고 이해하면 될 것이다. 한편 헤겔은 『미학』에서 드라마가 서사시의 객관성과 서정시의 주관성을 통합하고 지양한 총체적 예술이자 시와 예술의 최고 단계라고 주장한다.

181 **영웅은 시대를 앞서가면서 미래에 기대를 건다. 그의 태도는 유토피아적 의미를 갖는다** 훌리안 마리아스에 따르면, 영웅의 이러한 미래 지향적이고 유토피아적인 조건이 현재적이고 실현된 것으로 간주될 때 사람들은 웃게 되는데, 바로 이것이 희극이다. 따라서 그것은 보

수적인 성향의 문학 장르이다. 이런 의미에서 오르테가 이 가세트는 "무엇이 되기를 원하는 것에서 이미 되어 있다고 믿는 것으로 이행하는 거리가 비극에서 희극으로 가는 사이의 거리이다"라고 말하는 것이다.

182 **에우리피데스** Euripides(B.C. 484~406년경). 소포클레스, 아이스킬로스와 함께 그리스의 3대 비극 작가로 꼽힌다. 소크라테스, 아리스토파네스와 교유했던 동시대 인물이며 리얼리즘과 합리주의를 바탕으로 새로운 극 형식을 개척했다. 그의 『이온(*Ion*)』은 앞서 언급한 '희비극'의 선조로 간주되기도 한다.

아베야네다 Alonso Fernández de Avellaneda. 1614년 스페인의 타라고나에서 출판된 위작(僞作) 『돈키호테』 2부를 쓴 인물의 필명이다. 그의 정체에 대해서는 여러 설이 있으나 아직까지 확실히 밝혀진 사실은 없다. 다만 세르반테스는 그의 정체가 당시 최고의 극작가로 이름을 날렸던 로페 데 베가라고 의심했다고 한다. 세르반테스가 『돈키호테』 제1부 제48장에서 로페 데 베가의 희곡이 아리스토텔레스의 3일치 법칙을 지키지 않는다고 비난한 것에 대해 로페가 복수했다는 것이다. 어쨌든 가짜 『돈키호테』는 출판된 이후 많은 인기를 끌어 같은 해에 재판을 찍었으며 심지어 18세기의 왕실 사서였던 블라스 나사레(Blas Nasarre)는 이 작품이 세르반테스의 2부보다 더 훌륭하다고 평가하기도 했다. 세르반테스는 자신이 『돈키호테』 2부 출판을 서두르게 된 이유가 가짜 『돈키호테』가 설치고 다니기 때문이라고 말하며 '독자에게 바치는 서문'에서 다음과 같이 아베야네다를 비판하고 있다. "독자께서는 제가 그 작가에게 당나귀 같은 자, 멍청하고 무례한 자라고 하기를 바라시겠지만, 저는 그럴 생각이 들지 않습니다. 그의 죄는 벌을 받을 것이고, 자기가 무엇을 하는지는 스스로 알게 되겠지요."(세르반테스, 『돈키호테』 2, 박철 옮김, 시공사, 2016, 31~32쪽)

아베야네다판 서문에서 작가는 두 번에 걸쳐 이와 관련된 언급을 한다

아베야네다는 자신의 가짜 『돈키호테』 2부도 희극으로 간주한다.

185 **셀레스티나** La Celestina. 페르난도 데 로하스(Fernando de Rojas, 1470~1541)는 톨레도에서 태어난 개종한 유대인(converso) 가문의 스페인 작가이다. 유일한 작품으로 스페인 르네상스 문학의 걸작인 『셀레스티나』(1499)를 남겼다. 이 작품의 원래 이름은 '칼리스토와 멜리베아의 희비극(Tragicomedia de Calisto y Melibea)'이다.

소설은 희비극이다 훌리안 마리아스에 따르면, 이것은 페르난도 데 로하스가 『셀레스티나』에서 소설의 탄생을 보기 위해 선택한 양식이다. 소설은 희극적이다. 그러나 희극적이지만은 않다. 거기에는 '상위 레벨'로서의 비극이 속해 있고, 거기에서 "음악의 여신 뮤즈는 희극으로 전락하는 비극성을 따라" 하강한다. 이는 또한 『돈키호테』에 적용될 수 있는 양식이기도 하다.

새벽의 향연 그리스의 비극 시인인 아가톤(Agathon, B.C. 448~400)은 기원전 416년 자신의 첫 작품으로 상을 탄 후 소크라테스, 디오티마, 아리스토파네스, 파이드로스, 알키비아데스, 아리스토데모스 등을 초대하여 아테네의 자기 집에서 잔치를 벌인다. 기원전 380년경 플라톤은 '향연(Symposium)'이라는 이름으로 이때 나누었던 대화를 재구성하는데, 주된 주제는 사랑의 기원과 본성에 대한 것이었다. 여기서 '플라토닉 러브'라는 말이 나온다. 이 작품은 플라톤의 대화편들 가운데 『국가』 다음으로 알려져서 널리 읽히고 있다.

비극과 희극의 종합으로서 소설은 언젠가 플라톤이 특별한 해석 없이 암시했던 신기한 희망이 실현된 결과이다～비극과 희극의 시인은 두 사람이 아니라 한 사람이 되어야 마땅하다고 주장한다 이 대목은 『향연』 마무리 부분에 짧게 나오는 장면이다. 원문을 인용해 본다. "아가톤이 소크라테스 곁으로 자리를 옮기려 할 때 술꾼들이 들이닥쳐 술자리는 다시 소란스러워졌고 술을 퍼마실 수밖에 없는 분위기가 된다. 몇 사람은 자리를 뜨고, 아리스토데모스는 잠들었다가 새벽녘에 깨어 다른 사람들은 모두 떠났거나 잠들었는데 아가톤과 아리스토파네스, 소크라테스만이 대화를 하면서 계속 술을 마시고 있는 것을 본다. 소크라테스는 같은 사람이 희극을 만드는 기술과 비극을 만드는 기술을 모두 가질 수 있다는 주장을 계속 펴고 있었다."(플라톤, 『향연』, 김인곤 편, 『철학사상』 별책 제5권 제4호, 서울대학교 철학사상연구소, 2005, 93쪽)

187 **모든 서사시가 안으로는 마치 과일의 씨처럼 『일리아스』를 품고 있는 것처럼~『돈키호테』를 품고 있다는 것을 상세하게 설명해 주는 책이 아직까지 없다** 훌리안 마리아스는 자신이 해설을 쓰는 1957년의 시점에도 그러한 책이 여전히 부족하다고 말한다.

하지만 굳이 훌리안 마리아스의 말이 아니더라도, 『돈키호테』에 대한 연구 부족은 스페인 문학계만의 문제도, 20세기 중반의 문제만도 아니다. 그럼에도 불구하고 미국의 작가이자 비평가인 라이오넬 트릴링(Lionel Mordecai Trilling, 1905~1975)이 말한 대로, 모든 소설이 결국은 『돈키호테』의 변주에 지나지 않는다는 인식이 20세기 들어 더욱 확산되었으며 갈수록 다양한 연구가 활발해지고 있다.

보바리 부인은 영혼에 최소한의 비극성을 지니고 있는 치마 입은 돈키호테이다 288쪽에서 보았듯이, 보바리 부인은 돈키호테와 마찬가지로 소설을 읽으며 분별력을 잃고 책 속의 세계에 동화되는 인물이다.

189 **알퐁스 도데** Alphonse Daudet(1840~1897). 서정적 자연주의 성향을 지닌 프랑스 소설가이다.

모파상 Guy de Maupassant(1850~1893). 리얼리즘보다는 자연주의 성향을 더 많이 가지고 있는 프랑스 소설가로 '그 시대의 사진사'였다고 간주된다. 여섯 편의 장편소설이 있으나 주로 단편소설을 썼으며 대표작으로는 「목걸이(Le Horla)」와 장편소설 『여자의 일생(*Une vie*)』, 『벨아미(*Bel-Ami*)』 등이 있다.

만일 현대 소설이 자기의 희극적 장치를 밖으로 덜 드러내고 있다면 그것은

소설에 의해~『돈키호테』가 주는 긴장감은 결코 감소하지 않는다 훌리안 마리아스도 말하듯, 이 대목은 오르테가 이 가세트가 특히 19세기 후반부를 염두에 두고 한 말이다. 오르테가는 『소설에 대한 생각』에서 알퐁스 도데나 모파상과는 달리, 프랑스 리얼리즘 소설의 시조인 스탕달(Stendhal, 1783~1842)을 높이 평가하면서 『적과 흑(*Le rouge et le noir*)』, 『파름의 수도원(*La chartreuse de Parme*)』을 걸작으로 친다.

콩트는 '왜'가 아니라 '어떻게'를, 관념이 아니라 팩트를 주창한다 콩트(Auguste Comte, 1798~1857)는 실증주의와 사회학의 창시자로 여기는 프랑스 철학자로서, 자연법칙에 종속된 객관적 학문으로서의 사회학을 정립하여 사회를 지배하는 법칙을 연구했다. 『실증 철학 강의(*Cours de philosophie positive*)』는 그의 사회학을 이해하기 위한 가장 중요한 저술이다. 이 책에서 콩트는 인간 정신 발달의 3단계를 설명한다. 첫 단계는 '신학적 단계'로 세계와 인간의 운명이 신의 의지에 의해 설명된다. 둘째는 '형이상학적 단계'이다. 여기서는 추상적 개념을 통해 세계와 인간을 설명한다. 셋째는 '실증적 단계'로, 이성과 경험적 관찰을 통해 세계의 법칙을 발견한다.

M. 오메 『보바리 부인』에 등장하는 약사 오메는 19세기 부르주아 사회의 현실을 대변하는 '마을의 볼테르'이다. 플로베르가 시나리오에 쓴 것처럼 '오메(Homais)'는 '사람(homme)'을 뜻한다.

190 **다윈** Charles Darwin(1809~1882). 영국의 과학자로서 적자생존을 통한 생물학적 진화론을 상정하여 큰 영향을 미쳤다. 특히 『종의 기원(*On the Origin of Species*)』(1859)은 신중심주의 사회에 코페르니쿠스적 혁명을 일으킨 책으로, 창조론과 진화론의 논쟁을 불러일으켰다.

191 **적응은 순응이며 굴복이다** 훌리안 마리아스에 따르면, 오르테가 이 가세트는 다윈의 사상과 그의 생물학적, 사회적, 역사적 삶의 개념에 반대했다. 그는 인간을 한마디로 '자유'라고 규정한다. 이는 "인

간은 자유다"라고 말한 사르트르의 생각과 일치한다. 사르트르에게 자유는 모든 가치의 근원이며, 스스로의 선택을 통해 자아를 실현하는 것이다. 즉 여기서 자유란 욕망의 추구가 아니라 자아를 실현하는 선택의 자유를 의미한다.

에밀 졸라는 호메로스나 셰익스피어가 아니라 클로드 베르나르에게서 시를 배웠다 졸라(Émile François Zola, 1840~1902)는 프랑스 소설가로서 『목로주점(*L'Assommoir*)』, 『나나(*Nana*)』, 『제르미날(*Germinal*)』 등의 걸작들이 포함된 '루공 마카르 총서(Les Rougon-Macquart)'를 썼다. 그는 "소설가도 관찰가이자 실험가이다"라고 말하며 자연 과학의 객관성과 생물학적 결정론을 지지한다. 졸라가 1880년에 쓴 『실험 소설론(*Le Roman Experimental*)』은 자연주의 소설의 교본과 같은 문학 이론서로, 실험관 속의 인간을 관찰하는 과학으로서의 소설을 강조한다. 졸라의 자연주의 이론에 결정적인 영향을 준 것이 생리학자인 클로드 베르나르(Claude Bernard, 1813~1878)가 쓴 『실험 의학 연구 서설(*Introduction à l'étude de la médecine expérimentale*)』(1865)이다. 그 내용의 핵심은 자연주의의 인간관인 '환경 결정론'이다. 에밀 졸라는 결정론적인 자연주의 이론을 옹호하기는 했으나 실제의 삶에선 드레퓌스 사건을 옹호하는 실천적 지식인이었고 많은 작품들이 이상주의와 낙관주의의 성향을 보여 준다. 이런 의미에서 그의 "이론은 갈수록 비웃음을 사지만 작품은 갈수록 사랑을 받는다"고 평가된다. 보수적 왕당파 사상을 가지고 있으면서도 왕당파의 몰락을 전형적으로 묘사한 발자크에 대해 엥겔스가 '리얼리즘의 승리'라고 평가했듯이, 졸라의 소설에서도 작가적 상상력이 개인적 세계관과 이론을 압도하는 사례를 볼 수 있다.

어느 날 밤 부바르와 페퀴셰는 페르 라셰즈 묘지에서 핍진성과 결정론에 모든 영광을 바치면서 시를 매장한다 플로베르의 유작이 된 『부바르와 페퀴셰』(1881)는 필경사인 부바르와 페퀴셰가 주인공으로 등장하는 소설이다. 주인공들은 거액의 유산을 받은 후 시골로 은퇴해서 다양한 분야의 연구에 매진하지만 결국 모두 실패로 돌아간다. 19세기를 풍미했던 과학만능주의에 대한 작가의 비판적 시각을 볼 수 있다. 소설의 두 주인공 역시 돈키호테나 보바리 부인과 마찬가지로 책을 읽으면서 현실과의 간극을 분별하지 못한다. 이 작품의 마지막 부분에는 이런 대사가 등장한다. "이제는 더 이상 인생에 대해 아무런 흥미도 느끼지 않는다."(플로베르, 『부바르와 페퀴셰』, 진인혜 옮김, 책세상, 2006, 512쪽) 페르 라셰즈(Père Lachaise)는 플로베르뿐만 아니라 발자크, 알퐁스 도데, 오스카 와일드, 쇼팽, 들라크루아 등 위대한 작가와 예술가들이 묻혀 있는 파리의 공원묘지이다.

돈키호테에게 스페인의 길을 묻다

신정환(한국외대 스페인어통번역학과)

해가 지지 않는 제국과 사상의 질식

스페인의 사상적 전통에 대해 말할 때마다 상대방으로부터 듣는 얘기가 있다. 스페인에도 철학이 있느냐는 물음이다. 사실 빛나는 태양과 황금빛 해변을 자랑하는 따뜻한 지중해 국가 스페인과 철학은 뭔가 어울리지 않는 조합이다. 괴테가 이 책에서 인용한 이탈리아 대위의 말처럼, 사람은 생각할수록 늙어 버리기 때문에 절대 생각하면 안 된다는 남유럽 인종의 허황된 의무감이 그럴듯하게 들리기도 한다. 스페인의 철학자 마리아 삼브라노(María Zambrano, 1904~1991)는 스페인이 독일과 같은 논리 정연한 철학을 가져 본 적이 없다고 인정한다. 그러나 그녀는 스페인에 사상이 없는 것은 아니라고 말한다. 다만 그것이 지중해의 빛에 의해 분산되어 미술과 문학을 통해 표현될 뿐이라는 것이다. 물론 궁색하게만 보이는 변명이다. 오르테가 이 가세트 역시 이 책에서 스페인 철학의 빈약함을 토로한다. "유럽 정신사에서 우리 스페인이 재현해 낸 것에는 외형적인 인상만 가득하다. 개념이 우리의 특징이 된 적은 한 번도 없었다." 더 나아가 오르테가는 이 책 첫머리에서 자신을 '불신자들의 땅에 살고 있는' 철학 교수로 언급한다. 즉 철학에 대해 무지하고 적대적인 스페인에서 살아가는 고독한 철학자라는 것이다.

실제로 스페인은 세계적인 사상가를 배출하거나 철학 사조를 형성한 적이 없다. 그렇다고 해서 스페인에 사상적 전통이 없었던 것은 아니다. 로마 제국 시절 대표적인 스토아 철학자였던 세네카(Séneca, B.C. 4~A.D. 65)가 스페인 코르도바 출신이었고, 서기 325년 니케아 공의회를 주관하면서 예수 그리스도의 신성을 인정하고 그리스도교의 삼위일체 교리를 확립한 학자 역시 당시 코르도바의 주교였던 오시오(Osio, 256~357)이다. 단테의 『신곡』에서 가톨릭교회의 가장 훌륭한 신학자이자 박사로 묘사되고 있는 이시도로 성인(San Isidoro, 560~636)은 스페인 세비야의 주교였다. 아랍인들이 스페인 일부 영토를 지배하면서 그리스도교, 이슬람교 그리고 유대교가 공존하는 복합 문명을 꽃피우던 시절의 스페인은 더욱 풍요로운 사상적 열매를 맺었다. 코르도바 출신의 이븐 루시드(Ibn Rushd, 1126~1198)는 아리스토텔레스 철학을 완벽하게 해석하여 토마스 아퀴나스의 스콜라 철학 및 르네상스에 지대한 영향을 끼쳤고, 역시 코르도바 출신의 유대 학자 마이모니데스(Maimonides, 1135~1204)는 아리스토텔레스 철학을 받아들이면서 유대 사상을 집대성하여 중세의 가장 중요한 유대 철학자로 간주된다.

근대 초입까지만 해도 에라스뮈스 철학을 대변하던 루이스 비베스(Luis Vives, 1492~1540), 스콜라 철학의 대가인 프란시스코 수아레스(Francisco Suárez, 1548~1617) 등에 의해 명맥을 이어 오던 스페인 철학은 17세기부터 약 3세기에 걸쳐 실질적인 불모지 상태를 맞는다. 스페인의 사상적 공백이 시작된 것은 아이러니하게도 이 나라가 대서양 시대의 개막과 함께 해가 지지 않는 제국의 영광을 누리던 시기였다. 그러나 역사를 거슬러 올라가 보면, 통일된 가톨릭 왕국을 꿈꾸며 아랍인들을 몰아내고 국토 수복 전쟁을 완성한 이사벨 여왕(1451~1504)이 이미 사상적 불모의 씨앗을 뿌린 셈이었다. 유대인과 무어인 추방 그리고 종교 재판소 설치로 구체화된 스페인의 '종교 및 인종 청소'는 유럽 최초의 강력한 국가 건설을 가능케 하였다. 그러나 스페인은 종교적이고 사상적인 배타성과 자폐성 때문에 근대로 이행하는 역사적 진입로를 스스로 막아 버리는 결과를 초래한다. 이는 한마디로 근대성의 거부였다.

"국가를 재생하라", 1898세대와 1914세대

신대륙을 발견하면서 근대를 개막한 주역이면서도 근대성을 거부한 스페인의 몰락은 1898년 미국과의 전쟁에서 패하면서 절정에 달한다. 이때는 스페인 역사에서 11개월간 지속되었던 제1공화국(1873~1874)이 막을 내리고 부르봉 왕가가 복귀한 왕정복고기(Restauración, 1875~1917)의 시대였다. 당시 극심한 정치 불안과 사회 혼란 속에 보수파와 자유파는 번갈아 가며 권력을 장악하였다. 무기력한 정권 아래 쿠바, 필리핀, 푸에르토리코 등 해외의 모든 식민지를 상실한 스페인은 시인 안토니오 마차도의 표현대로 누더기를 걸친 채 껍데기만 남은 제국이 되었다. 그리고 이 폐허 속에 끝내 꺼지지 않았던 철학의 불씨가 오르테가 이 가세트에 의해 되살아난다. 이 때문에 현대의 사상가 아베얀(José Luis Abellán, 1933~)은 그가 스페인 철학의 시작이며, 더 나아가 스페인의 유일한 철학자라고 말한다. 정확히 말하면, 오르테가 이 가세트는 스페인의 근대성을 본격적으로 논의한 최초의 사상가라고 할 수 있다. 스페인이 '척추 없이 흐물거리는 존재'로 끝없이 몰락하고 있다고 생각한 그는 이렇게 외쳤다. "깨어나라, 그렇지 않으면 근대성을 향한 도정에서 짓밟혀 버릴 것이다."

물론 오르테가에 앞서 스페인의 재건을 외쳤던 우국지사들도 있었다. 바로 '98세대'라 불리던 일군의 지식인들이다. 미국과의 전쟁에서 패한 후 자연스럽게 결성된 98세대 지식인과 작가들은 정치권을 비롯한 기성 체제 및 기득권층을 비판하면서 국가적 재앙 사태에 대한 해결책을 제시하려고 했다. 낭만주의 작가인 마리아노 호세 데 라라와 개혁 정치가인 호아킨 코스타(Joaquín Costa, 1846~1911)는 98세대에 큰 영향을 준 선구자들이다. 98세대는 무지와 빈곤의 퇴치를 주장하는 한편 특히 교육 혁명을 주창했다. 일찍이 스페인 교육 개혁에 선구적 역할을 했던 인물은 훌리안 산스 델 리오(Julián Sanz del Río, 1814~1869)이다. 그는 독일의 크라우제(Krause) 철학을 도입하면서 합리성, 도덕성, 자유주의 등에 기반을 둔 스페인의 변혁을 시도했다. 크라우제의 이념을 실현하기 위해 마드리드에 세워진 진보적 교육 기관이 자유 교육 학원(Institución Libre de Enseñanza)과 학생 기숙 학교(Residencia de Estudiantes)이다. 『돈키호테 성찰』 초판이 나온 곳도 학생 기숙 학교의 출판부였다. 미겔 데 우나무노를 비롯한 98세대 지식인들은 민족적 개성을 옹호하면서 그 일환으로 국토 재발견을 주장했는데, 특히 스페인의 중심부이자 국토 수복전의 주역이었던 카스티야 땅을 스페인 역사의 원동력이자 스페인 정신의 핵심으로 고양했다. 특히 우나무노는 돈키호테를 카스티야의 상징적 인물로 내세우면서 그가 추구하는 불굴의 의지와 개인주의 탈피 그리고 물질주의 지양을 스페인이 따라야 할 모범적 정신으로 제시한다.

오르테가 이 가세트는 98세대의 문제의식과 정신을 계승한다고 할 수 있다. 더 나아가 오르테가는 자신이 98세대의 일원이라고 자처하기도 했다. 실제로 오르테가는 신문 「엘 임파르시알(*El Imparcial*)」을 통해 우나무노, 라미로 데 마에스투, 아소린, 피오 바로하 등 98세대 핵심 구성원들과 친밀한 관계를 유지하고 있었다. 그러나 오르테가는 연령이나 정치적 성향으로 볼 때 98세대가 아니라 그 이후에 형성된 '1914세대'의 중심인물이라 할 수 있다. 오르테가는 각종 강연과 글을 통해 스페인 정치의 총체적 실패를 진단하고, 부패한 기성 정치권에 반기를 들었다. 그는 『돈키호테 성찰』이 출판되기 4개월 전인 1914년 3월에 마드리드에서 '낡은 정치와 새로운 정치'라는 주제로 강연한다. 이 책에 인용된 그 강연에서 오르테가는 '왕정복고기'에 스페인의 국가 생명이 중단되었음을 개탄한다. 그는 정치 개혁을 위한 교육의 필요성을 강조하면서 '스페인 정치 교육 연맹(Liga de Educacion Politica Espanola)'이라는 정치 조직을 만들어 개혁을 주도할 지식인들을 결집하는데, 이들이 훗날 '1914세대'라는 이름으로 불리게 된다. 이들의 면면을 보면 바로하, 안토니오 마차도, 아소린 등 98세대의 중심인물들이 가세한 가운데 페레스 데 아얄라, 후안 라몬 히메네스, 가브리엘 미로, 라몬 고메스 데 라 세르나, 에우헤니오 도르스, 엔리케 디에스 카네도, 아메리코 카스트로, 살바도르 데 마다리아가 그리고 훗날 제2공화국 수상이 되는 마누엘 아사냐(Manuel Azaña, 1880~1940) 등 당대 최고의 지식인·작가·예술가 들이 참여하였다.

1914세대는 대체로 1880년 전후에 출생하여, 시기적으로 98세대와 스페인의 새로운 시파(詩派)인 '27세대' 사이에 위치한다. 이 세대는 '1900년대'를 의미하는 '노베센티스모(novecentismo)'라는 이름으로도 불린다. 그렇다면 왜 1914년인가? 1914년은 제1차 세계 대전이 시작되었고, 스페인에서는 자유파와 보수파가 번갈아 이끌어 오던 무능한 양당 체제하의 왕정복고기 정치에 대한 비판이 본격화되면서 반대 세력의 결집이 시작된 해이다. 앞서 보았던 오르테가의 강연은 그 기폭제였다고 할 수 있다. 이와 관련해 1914년 아소린은 "더 많은 방법론과 체계와 과학적 관심"이 있는 또 다른 세대가 도래했다고 선언한다.

1914세대의 중심인물인 오르테가 이 가세트가 스페인을 걱정하는 방식은 98세대 우나무노의 주장과 많은 점에서 일치한다. 실제로 오르테가는 젊은 시절부터 우나무노의 글을 열정적으로 읽으면서 많은 영향을 받았다. 오르테가는 24세 때 우나무노에게 편지를 보내 철학자가 되겠다는 결심을 밝히기도 한다. 그러나 두 사람은 '스페인의 문제'에 대한 해법에서 의견을 달리하며 인간적으로도 사이가 멀어진다. 우나무노는 그 '문제'가 스페인의 순수한 정신과 전통을 잃어버린 데 기인하며 스페인 전통의 핵심은 16세기의 신비주의 영성에 있다고 주장한다. 스페인 순혈주의의 복원을 주장하는 우나무노에 반해 오르테가가 주장하는 해법은 서구 합리주의이다. 아베얀의 말대로, 우나무노가 성녀 테레사(Santa Teresa de Jesús, 1515~1582)와 십자가의 성 요한(San Juan de la Cruz, 1542~1591)의 영성을 스페인이 나아가야 할 길로 제시한다면, 오르테가는 뉴턴과 데카르트를 내세운다. 우나무노가 유럽의 스페인화를 주창하고 신앙을 중시하며 과거 지향적이라면, 오르테가는 스페인의 유럽화를 외치고 이성을 중시하며 미래 지향적이다. 또한 역사적 비관론자인 우나무노가 '생의 비극적 의미'를 말한다면 낙관론자인 오르테가는 '생의 축제적 의미'를 강조한다. 오르테가의 『돈키호테 성찰』은 복고적 지방주의로 회귀하려는 우나무노 식 해법에 대한 답변이다. 이런 의미에서 오르테가 이 가세트는 스페인의 근대성을 본격적으로 논의한 최초의 철학자라고 간주되는 것이다.

오르테가 이 가세트의 생애, 조국에 헌신한 학문

오르테가 이 가세트는 1883년 5월 9일, 언론인과 정치인을 배출한 마드리드의 명문가에서 태어났다. 외할아버지 에두아르도 가세트는 자유주의 성향의 유력지 「엘 임파르시알」을 창간한 언론인이었고, 외삼촌 라파엘 가세트는 변호사이자 언론인으로 농업부, 산업부, 무역부 등의 장관을 지낸 정치가였다. 아버지 호세 오르테가 무니야(José Ortega Munilla, 1856~1922)는 유명한 작가이자 언론인으로서 장인으로부터 「엘 임파르시알」의 경영을 물려받았다. 이런 배경 때문에 오르테가 이 가세트는 자신이 '윤전기 위에서' 태어났다고 말한다. 그의 가족은 스페인 전역을 자동차로 여행하고 사냥을 하면서 휴가를 즐겼다. 이 책에서 사냥의 비유가 나오는 것도 그러한 배경 때문이다. 경제적으로 유복하고 문화적 조예가 깊은 집안에서 태어난 오르테가는 요즘 표현으로 '금수저'를 물고 태어난 행운아였다고 할 수 있다.

오르테가는 1891년부터 1897년까지 형 에두아르도와 함께 스페인 남부 도시 말라가의 예수회 학교(산 에스타니슬라오)를 다니면서 고등학교 과정까지 마쳤다. 부모가 두 아들을 이 학교에 보낸 것은 스페인 전통과 가톨릭 신앙을 중시했기 때문이었다. 그러나 아이러니하게도 오르테가는 재학 시절 예수회의 엄격하고 고루한 전통에 질린 나머지 일찍이 가톨릭 신앙과 결별한다. 물론 여기에는 어릴 때부터 탐독한 니체와 르낭(Joseph Ernest Renan, 1823~1892)의 영향도 있을 것이다. 말라가를 떠난 오르테가는 빌바오의 데우스토(Deusto)대학에 입학하여 철학과 법학을 공부한다. 그러나 한 학기만 다니고는 마드리드 센트랄대학교(Universidad Central de Madrid, 훗날 마드리드 콤플루텐세대학교로 개명)로 전학하기 위해 살라망카대학교에서 자격시험을 치르는데 이때 면접관이 미겔 데 우나무노였다. 마드리드 센트랄대학교에서 철학을 전공한 오르테가는 1902년 학부를 졸업하고 만 21세인 1904년에 박사 학위를 취득한다. 그는 1902년 잡지 『비다 누에바(*Vida Nueva*)』에 최초의 평론을 쓰고, 1904년에는 벨기에 시인 마테를링크(Maurice Maeterlinck, 1862~1949)에 대한 글을 「엘 임파르시알」에 싣는 등 평론가로서의 길을 내딛는다.

이후 오르테가의 삶은 독일에서 공부를 하면서 전기를 맞는다. 1905년 그는 라이프치히대학에서 8개월을 머물렀고, 1906년에는 뉘른베르크, 뮌헨, 쾰른 등지를 여행했다. 그리고 이듬해에는 베를린대학에서 잠시 수업을 들은 후 마르부르크에서 새로운 공부를 시작한다. 당시 '신칸트학파의 거점'이라 불리던 마르부르크대학에는 헤르만 코헨과 나토르프(Paul Natorp, 1854~1924)가 있었다. 신칸트주의를 접한 오르테가는 한때 사회주의에 빠져 1908년의 사회노동당(PSOE) 전당 대회에 참석하기도 한다. 오르테가는 코헨에게 철학사와 칸트 철학을, 나토르프에게는 심리학과 교육학을 배운다. 마르부르크 시절은 그가 애타게 찾던 철학적 기반과 훈련을 쌓은 소중한 시간이었다. 그러기에 그는 이 도시에서 "청춘을 보냈고, 적어도 내 소망의 절반을, 그리고 내 학문의 거의 전부를 빚지고 있다"라고 고백한다.

그러나 오르테가가 빚진 대상은 비단 마르부르크만이 아니라 독일 전체라고 할 수 있다. 그의 삶을 통해 학문, 문화, 사고방식 등 모든 부분에서 독일이 끼친 영향은 절대적이다. 그는 마르부르크에서 태어난 자신의 장남에게도 '독일인'이라는 뜻의 '헤르만(Germán)'이라는 이름을 붙인다. 1923년 오르테가는 평론지 『레비스타 데 옥시덴테(*Revista de Occidente*)』를 창간하여 유럽 사상을 도입하는데, 주로 소개된 것이 독일 철학이었다. 브렌타노, 피히테, 헤겔, 딜타이, 요하네스 헤센, 익스킬, 후설, 막스 뮐러, 지멜, 막스 셸러, 슈펭글러, 좀바르트 등의 글에 대한 논평이나 번역이 이 잡지에 실리면서 스페인에 독일 붐을 일으켰고 아인슈타인, 프로베니우스, 막스 플랑크, 하이젠베르크 등은 스페인을 직접 방문하기도 했다. 아베얀의 말대로, 당시 공부깨나 한다는 사람들 사이에서 독일어를 할 줄 안다는 것은 커다란 자부심이었다. 오르테가의 태도는 그가 죽을 때까지 변함없이 지속되는데, 이는 멕시코의 시인으로 1990년 노벨 문학상을 수상한 옥타비오 파스(Octavio Paz, 1914~1998)의 회상에서도 드러난다. 파스는 1951년 제네바에서 개최된 오르테가의 강연에 참석한 후 그가 묵고 있는 호텔에서 두 번의 면담을 했는데 두 번째 만났을 때 오르테가가 자신의 팔을 잡더니 진지한 눈빛으로 이렇게 말했다고 한다. "독일어를 배우게. 그리고 생각을 많이 하게. 다른 건 다 무시해도 되네."

오르테가는 이 책에서 게르만과 라틴의 인간형을 사색형과 감각형으로 구분한다. 그는 스페인 사람들이 너무 감각주의적이고 인상주의적이라고 비판한다. 심층적이고 모든 것이 명료한 게르만 문화와 달리 스페인 문화는 표층적이고 피상적이다. 오르테가는 스페인이 인상주의적 문화를 가지고 있기 때문에 발전하지 못한다고 말하면서 생각하고 사색할 것을 주문한다. 사색형 인간에게 가장 중요한 기관이 바로 '개념'이다. 개념은 겉으로는 개별적이고 애매한 사물들에 질서를 부여하면서 명료하게 만들어 준다. 우리는 개념을 통해 사물을 확실히 인식하고 소유하게 된다. 생각하는 행위는 모든 것이 흐리고 불확실한 스페인의 비합리주의를 극복하는 첫걸음이다. 오르테가는 이처럼 '개념 있는 인간'이 되는 길을 독일 정신에서 찾는다.

1910년은 오르테가 이 가세트에게 가장 중요한 해일 것이다. 그 해 4월 마드리드 재력가의 딸인 로사 스포토르노(Rosa Spottorno, 1884~1980)와 결혼하였고, 11월에는 공개경쟁을 통해 마드리드 센트랄대학교의 형이상학 교수가 되었다. 1910년 오르테가는 독일을 방문해 칸트 연구를 계속했고 이듬해 귀국한 후에는 언론과 강연을 통해 활발한 사회 비평을 전개한다. 1913년 그는 사회 개혁은 교육과 함께 간다는 신념으로 정치 교육 연맹을 설립하면서 본격적인 정치 활동도 시작한다. 이는 국민 교육을 주창한 페스탈로치(Johann Heinrich Pestalozzi, 1746-1827)의 영향을 받아, 공동체 변화가 교육을 통해 가능하다고 주장한 나토르프의 영향이었다. 이 기간은 2남 1녀의 자녀가 태어난 시기이기도 하다. 1911년 독일에 체류하고 있을 때 나중에 의사가 되는 큰아들 미겔 헤르만(Miguel Germán Ortega Spottorno, 1911~2006)이 태어났고, 1914년에는 딸 솔레다드(Soledad Ortega Spottorno, 1914~2007)

가, 1916년에는 작은아들 호세(José Ortega Spottorno, 1916~2002)가 출생한다. 솔레다드는 1978년 '호세 오르테가 이 가세트 재단'을 만들어 명예 회장을 맡았고, 호세는 유명 출판사 알리안사(Alianza)를 창립하고 유력 일간지 「엘파이스(*EL PAIS*)」를 창간한 출판인이자 언론인이 되었다.

대학에 자리를 잡고 가족을 꾸린 오르테가 이 가세트는 왕성한 문필 활동을 펼친다. 1914년에는 첫 저서인 『돈키호테 성찰』을 출판하였고, 1916년에는 『관객(*El Espectador*)』 1권을 펴내는데 이 정치 평론집은 1934년의 8권까지 계속된다. 1915년에는 잡지 『에스파냐(*España*)』를 창간하고, 1916년에는 신문 「솔(*Sol*)」을 공동 창간하기도 한다. 오르테가는 이 신문에 기고한 글들을 모아 자신의 중요한 저서 두 권을 출판하는데, 1921년의 『척추 없는 스페인(*España invertebrada*)』과 1929년의 『대중의 반역(*La rebelión de las masas*)』이다. 『척추 없는 스페인』은 스페인 역사의 특징적인 현상들을 설명하면서 스페인의 위기를 분석한 책이다. 이 책의 주제를 계승하고 확대한 『대중의 반역』은 오르테가의 저서 가운데 가장 널리 알려진 책이다. 작가는 평범하고 부화뇌동하는 대중이 지적으로나 도덕적으로 뛰어난 소수를 따르지 않아 스페인이 분열되고 위기가 발생했다고 진단한다. 또한 이 현상은 전 유럽에 나타나는 위기 현상으로서 전체주의의 출현을 초래할 수 있다고 경고한다. 여기서 소수 엘리트와 대중의 구분은 물론 출신 계급이 아니라 가치관 및 윤리관 등 의식 수준에 따른 것이라 할 수 있다.

『레비스타 데 옥시덴테』는 스페인뿐만 아니라 라틴아메리카 지성계에 커다란 영향을 끼친 잡지이다. '서양 논평(西洋論評)'이라는 의미의 제목에서도 알 수 있듯이, 여기에는 앞서 언급된 독일 학자들 외에도 요한 하위징아, 카를 융, 버트런드 러셀 등 유럽 여러 나라의 철학자와 과학자들 그리고 당대 최신의 문학 및 예술 조류가 소개되었다. 『레비스타 데 옥시덴테』는 1936년까지 오르테가에 의해 나오다가 내전이 발발하면서 중단되었으나 1962년 복간되었으며 지금도 연 11회 발간되고 있다. 현재의 발간인은 오르테가의 외손자인 호세 바렐라 오르테가(José Varela Ortega)가 맡고 있다.

『레비스타 데 옥시덴테』가 세상에 태어난 1923년은 정치적으로 프리모 데 리베라 장군의 군부 독재가 시작된 해이기도 하다. 처음에는 무능하고 부패한 정치를 일소하겠다는 명분을 내건 쿠데타를 지지했던 오르테가는 국회뿐만 아니라 문화의 중심지였던 아테네오(Ateneo)가 폐쇄되는 등 탄압이 심해지자 반대 투쟁에 나선다. 주로 『레비스타 데 옥시덴테』의 글을 통해 군사 정권에 저항하던 그는 1929년 정권이 대학을 폐쇄하려 하자 마드리드 센트랄 대학교 교수직을 사임하고 대중 강연에 나선다. 1930년 군부 독재가 끝나고 이듬해인 1931년 사회주의 정권의 제2공화국이 성립하자 오르테가는 그레고리오 마라뇬, 페레스 데 아얄라 등과 함께 '공화국에 봉사하는 결사(Agrupación al Servicio de la República)'라는 정당을 창당한다. 그리고 레온 지방을 지역구로 제헌 의회 국회 의원에 당선된다. 하지만 사회 통합에 실패하고 분열을 재촉하는 공화국의 정책에 실망을 느끼고 조국의 장래에 회의를 품는다. 오르테가는 같은 해 12월 「공화국의 교정(Rectificación de la República)」이라는 유명한 글을 통해 공화국 정부를 비판한 후 의원직을 사임하고 정당마저 해산한다.

비록 정치가로서는 실패했지만 학자로서의 오르테가 이 가세트는 내전이 발발하기 전까지 왕성한 연구 활동을 펼친다. 앞서 소개한 책들 외에 『현대의 과제(*El tema de nuestro tiempo*)』(1923), 『예술의 비인간화(*La deshumanización del arte*)』(1925) 등 주요 저작들이 나오는 것도 이 시기이다. 『예술의 비인간화』는 앞서 『대중의 반역』이 다룬 주제를 일부 계승한다. 평범한 대중은 자신이 이해하지 못하는 작품을 보면서 소수 엘리트에 대해 질투와 증오를 느낀다. 이들은 19세기의 표층적인 리얼리즘에 익숙해져서 초월적이고 유희적인 새로운 아방가르드 예술을 이해하지 못한다. 20세기 초반 아방가르드 미학의 '소수를 위한 예술' 경향을 분석한 『예술의 비인간화』는 27세대 시파의 탄생에 큰 영향을 주었다. 한편 오르테가의 주변에는 하비에르 수비리(Xavier Zubiri), 호세 가오스(José Gaos), 마리아 삼브라노 등의 석학들이 모여들면서 스페인 철학은 유례없는 황금기를 맞는다. 특히 1933년부터 내란이 발발하는 1936년 사이에 왕성하게 활동한 이 철학자들을 가리켜 '마드리드 학파(Escuela de Madrid)'라 부른다. 이런 의미에서, 라틴아메리카 철학의 선구자로 불리는 프란시스코 로메로(Francisco Romero, 1891~1962)는 스페인의 철학 전통이 오르테가로부터 시작된다고 단언한다.

스페인 사회주의자들은 1933년 선거에서 우익 동맹에 정권을 내 주지만 1936년 2월 총선에서는 좌파 연합인 인민 전선을 결성해 승리를 거둔다. 그해 7월 17일 좌파의 승리에 위기감을 느낀 군부가 프랑코(Francisco Franco, 1892~1975) 장군의 지휘하에 쿠데타를 일으킨다. 참혹한 내전(1936~1939)의 시작이었다. 1898년 미국과의 전쟁에서 패한 후 스페인을 지배하던 무기력, 분열 그리고 증오의 응어리가 터진 것이었다. 그러나 근본적으로는 역사적으로 누적되어 있던 보수와 진보, 내륙과 해안, 신앙과 이성 등 '두 개의 스페인' 사이의 갈등이 폭발한 사건이었다. 오르테가 이 가세트는 이 책에서, 언젠가부터 스페인 사람들의 심성이 증오로 가득 차 전쟁을 부추기고 있다고 개탄하면서 내전을 예고한다. 이에 대한 해결책으로 그는 증오를 버리고 사랑의 불씨를 되살려 타인을 이해하고 유대감을 회복하자고 호소한다. 그러나 그 목소리는 시대의 광기 속에 묻혀 버리고 만다. 『돈키호테 성찰』이 출판된 지 일주일 후 제1차 세계 대전이 발발하고, 22년 후에는 동족상잔의 내전이 일어난다.

내전이 시작된 지 3일 후 권총을 찬 공산당원들이 오르테가 이 가세트의 집에 들이닥쳐 공화국을 지지하는 성명서에 서명할 것을 강요한다. 오르테가가 그들과의 면담을 거부하는 동안 딸 솔레다드가 그들을 설득하여 덜 정치적이고 더 간결한 성명서를 쓰게 했고 오르테가는 결국 수정된 성명서에 서명한다. 며칠 후, 오르테가는 깊은 병환 중임에도 불구하고 스페인을 떠나 망명 길에 오른다. 하나의 관점만을 강요하는 교조주의를 싫어하던 오르테가로서는 우파의 쿠데타든 좌파의 협박이든 폭력과 증오에 휩싸인 조국의 상황을 감당할 수 없었을 것이다. 지중해변의 알리칸테에서 배를 타고 스페인을 떠난 오르테가 이 가세트는 마르세유를 거쳐 파리로 간다. 이어 네덜란드와 아르헨티나를 거쳐 1942년 포르투갈의 리스본에 거처를 정한다. 1945년 오르테가는 9년 만에 프랑코 독재하의 조국으로 돌아온다. 이후 그는 정치와 담을 쌓고 살았으며 대학교수 복직은 허가되지 않았다. 대신 오르테가는 1948년 마드리드에 인문학 연구소(Instituto de Humanidades)를 설립하여 학생들과 자유주의 지식인들을 상대로 강의한다. 1949년에는 시카고대학이 주관하여 콜로라도 애스펀에서 열린 괴테 탄생 200주년 기념행사에 기조연설자로 초청되어 미국을 방문한다. 또한 독일에서 열린 같은 주제의 학회에 토마스 만(Thomas Mann, 1875~1955)과 함께 초청을 받는다. 1951년부터 1953년 사이에는 독일 여러 도시에서 강연을 하고 학문적 고향인 마르부르크대학에서 명예박사 학위를 받는다. 특히 1951년에는 다름슈타트 학회에서 당시 오르테가와 학문적 경쟁자로 여겨지던 철학자 하이데거를 만난다. 1955년 베네치아에서 행한 강연은 그의 마지막 강연이었다. 오르테가는 시간이 갈수록 국제적 명성이 높아졌으나 국내에서는 좌·우파 모두에게 경원시되면서 사회적, 학문적으로 고립되었다. 그의 작품들은 국내에서 의도적으로 무시당했고 경제적으로도 어려움을 겪었다. 오르테가는 1955년 10월 18일 위암과 간암으로 마드리드에서 세상을 떠났다. 그의 유해가 장지로 향하는 동안 수많은 학생이 그 뒤를 따랐고 학생 소요가 발생했다. 이는 프랑코 독재에 저항하는 최초의 시위였다고 한다. 프랑코 총통은 그 책임을 물어 교육부 장관과 마드리드 센트랄대학교 총장을 해임했다.

오르테가 사상의 전개, 객관주의에서 '생기적 이성'까지

옥타비오 파스는 오르테가 이 가세트의 방대하고 다양한 철학 및 문학 세계를 언급하면서 이렇게 말한다. "한 문장으로 요약되는 철학은 철학이 아니라 종교이다. 아니면 종교의 모조품인 이데올로기이다." 오르테가는 분명 종교인도 아니고 이념가도 아닌 방대한 폭을 지닌 사상가이다. 그의 철학은 보통 3단계로 구분된다.

첫 단계는 대학을 졸업하는 1902년부터 1914년까지의 '객관주의(objectivismo)' 시기이다. 이때 큰 영향을 준 것은 독일 헤르만 코헨의 신칸트학파와 후설의 현상학이었다. 그는 스페인이 근대화에서 뒤처진 원인을 감정적이고 주관적인 개인주의와 전근대적인 가톨릭 신앙에서 찾고, 이를 치유해 스페인을 근대화시키는 방법을 신칸트학파의 기반인 이성에서 찾는다. 그는 개인주의와 주관주의를 19세기의 질병이자 스페인의 질병으로 간주한다. 그는 이성을 통해 객관적이고 보편적인 진리를 도입함으로써 스페인을 근대화하자고 호소한다. 오르테가는 이를 위해선 먼저 정신 개조가 필요한데, 이는 교육과 문화를 통해 가능하다고 말한다. 그는 신칸트학파에서 배운 객관주의와 절제력 그리고 지적 명료함과 정확함을 스페인 정신이 배워야 할 덕목으로 제시한다. 오르테가가 볼 때, 스페인의 비합리주의를 극복하기 위해 가장 필요한 것은 “봄날의 아침처럼 명료”한 독일 정신이었음은 두말할 나위가 없다. 또한 과학적이고 객관적인 진리를 추구하던 오르테가가 당시 사회주의(자유주의적 사회주의)에 매료된 것도 결코 이상한 일이 아니었다. 그러나 오르테가는 곧 지적 난관에 부딪힌다. 주관주의를 배척하다 보니 주체와 개인의 권리를 제약하게 되었고, 자신이 믿었던 사회주의는 자유주의와 양립할 수 없는 가치였기 때문이다. 현상학을 만나면서 신칸트학파의 관념론에 비판적 관점을 가지게 된 오르테가는 곧 10년 동안 갇혀 있던 ‘칸트의 감옥’에서 빠져나온다.

두 번째 단계는 1914년부터 1923년까지의 ‘관점주의(perspectivismo)’로, 합리주의와 근대성을 극복하는 방안을 찾는 단계이다. 『돈키호테 성찰』은 신칸트학파와 관념론에 대한 반발로 관점주의에 대한 논의를 본격화한 글이라 할 수 있다. 오르테가는 합리주의가 유럽의 근대성을 가능케 했던 기반이라 간주하지만 동시에 그것이 유럽 문화의 몰락을 초래했다고 믿는다. 서구의 근대성을 추종하고 스페인의 유럽화를 주창하던 오르테가가 태도를 바꿔 파국을 맞은 서구 근대성에 대한 비판을 모색하는 것이다. 1914년은 세계 대전이 발발하면서 막다른 골목에 들어선 유럽 문명과 근대성에 대한 부정적인 인식이 확산되던 시기이다. 1918년과 1922년, 슈펭글러가 『서구의 몰락』 전·후편을 출간한 것도 오르테가와 같은 위기의식이 표출된 것이라 할 수 있다. 오르테가도 자신의 생각이 “슈펭글러의 『서구의 몰락』에서 뛰어나게 독창적으로 전개되고 있다”고 말했으며, 『서구의 몰락』 스페인어 번역판에 서론을 쓰기도 한다. 당대의 시대적 징후였던 서구의 파국 의식에 대해 오르테가가 대안으로 제시하는 것이 관점주의이다.

오르테가가 받아들이는 관점주의는 일찍이 라이프니츠가 제기하고 니체에 의해 계승된 것이다. 관점주의는 근대성의 토대가 되었던 서구의 인식론적 자기중심주의와 실증주의적 사고를 비판하고, 인식의 주관성을 전제로 다양한 관점과 해석을 인정한다. 관점주의적 사고는 『돈키호테 성찰』이 나온 다음 해(1915)에 발표된 아인슈타인의 일반 상대성 이론에 의해 과학적으로도 입증된다. 관점주의는 단순한 상대주의나 주관주의와는 다른 것이다. 상대주의가 보편적 진리에 도달하는 것이 불가능하다고 주장하면서 아무것도 믿을 수 없게 만드는 회의주의를 야기한다면, 주관주의는 인식의 범주를 개인적 차원으로 축소시킴으로써 보편적 지식에 도달하는 길을 스스로 차단하기 때문이다.

오르테가 이 가세트는 관점이란 그 자체가 현실의 원료를 이루는 것으로서 시대의 징표라고 주장하는데, 이러한 관점주의는 역사적으로 확대되어 상이한 환경을 가진 여러 민족의 독자성을 인정하게 한다. 즉 모든 인종은 대체 불가능한 역사적 단위로서 우열 관계가 없는 고유한 방식의 삶과 감수성을 가지는데, 이는 훌리안 마리아스의 말대로 "민족은 하나의 시점으로서의 질료, 즉 그것을 가지고 각자가 만들어야 하는 실재"이기 때문이다. 우리는 여기서 관점은 곧 환경의 인식에서 나온다는 점을 알 수 있으며, 오르테가의 모든 철학을 집약하는 "나는 나 자신과 나의 환경이다"라는 말을 이해할 수 있다. 환경은 나를 둘러싼 한정된 공간이 아니라 나를 구성하고 나와 대화를 나누는 모든 것을 의미한다. 오르테가는 각각의 환경에서 각각의 관점이 생기며, 그 관점에 따라 수많은 현실이 존재할 수 있다고 말한다. 세계의 질서를 명료하게 보여 주는 '개념' 역시 '역사적 관계망 속의 관점'일 뿐이다. 따라서 세계를 이해하는 특정 관점은 특정 환경에서 나온다. 세계는 물질도 아니고 정신도 아니다. 세계는 관점일 뿐이다. 관점은 독단적 진리(眞理)도, 회의적 무리(無理)도 아닌 포용적 일리(一理)라고 할 수 있다. 그리고 이를 받아들일 때 우리는 비로소 우리를 둘러싼 세계와 나의 의미를 찾을 수 있다.

오르테가 이 가세트 사상의 세 번째 단계는 1924년부터 세상을 떠나는 1955년까지로, '생기적 이성(racio-vitalismo)' 시대라고 할 수 있다. 호세 가오스는 이 시기를 내전이 일어나는 1936년 이전과 이후로 나누어 4단계로 구분하기도 한다. 그러나 1936년 망명한 이후 오르테가의 사상에는 큰 변화가 없었기 때문에 별도의 단계로 구분하기에는 무리가 있다. 세 번째 단계의 중심 사상을 이루고 있는 '생기적 이성' 역시 전 단계에서 논의했던 '환경'과 '관점'의 연장선상에서 나온 것이다. 오르테가는 『현대의 과제』에서 인간 생명을 궁극적 실재로 인식하고, 이성에게 생명을 따르도록 만드는 것이 바로 '현대의 과제'라고 말한다. 생명과 이성의 결합인 생기적 이성은 데카르트적 합리주의는 거부하되 이성 자체를 거부하는 것은 아니다. 그것은 합리주의와 비합리주의 모두를 초월하는 충만하고 엄밀한 형태로서의 이성이다. 생기적 이성은 니체의 비합리주의적 생기주의와 다르다. 왜냐하면 진리와 객관성에 대한 갈증을 느끼는 이성을 인간의 본성으로 인정하기 때문이다. 또한 생기적 이성은 합리주의의 순수 이성과도 다르다. 왜냐하면 모든 생명들은 시간이 개입된 가변적인 존재로서 개별적인 경험, 신체적 특성, 관점 등을 가지고 있기 때문이다. 오르테가가 선험적 현상학을 탈피하고 '세속적 현상학(fenomenología mundana)'을 취하는 것도 이 때문이다. 세속적 현상학은 생기적 이성과 같은 말로, 오르테가가 이미 『돈키호테 성찰』에서 윤곽을 그리고 있던 개념이다. 따라서 오르테가는 나중에 나오는 후설의 생활 세계(Lebenswelt) 단계를 예견한 셈이다. 생기적 이성이 핵심 주제로 삼고 있는 생명은 관념적인 것도, 생물학적인 것도 아니고 단지 경험적이고 역사적인 시점에서만 이해될 수 있다. 따라서 생기적 이성은 역사적 이성(razón histórica)으로 연결된다. 독일 역사주의에 따르면 역사는 인류에게 가장 중요한 요소이며, 인간은 시간의 흐름을 통해 구성되는 역사 그 자체이다. 역사적 이성은 역사적 구성물로서의 인간 실재를 추구하면서 추상적 합리주의와 맹목적 근대성을 극복한다.

따라서 우나무노의 입장과 달리, 오르테가에게 '이성'과 '생명'은 대립적인 개념을 가진 용어가 아니다. 이성은 신체의 감각과 마찬가지로 생명의 자연 발생적 기능일 뿐이다. 이는 『이성의 기능(*The function of reason*)』에서 더 나은 삶을 지향하는 몸의 원초적 '기능'으로 이성을 파악한 화이트헤드(Alfred North Whitehead, 1861~1947)의 생각과도 일치한다고 볼 수 있다. 화이트헤드는 이성이 '실체'가 아니라 "삶의 기술의 증진"을 위한 '기능'이라고 말한다. 그는 계속해서 "이성의 원초적 기능은 바로 그 공격을 환경 쪽으로 방향 짓는 것이다"라고 말한다. 여기서 환경에 대한 인간의 능동적 공격이란 오르테가가 강조하는 '환경의 재흡수'가 될 것이다. 환경에 의해 주어진 사물들을 가지고 자기의 삶을 만들어 가는 인간은 사물들에 의미를 투사함으로써 "그냥 내 주위에 있는 것", 즉 환경을 실재하는 세계로 변모시키고 개성적인 인간의 삶으로 변화하는 것이다.

『돈키호테 성찰』과 스페인 구원

1914년에 출판된 『돈키호테 성찰』은 오르테가 이 가세트의 3단계 사상 가운데 두 번째 단계를 시작하는 책이며 그의 첫 작품이다. 사람들에게 한때는 그 중요성이 인식되지 못하여 간과되었으나, 시간이 흐르면서 재평가되었고 지금은 오르테가의 전반적인 사상을 이해하는 데 원천이 되는 작품으로 간주되고 있다. 시기적으로는 두 번째 단계에 속하지만 자신의 이전 사상을 집약하고 있는 데다 훗날 전개되는 사상을 예시하며, 더 나아가 20세기 초 유럽 사상의 흐름을 예견하고 있기 때문이다. 원래 이 책을 쓰던 당시 오르테가의 최대 관심사는 '구원', 특히 나락에 빠진 스페인의 구원이었다. 이를 위해 그는 새로운 스페인을 모색하는 실험으로서 열 권의 구원 시리즈를 구상한다. 하지만 그는 시리즈 제목을 '성찰'로 바꾼다. 게다가 애초에 기획된 시리즈도 끝내 실행되지 않는다.

아마 너무 많은 아이디어와 다양한 분야의 활동 때문에 여유가 없었을 것으로 생각된다.

『돈키호테 성찰』은 세 부분으로 이루어져 있다. 서문에 해당하는 '독자……', '예비 성찰' 그리고 '소설에 대한 간략한 고찰'이라는 부제가 달려 있는 '첫 번째 성찰'이다. 먼저 '독자……'는 제목 자체가 의미심장하다. 작가는 철학 이론을 일방적으로 가르치기 위해서가 아니라 스페인의 문제를 독자들과 함께 고민하기 위해 친근하게 독자들에게 접근하는 시도를 한다. 그가 처음부터 구원이라는 제목을 생각했던 이유는 이 책을 쓰게 된 동기와 밀접한 관계를 가진다. 구원이란 모든 사물과 현실이 의미의 충만함을 갖도록 인도하는 것이다. 이는 대상에 대한 새롭고 풍요로운 인식을 통해 가능하며, 이를 통해 세계를 변화시키는 것이다. 당시 오르테가가 당면한 것은 전쟁 패배 후 국가가 몰락하고 국민들 심성이 증오로 가득 차서 전쟁을 부추기고 있는 스페인을 구원하는 문제였다. 오르테가는 그 해답으로 사랑을 통한 유대감 회복을 호소한다.

그런데 오르테가는 주어진 사물의 충만한 의미를 드러내는 '구원'이 다름 아닌 철학의 목적이라고 말한다. 그리고 이를 '지적 사랑'이라는 개념을 통해 설명한다. 원래 스피노자의 개념인 지적 사랑은 사물의 실체를 인식하는 것이 곧 신과 일치하는 것으로 우리에게 행복을 준다는 범신론적 의미를 지닌다. 물론 신과 일치하는 것은 불가능한 일이다. 그러나 스피노자는 이성에 입각한 지성, 즉 이해를 통해 인간은 자유로워지고 구원에 이를 수 있으며 지적 사랑을 통해 우리 정신이 자연과 하나가 될 수 있다고 말한다. 오르테가는 스피노자의 말을 인용함으로써, 철학이 사랑에 대한 보편 학문임을 말한다. 결국 우리는 스페인의 구원이 오르테가가 생각하는 철학의 본질과 크게 다르지 않으며 그것은 사랑으로 연결되어 있음을 알 수 있다. 우리는 또한 『돈키호테 성찰』의 두 가지 목적을 짐작할 수 있다. 즉 세계의 의미를 밝히는 철학을 통해 스페인의 구원으로 나아가는 것이다.

오르테가 이 가세트는 철학이 사물을 새롭게 바라보는 방법, 즉 관점을 제공한다고 말한다. 더 나아가 그에게 세계의 궁극적 존재는 실체가 있는 사물이 아니라 세계를 바라보는 관점일 뿐이다. 심지어는 신도 하나의 관점이며 분류 체계이다. 이 관점은 시점(視點)이 많아질수록 더욱 완벽해진다. 우리는 여기서 "나는 나 자신과 나의 환경이다"라는 오르테가의 말을 더 잘 이해할 수 있다. 이 문장은 인간과 외부 환경의 철학적 관계를 표현한 것이다. 우리는 주위를 둘러싸고 있는 환경을 있는 그대로의 상태에서 봐야 한다. 그러나 환경은 내 존재와 무관한 객체가 아니다. 인간은 외부 환경과 상호 교섭적이고 역동적인 관계를 형성한다. 여기서 우리는 우리를 둘러싸고 있는 것의 의미를 찾을 수 있고 투사된 인간의 운명에 자신을 동참시킬 수 있다. 이렇게 환경에 의해 주어진 사물들을 가지고 자신의 삶을 만들어 가는 것을 가리켜 환경을 '재흡수'한다고 말한다.

『돈키호테 성찰』은 스페인 상황을 재흡수하는 프로젝트의 지적 여정이다. 스페인은 변화를 두려워하고 거부하는 땅이다. 물론 과거를 존중하고 전통을 지키려는 보수적 태도는 나쁜 것이 아니다. 다만 과거를 박제화해 놓고 살아 있는 것으로 만들지 못하는 무능력이야말로 지탄받아 마땅한 것이다. 오르테가는 이것이 바로 반동주의의 본질이라고 말한다. 반동주의는 과거를 불러내어 현재를 지배하게 한다. 이에 반해 오르테가는 과거를 살아 있는 힘으로 간주하고 삶의 한 방식으로 다룬다. 이는 그의 말대로 "스페인을 부정하면서 또 다른 스페인을 발견하려는" 시도이다.

오르테가 이 가세트는 이 책에서 『돈키호테』가 아니라 돈키호테주의를 다룬다고 말한다. 즉 이 책은 『돈키호테』의 해설이나 분석이 아닌 돈키호테주의를 보여 주려고 한다. 더 정확히 말하면 돈키호테를 창조한 세르반테스주의라고도 할 수 있을 것이다. 오르테가에게 돈키호테는 근대적 고뇌에 사로잡힌 고독한 그리스도의 슬픈 패러디다. 그는 "과거의 사상적 빈곤, 현재의 천박함 그리고 미래의 신랄한 적대감에 예민하게 반응하는 스페인 사람들이 삼삼오오 모여 있을 때마다 그들 사이로 돈키호테가 강림한다"고 말한다. 훌리안 마리아스의 해설대로, 이 문장은 작가가 스페인의 환경이라는 시점에서 이 책의 주제를 정당화하는 말이다. 스페인 사람들이 공유하는 연결 고리이자 스페인이 맞을 운명의 열쇠인 돈키호테를 통해 사람들이 자신의 환경을 이해하는 동시에 새로운 스페인을 모색한다는 것이다. 오르테가는 스페인이라는 '상황'에서 세르반테스가 어떻게 사물에 접근하고, 그것을 심화시키는 새로운 방법으로서 문체를 창조했는지 연구한다. 이는 『돈키호테』가 피상적이라는 편견을 깨고 '소설로서의 심층'을 보여 줌으로써 스페인에 고질적으로 결여되어 있다고 비판받아 온 개념을 정립하려는 노력이다. 따라서 『돈키호테 성찰』에서 『돈키호테』는 목적이 아니라 수단이며, 분석의 대상이 아니라 '구원'의 대상이 된다. 또한 이 작품은 세르반테스 시대의 과거가 아니라 현재를 명료하게 보기 위한 것이다.

오르테가 이 가세트가 독자들에게 바치는 서문에서 '개념'을 잡으려는 자신의 포부를 밝혔다면 '예비 성찰'에서는 그 구체적인 방법론을 제시한다고 볼 수 있다. 이는 '성찰'이라는 이 책의 제목과 연결된다. 오르테가는 독일 문화와 라틴 문화의 본질적인 차이는 전자가 심층의 문화이고 후자가 표층의 문화라는 점에 있다고 말한다. 그리고 감각적이고 인상주의적인 표층에서 벗어나 좀 더 심층적인 실재로 파고 들어가는 사고 행위를 '성찰'이라고 한다.

이런 의미에서 오르테가가 에스코리알 수도원에서 '예비 성찰'을 시작하는 것은 의미심장하다. 황금 세기에 세워져 박제화된 스페인의 역사를 보여 주는 이 '웅대한 잿빛 건축물'은 스페인의 상징이자 정수이다. 그러나 이 건축물을 둘러싼 숲을 묘사하는 오르테가의 문장은 생기 넘치고 아름답기 그지없다. 구릿빛, 황금빛, 자줏빛 그리고 짙은 녹색으로 변화하는 숲에 들어서면 맑은 물이 재잘거리고 꾀꼬리가 지저귄다. 숲은 강렬하고 재빠르게 변화하는 감각의 총화이다. 오르테가는 표층 아래 맥박 치면서 자신의 진짜 모습을 감추고 있는 숲의 실재를 찾아 사색을 시작한다. 그것은 나무를 기반으로 숲을 보기 위해 나서는 성찰의 모험이다. 그러나 심층적인 실재만이 진짜 세계는 아니다. 즉 표층과 심층 세계 사이에는 우열 관계가 없으며, 진짜 세계는 순수한 인상들의 명백한 세계와 잠재적인 배후의 세계를 모두 포함한다. 인간은 감각적인 물질의 세계에서 보이지 않는 신비로운 심층 세계를 찾아 나선다. 다시 말해 수동적이고 감각적인 시각을 통해 은폐되어 있는 진리의 베일을 걷어 낸다. 이것이 바로 개념을 통한 시각이다. 감각적 시각이 대상에 대한 인상을 준다면 개념적 시각은 사물 자체를 포착하게 해 주는 진정한 시각이다. 또한 개념적 시각은 사물들을 배열하는 질서인 구조를 포착하게 해 준다. 모든 것이 불확실한 스페인은 개념을 통해 자신의 행로와 운명을 명료하게 해야 한다.

그렇다고 해서 스페인이 과거의 모든 것을 버리고 게르만의 정신을 취하자는 것은 아니다. 왜냐하면 스페인 특유의 인상주의마저 포기한다면 그것 역시 고유의 운명에 충실한 것은 아니기 때문이다. 오르테가는 단지 "시효가 만료된" 스페인을 부정하고 또 다른 스페인, 진짜 스페인을 발견하자고 주장한다. 이는 인상과 개념의 통합이고, 라틴과 게르만의 결합이며, 과거와 현재의 결합이다. 따라서 이 책은 과거를 보기 위해서가 아니라 스페인의 현재를 보고, 스페인의 관점에서 세계를 보기 위한 것이다. 관점주의는 이를 위한 구체적인 방법론이 된다. 이를 위해 오르테가가 주목한 존재가 돈키호테이다. 오르테가 자신의 말대로 『돈키호테』에 매달린 가장 큰 이유는 "대체 스페인은 무엇인가?"라는 거대한 질문이다. 이 작품은 스페인이라는 나라의 운명을 보여 준다. 돈키호테를 덮쳤던 운명이 오르테가 당대의 스페인이 당면한 문제라고 느끼기 때문이다. 이런 의미에서 '돈키호테 성찰'은 곧 '스페인 성찰'이다.

『돈키호테 성찰』의 마지막 장에 해당되는 '첫 번째 성찰'은 '소설에 대한 간략한 고찰'이라는 부제가 말해 주듯이 주제로서의 『돈키호테』가 아니라 장르로서의 『돈키호테』를 분석한 글이다. 앞의 '예비 성찰'에서 오르테가가 "스페인은 무엇"인지 물었다면 '첫 번째 성찰' 서두에서는 "소설이란 무엇인가?"라고 묻는다. 사실 그는 소설이란 주제에 대해 오랫동안 관심을 가져 왔다. 왜냐하면 대중이 출현한 당대의 가장 특징적인 현상이 소설의 융성이라 생각했기 때문이다. 소설에 대한 물음을 던져 놓고 오르테가는 예리고성을 공격한 이스라엘인들의 방법론을 쓴다. 가장 큰 동심원, 즉 문학 장르의 역사부터 주제를 좁혀 들어가는 것이다.

오르테가는 예술의 본질적인 주제는 인간이며, 궁극적인 미학적 주제라 할 수 있는 장르는 인간성의 흐름을 포착하는 시각이라고 생각한다. 특정 시대는 인간에 대한 특정 해석을 낳으며 특정 장르를 선호하게 된다. 따라서 오르테가에 의하면, 문학 장르는 그 시대의 감수성을 표현하며 그 시대의 운명이다. 이렇게 본다면 소설은 서사시라는 장르와 상반된다. 서사시의 주제는 연대기적 시간, 즉 현재와 연결되는 시간이 아니라 관념화된 '절대 시간'이다. 그러므로 서사시적 영웅 역시 시간을 초월한 폐쇄적이고 관념적인 과거에 속하는 존재이다. 그러나 인간이 점차 합리적인 사고를 하면서 자신의 기반이 되었던 세계관이 무너지자 서사시는 신화를 버리고 새롭게 방향 설정을 하는데, 여기서 탄생한 것이 모험을 찾아 나서는 중세의 기사도 이야기이다. 오르테가가 "서사시라는 고목 줄기에서 마지막으로 피어난 위대한 싹"이라고 표현한 기사도 이야기 작가에게 최대의 관심사는 흥미로운 모험담을 만들어 내는 것, 즉 스토리텔링이었다. 하지만 서사시나 기사도 이야기와 달리 소설은 더 이상 이야기를 만들어 내는 데 관심을 두지 않는다. 대신 소설은 그것이 말해지는 방식에 더 비중을 둔다. 즉 소설은 내용보다는 형식을, '무엇을'이 아니라 '어떻게'를 더 중시하고, 과거를 서술하는 것이 아니라 현재를 기술하는 근대의 발명품이라 할 수 있다. 또한 글쓰기 자체를 주제로 삼은 『돈키호테』는 최초의 근대 소설이다.

오르테가는 계속해서 서사시, 비극, 희극, 희비극 그리고 소설 장르를 통해 영웅의 의미를 고찰한다. 근대 이후의 영웅은 서사시의 초인적인 영웅이나 비극의 고결한 영웅과는 달리, 주어진 현실에 저항하고 그것을 변혁시키려는 의지가 있는 사람이다. 오르테가의 말대로 영웅은 "관습이나 전통, 한마디로 말해 생물학적 본능이 강요하는 행동 방식을 반복하는 것을 거부"한다. 그는 자신에게 부과된 환경을 이겨 내고 유일무이한 '자기 자신'이 되려는 염원을 가진 자이다. 따라서 영웅은 환경과 싸우면서 세계를 의미화한다. 그러나 현실은 영웅을 속물적이고 물질적인 차원으로 축소하여 희극적 인물로 전락시키려 한다. 서사시적 세계와 달리 누구든 내면에 영웅의 잔재를 품고 있는 인간의 삶은 불투명한 미래에도 불구하고 이에 맞서 싸우는 투쟁의 연속이다. 이런 의미에서 돈키호테는 새롭게 탄생한 근대의 영웅이다. 그는 피상적이고 표층적인 근대적 인식론의 비웃음에도 불구하고 괴물인 풍차를 향해 돌격하고 마에세 페드로의 인형들과 싸운다. 비록 놀림의 대상이 되는 비극적 삶이지만 그는 자신을 둘러싼 물질성과 속물성에 맞서 이상을 찾고, 근대인의 눈에는 보이지 않는 심층의 세계를 살아간다. 그는 주어진 환경을 받아들이지 않고 모험에 뛰어들어 새로운 의미를 부여함으로써 진정한 '나'가 된다. 오르테가는 돈키호테에 스페인의 운명을 투사한다. 현실과의 타협을 거부하고 자신의 세계를 만든 돈키호테처럼, 세이렌이 유혹하는 치명적인 과거의 노랫소리에 맞서, 그리고 지구상에서 영웅들을 멸종시키고 삶을 한낱 사물로 축소시켜 버린 다윈의 결정론에 맞서 스페인이 역사의 전설을 힘차게 부르길 소망하는 것이다. 근대성을 재흡수하는 이 지점에서 새로운 스페인의 설계는 시작될 것이다.

니체 이후 유럽 최고의 작가

오르테가 이 가세트는 훌륭한 철학자이지만 위대한 교사는 아니라는 말이 있다. 그 글을 이해하기 힘든 엘리트 철학자라는 의미이다. 게다가 히틀러와 무솔리니의 도움을 받아 내전에서 승리한 프랑코 정권 치하에 귀국하여 침묵을 지켰다는 이유로 그의 사상은 합당한 대우를 받지 못하고 폄하되었다. 사회적으로 고립되고 신체적으로 병환에 시달린 오르테가는 이러한 정치적 배경 때문에 더욱 불운한 말년을 보내야만 했다. 그럼에도 불구하고 오르테가 이 가세트가 뛰어난 철학자이자 작가라는 점에는 이견이 없다. 또한 프랑코 사후에 제정된 1978년의 스페인 민주 헌법이 오르테가의 사상을 반영하고 있다는 평가를 받기도 한다.

오르테가의 사상은 조국인 스페인에서보다 국제적으로 더 명성을 떨쳤으며 토마스 만, 헤르만 헤세, 알베르 카뮈 등의 위대한 작가들에게도 많은 영향을 주었다. 특히 카뮈는 오르테가에 매료되어 『돈키호테 성찰』과 『대중의 반역』을 필독서로 꼽았고, 그를 "니체 이후 유럽 최고의 작가일 것이다"라고 극찬한다. 멕시코의 힐 비예가스(Gil Villegas)를 비롯한 일부 학자들은 오르테가와 루카치를 하이데거의 선구자로 간주하기도 한다. 또한 오르테가와 평생 인간적·학문적으로 가까웠던 쿠르티우스 역시 오르테가를 높이 평가하면서 독일 문화와 프랑스 문화를 조화시키고 보완하여 확장시킨 독창성에 그의 업적이 있다고 평가한다. 이 밖에 오르테가가 라틴아메리카의 지성계에 끼친 영향도 지대해서 옥타비오 파스, 엔리케스 우레냐(Henríquez Ureña, 1884~1946), 카르펜티에르(Alejo Carpentier, 1904~1980) 등 대륙 최고의 지식인들은 오르테가의 글이 자신들에게 지적인 '환경'이 되어 왔다는 헌사를 바친다. 이는 오르테가가 20세기 전반기 스페인어권을 대표하는 사상가였다는 점을 재확인시킨다.

사상가인 오르테가의 『돈키호테 성찰』이 세계문학전집에 포함된 이유는 무엇인가? 사실 이 책을 문학 작품으로 봐야 할지 철학

서로 봐야 할지 구분하기는 어렵다. 그러나 엄밀히 말해, 고대 서사시로부터 19세기 소설에 이르기까지 문학사의 흐름을 읽어 내는 이 책은 철학서가 아니다. 단지 방대한 주제를 다루는 에세이들의 내용이 다소 복잡하고 어려워 철학서처럼 보일 뿐이다. 그렇다고 해서 소크라테스로부터 후설 철학까지 논의되는 이 책을 문학 작품으로 보기도 어렵다. 그래서 이 책을 『돈키호테』에 대한 분석이나 비평으로 알고 읽은 독자들이 있다면 미안한 일이다. 그러나 이 작품은 역설적으로 『돈키호테』와 스페인이라는 나라를 근본적으로 이해하기 위한 책이다. 앞서 말한 것처럼, 이 책에서 『돈키호테』는 분석의 대상이 아니라 '구원'의 대상이다. 즉 훌리안 마리아스가 정의한 구원의 의미대로, 작가는 『돈키호테』의 의미를 충만하게 해 주고 독자들에게는 새롭고 풍요로운 인식에 이르도록 해 준다. 『돈키호테 성찰』은 『돈키호테』 안의 나무들이 아니라 『돈키호테』라는 숲 자체를 우리에게 보여 주기 때문이다. 따라서 이 작품은 철학적 에세이이자 담대한 메타 비평이다.

오르테가는 이 글이 철학적 욕망에 의해 쓰인 것이지만 철학, 즉 학문이 아니라고 말한다. 이 책은 '단순한 에세이'이며 명백히 증명될 수 없는 글이다. 그러기에 그는 일상적이고 섬세한 문체와 개성적인 화법을 구사한다. 또한 독자들에게 자기 글을 진리로 부과하려는 의도도 없다. 그는 다만 "사물을 새롭게 바라보는 가능한 방법들을 제공"하려 한다. 이런 의미에서 옥타비오 파스는 오르테가 이 가세트가 진정한 에세이 작가, 특히 "스페인어권에서 가장 위대한 에세이 작가일 것"이라고 말한다. 실제로 에세이는 오르테가가 가장 선호한 장르이다. 딱딱한 글을 읽는 데 익숙하지 않은 독자들이 편하게 읽을 수 있는 데다 신문이나 잡지에 투고하기에도 적합하기 때문이다. 따라서 오르테가는 에세이를 지식과 문학 사이의 교량이자 '각주 없는' 학문적 글쓰기라고 정의한다.

한동안 잊혔던 『돈키호테 성찰』이 주목을 끌기 시작한 것은 아이러니하게도 각주가 붙으면서이다. 오르테가 이 가세트의 수제자인 훌리안 마리아스(Julián Marías, 1914~2005)는 1957년 이 책에 상세하고 방대한 각주를 달아 주해판(註解版, critical edition)을 출판한다. 이 덕분에 재평가가 시작되었고, 제2의 탄생이 가능케 되었다. 1914년 이 책과 같은 해에 태어나 마드리드 센트랄대학교 신입생 시절에 오르테가의 강의를 듣고 평생의 제자가 된 마리아스에게 그 작업은 운명이었을지도 모른다. 스승은 스페인을 대표하는 또 한 사람의 철학자를 키워 냈고, 그 제자는 스승을 부활시켰다. 이 한국어판 역시 훌리안 마리아스의 주해판을 기본으로 번역한 것이다. 역자는 가능하면 마리아스의 각주도 충실히 번역하려 했고 그 부분은 문장 첫머리에 훌리안 마리아스의 해설임을 밝혔다. 다만 굳이 번역할 필요가 없다고 판단되는 부분은 생략하거나 요약했고, 보충이 필요한 경우에는 역자의 해설을 덧붙였다. 철학을 기웃거리기만 하는 문학 전공자로서 '개념 있는 책'을 번역하는 것이 쉬운 일은 아니었다. 독자들의 질정을 바란다.

* 해설 참고 문헌

Abellán, José Luis, *Ortega y Gasset en la filosofía española: Ensayos de apreciación*, Tecnos, 1966.

Abellán, José Luis, *Historia del pensamiento español de Séneca a nuestros días*, Espasa Calpe, 1996.

Benito, Ferran, "Meditaciones del Quijote, José Ortega y Gasset", unlibroabierto.com, *Página web sobre crítica literaria*, 2009-10-20, https://unlibroabierto.wordpress.com/2009/10/20/meditaciones-del-quijote-jose-ortega-y-gasset/.

Curtius, Ernst R., *Ensayos críticos sobre la literatura europea*, Seix Barral, 1972.

Echegoyen Olleta, Javier, *Breve introducción al pensamiento de Ortega y Gasset*, http://www.e-torredebabel.com/OrtegayGasset/english/Introduction-Ortega.htm.

Gracia, Jordi, *José Ortega y Gasset*, Taurus, 2015.

José Martín, Francisco, "Hacer concepto. Meditaciones del Quijote y filosofía española", *Revista de Occidente*, 288(2005), pp.81~105.

Mauricio de Carvalho, José, "Ortega y Gasset y la Filosofía Clínica", *Introducción a la filosofía aplicada y a la filosofía clínica*, Madrid: ACCI, 2014.

Ortega y Gasset, José, *Meditations on Quixote*, Translation by Evelyn Rugg and Diego Marín, The Norton Library, 1963.

Ortega y Gasset, José, *Obras completas*, Revista de Occidente, 1964.

Ortega y Gasset, José, *Meditación del Quijote*, Ed. de Julián Marías, Cátedra, 1984.

Ortega y Gasset, José, *Meditaciones sobre la literatura y el arte*, Ed. de E. Inman Fox, Castalia, 1987.

Ortega y Gasset, José, *Rebelión de las Masas*(대중의 반역), 황보영조 옮

김, 역사비평사, 2005.
Paz, Octavio, *Hombres en su siglo*, Seix Barral, 1990.
Whitehead, Alfred N. *The funtion of reason*(이성의 기능), 김용옥 역, 통나무, 1998.
Zambrano, María, *España, sueño y verdad*, Siruela, 1994.
신정환·전용갑, 『두 개의 스페인』, 한국외대 지식출판원, 2016.

판본 소개

『돈키호테 성찰(*Meditaciones del Quijote*)』은 1914년 7월 21일 마드리드 '학생 기숙 학원(Residencia de Estudiantes)' 출판부에서 처음 출간되었다. 오르테가 이 가세트의 제자인 호세 가오스가 언급한 것 외에는 사실상 잊혔던 이 책은 또 다른 제자인 훌리안 마리아스가 주해본(註解本)을 출간하면서 주목받기 시작했다. 방대한 주석을 달아 분량이 두 배 이상 늘어난 『돈키호테 성찰』 주해본은 1957년 푸에르토리코대학 출판부에서 처음 출간되었고, 1966년 레비스타 데 옥시덴테(Revista de Occidente) 출판사에서 재편집되었으며, 1984년 마드리드의 카테드라(Cátedra) 출판사에서 세 번째로 편집되어 출간되었다. 본 번역은 이 세 번째 편집본으로 2005년 출간된 제6쇄본을 대본으로 삼았다.

한편 훌리안 마리아스가 본문의 각주에서 인용하는 오르테가 이 가세트 전집(*Obras Completas*)은 1946~1947년, 마드리드의 레비스타 데 옥시덴테 출판사에서 출간한 초판본 1~6권을 지칭한다.

오르테가 이 가세트 연보

1883 5월 9일 마드리드에서 출생. 아버지 호세 오르테가 무니야는 신문 「엘 임파르시알」 경영인이고, 어머니는 이 신문을 창간한 에두아르도 가세트의 딸 돌로레스 가세트임.

1887~1888 에스코리알에서 마누엘 마르티네스 선생에게 처음으로 개인 교습.

1891 말라가에 있는 예수회 학교인 산 에스타니슬라오에 입학. 고등학교 과정까지 마침.

1892 말라가의 마르셀로 스피놀라 주교로부터 첫 영성체를 받음.

1897 최우수 성적으로 고등학교 졸업. 빌바오의 데우스토대학교에 입학해 철학, 문학, 법학을 공부함.

1898 마드리드 센트랄대학교로 옮겨 법학 공부.

1902 전공을 법학에서 철학과 문학으로 바꿔 최우수 성적으로 마드리드 센트랄대학교 졸업. 잡지 『비다 누에바』에 첫 평론 기고.

1904 「엘 임파르시알」에 마테를링크에 대한 글 「신비의 시인」을 처음으로 기고. 12월에는 '서기 천 년의 공포(*Los terrores del año mil*)'라는 제목의 논문으로 박사 학위 취득.

1905 처음으로 독일 여행. 4월부터 11월까지 라이프치히대학에 체류.

1906 두 번째 독일 여행. 뉘른베르크, 뮌헨, 쾰른 등에 체류. 해외 유학 정부 장학금을 받음.

1907 독일을 재방문해 베를린과 마르부르크 대학에서 공부. 특히 마르부르크대학에서 신칸트학파의 헤르만 코헨과 나토르프에게 배움. 귀국하여 잡지 『파로(*Faro*)』 창간.

1908 마드리드 고등사범학교(Escuela Superior del Magisterio)에 심리학, 논리학, 윤리학 교수로 임용.

1909 스페인의 '유럽화'에 대한 문제로 우나무노와 논쟁을 벌임.

1910 4월 7일 로사 스포토르노와 결혼. 11월에는 살메론(Salmerón) 교수의 사망으로 공석이던 마드리드 센트랄대학교의 형이상학 교수직에 임용.

1911 1월 볼로냐와 피렌체를 거쳐 독일 방문. 정부 지원을 받아 마르부르크대학에서 공부. 5월 장남 미겔 헤르만 출생. 12월 귀국.

1914 3월에 딸 솔레다드 출생. '낡은 정치와 새로운 정치'라는 강연을 하고 정치 개혁을 위한 교육의 필요성을 역설하면서 스페인 정치 교육 연맹 설립. 이는 1914세대의 구심점이 됨. 7월 21일 『돈키호테 성찰』 출간. 제1차 세계 대전 발발.

1915 급진적 공화파와 함께 주간지 『에스파냐(*España*)』 창간.

1916 7월 아버지와 함께 처음으로 아르헨티나를 방문해 다음 해 2월까지 체류하며 부에노스아이레스대학에 설치된 스페인 문화원에서 특강. 11월 차남 호세 출생. 『관객』 1권 출간하여 1934년까지 8권 출간.

1921 『척추 없는 스페인』 출간.

1922 아버지 호세 오르테가 무니야 사망.

1923 4월 평론지 『레비스타 데 옥시덴테(*Revista de Occidente*)』 창간. 『현대의 과제』 출간.

1925 『예술의 비인간화』 출간.

1928 두 번째 아르헨티나 방문. 부에노스아이레스대학 철문학부에서 특강. 칠레 방문.

1929 『대중의 반역』, 『대학의 사명』, 『칸트』 출간. 마드리드 센트랄대학교에서 학생 소요가 일어나자 프리모 데 리베라 정권이 대학을 폐쇄. 이에 항의하여 교수직 사임.

1930 대중을 상대로 일련의 강의를 함. 이 중 일부가 1957년 '철학이란 무엇인가?(*¿Qué es filosofía?*)'라는 제목으로 출간

1931 사회주의자들의 제2공화국이 성립하여 왕정이 폐지되고 국왕 알폰소 13세는 이탈리아로 망명. 정당 '공화국에 봉사하는 결사'를 창당하고 제헌 의회 국회 의원에 당선. 12월 「공화국의 교정」이란 글을 발표한 후 의원직을 사임하고 정당 해산.

1932 코르도바에서 유대 철학자 마이모니데스를 기념하는 행사 참가. 『내면의 괴테(*Goethe desde dentro*)』 출간.

1933 11월 힐 로블레스(Gil Robles)가 이끄는 우익 동맹이 총선에서 승리.

1933~1936 오르테가 이 가세트를 중심으로 한 마드리드 학파의 전성기.

1934 의과 대학을 졸업한 장남 미겔 헤르만과 독일 마르부르크 방문. 『갈릴레오에 관해(*En torno a Galileo*)』 출간.

1936 2월 총선에서 좌익 연합인 인민 전선(Frente Popular)이 승리. 7월 군부 쿠데타가 일어나 스페인 내전 발발. 프랑스 파리로 망명하여 1938년 봄까지 체류.

1937 『번역의 빈곤과 영광(*Miseria y esplendor de la traducción*)』 출간.

1938 네덜란드 역사학자 하위징아의 초대를 받아 라이덴대학에서 특강. 이후 로테르담, 델프트, 암스테르담, 헤이그 등의 대학 및 문화원에서 특강하며 대성공을 거둠. 9월에 파리로 돌아온 후 발병하여 수술.

1939 2월 포르투갈 코임브라로 여행하여 3개월 체류. 스페인 내전 종식. 4월 어머니 돌로레스 가세트 사망. 파리로 돌아온 후 8월 부인, 딸과 함께 세 번째로 아르헨티나 방문하여 3년 체류. 제2차 세계 대전 발발.

1940 『사상과 믿음(*Ideas y Creencias*)』 출간.

1941 『체계로서의 역사(*Historia como sistema*)』와 『사랑에 관한 연구(*Estudios sobre el amor*)』 출간.

1942 3월 포르투갈 리스본으로 이주.

1945 내전이 끝난 후 처음으로 스페인 귀국.

1946~1947 레비스타 데 옥시덴테 출판사에서 오르테가 이 가세트 전집(*Obras Completas*) 1권부터 6권까지 출간.

1948 제자 훌리안 마리아스와 함께 마드리드에 인문학 연구소 설립.

1949 미국 콜로라도의 애스펀에서 개최된 괴테 탄생 200주년 행사에 초청받아 기조강연. 미국의 주간지 『타임(*Time*)』, 『뉴스위크(*Newsweek*)』 등에서 비중 있게 보도함. 9월에는 독일 자유베를린대학에 초청받아 강연.

1951 독일 철학자 카이절링(Hermann Keyserling)의 초청을 받아 하이데거와 함께 다름슈타트 학회에 참석하여 강연. 뮌헨에 거처를 정하고 장기 체류하며 독일 여러 도시에서 강연. 마르부르크대학과 글래스고대학에서 명예박사 학위. 스위스 제네바에서 강연.

1953 뮌헨과 다름슈타트에서 강연. 5월 22일 스페인 교육부에서 법적으로 교수 정년이 되었음을 통보받음. 에든버러와 런던을 방문해 강연.

1954 뮌헨 학회에서 강연. 서독의 호이스(Theodor Heuss) 연방 대통령이 참석한 가운데 본대학에서 강연.

1955 『벨라스케스(*Velázquez*)』 출간. 베네치아에서 마지막 강연. 10월 18일 몬테 에스킨사 28번지 자택에서 별세.

1957~1962 유고집으로 『사람과 사람들(*El hombre y la gente*)』(1957), 『세계사 해석(*Una interpretación de la Historia Universal*)』(1960), 『철학의 기원과 종언(*Orígen y epílogo de la filosofía*)』(1960), 『유럽 성찰(*Meditación de Europa*)』(1960), 『현 인간의 과거와 미래(*Pasado y porvenir para el hombre actual*)』 등 출간.

1961~1969 레비스타 데 옥시덴테 출판사에서 오르테가 이 가세트 전집의 후반부인 7권부터 11권까지 출간.

1983 탄생 100주년 기념으로 알리안사(Alianza) 출판사에서 오르테가 이 가세트 전집 전 12권 출간.

2004~2010 타우루스(Taurus) 출판사에서 오르테가 이 가세트 전집 전 10권 출간.

새롭게 을유세계문학전집을 펴내며

을유문화사는 이미 지난 1959년부터 국내 최초로 세계문학전집을 출간한 바 있습니다. 이번에 을유세계문학전집을 완전히 새롭게 마련하게 된 것은 우리가 직면한 문화적 상황에 적극적으로 대응하기 위해서입니다. 새로운 을유세계문학전집은 세계문학의 역할이 그 어느 때보다 중요해졌다는 인식에서 출발했습니다. 오늘날 세계에서 타자에 대한 이해는 우리의 안전과 행복에 직결되고 있습니다. 세계문학은 지구상의 다양한 문화들이 평등하게 소통하고, 이질적인 구성원들이 평화롭게 공존할 수 있는 문화적인 힘을 길러 줍니다.

을유세계문학전집은 세계문학을 통해 우리가 이런 힘을 길러 나가야 한다는 믿음으로 만들어졌습니다. 지난 5년간 이를 준비하기 위해 많은 노력을 기울였습니다. 세계 각국의 다양한 삶의 방식과 문화적 성취가 살아 있는 작품들, 새로운 번역이 필요한 고전들과 새롭게 소개해야 할 우리 시대의 작품들을 선정했습니다. 우리나라 최고의 역자들이 이들 작품 속 한 문장 한 문장의 숨결을 생생히 전하기 위해 심혈을 기울였습니다. 또한 역자들은 단순히 번역만 한 것이 아니라 다른 작품의 번역을 꼼꼼히 검토해 주었습니다. 을유세계문학전집은 번역된 작품 하나하나가 정본(定本)으로 인정받고 대우받을 수 있도록 최선을 다 했습니다. 세계문학이 여러 경계를 넘어 우리 사회 안에서 주어진 소임을 하게 되기를 바라며 을유세계문학전집을 내놓습니다.

을유세계문학전집 편집위원단(가나다 순)

김월회(서울대 중문과 교수)

박종소(서울대 노문과 교수)

손영주(서울대 영문과 교수)

신정환(한국외대 스페인어통번역학과 교수)

정지용(성균관대 프랑스어문학과 교수)

최윤영(서울대 독문과 교수)

을유세계문학전집

1. 마의 산(상)　토마스 만 | 홍성광 옮김
2. 마의 산(하)　토마스 만 | 홍성광 옮김
3. 리어 왕 · 맥베스　윌리엄 셰익스피어 | 이미영 옮김
4. 골짜기의 백합　오노레 드 발자크 | 정예영 옮김
5. 로빈슨 크루소　대니얼 디포 | 윤혜준 옮김
6. 시인의 죽음　다이허우잉 | 임우경 옮김
7. 커플들, 행인들　보토 슈트라우스 | 정항균 옮김
8. 천사의 음부　마누엘 푸익 | 송병선 옮김
9. 어둠의 심연　조지프 콘래드 | 이석구 옮김
10. 도화선　공상임 | 이정재 옮김
11. 휘페리온　프리드리히 횔덜린 | 장영태 옮김
12. 루쉰 소설 전집　루쉰 | 김시준 옮김
13. 꿈　에밀 졸라 | 최애영 옮김
14. 라이겐　아르투어 슈니츨러 | 홍진호 옮김
15. 로르카 시 선집　페데리코 가르시아 로르카 | 민용태 옮김
16. 소송　프란츠 카프카 | 이재황 옮김
17. 아메리카의 나치 문학　로베르토 볼라뇨 | 김현균 옮김
18. 빌헬름 텔　프리드리히 폰 쉴러 | 이재영 옮김
19. 아우스터리츠　W. G. 제발트 | 안미현 옮김
20. 요양객　헤르만 헤세 | 김현진 옮김
21. 워싱턴 스퀘어　헨리 제임스 | 유명숙 옮김
22. 개인적인 체험　오에 겐자부로 | 서은혜 옮김
23. 사형장으로의 초대　블라디미르 나보코프 | 박혜경 옮김
24. 좁은 문 · 전원 교향곡　앙드레 지드 | 이동렬 옮김
25. 예브게니 오네긴　알렉산드르 푸슈킨 | 김진영 옮김
26. 그라알 이야기　크레티앵 드 트루아 | 최애리 옮김
27. 유림외사(상)　오경재 | 홍상훈 외 옮김
28. 유림외사(하)　오경재 | 홍상훈 외 옮김
29. 폴란드 기병(상)　안토니오 무뇨스 몰리나 | 권미선 옮김
30. 폴란드 기병(하)　안토니오 무뇨스 몰리나 | 권미선 옮김
31. 라 셀레스티나　페르난도 데 로하스 | 안영옥 옮김
32. 고리오 영감　오노레 드 발자크 | 이동렬 옮김
33. 키 재기 외　히구치 이치요 | 임경화 옮김

34. 돈 후안 외 티르소 데 몰리나 | 전기순 옮김
35. 젊은 베르터의 고통 요한 볼프강 폰 괴테 | 정현규 옮김
36. 모스크바발 페투슈키행 열차 베네딕트 예로페예프 | 박종소 옮김
37. 죽은 혼 니콜라이 고골 | 이경완 옮김
38. 워더링 하이츠 에밀리 브론테 | 유명숙 옮김
39. 이즈의 무희 · 천 마리 학 · 호수 가와바타 야스나리 | 신인섭 옮김
40. 주홍 글자 너새니얼 호손 | 양석원 옮김
41. 젊은 의사의 수기 · 모르핀 미하일 불가코프 | 이병훈 옮김
42. 오이디푸스 왕 외 소포클레스 | 김기영 옮김
43. 야쿠비얀 빌딩 알라 알아스와니 | 김능우 옮김
44. 식(蝕) 3부작 마오둔 | 심혜영 옮김
45. 엿보는 자 알랭 로브그리예 | 최애영 옮김
46. 무사시노 외 구니키다 돗포 | 김영식 옮김
47. 위대한 개츠비 프랜시스 스콧 피츠제럴드 | 김태우 옮김
48. 1984년 조지 오웰 | 권진아 옮김
49. 저주받은 안뜰 외 이보 안드리치 | 김지향 옮김
50. 대통령 각하 미겔 앙헬 아스투리아스 | 송상기 옮김
51. 신사 트리스트럼 섄디의 인생과 생각 이야기 로렌스 스턴 | 김정희 옮김
52. 베를린 알렉산더 광장 알프레트 되블린 | 권혁준 옮김
53. 체호프 희곡선 안톤 파블로비치 체호프 | 박현섭 옮김
54. 서푼짜리 오페라 · 남자는 남자다 베르톨트 브레히트 | 김길웅 옮김
55. 죄와 벌(상) 표도르 도스토예프스키 | 김희숙 옮김
56. 죄와 벌(하) 표도르 도스토예프스키 | 김희숙 옮김
57. 체벤구르 안드레이 플라토노프 | 윤영순 옮김
58. 이력서들 알렉산더 클루게 | 이호성 옮김
59. 플라테로와 나 후안 라몬 히메네스 | 박채연 옮김
60. 오만과 편견 제인 오스틴 | 조선정 옮김
61. 브루노 슐츠 작품집 브루노 슐츠 | 정보라 옮김
62. 송사삼백수 주조모 엮음 | 김지현 옮김
63. 팡세 블레즈 파스칼 | 현미애 옮김
64. 제인 에어 샬럿 브론테 | 조애리 옮김
65. 데미안 헤르만 헤세 | 이영임 옮김
66. 에다 이야기 스노리 스툴루손 | 이민용 옮김
67. 프랑켄슈타인 메리 셸리 | 한애경 옮김
68. 문명소사 이보가 | 백승도 옮김
69. 우리 짜르의 사람들 류드밀라 울리츠카야 | 박종소 옮김

70. 사랑에 빠진 여인들 데이비드 허버트 로렌스 | 손영주 옮김
71. 시카고 알라 알아스와니 | 김능우 옮김
72. 변신 · 선고 외 프란츠 카프카 | 김태환 옮김
73. 노생거 사원 제인 오스틴 | 조선정 옮김
74. 파우스트 요한 볼프강 폰 괴테 | 장희창 옮김
75. 러시아의 밤 블라지미르 오도예프스키 | 김희숙 옮김
76. 콜리마 이야기 바를람 샬라모프 | 이종진 옮김
77. 오레스테이아 3부작 아이스퀼로스 | 김기영 옮김
78. 원잡극선 관한경 외 | 김우석 · 홍영림 옮김
79. 안전 통행증 · 사람들과 상황 보리스 파스테르나크 | 임혜영 옮김
80. 쾌락 가브리엘레 단눈치오 | 이현경 옮김
81. 지킬 박사와 하이드 씨 · 존 니컬슨 로버트 루이스 스티븐슨 | 윤혜준 옮김
82. 로미오와 줄리엣 윌리엄 셰익스피어 | 서경희 옮김
83. 마쿠나이마 마리우 지 안드라지 | 임호준 옮김
84. 재능 블라디미르 나보코프 | 박소연 옮김
85. 인형(상) 볼레스와프 프루스 | 정병권 옮김
86. 인형(하) 볼레스와프 프루스 | 정병권 옮김
87. 첫 번째 주머니 속 이야기 카렐 차페크 | 김규진 옮김
88. 페테르부르크에서 모스크바로의 여행 알렉산드르 라디셰프 | 서광진 옮김
89. 노인 유리 트리포노프 | 서선정 옮김
90. 돈키호테 성찰 호세 오르테가 이 가세트 | 신정환 옮김
91. 조플로야 샬럿 대커 | 박재영 옮김
92. 이상한 물질 테레지아 모라 | 최윤영 옮김
93. 사촌 퐁스 오노레 드 발자크 | 정예영 옮김
94. 걸리버 여행기 조너선 스위프트 | 이혜수 옮김
95. 프랑스어의 실종 아시아 제바르 | 장진영 옮김
96. 현란한 세상 레이날도 아레나스 | 변선희 옮김
97. 작품 에밀 졸라 | 권유현 옮김
98. 전쟁과 평화(상) 레프 톨스토이 | 박종소 · 최종술 옮김
99. 전쟁과 평화(중) 레프 톨스토이 | 박종소 · 최종술 옮김
100. 전쟁과 평화(하) 레프 톨스토이 | 박종소 · 최종술 옮김

을유세계문학전집은 계속 출간됩니다.

을유세계문학전집 연표

BC 458 **오레스테이아 3부작**
아이스퀼로스 | 김기영 옮김 | 77 |
수록 작품 : 아가멤논, 제주를 바치는 여인들, 자비로운 여신들
그리스어 원전 번역
서울대 선정 동서고전 200선
시카고 대학 선정 그레이트 북스

BC 434/432 **오이디푸스 왕 외**
소포클레스 | 김기영 옮김 | 42 |
수록 작품 : 안티고네, 오이디푸스 왕, 콜로노스의 오이디푸스
그리스어 원전 번역
「동아일보」 선정 '세계를 움직인 100권의 책'
서울대 권장 도서 200선
고려대 선정 교양 명저 60선
시카고 대학 선정 그레이트 북스

1191 **그라알 이야기**
크레티앵 드 트루아 | 최애리 옮김 | 26 |
국내 초역

1225 **에다 이야기**
스노리 스툴루손 | 이민용 옮김 | 66 |

1241 **원잡극선**
관한경 외 | 김우석 · 홍영림 옮김 | 78 |

1496 **라 셀레스티나**
페르난도 데 로하스 | 안영옥 옮김 | 31 |

1595 **로미오와 줄리엣**
윌리엄 셰익스피어 | 서경희 옮김 | 82 |
미국대학위원회 선정 SAT 추천 도서

1608 **리어 왕 · 맥베스**
윌리엄 셰익스피어 | 이미영 옮김 | 3 |

1630 **돈 후안 외**
티르소 데 몰리나 | 전기순 옮김 | 34 |
국내 초역 「불신자로 징계받은 자」 수록

1670 **팡세**
블레즈 파스칼 | 현미애 옮김 | 63 |

1699 **도화선**
공상임 | 이정재 옮김 | 10 |
국내 초역

1719 **로빈슨 크루소**
대니얼 디포 | 윤혜준 옮김 | 5 |

1726 **걸리버 여행기**
조너선 스위프트 | 이혜수 옮김 | 94 |
미국대학위원회가 선정한 고교 추천 도서 101권
서울대학교 선정 동서양 고전 200선

1749 **유림외사**
오경재 | 홍상훈 외 옮김 | 27, 28 |

1759 **신사 트리스트럼 섄디의 인생과 생각 이야기**
로렌스 스턴 | 김정희 옮김 | 51 |
노벨연구소 선정 100대 세계 문학

1774 **젊은 베르터의 고통**
요한 볼프강 폰 괴테 | 정현규 옮김 | 35 |

1790 **페테르부르크에서 모스크바로의 여행**
A. N. 라디셰프 | 서광진 옮김 | 88 |

1799 **휘페리온**
프리드리히 횔덜린 | 장영태 옮김 | 11 |

1804 **빌헬름 텔**
프리드리히 폰 실러 | 이재영 옮김 | 18 |

1806 **조플로야**
샬럿 대커 | 박재영 옮김 | 91 |
국내 초역

1813 **오만과 편견**
제인 오스틴 | 조선정 옮김 | 60 |

1817 **노생거 사원**
제인 오스틴 | 조선정 옮김 | 73 |

1818 **프랑켄슈타인**
메리 셸리 | 한애경 옮김 | 67 |
뉴스위크 선정 세계 명저 10
옵서버 선정 최고의 소설 100
미국대학위원회 선정 SAT 추천 도서

1831 **예브게니 오네긴**
알렉산드르 푸슈킨 | 김진영 옮김 | 25 |

1831 **파우스트**
요한 볼프강 폰 괴테 | 장희창 옮김 | 74 |
서울대 권장 도서 100선
미국대학위원회 SAT 권장 도서

1835 **고리오 영감**
오노레 드 발자크 | 이동렬 옮김 | 32 |
서머싯 몸 선정 세계 10대 소설
연세 필독 도서 200선

1836 **골짜기의 백합**
오노레 드 발자크 | 정예영 옮김 | 4 |

1844 **러시아의 밤**
블라지미르 오도예프스키 | 김희숙 옮김 | 75 |

1847 **워더링 하이츠**
에밀리 브론테 | 유명숙 옮김 | 38 |
서머싯 몸 선정 세계 10대 소설
서울대 선정 동서 고전 200선
미국대학위원회 SAT 권장 도서

1847 **제인 에어**
샬럿 브론테 | 조애리 옮김 | 64 |
연세 필독 도서 200선
미국대학위원회 SAT 권장 도서
BBC 선정 영국인들이 가장 사랑하는 소설 100선
「가디언」 선정 가장 위대한 소설 100선

사촌 퐁스
오노레 드 발자크 | 정예영 옮김 | 93
국내 초역

1850 **주홍 글자**
너새니얼 호손 | 양석원 옮김 | 40 |

1855 **죽은 혼**
니콜라이 고골 | 이경완 옮김 | 37 |
국내 최초 원전 완역

1866 **죄와 벌**
표도르 도스토예프스키 | 김희숙 옮김 | 55, 56 |
미국대학위원회 SAT 권장 도서
하버드 대학교 권장 도서

1869 **전쟁과 평화**
레프 톨스토이 | 박종소 · 최종술 옮김 | 98, 99, 100 |
뉴스위크, 가디언, 노벨연구소 선정
세계 100대 도서

1880 **워싱턴 스퀘어**
헨리 제임스 | 유명숙 옮김 | 21 |

1886 **지킬 박사와 하이드 씨 · 존 니컬슨**
로버트 루이스 스티븐슨 | 윤혜준 옮김 | 81 |

작품
에밀 졸라 | 권유현 옮김 | 97 |

1888 **꿈**
에밀 졸라 | 최애영 옮김 | 13 |
국내 초역

1889 **쾌락**
가브리엘레 단눈치오 | 이현경 옮김 | 80 |
국내 초역

1890 **인형**
볼레스와프 프루스 | 정병권 옮김 | 85, 86 |
국내 초역

1896 **키 재기 외**
히구치 이치요 | 임경화 옮김 | 33 |
수록 작품: 섣달그믐, 키 재기, 탁류, 십삼야, 갈림길, 나 때문에

1896 **체호프 희곡선**
안톤 파블로비치 체호프 | 박현섭 옮김 | 53 |
수록 작품: 갈매기, 바냐 삼촌, 세 자매, 벚나무 동산

1899 **어둠의 심연**
조지프 콘래드 | 이석구 옮김 | 9 |
수록 작품: 어둠의 심연, 진보의 전초기지, 『청춘과 다른 두 이야기』 작가 노트, 『나르시서스호의 검둥이』 서문
미국대학위원회 SAT 권장 도서
연세 필독 도서 200선

1900 **라이겐**
아르투어 슈니츨러 | 홍진호 옮김 | 14 |
수록 작품: 라이겐, 아나톨, 구스틀 소위

1903 **문명소사**
이보가 | 백승도 옮김 | 68 |

1908 **무사시노 외**
구니키다 돗포 | 김영식 옮김 | 46 |
수록 작품: 겐 노인, 무사시노, 잊을 수 없는 사람들, 쇠고기와 감자, 소년의 비애, 그림의 슬픔, 가마쿠라 부인, 비범한 범인, 운명론자, 정직자, 여난, 봄 새, 궁사, 대나무 쪽문, 거짓 없는 기록
국내 초역 다수

1909 **좁은 문 · 전원 교향곡**
앙드레 지드 | 이동렬 옮김 | 24 |
1947년 노벨문학상 수상

1914 **플라테로와 나**
후안 라몬 히메네스 | 박채연 옮김 | 59 |
1956년 노벨문학상 수상

1914 **돈키호테 성찰**
호세 오르테가 이 가세트 | 신정환 옮김 | 90 |

1915 **변신 · 선고 외**
프란츠 카프카 | 김태환 옮김 | 72 |
/432 수록 작품: 선고, 변신, 유형지에서, 신임 변호사, 시골 의사, 관람석에서, 낡은 책장, 법 앞에서, 자칼과 아랍인, 광산의 방문, 이웃 마을, 황제의 전갈, 가장의 근심, 열한 명의 아들, 형제 살해, 어떤 꿈, 학술원 보고, 최초의 고뇌, 단식술사 서울대 권장 도서 100선
연세 필독 도서 200선
미국대학위원회 SAT 권장 도서

1919 **데미안**
헤르만 헤세 | 이영임 옮김 | 65 |

1920 **사랑에 빠진 여인들**
데이비드 허버트 로렌스 | 손영주 옮김 | 70 |

1924 **마의 산**
토마스 만 | 홍성광 옮김 | 1, 2 |
1929년 노벨문학상 수상
서울대 권장 도서 100선
연세 필독 도서 200선
「뉴욕타임스」 선정 '20세기 최고의 책 100선'
미국대학위원회 SAT 권장 도서

송사삼백수
주조모 엮음 | 김지현 옮김 | 62 |

1925 **소송**
프란츠 카프카 | 이재황 옮김 | 16 |

요양객
헤르만 헤세 | 김현진 옮김 | 20 |
수록 작품: 방랑, 요양객, 뉘른베르크 여행
1946년 노벨문학상 수상
국내 초역 「뉘른베르크 여행」 수록

위대한 개츠비
프랜시스 스콧 피츠제럴드 | 김태우 옮김 | 47 |
미 대학생 선정 '20세기 100대 영문 소설' 1위
모던 라이브러리 선정 '20세기 100대 영문학' 중 2위
미국대학위원회 추천 '서양 고전 100
「르몽드」 선정 '20세기의 책 100선'
「타임」 선정 '20세기 100대 영문 소설'

1925 **서푼짜리 오페라 · 남자는 남자다**
베르톨트 브레히트 | 김길웅 옮김 | 54 |

1927 **젊은 의사의 수기 · 모르핀**
미하일 불가코프 | 이병훈 옮김 | 41 |
국내 초역

1928 **체벤구르**
안드레이 플라토노프 | 윤영순 옮김 | 57 |
국내 초역

마쿠나이마
마리우 지 안드라지 | 임호준 옮김 | 83 |
국내 초역

1929 **첫 번째 주머니 속 이야기**
카렐 차페크 | 김규진 옮김 | 87 |

베를린 알렉산더 광장
알프레트 되블린 | 권혁준 옮김 | 52 |

1930 **식(蝕) 3부작**
마오둔 | 심혜영 옮김 | 44 |
국내 초역

안전 통행증 · 사람들과 상황
보리스 파스테르나크 | 임혜영 옮김 | 79 |
원전 국내 초역

1934 **브루노 슐츠 작품집**
브루노 슐츠 | 정보라 옮김 | 61 |

1935 **루쉰 소설 전집**
루쉰 | 김시준 옮김 | 12 |
서울대 권장 도서 100선
연세 필독 도서 200선

1936 **로르카 시 선집**
페데리코 가르시아 로르카 | 민용태 옮김 | 15 |
국내 초역 시 다수 수록

1937 **재능**
블라디미르 나보코프 | 박소연 옮김 | 84 |
국내 초역

1938 **사형장으로의 초대**
블라디미르 나보코프 | 박혜경 옮김 | 23 |
국내 초역

1946 **대통령 각하**
미겔 앙헬 아스투리아스 | 송상기 옮김 | 50 |
1967년 노벨문학상 수상 작가

1949 **1984년**
조지 오웰 | 권진아 옮김 | 48 |
1999년 모던 라이브러리 선정 '20세기 100대 영문학'
2005년 「타임」 선정 '20세기 100대 영문 소설'
2009년 「뉴스위크」 선정 '역대 세계 최고의 명저' 2위

1954 **이즈의 무희 · 천 마리 학 · 호수**
가와바타 야스나리 | 신인섭 옮김 | 39 |
1952년 일본 예술원상 수상
1968년 노벨문학상 수상

1955 **엿보는 자**
알랭 로브그리예 | 최애영 옮김 | 45 |
1955년 비평가상 수상

1955 **저주받은 안뜰 외**
이보 안드리치 | 김지향 옮김 | 49 |
수록 작품 : 저주받은 안뜰, 몸통, 술잔, 물방앗간에서, 올루야크 마을, 삼사라 여인숙에서 일어난 우스운 이야기
세르비아어 원전 번역
1961년 노벨문학상 수상 작가

1962 **이력서들**
알렉산더 클루게 | 이호성 옮김 | 58 |

1964 **개인적인 체험**
오에 겐자부로 | 서은혜 옮김 | 22 |
1994년 노벨문학상 수상

1967 **콜리마 이야기**
바를람 샬라모프 | 이종진 옮김 | 76 |
국내 초역

1968 **현란한 세상**
레이날도 아레나스 | 변선희 옮김 | 96 |
국내 초역

1970 **모스크바발 페투슈키행 열차**
베네딕트 예로페예프 | 박종소 옮김 | 36 |
국내 초역

1978 **노인**
유리 트리포노프 | 서선정 옮김 | 89 |
국내 초역

1979 **천사의 음부**
마누엘 푸익 | 송병선 옮김 | 8 |

1981 **커플들, 행인들**
보토 슈트라우스 | 정항균 옮김 | 7 |
국내 초역

1982 **시인의 죽음**
다이허우잉 | 임우경 옮김 | 6 |

1991 **폴란드 기병**
안토니오 무뇨스 몰리나 | 권미선 옮김 | 29, 30 |
국내 초역
1991년 플라네타상 수상
1992년 스페인 국민상 소설 부문 수상

1996 **아메리카의 나치 문학**
로베르토 볼라뇨 | 김현균 옮김 | 17 |
국내 초역

1999 **이상한 물질**
테라지아 모라 | 최윤영 옮김 | 92 |
국내 초역

2001 **아우스터리츠**
W. G. 제발트 | 안미현 옮김 | 19 |
국내 초역
전미 비평가 협회상 브레멘상
「인디펜던트」 외국 소설상 수상
「LA타임스」, 「뉴욕」, 「엔터테인먼트 위클리」 선정 2001년 최고의 책

2002 **야쿠비얀 빌딩**
알라 알아스와니 | 김능우 옮김 | 43 |
국내 초역
바쉬라힐 아랍 소설상
프랑스 툴롱 축전 소설 대상
이탈리아 토리노 그린차네 카부르 번역 문학상
그리스 카바피스상

2003 **프랑스어의 실종**
아시아 제바르 | 장진영 옮김 | 95 |
국내 초역

2005 **우리 짜르의 사람들**
류드밀라 울리츠카야 | 박종소 옮김 | 69 |
국내 초역